한승연 역사소설
소설 매천야록

국립중앙도서관 출판시도서목록(CIP)

(소설) 매천야록 : 한승연 역사 소설, 下 / 지은이 : 한승연. -- 서울 : 한누리미디어, 2010
p. ;   cm

한자표제 : 梅泉野錄
ISBN 978-89-7969-371-3 03810 : ₩12000

역사 소설[歷史小說]
한국 현대 소설[韓國現代小說]

813.62-KDC5
895.734-DDC21   CIP2010003167

한승연 역사소설

소설 **매천야록** 下

한누리미디어

작가의 말

조선 말기 삼대 문장가의 한 분이셨던 매천梅泉 황현黃玹 선생께서 남기신《매천야록》은 그야말로 생생한 역사의 현장으로 필자를 깊숙이 빠져들게 했다. 그래서 이 집필을 마치면서 내가 느끼는 감회는 그 어느 때보다 크고 깊었다.

선생께서 살아오신 시대는 올곧은 선비의 정신을 뜻대로 펼칠 수 없었던 격동의 시대였다. 그처럼 불운한 시대 상황을 가슴 속에 피눈물을 쏟으며 기록해 놓으신《매천야록》은 오늘 우리에게 문제가 되고 있는 사상이란 경계를 넘어 사회관계를 보는 새로운 반성을 퍼 올리게 하는 더 없이 맑고 깊은 지리산 매천梅泉 우물의 두레박이다.

사실 선생께서 살아오신 그 시대 역시도 지식층이라고 일컫는 많은 학자와 선비 지식인들이 함께 향유했었다. 그러나 선생께서는 외세침입이라는 험악한 시대 상황을 몸으로 직접 겪으면서 그 당시 우리 국민의 가장 큰 불행은 외세침입에 대처할 수 있는 정신무장이 되어 있지 않았음을 필설하고, 그 시대 세계 변화의 흐름에 정치 지도자들이나 국민이 대응하지 못하고 망국으로 치달릴 수밖에 없었던 문제점을 낱낱이 지적해 두고 있다.

그러한 문제점은 오늘에 이르기까지 우리 앞에 놓인 당면한 숙제로 100

년 전이나 마찬가지다. 대부분 정치적 성향은 진보와 보수로 양분되곤 한다. 어느 것이 더 좋고 더 나쁘다는 것이 아니다. 진보와 보수에서도 정도의 차이는 있겠지만, 이 두 노선이 변증법적 타협의 산물일 수 있을 때 건강한 문화가 존재할 수 있다고 본다.

인류의 역사 속에서 진보의 역할은 개혁이고 변화였다. 그리고 보수의 역할은 안정과 유지라고 할 수 있다. 하지만 안타깝게도 조선 말기의 정세뿐 아니라 오늘 우리 정치사에서도 진보와 보수의 논쟁은 건강하게 진전되지 못하고 불협화음을 일으키고 있는 것이 사실이다.

과거 조선 말기 조정의 위정자들이 백성들에게 보여주는 것이 그랬다. 진보적 개화파와 보수파, 어느 한쪽에 치우쳐 서로 다른 노선으로 분열과 경쟁의 대결은 마침내 나라를 망치는 결과를 초래하고야 말았다. 이것이 조선 말기의 역사이며 또한 우리의 근대사로, 세계 속에 유일하게도 분단국가라는 불명예를 아직도 씻지 못하고 있는 것이 오늘 우리의 현실이다.

이러한 현상은 아직도 과거나 마찬가지로 공존의 미학이 없기 때문에 반복되고 있는 것이라고 할 수 있다. 조선 말기, 위정자들의 반목과 분열의 참담한 경쟁을 참으로 안타깝게 보아온 매천 황현 선생이셨다. 그래서 거기에 대처하기 위한 우선적인 급선무가 먼저 우리 배달 한민족 정신문화 유산인 이념철학을 일깨우기 위한 교육이 전제되어야 함을 절실하게 느끼고 고뇌하셨음을 그 기록에 담아두고 있다. 우리 조상들의 정신문화 가치관은 너와 내가 개체가 아니라 조화의 협동정신이기 때문이다.

그처럼 간절한 황현 선생의 고뇌의 염원은 마침내 우리 국민이 무지에서 비롯된 어리석음을 벗는 일뿐이라고 생각하시어, 그 기치를 들고 전남 구례군 광의면에 가난한 선비의 사재를 털어서까지 호양학교를 세우셨다.

그리고 제자들을 향해, "그대가 나라를 사랑하는가? 그러면 먼저 건전한 인격이 되라"고 말씀하시었다. 그리고 애국애족이 무엇인가를 가르치시며, 혼돈의 시대를 빗대어 "밤이 깊을수록 별은 더욱 빛나고, 시련이 클수록 별은 오히려 밤하늘에 빛나게 되리라" 하는 위로의 말씀과 함께 희망을 불어넣어 주셨으며, 그것이 이른바 군자의 처신행도處身行道임을 가르치시고, 군자의 도리를 실천하는 삶을 실제적으로 살아오신 분이었다.

그토록 귀감이 되는 삶을 살아오신 선생의 숨결이 간직된 《매천야록》을 반갑게도 접할 수 있게 되었다는 것은 참으로 부족한 필자가 지리산을 텃밭으로 태어나게 해준 조상은덕이며, 그 은혜를 입은 행운이 아니고 무엇이겠는가?

그래서 오늘 여기 《매천야록》을 소설화시킨 성과보다는 그간의 열정을 쏟았던 시간 속에서 나 자신을 좀 더 성숙하게 해 주었다는 사실에서 보다 큰 의미를 찾고 싶다. 그리고 지리산 밑에 탯줄을 끊고 태어남을 크게 자랑하고 싶다. 그것은 필자만의 향수를 갖게 하는 고향이 아닌, 수많은 애국열사들이 목숨을 던져 나라를 구하려 했던 생생한 역사의 현장으로 그 아픔을 특히 지리산이 간직하고 있기 때문이다.

물론 우리의 산천 어느 곳에 우리 민족의 굴곡진 역사와 발자취를 남기지 않은 곳이 있겠는가. 그러나 고향 지리산을 바라볼 때마다 감회는 더욱 더 남다르게 깊어지면서 그 마음을 시흥으로 한 수 읊었다.

신명의 넋으로

오곡백과 풍성한 내 고향 호남평야
겨레의 동맥, 꿈의 산실이었네
그처럼 어둡던 민족 시련기에서
그때마다
이 터전의 씨알들 짓밟히고 짓밟혀도
알몸으로 심지를 돋궈 봉화를 올렸던
참으로 이 나라 지켜온 구국의 선혈

정녕 우리는
이 터전에 흐르는 맥의 분신으로
이제 새날이 밝아오는 문턱에서
그 씨알 그 인내는 태양보다 붉고
그 기상 그 기개 청산보다 푸르렀으니
오, 너와 나
온누리 맞아들일 넉넉한 가슴
새 밀레니엄 끌고 갈 뜨거운 가슴

야호!
대답해 보시게나
고난으로 영글어진 신명의 터전에
이만한 멋과 향기 또 어디 있으리
참으로 타는 목마름 적시던 무리의 함성
오, 신명의 넋들
오늘은 소리 높여 '야호!'를 외치나니
아득하던 남북이 화합으로 문을 열고
떠돌이 별로 살아온 이야기를 모으리
희망찬 새 역사의 수레바퀴를 돌리리
세계 속에 빛날 '동방의 등불' 코리아!
그 내일을 위해……

2010년 8월 15일

지리산 토굴에서 麗海 **한 승 연**

추천사

민족혼을 일깨우다

松山 이선영
고조선역사문화재단 총재

진리란 잘 정리된 철학자의 논리도 아니며, 보통 사람들의 생활 속에서 발견된 참 진리에 근접할 수 있다는 평범한 생각이다. 조선 말기 3대 문장가였던 매천 황현 선생의 《매천야록》을 이 시대 우리에게 알기 쉽게 풀어 잠들어 있는 우리 민족혼을 일깨워 주는 이 역저를 한승연 님의 노고로 세상에 내어놓게 된 것을 진심으로 축하한다.

저자 한승연 님은 2008년 고조선역사문화재단에서 수여하는 제5회 단군문학상을 수상한 민족작가이다. 그는 '내가 새벽을 깨우리로다' 라는 사명자적인 인격을 가지고 그동안 장편소설, 사상서, 시집, 수필집 등 수많은 저서를 통하여 민족혼을 불러 일으키는 데 이바지해 왔다.

어느 시대나 집권층이 분열되고 자기 개인의 영달만을 추구하는 시대는 결망한다는 평범한 진리를 《매천야록》을 통하여 인식하였으면 한다.

인도의 시인 타고르는 한국을 두고 '동방의 등불' 이라고 했다. 나라가 일제의 강점으로 숨도 제대로 쉴 수 없는 시기였다. 조국은 국민에게는 생명과도 같다. 금수강산이라고 불리는 이 땅은 전쟁으로 황폐해지고 지금 북쪽에서는 한 겨레 한 민족인 북한 동포가 굶주리고 있다. 지금 나의 조국은 허리가 잘린 반신불수가 되어 있다.

　통일은 이 시대를 살고 있는 우리의 사명이자 조국의 지상명령이다. 통일을 이루지 못하고는 조국을 사랑한다고 말할 수 없다. 나를 사랑하고, 내 이웃을 사랑하고, 우리가 사는 이 터전을 사랑하는 것이 조국을 사랑하는 길이라고 생각한다.

　우리의 터전이며 우리가 언제까지라도 지켜야 할 살림터, 괴롭거나 즐거워도, 좋거나 나빠도 이 터전을 떠나서는 우리는 살 수가 없다. 조국은 측량할 수 없이 폭 넓은 이해를 가지고 우리를 너그럽게 용서하며 한없는 인내로 기다리는 것이다. 그래서 조국은 더 없이 숭고한 것이다.

　이 저서는 우리 민족 뿌리 역사인 환웅·천황시대부터 언급함으로써 민족혼의 정체성을 일깨우는 데 교훈적인 기독교와 유불선의 모든 종교의 벽을 헐어 버리는 데 노력한 역사적인 역저인 만큼 우리 국민 모두의 필독서가 되길 바라며 우리 민족 미래의 희망인 청년제군에게 특히 필독서가 되기를 권한다.

　　　　　　2010년 8월 15일

　　　　　　　　　　　　　　　　　공덕동 서재에서

Contents

소설 매천야록 下
梅泉野錄

작가의 말 … 8
추천사/민족혼을 일깨우다/ 松山 이선영 … 12

1. 역사의 현장 한려수도 … 16
2. 천주학설에 의한 인류 시원 … 36
3. 표류하는 민족혼 … 59
4. 갑신정변의 충격 … 72
5. 만수동 칩거생활 … 87
6. 미래가 약속된 구례 지리산 … 114
7. 황현이 접한 동서의 예언 … 126
8. 황현에게 바라는 아버지의 소망 … 147
9. 효행으로 다시 오른 장원급제 … 163
10. 벼슬길도 접고 구례 만수동으로 … 185
11. 동학 농민운동의 동기와 배경 … 206
12. 조선은 대한제국으로 … 235
13. 구례 광의면 월곡생활 … 256
14. 대한제국의 황혼 … 275
15. 후진 양성을 위한 호양학교 건립 … 295
16. 표류하는 공자님의 숨결을 찾아서 … 312
17. 문필보국의 삶을 마친 매천 황현의 순국 … 339

발문/숭례문의 소실과 준비된 구례/한영필 … 362

01
역사의 현장 한려수도

인생의 새로운 목표를 두고 고민하는 사람들에게 가장 필요한 것이 여행이라고 하던가.

어지러운 시국에 잠시 마음의 여유와 한가로움을 얻기 위해 천사川社 왕석보(王錫輔, 1816~1868) 선생의 장남인 봉주鳳洲 왕사각(王師覺, 1836~1896)과 매천梅泉 황현(黃玹, 1855~1910)이 봄나들이 여행길에 올라 여수 바닷가 주막에서 하룻밤을 지내고 아침 일찍 부둣가로 나왔다.

가슴 시원하게 안겨 오는 툭 트인 바다, 황현의 입에서는 저절로 환호성이 터져 나왔다.

"남해안의 한려수도 여수라!"

"아침 바다가 참으로 절경이로세. 이 고장은 이순신 장군의 탁월한 전술 전략, 그 지략을 유감없이 드러내 보이고 장렬하게 최후를 마쳤던 곳이라서 그런지 출렁이는 파도소리조차도 감회가 깊네 그려."

"그렇네요. 지난날 질곡에 빠져 있던 역사의 숨결이 그대로 살아 숨쉬는 것 같습니다."

"참으로 교훈적인 숨결이 곳곳에 묻어 있는 고장이지. 그러니까 임진왜란을 승리로 이끌어 내기까지는 이순신 장군의 남다른 지략이 있었기 때문이기도 하지만, 시급한 국난을 이겨내기 위해서 이 고장 사람들이 신분의 높고 낮음을 떠나 그 계급을 따지지 않고 헌신적인 노력과 함께 흥국사를 중심으로 한 승려들의 승군활동과 더불어 관민官民이 한 마음이 되어 적군에 항거했었다는 거 아닌가."

그처럼 감동적인 역사의 숨결이 그대로 살아있는 이 여수현은 7년 동안 임진왜란을 치루는 동안 이순신 장군과 함께 이 고장 사람들이 그처럼 호국충절의 본을 보였던 교육적인 역사가 숨 쉬고 있는 고장이다. 그래서 그런지 오늘도 조국의 소중함을 다시 일깨워 주고 있는 이충무공의 흔적을 돌아보고 있는 황현과 왕사각은 깊은 감회에 젖어들었다.

저만치 금빛 파도가 출렁이는 남해 바다를 내려다보며 오늘도 그 수문을 지키고 있는 수문장처럼 우뚝 서 있는 그 이름도 빛나는 충무공 이순신 장군!

나라와 백성을 위해 자신의 마지막 목숨까지도 기꺼이 던졌던 이순신 장군의 애국충정의 혼기魂氣 묻은 한산대첩비가 한 시대의 아픔을 말해 주면서 종고산 밑 진남관에 유적幽寂하게 세워져 있었다.

참으로 애국 애족이 무엇인가를 다시 돌이켜 생각해 보게 하는 역사의 현장을 두루 돌아보고 다니는 동안 어느 사이 또 날이 저물었다.

"어제 그 객주집에 들어가 우리 하룻밤 더 쉬어가세나. 출출하기도 한데……."

왕사각이 황현을 돌아보며 하는 말이었다.

"그럽시다. 이왕 길나선 김에 바닷바람이나 실컷 마시고 가십시다."

의기투합하여 봄나들이 여행길에 오른 황현과 왕사각은 또 하루를 여수에서 묵어가기로 하고 어제 그 객주집을 찾아들어갔다.

그리고 저녁식사와 함께 곡주를 시켜 잔을 주고받으면서 지나온 역사 속에서 나라가 왜구에게 침탈당했던 그날의 핏빛 아픔의 역사를 반추하며 뒤척였다. 그런 부둣가 해변의 밤은 조선의 선비 그 허리춤에 끼운 어둡고 축축한 수초水草처럼 끈적끈적했다.

곡주잔을 기울이던 황현은 그만의 타고난 가슴 속 시성詩性의 빛깔을 만대에까지 남을 〈이충무공의 거북선〉에 실어 드러내면서 그 즈음 조정의 어지러운 세태, 그 모순을 입에 올리고 있었다.

"우리나라가 겪어온 역사적 격랑을 생각하면 역사는 반복된다는 말이 다시 새롭게 떠오르는군요. 오늘 저렇게 조정에서 개화파들이 기술혁신으로 선진자본국가에 대한 의존성을 버리지 못하고 날뛰고 있으니 말입니다."

"그러게 말일세. 개방의 문을 열어야 한다? 거 말은 좋지. 하지만 그 문을 열기 전에 먼저 우리 민족 긍지의 자존심이 뚜렷하게 세워져야 하는 건데……. 이처럼 민족주체성이 흐려진 상태에서 그 변화를 견뎌 낼 수 있을 것인지 문제로세. 먼저 내부구조부터 군건히 하고 새로운 문화의 제도를 받아들이고 보완해야 하는 건데, 그 앞뒤를 생각하지 못하니 그 참!……."

왕사각은 당대 호남의 대학자인 왕석보의 장남으로 황현보다 열아홉 살이나 많아 스승과도 같았다. 그는 황현보다 앞서 과거시험을 치르기 위해 3년 동안 경사京師에 유학했었으나 조정 안팎의 시국이 날로 그릇됨을 목격하고 과거시험에 합격의 뜻을 버리고 구례로 낙향해 버린 선비로, 황현은 일찍부터 그에게서 시문의 기초를 배웠었다.

왕사각의 동생들인 소금素琴 왕사천(王師天, 1842~1909), 소천小川 왕사찬(王師瓚, 1846~1912)과는 평생 문우의 관계로 이들 모두가 시문詩文에 뛰어났고, 지사志士의 기질이 있었다.

황현은 어려서부터 당대의 대학자 왕석보 가문에서 시의 뿌리를 얻고 성장하면서 왕석보의 장남 왕사각으로부터 시문뿐만 아니라 여러 학문분야에서도 많은 것을 배우며 성장했다.

왕사각은 황현에게 도움이 될 만한 글이 있으면 언제든지 챙겨 보내주곤 했고, 황현은 그 글을 읽고 그에 대한 소감을 화답하곤 했었다.

왕사각이 황현에게 소개한 만옹은 나이 40에 처음으로 글 읽기를 시작하여 10년만에 학문을 이루고 지리산에 들어가 호를 만옹이라고 하였다. 그 만옹의 삶에 대한 왕사각의 견해는 남달랐던 것으로, 당시 통속적인 유학자들의 협소한 사고를 이미 뛰어넘고 있었기에 황현에게 권하면서 다음과 같이 말했었다.

"어떤 사람이 이를 풀이하여 말하기를, 나이 사십에 비로소 글 읽기를 알게 되었으니 학문을 시작함이 늦은 것이요, 또 십년만에 학문이 이루어졌으니 그 때의 나이 이미 늦었기 때문에 옹이 만옹이라 한 것이 아니겠는가. 그러나 나만은 그렇지 않다고 말하고 싶다네. 사군자 한평생의 출세에 있어서 그 만년에 행동을 가장 어렵게 생각하고 또 소중하다고 생각하니까."

이것이 한 시대를 앞서 본 왕사각의 견해로 그가 아끼는 황현의 유교적인 풍습에 사고思考의 '틀' 을 뛰어넘게 해주려는 스승으로서의 배려 같은 것이기도 했다.

그와 같은 스승의 정신적인 영향을 은연중에 받아온 황현은 왕사각과 19살의 나이 차이가 있었지만, 시국을 보고 논하는 데 있어서 그처럼 서로의 생각이 일치했다.

어지러운 조정의 실태를 주고받던 황현이 앞에 놓인 술잔을 훌쩍 들어 마시고 내려놓으면서 격한 어조로 말했다.

"소경이다! 모두 다 불쌍한 소경들이다! 곤두서서 나라를 이 지경으로 어지럽게 만들어 놓고도 하늘 땅 모르고 날뛰는 검정말들이여!"

황현이 날카롭게 드러내는 푸념에 왕사각이 응수를 했다.

"모두들 미친개여. 한가롭게 지낼 때는 용모나 말이 사람 같다가도 일단 관직을 얻고 벼슬길에 나가게 되면, 손 하나로 위 아래를 흐트러지게 하고, 눈이 뒤집혀서 총명함이 금세 동서가 바뀌고 어지러워 중도를 알지 못하니 겉으로는 멀쩡하나 실로 미친 거라. 그러니 물과 불을 모르고 넘어지고 거꾸러지면서 애석하게도 죄 없는 백성들만 정신없는 미치광이로 만들어 가니 누가 능히 이 난세를 구해 줄 것인지 답답하구만…….”

"그렇습니다. 윗물이 맑아야 아랫물이 맑다고 했는데, 탁한 윗물에 머리가 이상해진 백성들이 겨와 모래를 씹으며 겨울에 추운 줄도 모르고 잠방이를 벗고 이리 저리 날뛰면서 하늘을 올려다보고 중얼대고, 땅을 내려다보며 소리소리를 질러대는 꼴이니 참으로 이것보다 더 애석한 일이 또 어디 있겠습니까.”

"그러게 말일세. 조정의 관리들이 청정한 마음으로 백성들의 생명과 재산을 지키겠다는 것이 그들에게 주어진 의무와 권리인데 이 엄격한 원칙을 알지 못하는 자들이 금관자 옥관자를 펄럭이고 설치는 판국이니 나라 꼴이 점점 더 이 모양 이 꼴이 되어 가는 거 아니겠는가. 쩝쩝…….”

"그렇지요. 중요한 것은 백성이라는 개념인데 그 도리를 모르니 어리석어 관직을 사고 팔고 형벌 대신 돈을 받고 면책하는 것을 예사롭게 아는 판국이니까요.”

그 말이 채 끝나기도 전이었다. 왕사각이 심술난 사람처럼 자신의 뺨을 몇 차례 후려갈기면서 말했다.

"제 조상을 모르니 당해도 싸지 싸! 그러니 이웃에게 얻어맞고 끌려 다니는 거지. 맞고 나니 속이 다 후련해지네 그려. 킁!”

오늘 조정의 어지러움이 슬픔과 분노를 넘어서 어떻게든 살아낼 수밖에 없는 삶의 현실에서 어지러운 시국을 두고 황현과 왕사각이 주고받는 슬픈 독백 같은 것이기도 했다.

왕사각이 술잔을 들어 마시고 내려놓으면서 다시 말을 이었다.

"오늘 우리들에게 주어진 이 부끄러운 절망이 언제쯤이나 완전히 이 땅에서 사라질 것인지 내 원……. 치욕이 빽빽한 조정이 부스럼처럼 자꾸만 신경을 거슬리게 하는구먼. 하지만 참담한 밤이면 달이나 뜨뜻이 기다려

보세나. 이 난세에 어떤 영웅이 나타나 그 기생충들을 솎아내 줄지……."

"그 치사한 거지들 말입니까? 그 자들에게는 조국이 없지요. 다만 눈앞에 돈만 빼먹는 국가가 있을 뿐인데요 뭘, 핫핫하……."

"매천, 자네 말이 맞네. 그런 무리들에게 국가가 조국으로 보였다면 그처럼 야비하게 혈안이 돼서 마치 돈독이 오른 치사한 장사꾼 몸짓들을 할 리가 없지. 안 그런가?"

조정에서 내린 관직을 쓰고 앉아 부정을 일삼는 자들을 두고 하는 말이었다.

당시 백성들의 원성을 사고 있는 조정의 부정부패는 새삼스러운 것이 아니었다. 가족이 화목해야 만사가 순조롭게 이루어진다고 해서 가화만사성家和萬事成이란 말이 있듯이 화목하지 못하고 시끄러운 집안이나 나라 역시도 다툼의 소리가 담장을 넘으면 망할 수밖에 없다고 했다.

그런데 나랏님이 어재하시는 궁궐에서는 어느 하루도 바람 잘 날이 없었다. 시아버지 대원군과 중전 사이의 세력다툼은 마침내 고종을 소신 없는 무능한 임금으로 만들기에 충분한 요인으로 작용했다.

그러한 가운데 연안 각처에서는 이양선異樣船 출몰이 훨씬 더 잦아졌고, 서양인에 의한 청나라 침공의 전문轉聞은 상하 국민의 불안감을 더하게 했다. 멀지 않아 조선도 청나라와 다름없는 난국에 직면하게 될 징후라고 술렁대기 시작했다.

그러한 불안감은 실제로 대원군이 집권하자 눈앞의 현실로 나타났다. 두 차례의 양이洋夷 침범을 물리치고 주화매국主和賣國을 표방한 대원군은 쇄국정책을 강행했다.

대원군은 양화洋靴와 천주교의 유포는 서양 세력의 침투 전조前兆로 보고 양화에 대하여 금단령을 내렸고, 천주교에 대해서도 가차 없는 탄압을 가하여 일대 박해사건을 일으켰다.

그러나 쇄국정책을 철저하게 강화한 대원군의 정치적 권력은 처음부터 어떤 확고한 세력 기반 위에 뿌리를 박고 있었던 것도 아니었으며, 그렇다고 어떠한 새로운 사회 계층이 그 정책 세력의 배경을 이룰 만큼 성장해 있었던 것도 아니었다. 그런 만큼 정치 역시도 새로운 이념에 의해서 뒷받침되어 있었던 것도 아니었다.

대원군이 지향했던 목표는 역시 전통적이며 유교적인 왕정복고王政復古였다. 왕실의 존엄성을 과시하기 위한 경복궁의 중건을 위해 과다한 수렴收斂과 대규모의 토목공사로 인한 과다 징수는 마침내 양반, 상민들의 원성을 불러 일으켰던 것이다.

그러한 사회 분위기 속에서 외척과 양반의 세력을 견제하고, 또한 천주교를 전면적으로 탄압했던 대원군의 전단專斷정치는 그 권력을 오래 유지할 수 없는 요인으로 작용했다. 기반을 구축하지 못했을 뿐만 아니라 국민의 원성과 반발이 그 세력을 고립화시키는 결과를 초래함으로써 그의 정치 그늘에서 또 하나의 외척 세력이 성장되고 있었다.

이와 같은 정세는 대원군 집권 10년만에 어쩔 수 없이 스스로 정권에서 물러나지 않을 수 없게 만들었던 원인이기도 했다. 그러나 그 뒤를 이어 실권을 차지하게 된 중전 민씨閔氏 정권 역시도 어떠한 획기적인 개혁정치를 시도하지 못하고 어떤 면에서는 대원군 집권 이전으로 되돌아가 내정상으로 오히려 더 많은 폐단을 불러 일으켰고, 그로 하여 또 다른 새로운 국면局面을 맞이해야 했다.

1876년 일본의 군사적 위협에 어쩔 수 없이 일본과 강화도조약江華島條約을 맺어야 했고, 뒤따라 또 조일통상장정朝日通商章程을 맺었다. 조약의 체결은 사신使臣의 상주제常駐制 등 일면에 있어서는 근대적인 외교 관계의 성립을 의미하는 것이기는 했지만, 실제상으로는 일본 세력의 일방적인 침투를 허용하게 된 불평등不平等 조약이었다.

그러한 조약 협정에 의해 조선 정부는 일본에 대해서 조계租界의 설정, 치외법권治外法權 등, 자기 나라의 법권法權과 세권稅權에 대한 속박을 감수하여 일본인의 일방적인 세력 침투를 받게 되었다.

　1882년(고종19년) 조미수호조약朝美修好條約 체결 이후, 조선은 유럽 여러 나라에도 문호를 개방하게 되었다. 그리고 또 한 편으로 조청상민수륙통상장정朝淸商民水陸通商章程을 하게 되었고, 그 체결 이후, 청나라의 세력이 침투하여 조선의 정치정세는 복합적으로 더욱 복잡해지면서 직접적인 국제 관계 속에서 변전되어 가고 있었다.

　그처럼 복잡한 과정에서 당시 조정은 보수保守와 개화開化의 갈등으로 불협화음인 가운데 청·일 두 나라의 침투 세력의 대치는 민씨 정권을 보다 어지러운 난국에 처하게 했다.

　당시 민씨 정권은 외척 세도정치의 기반이었다는 데서 그 기반 세력이 취약했던 위에, 새로 침투해 들어온 외국 세력의 간섭을 받아야만 했기 때문이다.

　이처럼 어지러운 분위기 속에서도 외척 세도정치가 계속되면서 권척權戚이 집권하게 되자 과거제가 더욱 문란해졌다. 공정한 시행은 기대할 수가 없게 되었고, 기강이 무너진 지 오래여서 누구나 도포道袍에 유건만 걸치면 과거시험장에 끼어들 수가 있었다.

　그와 같은 분위기를 직접 목도하고 또 그 부패의 피해를 입고 낙향한 황현이었다.

　그 당시 과장科場은 마치 시장과 같이 난잡해져서 금군禁軍, 서리書吏, 별감別監, 사알司謁, 내시內侍로 해서 승지承旨, 한주시종翰注侍從에 이르기까지 과거에 이르지 않는 자가 없게 되었다.

　응시자의 답안지는 청탁에 의해서 물색, 취사取捨되고 급락及落은 뇌물로써 시험 전에 이미 정해지는 상황이었다. 때로는 조정에서 정원보다 더 많은 합격자를 선발하여 이들 정원의 합격자로부터 돈을 받는가 하면, 사전에 과거의 합격이 금전으로 매매되는 것도 성행하고 있었다.

　초시初試는 처음에 2,3백 냥으로 매매되던 것이 차차 5백 냥으로 올라갔다. 관료 기강의 문란은 비단 과거시험에 따르는 뇌물과 매매행위에 국한된 것이 아니었다. 직접 관직을 매매하는 이른바 매관매직의 폐풍은 더욱 심해져 갔다.

　대원군 집권 당시 경복궁 중건을 위해 원납전願納錢의 징수와 지방 관아의 운영자금을 위한 의연금의 징수가 고종조高宗朝에 들어와서 매관매직의 폐풍을 자아내는 데 어느 정도 영향을 입었다고도 할 수 있다.

　어떤 경우에는 과거를 거치지 않고 직접 관직에 오를 수가 있었다. 연보액수捐補額數에 대한 보수의 기준은 대체로 1만 냥 이상이면 6품직을 가설加設하여 채용하든지 자리 나기를 기다려 수령守令에 차임하는 은전恩典을 베풀고, 2만 냥 이상이면 반드시 수령의 자리가 나는 것을 기다리게 해 주었다.

　그러한 풍조의 매관매직은 지방에서 수령이나 협잡배가 원하지도 않는 관함官銜을 부유한 백성에게 억지로 팔아서 직첩職牒을 주는 경우도 있었다. 이와 같이 돈으로 얻게 된 벼슬을 차함借銜 벼슬이라고 했다.

　그 중에서도 경관京官의 문반직文班職만은 매매되는 일이 드물었지만 도사都事, 감역監役, 참봉參奉, 감찰監察과 같은 음서초사蔭敍初仕의 자리는 그 품계나 우열에 따라서 수천 냥에서 2,3만 냥에 이르는 값의 차이가 있었다.

　이와 같은 관리의 기강 문란은 지방행정에 직접적인 악영향을 미쳤다. 그로 하여 수령의 교체가 잦았을 뿐만 아니라, 잠시 제수除授했다가 곧 자리를 빼앗아 수령 자리를 오랫동안 비우게 하거나, 취임 도중에 임지任地를 변경시킴으로써 한 고을의 수령이 1년 동안에 3,4 차례 바꾸어지게 됨에 따라 지방행정이 문란해질 수밖에 없었다. 수령이 자주 바뀌고 또는 그 자리가 공석이 되는 일은 조정의 탐관오리들이 만들어내는 일이었다.

　그처럼 어지러운 조정의 실태를 한양에서 직접 보고 내려온 왕사각이었고, 황현이었다.

"말하면 뭘 합니까. 저 위를 올려다보면 절터인 것을……."

"가난한 백성들 살점이나 뜯어 먹고 사는 고놈의 씨알머리들이 언제쯤 박살이 나서 살맛나는 세상이 올 것인지, 그 참!"

황현의 푸념 섞인 말에 왕사각 역시도 마찬가지라는 듯이 말했다.

"힘없는 백성이야 어쩌겠습니까. 설마하고 기다려 볼 수밖에요."

"천지분간을 모르고 날뛰는 인물들이 오늘 조정에서 녹을 받아 먹고 있는 벼슬아치들 작태인 것을 어쩌겠는가. 옛날 사람들은 관직의 중요성을 대단하게 여기고 맡은 바 일에 그만큼 긍지를 가졌던 것은 나라로부터 보수를 받는다는 것을 굉장한 명예로 여겼기 때문이라네. 그런데 오늘 그 분수를 모르는 자들이 저렇게 넘쳐 날뛰니 곤고한 것은 백성들일 수밖에 더 있겠는가? 흠……."

"그렇습니다. 그래서 옛날 어르신들 말씀이 군자가 앞뒤 분별없이 용맹하기만 하고 예의가 없으면 나라를 어지럽히고, 소인이 용맹하기만 하고 예의가 없으면 도둑이 된다더니, 오늘 나라꼴이 꼭 그 모양입니다."

"그러니 어쩌겠는가? 힘없는 백성은 산천경개나 구경하면서 공염불이나 하는 수밖에, 그러다 보면 천지개벽이라도 일어나서 살맛나는 세상이 올는지 누가 알겠는가. 흐흥!"

그 말을 내뱉고 왕사각은 술잔을 거푸 따라 꿀꺽꿀꺽 마셔댔다. 황현 역시도 떨떠름한 기분을 털어내기 위해 몇 잔의 술을 연거푸 벌컥벌컥 마셨다.

그렇게 얼마동안 앉아 마셔대는 선창가 객주집 창가로 희디흰 달빛이 끈적끈적한 해변의 밤바람을 동반하고 나그네 헝클어진 잠을 재촉하게 했다.

얼얼하게 취기가 오른 두 사람은 의관도 벗지 않은 채로 바닥에 쓰러져 그대로 잠이 들어 버렸다.

황현이 '끄으응~' 신음 소리를 삼키며 자리를 고쳐 눕는 바로 그때였다. 문밖에 세워둔 말이 푸드득 소리를 내어 잠을 깨게 했다.
 눈을 떴을 때는 동창에 아침 햇살이 퍼지고 있었다.
 "항차 짐승도 밤과 낮을 구별할 줄 알고 어서 일어나라고 신호를 보내주는구만."
 왕사각이 어느새 자리를 털고 일어나 방문을 열어젖히면서 하는 말이었다.
 "그래서 밤과 낮, 옳고 그릇됨조차 분별 못하는 인간을 보고 짐승만도 못하다고 하잖습니까. 핫하하……."
 "맞는 소리네. 사람이면 누군가를 위해서 맑은 정신으로 힘을 쏟을 때 사는 맛이 나는 건데……."
 "그러게 사람으로 태어난 본분을 모르는 삶이란 죽은 거나 다름이 없다고 하잖습니까. 주변의 수많은 사람들이 가난과 고통으로 허덕이고 있는데도 그것은 관심 밖이고 재물을 탐닉하여 쌓아두고 많은 종들이나 부리면서 권력과 명예, 그것이 마치 삶의 전부인 양 착각들을 하고 있으니 불쌍한 백성들은 안중에도 없는 것입지요."
 "옳으이. 매천, 어서 일어나 오늘 우리 그 살아있는 삶의 본분을 찾기 위해서 유서 깊은 역사가 숨쉬고 있는 이 고장 산야에 묻혀 있는 교훈이나 두루 찾아 보세나."
 그 말을 하고 왕사각은 흐트러진 옷매무새를 여미며 방문을 열고 나가고 있었다. 황현 역시도 자리를 털고 일어나 그 뒤를 따랐다. 두 사람은 먼저 선창가 골목 어귀에 붙어 있는 해장국밥집을 찾아 들어갔을 때는 여수항만 그 해로海路를 이용하는 객상인들이 벌써 여기저기 모여 앉아 웅성거리고 있었다.
 한 쪽에 자리를 잡고 앉아 주문한 해장국밥이 나와 수저질을 하고 있을 때였다. 그 한 옆으로 국밥에 해장술을 곁들인 두 젊은 장정이 주고받는 이야기가 황현의 두 귀를 세우게 했다.

"나라꼴이 참으로 우습게 돌아가고 있구만. 쩝쩝……."
"또 무슨 변이 일어났다는 이야기여, 뭐여?"
"한양에서 내려온 소식을 자네는 못 들어 봤는가? 지금 조정 안팎이 더 아수라장이지 뭔가. 서로 기득권을 챙기려고 말일세."
"우습게 돌아가는 나라꼴이 어디 어제 오늘 일이든가? 배고픈 중생들이야 이런들 어떠하리. 저런들 어떠하리. 만수산 드렁칡이 얽혀진들 어떠하리. 흐흠……."
"그건 이태조가 반정을 하고 조선을 세웠을 때 님 향한 일편단심을 읊는 정몽주를 향해 아들 이방원이 읊었다는 시구가 아닌가."
"이 사람아, 그 마음이 지금 오늘 바로 내 마음이라는 거여. 세상이야 어찌 돌아가든 무상한 세월은 흘러가는 것이니께. 흐흥!"
젊은이들이 주고받는 이야기 품새로 보아 선비의 역량을 제대로 발휘할 수 없는 시국에 물상 거래에 눈을 돌리고 나온 선비풍 집안의 자제들인 것 같았다.
그들이 주고받는 이야기가 황현의 귀를 그쪽으로 쏠리게 했다.
"예나 지금이나 유별난 별종자 씨들이 가끔씩 튕겨져 나오는 것이여."
"별종자 씨라? 그렇지. 엄격히 따져 거슬러 올라가 보면 이태조도 별 수 없는 별종자과에 속하는 사람이라고 할 수 있지 않겠는가? 무력반정으로 고려 왕실의 문을 닫게 했으니께. 흐흐흐……."
"엄격히 따지면 그렇구먼. 외세 침범으로 고려왕조가 무너진 게 아니었으니께 말이여. 사실 고려 공민왕의 국가정책은 고대 우리 조상들의 활동무대였던 옛 고토 고구려와 발해, 요동땅을 다시 회복하려는 것이었는데……."
그들이 말하는 고려 말, 공민왕대에 이르면 중원을 지배했던 몽골족의 원나라는 명나라의 주원장에 의해 1368년 멸망하고 북쪽 몽골 초원으로 쫓겨 가는 대격변의 시기를 맞는다.

명나라는 원나라가 지배했던 곳의 연고권을 주장하고, 이에 맞서 고려는 원나라에 지배를 받았던 땅은 원래 우리 조상들의 활동무대였던 지역이었다며 돌려받기를 주장하고 나섰다. 그러나 새로운 중원의 강자국이 된 명나라였다. 고려가 원하는 주장을 무시하고 사신을 보내 원나라와 고려의 국경 지역에 '철령위鐵嶺衛' 설치를 강행하겠다며 쌍성총관부 자리를 내놓으라고 통보를 해왔다.

이에 공민왕의 뒤를 이어 왕위에 오른 우왕은 그들의 철령위 설치에 반발하여 요동정벌을 결정하고 최영 장군으로 하여금 명나라 사신단 21명을 처형하게 했다. 이로써 고려가 명나라에 대해 사실상 중원은 우리의 고토古土임을 선전포고하고 서둘러 팔도의 군사를 징집해 요동정벌에 나섰다.

그러나 이성계는 그러한 국가정책에 '작은 나라가 큰 나라를 치는 것은 불가하다'는 등의 이유를 들어 우왕과 최영 장군의 명을 거역하고 압록강변 위화도에서 회군을 단행했다.

이 사건으로 최영을 비롯한 보수세력이 몰락하고 이성계가 실권을 장악하게 되었다. 결국 고려가 멸망하고 이씨李氏 조선이 건국되는 계기는 그로부터 비롯되었다.

부둣가 국밥집에 앉아 해장술을 마시며 어지러운 시국을 한탄하던 젊은이들의 이야기는 그처럼 시간의 강을 건너 위로 거슬러 올라가고 있었다.

"국가정책에 왕명을 거역하고 나설 수 있는 용기라면 대단한 인물임에는 틀림없었던 게야. 회군을 단행하고 무력반정을 일으켰던 이성계였으니……."

"그러니 별종은 별종인 게여. 고려 충신으로서 길이 귀감이 되어온 정몽주와 황금 재물보기를 돌같이 보라고 하였던 최영 장군을 죽이고 반정으로 나라를 빼앗고 스스로 명나라 속국으로 굽히고 들어가 소중화小中華라고 자처한 사람이었으니……."

사실 그들이 별종자 씨라고 빗대는 태조 이성계는 무력반정을 일으켜 나라를 찬탈한 후, 국호를 조선이라고 하여 이태조李太祖로 등극했다. 그리고 스스로 명나라의 속국으로 들어간 것이고 보면 그건 분명히 민족주체성 상실로 배달민족 수치가 아닐 수 없는 일이었다.

그 후 이태조는 명나라의 유교를 받아들여 국교로 삼았다. 그리고 왕과 신하들 모두가 소중화라고 자처하는 어리석은 사대주의 발상을 조정에서부터 백성에게 이르기까지 심어 뿌리를 내리게 했다. 그런 만큼 그들이 별종과로 빗대는 그 표상이라고 할 수도 있을 것이다.

그들이 주고받는 이야기는 황현의 신경을 더욱 곤두세우게 하면서 그쪽으로 귀가 쏠리게 했다.

"엄격히 말해서 중화란, 세계 중심, 세상의 중심의 나라, 그 의미가 아니겠나. 그 중심으로 말하면 우리 조상들이었는데 말이여……."

"그러니까 이태조야말로 조상의 격을 스스로 낮추어 버린 인물이라, 조상 전에 불효를 저질러도 큰 불효를 저지른 별종자 씨가 아니겠는가."

"스스로가 근본을 부정하고 나선 인물이 공자님 유교를 국교로 삼았으니 이 나라가 이 모양 이 꼴 아니겠는가. 큼!"

"무슨 소리를 하는 겐가. 공자님 근본정신을 제대로 받아들였으면 이 모양 이 꼴이 되지 않는 게여. 공자님 말씀에는 각 사람이 타고난 제 몫의 본분이 다르니 남의 몫을 탐내지 말고 제 본분을 지키는 것이 세상 이치로 위계질서를 지키는 것이란 말씀인데 그게 어디 태어날 때부터 귀하고 천한 양반 상놈을 갈라 억압하라는 것이던가? 그것은 공짜 좋아하는 양반님네들이 적당히 공자님이름을 빌어 팔아먹고 있는 게여. 훗훗후……."

주고받는 이야기 품새로 보아 글줄 깨나 읽어온 선비들이었음이 틀림없는 것 같았다. 사실 공자님의 가르침은 그처럼 신분에 귀하고 천한 반상제도를 만들어내라는 것이 아니었다. 공자는 말년에 자신의 정신적 성장을 회고하며 이렇게 말했다.

"내 열다섯 살 때 학문에 뜻을 두어 서른 살에 자립하였고, 마흔 살에 미혹함이 없었다. 쉰 살에 천명을 알게 되었고, 예순 살에 이르러 남이 하는 말을 들으면 듣는 것에 따라 이해할 수 있었고, 일흔 살에는 내가 하고 싶은 대로 해도 법에 어긋남이 없었다."

공자는 스스로를 다스리기를 쉬임없이 계속했다. 그의 말을 쫓아가 보면 그는 종신토록 스스로를 갈고 닦기에 여념이 없었음을 그가 한 말의 행간行間에서 읽어낼 수가 있다. 일흔넷의 나이로 죽음을 맞기까지 그는 잘 배워서 어김이 없었으며 예禮를 두려워하여 삼갈 줄 알았고, 죄와 복을 멀리하고 종신토록 스스로를 다스려 훌륭한 배움을 이루어냈다. 그리하여 가르침 또한 배우는 일임을 몸소 실천하는 삶을 이루어낸 분이었다.

그처럼 숭고하고 고결한 성현의 정신적인 삶 자체를 현실적이며 육체적인 삶의 방편으로 철저하게 활용해 먹고 있는 조선시대 권력층으로 그 지배계급들이었다.

그러한 조선시대 지배계급에 의해서 우리 배달한민족의 뿌리 역사는 표류하게 되면서 우리 조상들이 물려준 '한얼' 사상 또한 그 빛을 잃고 마침내 조선 후기에 들어와서는 완전히 불 꺼진 창이 되고 말았다.

황현이 한양에서 규장각을 드나들며 읽어 본 우리 배달한민족의 뿌리 역사는 그랬다. 배달겨레를 세운 환웅천황 7대 이후, 단군왕검 조선은 건국 이래 47대에 거쳐 2096년간 황금의 시대가 이어지면서 우리 조상의 고토古土인 만주를 중심으로 동양문화와 동양철학의 근원인 나라로 보다 훌륭한 우리 역사의 틀을 견고히 하였으며, 한족漢族을 비롯한 이웃 민족들을 조화와 협동정신으로 평화스럽게 다스리고 지배하였던 우수한 민족이었다.

그러나 단군조선 치세의 말기에 들어서면서 맥이니, 예, 북부여, 동부여, 옥저 등, 소수 부족국가들이 다양하게 일어났고, 때를 같이하여 중원에서는 기자조선, 위만조선을 건립하여 내세우게 되는 이와 같은 현상은 다 부족으로 분화된 단군 말기 현상의 기록들이었다.

하지만 이러한 분열 현상에서도 단군의 홍익인간 이념의 '한얼' 정신은 통일성을 지향하려고 역할되어 결국 크게 세 나라로 나누어진 상태가 우리 조상들의 고토인 중원 땅을 중심으로 하여 고구려, 백제, 신라 삼국으로 나누어 건국되었던 것이다.

그쪽 젊은이들이 주고받는 이야기에 귀를 기울이고 있던 황현은 마치 그들과 자리를 함께 하고 있는 것과 같은 분위기에 실렸다.

가만하게 술잔을 들고 왕사각을 건너다보고 있던 황현이 중얼거리듯 말했다.

"세계 중심이던 나라가 어쩌다가 오늘 이 지경에 이르게 된 것인지……."

"그것은 우리 조상들이 지켜 내려온 그 홍익인간 정신을 잃어버린 때문이라고 보네. 그 이념은 박애, 평등, 인간존중의 자유, 그리고 평화의 정신 사상이니까. 그 홍익이라는 말은 사익과 공익을 모두 포함하는 정신이거든. 개체와 전체를 모두 살릴 수 있는 조화의 정신이라는 것이지."

"그리고 보면 개국조이신 단군왕검께서 개국이념으로 세우신 홍익인간 사상이야말로 우리 선조들이 믿고 숭상해 온 하나님의 지상천국 이상이었다고 볼 수 있지 않겠습니까?"

"그것이 너와 내가 개체가 아니라 전체가 하나님 틀 속에 있다는 평화의 정신 아니겠나. 그래서 고구려는 우리 조상들의 정통적인 맥을 면면히 이어 받아서 마침내 본토를 수복하고 찬란한 동방의 문화를 그대로 계승 발전시켜 태평성대를 이루어 나왔던 게지. 그런 고구려가 왕조 수립 705년이 되던 서기 668년 28대 보장왕에 이르러 신라와 당나라 연합군에 의해 평양성이 함락되면서 왕조가 멸망하고 말았으니 참으로 안타까운 일이라고 보네."

"그러니까 후한 말기를 지나 삼국시대 지방 최고의 전략가로 불렸던 촉나라 제갈량은 일찍이 동이는 군신의 마음이 하나로 똘똘 뭉쳐서 공략할 수가 없으니 동이를 치려면 먼저 이간질을 해서 분열을 시켜야 가능하다고 갈파했다는데 그대로 적중한 것이지요."

"그것이 손자병법이라. 그래 수양제는 정공법으로 고구려를 치다가 패전을 거듭한 끝에 내란으로 망했고, 노련한 당태종 역시도 패전하고 나서 그 원인 분석을 해 보니 바로 그 배달민족정신이 살아있기 때문이라는 것을 알아내고는 고구려의 전통사상을 말살하기 위해 도교를 고구려에 전파하는 등 내분과 갈등의 씨앗을 뿌렸다는 거네."

"결국 그들은 연개소문 사후 고구려 내분과 신라와 갈등하는 틈새를 이용해서 나당 연합군이 고구려를 멸망시키고 말았던 것이지요."

"역시 역사를 정통하고 있구먼. 사실 그랬지. 이 무렵 고구려 사람 대중상이 흩어진 유민을 이끌고 본토를 중심으로 하여 말갈족과 그 외 소수 부족들을 규합하여 대진국이라는 새로운 왕조를 세우고 고구려의 정통 맥을 계승하기도 했지. 그래 대중상의 아들 대조영이 왕위에 오르면서 나라 이름을 발해라고 하고 연호를 천통天統으로 배달나라 전통을 계승해 나가다가 그 전통이 점차 흐려지면서 건국 228년만에 그만 애석하게도 거란족한테 당하고 말았다는 거 아닌가. 쩝쩝……."

황현과 왕사각이 반추해 보는 우리 민족의 역사는 그랬다. 고구려의 전통을 계승해 나가던 발해가 망한 것은 왕조 수립 228년만이었다. 개천 4832년, 서기 926년 15대 애왕(대인선) 20년, 거란족이 세운 요나라 태조 야율아보기가 침략하여 수도 홀한성이 함락되고 말았다. 그리고 그들이 들어와 먼저 서둘러 시행한 것이 우리의 개국조이신 단군왕검을 받드는 모든 국민의식을 탄압하고 나섰다. 배달민족 전통의 홍익인간 정신을 말살하려는 그들의 정책은, 민족사상이라는 국민정신이 뭉쳐 일정한 방향으로 움직이면 무력으로도 당해낼 수 없는 엄청난 힘을 발휘하게 된다는 이 사실을 알았기 때문이다.

그러한 탄압으로 발해의 백성들은 흩어져 살기에 이르렀고, 또 일부는 고려로 망명하여 살게 되었다. 고려를 세웠던 왕건의 건국이념 속에는 배달겨레 조상들이 심어준 조화의 홍익인간 '한얼' 정신이 깊이 내재되어 있었고, 같은 혈류의 동손同孫 동질同質이었기 때문에 서로를 감싸 안았다.

그처럼 '한얼' 정신을 건국이념으로 계승했던 왕건이었고, 그래서 과거 우리 조상들의 활동무대였던 고구려 땅을 다시 회복해야 한다는 기세로 온 국민이 힘을 합쳐 마침내 후삼국을 통일할 수 있었던 것이다.

왕사각은 고대 우리 조상들의 민족정신이 새삼 아쉽다는 듯이 긴 한숨을 내쉬면서 말했다.

"고려 왕건은 우리 조상들로부터 전래된 조화의 홍익인간 정신을 주축으로 삼으면서 인도로부터 도입된 불교를 호국신앙으로 하고, 정치이념으로서는 공자의 유교를 본받게 했던 것이라네. 그러니까 이것은 옳고 저것은 아니다가 아니고 그 바탕에 깔고 있는 선을 모두 인정해 준 이것이 우리 조상들 조화의 협동정신이었으니까 모두를 끌어안은 것이란 말이거든. 인간이 동물과 다른 것이 뭣이겠나? 인간 본능이란 것을 다스리지 못하면 동물과 무엇이 다르겠는가 말이여. 그래서 공자님 가르침은 인간 속성을 다스려서 사람의 도리를 아는 도덕물이 되라는 것 아니었겠나. 그것이 삼강오륜의 덕목이라. 먼저는 위로 조상을 숭배하고, 또 부모를 공경하며, 그리고 나아가서 사회질서를 지킬 줄 알아야 한다는 것이지. 그런데 항차 제 조상을 마치 허깨비처럼 무시하는 자손들인데 사회질서를 지키겠는가? 그렇게 천지의 이치를 모르고 불손한 자손한테 하늘이 복을 내려주겠는가 말이여. 아버님이 말씀하시기를 생명을 있게 해준 제 부모와 조상을 무시하는 자식이 바로 불법을 행한 자라고 하셨네."

"잠깐, 조상을 무시한 것이 불법이라고 하셨습니까?"

"그렇네. 자기 생명의 근본을 무시한 얼빠진 사람이 무슨 일을 하겠나? 옳고 그름을 모르니 무질서라. 불법을 행할 수밖에……."

순간 황현은 번개처럼 뇌리를 스치는 것이 있었다. 서양 신부들이 들고 들어와 설파하는 천주학설이 당시 문제가 되고 있었기 때문에 연구 분석해 보기 위해 구약의 기록들을 자세히 훑어보았을 때였다. 그 기록에서 유대 이스라엘 백성들이 절대 능력자로 믿고 섬기는 주신主神이 '여호와' 였다.

그처럼 유대민족에게 깊이 심어진 신앙심은 그렇기 때문에 그 여호와가 엄히 그 백성들 위에 세운 율법律法 십계명十誡命을 지키면 나가도 들어가도 복을 받게 된다는 그 믿음이 '여호와'로부터 선택 받았다는 자긍심이 되면서, 또한 '칼에는 칼, 눈에는 눈으로 대적하라'는 여호와의 가르침이 그들의 정복문화를 이루어 나오게 한 민족정신이었음을 느낄 수 있게 했었다.

그러한 그들 민족 자긍심이 그들의 수호신 여호와의 능력이 우주와 만물을 사랑으로 창조했다는 것이며, 그 논리를 바탕으로 깔고 지구촌 전체 인류가 그 여호와로부터 창조된 아담과 이브의 후손들이라는 것이었고, 그것이 서양 신부들이 십자가를 앞세우고 들어와 설파하는 천주학설이었다.

그러나 구약을 아무리 읽고 또 분석해 봐도 '여호와' 신의 행사行事 모습은 서양 신부들이 설파하는 교리대로 우주와 만물을 사랑으로 창조하셨다는 하나님의 인상에는 도무지 어울리지 않는다는 황현의 느낌이었다.

서양 신부들이 그처럼 인류의 뿌리 역사라고 설파하는 구약의 기록상으로는 그 당시 이스라엘 유대민족과 이웃하고 있는 이방 족속들이 있었고, 그 족속마다 그들이 절대자로 믿고 섬기며 추종하는 민족주신民族主神들이 달리 존재하고 있었음을 분명히 기록해 두고 있었기 때문이다.

그 사실을 입증해 주는 것은, 당시 이성의 분별력이 아직 성숙하지 못했던 이스라엘 백성들이 한때 그 이방 족속 조상신을 좇아 섬김으로, 그 유대민족 창조 수호신 '여호와' 부터 진노함을 입고 버림을 받아 애굽(이집트)에서 무려 400년간이나 종살이를 하도록 방치해 둠으로써 압박과 서러움을 받도록 했었다는 기록이었다. 바로 그것이었다. 유대민족 창조수호신 여호와는 그로 세움을 받은 이스라엘 백성들이 그와 같이 다른 이방신을 좇아 섬길 때에 어떤 진노를 입게 될 것인가를 거듭 경고해 두고 있고, 또 그 응징을 실제적으로 행사行事했음을 보여주고 있었다.

그 당시는 이스라엘 백성들뿐만 아니라 이웃하고 있는 이방 족속들 역시 마찬가지로 경계의 분별력이 약할 수밖에 없었던 시대였다. 사실 지구촌 인류는 동서東西를 막론하고 그처럼 무지했던 원시시대를 거쳐 구석기, 신석기, 그리고 청동기시대를 거쳐 진화 발전해 나오는 과정에서 각 민족마다 그들 나름대로의 창조 설화를 가지고 있고, 거기에 또 그 입증이 되어주고 있는 것이 서양 신부들이 들고 들어온 구약이라고 할 수 있었다.

당시 서양 신부들에 의해서 유입된 천주학설이 그처럼 논란의 시비是非가 되고 있는 것은, 그리스도 성자 예수가 그들 제사장들의 중론에 의해 '이단의 괴수'로 몰려 십자가 위에서 물과 피를 흘리며 참형을 당하는 운명의 그 마지막 순간까지 제자들에게 '족속을 초월하여 전파하라'는 그 신약복음서가 아니라, 다만 유대민족 창조 수호신에 국한된 '여호와'를 하늘과 땅과 사람, 즉 우주와 만물을 사랑으로 창조했다는 성부聖父 하나님으로 믿으라고 하는 것이 서양 신부들의 천주학설天主學說이었기 때문이다.

그것이 조선 말기에 유입된 '야소교(예수교)'의 문제점으로 그 당시 논란의 시비가 되고 있었던 것이며, 그와 같은 천주학설로 포교활동을 하던 신부들이 박해를 받아 새남터에서 거듭 참형을 당하는 순교사건은 마침내 심각한 국제관계로까지 번지고 있었다. 그런 만큼 당시 의식이 살아있는 지식인들로서는 여간 심각한 문제가 아닐 수 없었던 것이다.

02
천주학설에 의한 인류 시원

황현이 한양에서 서양 신부들을 통해 접해 본 구약의 기록은 그랬다. 각 민족 뿌리 세움의 조상신들이 그들 창조에 따르는 의무와 권리를 행사해 오면서 그 백성들로부터 조상신 하나님으로 섬김을 받아오던 시대가 바로 우리 조상들이 말해 온 신불시대神佛時代였으며, 그것이 고대사 기록으로 구약은, 이스라엘 민족 뿌리 세움의 역사서라는 사실을 알게 되었다.

그러한 그들의 뿌리역사 구약의 기록에서 주목을 끌게 한 것은, 그 당시 유대민족과 이웃하고 있는 이방 족속들 역시도 그 뿌리 세움의 창조신들이 각기 그 성호聖號를 달리하고 그 민족 주신主神으로 존재하고 있었다는 사실이다.

그래서 그처럼 각 족속마다 그 조상수호신 가르침의 '호흡'이라는 정기에 의해서 그 나라 민족정신문화를 이루어 나온 그 기본 바탕이 되었다는 사실을 밝혀 볼 수 있게 했다.

바로 그것이었다. 지구촌은 각 족속마다 창조수호신이 불어넣어 준 그 정기精氣의 호흡이 달랐기 때문에 그리스 로마인들처럼 독창적인 예술성을 드러내 보이는 민족이 있는가 하면, 우리 배달한민족처럼 하늘과 땅과 사람이 '한 틀' 속에서 비롯되었다는 삼일철학三一哲學, 천지인天地人 사상으로 동양철학의 바탕을 이루어 정신문명을 발전시켜 나오게도 했었던 것이며, 그와는 달리 지구촌에 물질 기계문명을 앞서 발전시켜 나올 수 있었던 것이 바로 그 서양 유대민족이었던 것이다.

그것이 지구촌 피부 색소를 달리하게 한 창조신의 '호흡'이었던 것으로, 독창적 그 민족문화를 이루어 나오게 한 그것이 천지인이 하나로 조화의 세계를 이루려는 하나님의 섭리였음을 특히 유대민족 뿌리 역사 구약에서 밝혀볼 수 있게 했다.

그러한 하나님의 섭리 역사에 의해 유대민족 창조수호신 여호와는 그 백성들에게 그처럼 이웃민족과 경계를 짓고 힘겨루기의 전쟁전략 기술을 가르쳐 주고 있었고, 그로부터 이어져 내려온 그 민족정기는 그들이 조상 대대로 숭상해 온 여호와 하나님으로부터 선택받았다는 민족 긍지의 기치를 높이 들고 그처럼 특출한 전쟁 전술 전략으로 정복문화를 세계 속에서 이루어 나오고 있다는 사실이었다.

그들 뿌리역사 구약을 다시 상기시켜 보는 황현이 걱정된다는 듯이 말했다.

"우리 조상들이 말해 오기를 자손이 환부역조를 하면 망한다고 했듯이, 유대민족 뿌리 역사 기록에서 그 백성들이 믿고 의지해야 할 민족 수호신의 존재를 무시했을 때 주신 여호와가 진노해서 그 백성과 함께 하지 않았고, 돌이켜 깨닫게 하기 위해 이방 민족의 노예로 종살이를 시키기도 했다는 거 아닙니까. 그것이 그 민족의 수치로 민족 중에 속담거리와 이야깃거리가 되리라고 적어두고 있었지요. 그런데 그 민족과 상관도 없는 우리더러 그들 조상신 여호와를 우주와 만물을 사랑으로 창조한 사랑의 천주님으로 믿으면 나가고 들어가도 복을 받는다니 그게 어디 앞뒤 이치가 맞는 소리냐는 것이지요."

"그러니 걱정이지 않은가. 제 조상 얼이 빠지고 허기진 백성들이야 복이라면 서낭당 목신한테도 두 손을 싹싹 빌어대는 무분별한 상태인데……."
　이미 천주학을 연구 분석해 온 황현과 왕사각의 대화는 그처럼 서로가 그 생각이 일치했다.
　밀려 들어오는 외세와 어지러운 시국 이야기를 나누고 있는 황현과 왕사각은 우리 배달민족 조상들의 '얼'을 잃어버린 자손들의 혼미한 정신상태가 오늘 이웃 나라로부터 얕잡아 보이는 결과를 초래한 것이며, 그래서 그 응징의 수치를 당하게 되었다는 생각으로 모아졌다.
　황현이 그 답답함을 토로했다.
　"제가 읽어 본 서양 유대민족 뿌리 역사 구약에서 얻은 교훈이라면 그 백성들이 그 조상신 여호와를 배반하고 다른 신을 좇았을 때 그 응징의 벌로 이방 족속 노예로 종살이를 시켰다는 거 아닙니까. 그 교훈이 바로 오늘 우리에게 주는 것 같습니다. 그러니 이 나라가 질서를 잃고 혼돈스러운 것이 그 어떤 징조 같아서 말입니다."
　"나 역시도 그게 걱정이로세. 위로부터 제 조상을 무시해 버리고 혼미해 있는데 어떻게 사회질서가 바로 세워진단 말인가? 우리가 오늘 너나없이 이 고통을 당하는 것이 조상의 얼과 족보를 무시해 버린 그 과보일세. 하지만 왕건은 우리 조상들의 얼을 지키려고 부단히 노력해 왔고, 그래서 태평성대를 누릴 수 있었다는 거 아니겠나."
　"그러니까 고려 왕건은 완전히 우리 조상들의 조화의 정신을 그대로 실현하여 반영시킨 분이셨다는 거 아닙니까. 그 통합 정신으로 외래 종교까지를 수용했으니 말입니다."
　"그게 바로 우리 조상들로부터 전래된 한얼정신이었던 게야. 그렇게 조화의 정신으로 외래 종교를 수용한 왕건이었지만, 그러나 통일의지는 역시 우리의 전통사상인 홍익인간 정신을 주축으로 삼았다는 거 아니겠나. 그 정신이 바로 하늘 섭리의 이치를 밝게 깨닫게 하는 것이라고 해서 '한밝' 사상이라고 했다네. 그처럼 우리 선조들이 지녀온 배달정신을 중요시했던 왕건은 조화의 한얼정신을 되살려서 인류시원에서 어느 민족이나 자연신을 숭상했던 무속적인 신앙까지도 조화적으로 허용 통합해서 태평성대를 구가하였다는 것인데……."

"아! 그것이 한밝 이념이라는 통합정신이었던 거군요. 그렇다면 국조 단군왕검의 지상천국 이상이라는 홍익인간 이화세계를 구현하려 했던 것이 왕건의 통일의지였네요."

"그렇다네. 최치원의 난랑비서문鸞郎碑序文에 표현된 배달 한민족 뿌리사상이라고 할 수 있는 현묘지도玄妙之道는 유불선 삼교를 포함하고, 신교적 전통도 함께 어우러져 있어서 인본주의적이면서도 범신론적인 우주관으로 인본주의와 신본주의가 절묘하게 조화를 이룬 신인합일 사상으로 독특한 조화적 사상이라는 게여. 이것이 우리 배달민족의 조상들이 지녀온 우주관과 인생관을 집합하여 표현한 용어로 현묘지도 또는 풍류도風流道라고 했다는구먼. 하늘은 모든 것을 있는 그대로 거슬리지 않고 품어 안고 흐르는 바람처럼 역행하지 않는다는 그 이치라. 이것을 풍류도라고 한 것이라네."

"아! 풍류객이라는 말이 거기서 연유된 것이었군요."

"그렇다네. 그 풍류객이라는 말을 우리가 쉽게 쓰지만 아무나 풍류객이 되는 것이 아닐세. 세상이치를 바로 알고 깨달아 어디에도 매이지 않는 그런 자유자재한 마음이 바로 신선놀음이라. 풍류객이라고 한 것인데, 흠흠……."

사실 황현 역시도 생활 속에서 풍류객이라는 말을 자연스럽게 곧잘 쓰곤 했었다. 그런데 그 풍류객이란, 어디에도 매이지 않는 신선의 경지에 오른 마음 상태라니, 저절로 웃음이 나왔다.

"그렇다면 우리도 오늘만큼은 어디에도 매이지 않는 신선놀음, 아니 그 풍류객이군요."

"그 말 잘 나왔네. 지금 이대로 우리가 풍류객이 될 수만 있다면 얼마나 좋겠는가? 하지만 내 의식부터가 현실 속에서 자유롭지 못하니 안타깝지 뭔가. 그런데 과거 우리 조상들은 어느 민족보다 생활 속에서 풍류를 즐겼다는 게여. 그만큼 우리 민족의 조화사상이라는 한얼사상은 인간도 존중하고 신적 존재들도 존경해서 산에 가면 산신께 예를 올리고, 바다에 가면 용왕신께 그 예를 올렸던 것이 그 조화의 정신사상 때문이 아니었겠나. 그런데 오늘 안타까운 것은 서양 신부들이 들어와 설파하는 천주학설을 포용하지 못하는 이유가 바로 그 각 민족 뿌리 역사를 유대민족 뿌리에다가 꿰맞추려고 하기 때문이 아니겠는가. 항차 자연신들까지도 있는 그대로를 인정하고 포용하려 했던 것이 우리 조상들의 풍류도였는데 말이여, 허허······."

사실 우리 조상들로부터 전래되어 생활 속에서 즐겼다는 풍류도, 그것은 인간도 존중하고 신적 존재들도 존중하는 양시론적兩是論的 사상이라고 했다. 즉 천지와 더불어 존재하고 있는 인간이 그 '한얼'의 같은 틀 속에서 비롯되어졌기 때문에 대자연계를 관리 관장하는 중음신中陰神들과의 조화를 기본으로 하며, 이웃하고 있는 민족과 인간들끼리도, 그리고 높낮음의 신들끼리도 모두 조화를 이루며 공생한다고 믿었던 것이 우리 민족 사상으로, 그것이 호연한 자연과 교감을 이룬다는 조상들의 만물감통萬物感通 사상이었다고 왕사각은 부연 설명을 해 주었다.

"그러한 자연관이 바로 우리 개국조 단군왕검께서 건국이념으로 세운 홍익인간 정신이 아니겠습니까? 거기에는 무한한 포용력과 평화공존 의식이 내재되어 있다는 것이니까."

"서로가 부합하여 상통한다는 이치지. 바로 그 정신사상이 고대사에서 우리 조상들이 이웃 민족을 평화로써 모두어 껴안고 다스릴 수 있었다는 조화사상이 아니겠나."

이야기를 듣고 있던 황현은 그것이 우리 조상들이 실천했던 현묘지도로 뭇사람들을 교화하는 접화군생接化群生 단계로 발전시켜 나오게 했었음을 알 수 있게 했다. 그래서 과거 고대사에서 우뚝 솟은 동방의 등불로 군자지국君子之國이라는 칭송을 받으면서, 스승국으로 12제국을 다스려 나왔다는 것은 극히 자연스러운 현상이었다는 생각이 들었다.

황현은 고개가 저절로 끄덕여지면서 스스로에게 다짐하듯이 되물었다.

"그러니까 홍익인간 이화세계를 구현했던 우리 배달사관은 조화적이며 평화적이고 포용적인 역사관으로 모든 나라와 민족들이 궁극적으로 공생공존하는 지상낙원 세계를 구현하고자 하는데 그 목적과 뜻을 두고 있었던 것이라고 할 수 있는 것 아니겠습니까."

"역시 자네답게 바로 잘 보았네. 한양에서 뿌리 역사를 공부하고 온 보람이 있구먼. 핫하하……."

황현이 식견 높은 왕사각과 격의 없이 대화를 주고받을 수 있었던 것은 황현이 한양에서 특별보거과 소과 초시초장에 장원으로 뽑혔다가 밀려나고는 그 상실감을 메우려고 규장각에 드나들었기 때문이다.

거기에서 처음 접하게 된 우리 배달한민족의 뿌리 역사였다. 배달倍達이라 함은 하늘 섭리의 이치를 땅에서 밝게 드러낸다는 의미를 내포하고 있다고 했다.

그래서 우리 배달한민족을 하늘 이치의 대도를 배워온 천손天孫민족이라고 했던 것이며, 배달을 이루고자 끊임없이 노력해 온 한민족의 뿌리 역사는 모든 인류에게 모범이 될 수 있는 정신문명을 이루어 고대사에서 찬란하게 빛나며 이웃 민족들로부터 스승국으로 영광을 받아오던 바로 그 '동방의 등불'이었다고 했다.

그와 같은 우리 조상들의 '한얼' 정신의 맥을 계승했던 고려시대 왕건의 건국이념 속에는 그처럼 우리 배달한민족의 전통 맥이 이어지고 있었기 때문에 고려왕조가 474년(918~1392) 동안 그 조화사상으로 몽고, 거란 등의 외세 침입에도 불구하고 비교적 균형적인 발전을 이룩할 수가 있었음을 알 수가 있었다.

주고받는 이야기가 자연스럽게 서로의 생각과 일치되면서 황현이 말했다.

"그러니까 고려가 국난을 극복할 수 있었던 것도 내적으로 전통 맥이 흐르고 있는 조화적인 통화이념이 되살아난 것 때문 아니겠습니까. 그것이 고려정신사의 중요한 창조적 사상운동으로 우리 배달민족 조상들의 전통정신을 잘 실현시킨 성과였으니까요."

"그렇고 말고. 그런데 오늘 나라가 이렇게 어지러운 것은 우리 조상들로부터 전래되어 오던 인간중심적인 인간관과 우주관으로 홍익인간 이화세계라는 민족정신을 표류시켜 버린 바로 그 죄과라고 나는 보네. 조화로운 우리 민족정신을 표류시키고 공자 유교를 국교로 삼아 중국을 받들고 숭상하는 모화풍조가 결국은 귀하고 천함의 신분적 차별의 사대주의 반상제도 밖에 만들어낸 것이 없으니 자연히 고달픈 백성들 원성의 소리가 하늘에 치솟을 수밖에 없지 않은가. 민심은 천심이라고 하는 건데 말이여……."

"그것은 인간으로서 배워 행하게 하는 공자님의 기본적 유교의 덕목과는 그 본질이 다른 것 아니겠습니까?"

"그렇다마다. 공자님 가르침은 높고 천한 신분차별을 만들어내라는 게 아니거든. 그런데 이태조로부터 그 반상제도가 만들어진 것이고 보면 공자님의 가르침을 적당히 사익의 도구로 이용해 먹은 거란 말이지. 그 죄과인 게야. 오늘 이처럼 정신적인 축이 없이 파국으로 치닫는 나라 정세는 조상으로부터 내려오는 민족정신을 잃어버렸기 때문이라고 나는 보네."

유교를 기본 바탕으로 공부해 온 황현은 잠시 생각이 어지러웠다. 그런데다가 치닫는 시국정세를 보면 밀려 들어오는 열강국들의 기세는 내일을 예측할 수 없게 했다. 그런데 그것이 조상 얼을 잃어버린 죄과라니, 마음이 무거울 수밖에 없었다.

"이 난세가 그 죄과라면? 결국 이대로 강대국에 조공이나 바치며 굽실대는 나라로 전락된단 말입니까?"

"공자님 가르침에서 먼저 네 부모를 공경하라고 하시지 않았던가. 그래서 제 부모를 존중히 여기는 자가 이웃으로부터도 존중함을 받고, 제 부모를 경멸하면 그 과보로 경멸함을 당한다는 것이 만고불변의 진리라고 한 것이고……. 그래서 하늘을 숭상하고 부모를 공경할 줄 알았던 과거 우리 조상들이 이웃 민족들로부터 동방예의지국이라는 칭송을 받았고, 또 스승국으로 이웃 민족을 다스렸다는 것 아니겠냔 말이여. 그처럼 위대한 민족이었는데 어쩌다가 오늘에 와서 제 조상 정신 얼이 무엇인지도 모르고 맥빠진 자손들이 그 전통을 무시해 버리고 있으니 이웃으로부터 우습게 얕잡아 보여 멸시를 당할 수밖에 더 있겠나? 그러고도 깨닫지 못하면 방법이 없지 않은가. 뚜렷한 사상이 없는 백성을 우습게 보고 침투해 들어온 강대국에 결국은 노예로 빌붙어 굽실거릴 수밖에 없지 않겠는가 말이네."

"그래서 서양 천주학설에 그토록 이스라엘 조상신 여호와가 그 백성들을 향해서 거기에 대한 두려움에 경고를 거듭 해두고 있었다는 사실을 알았습니다."

"잘 보았네. 그 백성들도 어느 한때는 우리와 같이 제 조상 하나님을 인식하지 못하고 이방 족속신을 좇아 섬기다가 그 민족 수호신 야훼로부터 진노함을 입고 이방나라 애굽 백성들 밑에서 그것도 사백년 동안이나 종살이를 시켰다고 했단 말씀이야. 왜 그랬겠는가? 결국 제 조상 하나님을 욕되게 하는 자손은 압박과 멸시를 실컷 당해 봐야 제정신을 차리게 된다는 교훈적 징계였던 게여. 결국은 그 종살이에서 풀려나게 했지만 말이여. 그 교훈이 보여준 게 뭐겠나? 이 어리석은 백성들아! 너희를 수호하고 있는 조상신을 바로 깨닫고 알아라고 한 것 아니겠는가. 허허허……."

"그러고 보면 이처럼 혼돈스러워지고 있는 시국이 우리 조상신 하나님을 노엽게 한 그 경보 울림이란 말 아닙니까."

"나는 그렇게 보네. 부모와 자식의 끈으로 이어지는 것이 그 부모 정기를 받고 태어난 생명의 맥이라고 하는 것인데, 그 생명력을 부정하는 자손이 제구실을 하겠는가? 자신의 생명을 있게 한 조상을 믿고 숭배하는 믿음 안에서만이 그 존재 있음의 사명감도 생기는 것 아니겠나. 그것이 민족자존심이라. 과거 우리 조상들은 그 주체적인 민족정신으로 찬란한 동방의 정신문화를 자랑스럽게 꽃피웠다는 것인데 근본을 잃어버린 족보도 없는 상놈이 되고 말았으니……."

"그렇다면 지금 이 나라가 큰 일 아닙니까. 배달민족 자손이라는 근본을 잃어버렸으니 유대민족이 그 조상신 노여움으로 이방나라 종살이를 했듯이 그렇게 안 된다는 보장도 없지 않습니까?"

서양 천주학 교리를 분석하려고 성경을 읽어왔던 황현 역시도 그 대목이 걸린 것이 사실이었다.

왕사각 역시도 마찬가지라는 듯이 말했다.

"족보 없는 상놈이 종살이라도 해야 목구멍에 풀칠이라도 하고 살아남을 게 아닌가."

"그게 어디 사는 겁니까?"

"그러니 걱정이라는 거 아닌가. 양반이란 게 뭔가? 곡식 창고가 비어서 맹물로 배를 채워도 체면에 이웃에 밥 구걸을 나서는 게 아니거든. 그것이 자존심이라. 그런데 우리 조상이 누구라는 자존심을 잃어버리고 스스로 명나라 속국으로 들어갔던 치욕적인 조선왕조인데 바닥으로 떨어져 봤자 주권 잃은 종살이 밖에 더 하겠나? 거기서 실컷 압박과 핍박을 당해봐야 제 정신을 차린다는 것이 이스라엘 뿌리역사에서 보여준 구약의 기록이고, 그것이 바로 우리에게도 주는 교훈이라고 보네. 민족 뿌리를 세운 조상신의 고마움을 모르니 당해 봐야 깨닫게 된다는 그 교훈 같은 것으로 말일세."

"그 교훈 같은 것이라면……. 우리나라도 결국 저렇게 침투해 들어오는 강대국 노예로 종살이를 하게 된다는 거 아닙니까. 불법을 행한 자손들이니까요."

"그야 어찌 오늘 단언할 수 있겠는가. 하지만 제 조상신 하나님을 인정하는 것이 그 자손됨을 인정하는 것이라서 제 조상 숨결이라는 정기의 맥을 잃어버리면 곧 자신에게 유전된 생명력을 잃게 되는 것인데 국가나 개인이 무슨 정신이 살아있어서 적의 침략에 대처하는 힘이 생기겠나, 안 그런가?"

조정의 어지러움과 그 틈을 엿보는 외세 침입의 조짐을 보면서 염려가 되어오는 것이 그것이었다.

황현의 입에서는 자신도 모르게 한숨이 새어나오면서 중얼거리듯이 말했다.

"그러니 걱정이지 뭡니까, 이 나라가……."

"하지만 믿어보세. 저 위에 계신 우리 조상 하나님이 어떤 존재이시던가. 하늘 원천의 이치를 어느 민족보다 먼저 깨닫게 했다고 해서 천손민족이라고 한 것인데……. 모르긴 해도 다 뜻이 있을 것이라고 보네. 기다려보세."

사실 19세기 후반의 조선은 사상적인 혼미 속에 깊이 잠겨 사회적 불안과 동요 속에 흔들리고 있었을 뿐만 아니라, 국민들 사이에도 사상이나 종교적으로 어떠한 통일된 이념적 초점을 이루는 것이 없었다.

당시 사회 분위기가 그랬듯이 황현 역시도 학문의 기초 공부는 공자의 유교로부터 시작했다. 그러나 유교는 원래의 수기치인修己治人의 학學이나 경세經世의 학문으로서 그 구실을 해내지 못했었다.

조선왕조의 양반 관료 정치의 기틀을 잡았던 유교는 몇 백 년 동안의 사회 변동과 그 변화에 대처할 능력도 없었고, 또 제도적으로 발전시킬 수 있는 능력은 더욱 더 없었다.

이러한 사상적 흐름에 나라에서는 궁극적으로 유교의 근본정신을 되살리기 위해서는 먼저 성학聖學을 진려振勵하는 것이 급선무라고 하였다.

그것은 유교의 본원적인 정신으로 되돌아가 덕치사상德治思想을 회복해야 한다는 것이었지만, 그동안 유교는 양반사회에 있어서까지도 사회규범이 되지 못하였고, 생활 이념상으로도 아무런 구실을 해내지 못하였다. 그러므로 일반 서민이나 잔반殘班 신분에 있어서는 더 말할 것도 없었다.

중국으로부터 도입된 유교는 오랫동안 성리설性理說과 예론禮論에만 치우쳐 있어서 이에 대한 반성과 비판은 17, 18세기에 이미 일어났던 일이다. 하지만 그것도 한갓 밑바닥 저류低流를 이루는 사조思潮였을 뿐, 현실적으로 나라 발전에 있어서 어떠한 영향을 줄 수 있는 것은 못 되었다.

조선조에 들어와서 국교로 삼았던 공자 유학은 양반사회 자체의 분해 속에서 종래의 타성적인 폐단을 극복하지 못했고, 성리학은 영남학자들에 의해서 고수되어 퇴계退溪 이황(李滉, 1501~1570)을 주종으로 삼는 학풍을 이루어 사회 개혁에 달리 기여하는 바가 되지 못했다. 그 밖의 일반적인 유학자들도 마찬가지였다. 구투舊套를 벗어나지 못하고 대다수가 속유俗儒니, 부유腐儒니 하여 규탄의 대상이 되었다.

이렇게 배달 천손민족의 사상인 조화정신을 잃어버린 결과는 조선 5백 년을 지나오는 동안 왕도에 의해 바로 서서 치정한 왕은 적었고, 일신의 영달만을 추구하는 조정 탐관오리들이 만들어낸 어지러운 시국은 마침내 이웃 국가들로부터 약소국가로 얕잡아 보여 침탈을 당할 수밖에 없었던 어수선한 폐단의 요인을 만들어낸 것이다.

조선조에 들어와 공자 유교를 국교로 삼았던 양반지배 사회가 말기적인 현상을 보인 것을 실제적으로 거슬러 올라가 보면 1801년(순조1년)과 1839년(헌종5년)에 잠입해 들어온 천주교도에 대한 큰 박해가 있었고, 1811년에는 홍경래洪景來의 난이 일어났었다. 그리고 철종조哲宗朝를 거치는 동안에 삼정의 문란이 극도에 이르러 마침내 삼남일대에 민란이 일어났다.

그러나 19세기 중엽에 있어서 사회적 불안은 비단 그와 같은 전통 사회

내부의 모순 확대에서만 연유된 것이 아니다. 외부로부터 받은 또 다른 불안의 요소가 있었다. 구미 여러 나라 세력의 동양 침투는 19세기 중엽에 중국과 일본의 문호를 개방시키기에 이르렀던 것이다.

1840~1842년에 걸친 아편전쟁의 결과로 영국은 청나라와 난징조약南京條約을 맺어 광둥에서의 이른바 공행의 무역 독점권의 폐지, 협정 관세율의 적용, 홍콩의 할양, 5개 항구의 개항들을 강요 실현시켰다.

그리고 1850년에 청나라에서 태평천국란太平天國亂이 일어난 것을 계기로 서양 열강은 청나라에 대하여 위협 정책을 썼고, 드디어는 무력 침공까지도 감행했다.

한편 미국은 페리 제독의 함포 위협으로 일본의 문호를 개방시키기에 성공하였다. 이를 계기로 일본은 정치적, 사회적으로 커다란 전환기에 이르게 되었다.

이와 같은 구미 열강 세력이 청나라와 일본으로 몰려온 그 여파는 이윽고 조선으로 몰려오게 되면서 서해 연안에는 벌써부터 청나라의 상선과 어선의 표도剽盜가 빈번하였던 것이다.

이와 같은 외세의 흐름 속에서 청국은 마침내 문호개방과 기독교 포교의 자유를 서양인에게 허용하였다는 사실 등이 조선에 알려지자 조선의 조야朝野에서는 적지 않은 충격에 싸였다.

1860년(철종11년)에는 일본 역시 서구의 여러 나라와 수교, 통상하게 된 사실이 동래부사를 통해 전달된 일본의 서계에 의해서 조선에 알려지면서 조선도 조만간 멀리 유럽에서부터 몰려 온 거센 이 조류에 휩쓸리지 않을 수 없는 사태에 직면하게 되리라는 예감이 감돌게 되었다. 그것은 조선도 머지않아 청국의 처지와 다름 없이 되리라는 불길한 예감이었다.

그러한 시국 상황에 어디를 가나 조정을 향한 백성들의 원성이 너풀거리면서 너나없이 불안에 떨고 있는 어두운 표정들이었다.

국내에서는 이미 국경 무역을 통해서 흘러 들어온 서양의 물화가 범람

하는 형편이었고, 그 위에 프랑스인 신부들이 잠입, 기독교 포교의 자유에 대한 강요는 서양인의 동양침공의 목적임에 다름없는 것으로 간주되었기 때문이다.

그래서 어디를 가나 선비들이 주고받는 시국 이야기는 이윽고 동양침투 목적으로 간주된다는 서양 신부들의 천주학설은 그처럼 어둡게 논의되어지곤 했었다.

왕사각이 목소리에 힘을 주며 말했다.

"이보시게, 매천. 눈앞에 이렇게 어엿한 현실로 다가온 이 난세는 결국 조정에서나 백성들이 뚜렷한 민족자존의 사상을 잃어버린 상태에서 그들의 은밀한 사상적 침공의 목적에 대처할 수 있는 능력을 이미 오래 전에 상실해 버렸기 때문이라고 생각하네. 그러니 매천, 자네와 내가 앞으로 할 일이라면 후학들에게 민족정신을 되살리게 하는 일 밖에 더 있겠는가?"

"그 말씀에는 저도 동감합니다. 일당백이라는 말도 있으니 물론 그렇게 해야겠지요. 그러나 눈앞에 놓인 현실이 캄캄 절벽이니……."

국밥집에 앉아 시국을 한탄하며 지나온 역사의 수레바퀴를 되돌려 보고 있던 황현은 말꼬리를 흐리다가 다시 가만하게 입을 열었다.

"참으로 원통한 일입니다. 제가 조정의 탐관오리들, 그 매관매직에 낙방한 것이 원통해서가 아니라 이 나라 운명이 풍전등화인 것이 통탄스럽군요."

"천지가 만물을 양육하는 데 있어서 평등이 그 요체라고 한 것이 우리 조상들이 지녀온 홍익인간 이화세계라는 풍류도로 조화정신이었는데 그 정신을 잃어버렸으니 스스로 비굴해진 나라가 당하는 굴욕이 아니겠는가."

"세상에서 가장 욕된 일로는 걸식보다 더한 것이 없다고 했는데 이대로 가다가는 강대국 눈치나 보며 빌붙어 살게 되는 것이나 아닐까. 그것이 걱정이고 원통한 것이지요."

지나온 역사를 반추하며 주고받는 이야기는 어디에도 매이지 않는다는 풍류객으로서 한유하게 즐기는 신선놀음이 아니었다.

어쩌면 불안한 예감을 현실로 받아들여야 할지도 모르는 시국 이야기에 황현은 가슴 속에 둥둥 떠다니는 얼음 조각을 꺼내 씹는 것처럼 입맛이 씁쓸했다

뇌리 속에 박혀 있는 성구의 대목들을 다시 상기시켜 보고 있던 황현은 잠시 사이를 두고 말했다.

"지혜 있는 자는 모르는 게 있으면 말이나 개미도 스승으로 삼는 것을 주저하지 않는다고 한 말이 있지요. 동양 침투 목적으로 간주하고 배척한다는 서양인들의 종교를 깊이 분석해 봐야 한다는 것이 제 생각이었습니다."

"그건 나도 매천 자네와 같은 생각이네. 참 대단한 민족이야. 그런데도 그 여호와 하나님으로 선택받은 민족이라는 자긍심으로 똘똘 뭉쳐져서 오늘 저렇게 세계가 좁다 하고 그 깃발을 꼽고 다니며 설쳐대니 말일세. 하긴 우리 조상들도 과거 고대사에서 우리 민족정신으로 불을 밝혀 동방에서 우뚝 선 나라로 이웃 민족을 다스렸다는 것이고 보면, 민족자존의 정신을 발휘하면 그처럼 엄청난 힘을 발휘하게 된다는 증거가 아니겠나."

"그러니 걱정이지요. 오늘 우리는 그 등불 꺼진 지가 오래지 않습니까. 그들이 우리를 건너다 볼 때 제 조상 뿌리 족보도 모르는 상것으로 민족정신이 없으니 그야말로 정복하기가 식은 죽 먹기보다 더 쉽게 보이는 거 아니겠습니까."

"옳은 말이네. 역사와 문화적 자존심이 없는 민족이 세계사적으로 발전을 기약한 예는 단 하나도 없으니까."

왕사각과 황현은 연령적으로는 많은 차이가 있었지만, 그렇게 주고받는 견해는 서로가 상통했다. 그것은 황현이 한양에 올라갔을 때 천주학을 연구 분석했었고, 또 우리 역사를 깊이 공부한 덕분이었다.

황현은 자신이 그 계통의 공부를 하고 느낀 바를 말했다.

"사실 세계사적으로 어느 인간사회 집단이나 제 나름대로 자기 민족 뿌리 역사를 미화 해석하려는 경향이 없지 않지요. 그래서 유럽인 중심의 서양사관이나 한족 중심의 대중화사관大中華史觀이나 유대인 중심의 소위 선택받은 민족이라는 선민사관 등이 그 대표적이 아니겠습니까. 그 밖에도 다양한 집단들의 다양한 사관들이 있지만 말입니다."

"맞네. 서양 유대민족의 뿌리 역사 구약을 보더라도 신과 인간이 함께 어우러졌던 그와 같은 기록들은 허구의 신화 같은 이야기라고 웃어 넘길 수밖에 없지 않던가 말일세."

"그것은 우리 배달민족 뿌리 역사 기록 역시도 마찬가지가 아니겠습니까. 그와 유사하기 때문에 단군신화라고 하기도 하지만 아무튼 그와 같은 신화들은 어찌 되었거나 우주와 천지만물의 기원을 이야기하고 있으니 그 창조 신화들의 유사성에 주목해야 할 필요성이 있다고 저는 봅니다. 그처럼 설화 같은 우리 민족의 뿌리 역사가 허구의 신화라고 한다면 선진 기계문명을 발전시키고 그것을 앞세우고 들어온 서양사관의 바탕이 되는 구약의 기록은 그럼 뭡니까? 하늘에서 내려왔다는 많은 신들이 인간과 함께 어우러져 밥도 나누어먹고 심지어는 그들이 창조했다는 물질인간과 신이 성교를 해서 자식까지 낳았다는 것을 사실적인 기록으로 받아들여 믿을 수 있느냐 하는 것이지요. 핫하⋯⋯."

그 생각은 왕사각 역시도 황현과 다르지 않았다. 그야말로 아주 오랜 옛날 서로 내왕이 없었을 것인데도 멀리 떨어져 있는 종족들의 창세 신화는 왜 그처럼 똑 같은 유형의 이야기를 들려주고 있는지, 지구촌에 널려 있는 수많은 신화들과 서양 신부들이 설파하는 천주학설 구약의 기록이나 다르지 않다는 것이 그 느낌이었기 때문이다.

왕사각은 황현이 하는 말에 웃으면서 응수를 했다.

"매천, 자네가 하는 말에 나 역시도 동감일세. 지구촌은 각 족속마다 조상으로부터 전해 내려오는 그와 유사한 설화가 바로 그 민족 뿌리 역사라고 나는 생각하네. 거기에는 인간과 우주와의 관계, 그리고 그 안에 존재하는 자신을 포함한 수많은 대상물들을 인식하고 그 인식을 체계화하는 일에 일정하게 작용하는 정신의 틀이 내재하고 있다는 사실이지. 그러니까 그렇게 신화처럼 느껴지는 구약의 세계에는 초월적 존재들과 합리적으로는 설명이 불가능한 일들뿐만 아니라 애매모호한 상징들이 개입하지 않던가 말이여. 그런 기록들을 지구촌 인류 전체의 뿌리 역사라고 믿게 하는 그들이고 보면 그것이 민족정신으로 대단한 자존심이 되는 것 아니겠나. 그런 면에서 오늘 우리는 어떤가? 반성해 볼 필요가 있다고 나는 생각하네. 그러한 창세신화 같은 요소를 담고 있는 기록이 구약이라는 것인데, 그와 다름이 없는 이방 민족의 뿌리 역사는 허구의 신화라고? 허허허……. 그래서 사실적 근거가 없는 허구로 그건 의식이 발달하지 못했던 고대사에서 그 원시인들 상상의 산물 정도로 치부하고 폐기시켜 버리고 있단 말씀이거든."

"저도 그것이 서양 신부들이 설파하는 천주학 논리의 모순이란 것을 발견했습니다. 지구촌의 첨단 과학 기계문명을 발전시켜 나온 것이 서양이라고 해서 그들의 뿌리 역사 기록은 사실적인 것이니까 그들의 조상신을 받들어 모시고 믿으라는 것 아닙니까. 오늘 지구촌 물질문명을 발전시키고 또 그것을 앞세우고 들어온 그들은 마침내 그 유대민족 뿌리 역사 기록을 세계화 시키는 데도 어느 정도 성과를 올린 셈이지요."

그것이 서양 신부들이 들어와 설파하는 모순된 논리라는 생각이었다. 거기에 공감대를 같이하고 있는 왕사각이 다시 말했다.

"맞네. 물질세상이라. 물질 기계문명을 앞세운 그들의 뿌리 역사를 세계화 시키려는 것이지. 핫핫하……."

"그렇습니다. 우주의 기원과 진행에 관한 수많은 가설들이 세워지고 또 무너져 왔듯이 생명의 기원과 진화에 관한 가설들도 마찬가지라고 봅니다. 인간은 이 땅에 존재하기 시작하면서부터 자신이 몸담고 살아가야 할 세계와 함께 살아가는 주변의 사물들을 인식하고 자신의 인식을 체계화 시켜 나온 것이 인류역사로 보아야 하지 않겠습니까."

황현이 한양에서 서양 신부들로부터 그들의 천주학 교리를 접하면서 나름대로 많은 것을 느끼고 특히 세계사를 공부하게 된 유익한 시간이었다. 그래서 자신이 거기에 대해서 공부하고 느껴온 각 민족사관에 대해서 스스럼없이 그렇게 말할 수가 있게 된 것이기도 했다.

잠시 사이를 두고 황현은 거기에 다시 덧붙여 말했다.

"완전히 객관적이라고 할 수 있는 세계사관이 존재할 수 없는 현실에서 자국의 역사와 문화에 대한 자존심이 없는 집단은 역사적 자존심이 강한 집단이 강박하고 있을 경우 그 역사관에 동조하거나 주눅이 들게 마련이지요. 그래서 자기 비하적인 역사 인식 밖에 없는 집단으로 전락할 수밖에 없다는 생각이 들었습니다. 그리고 보면 우리 민족도 어쩌면 그렇게 주눅이 들어갈지도 모른다는 생각이 들지 뭡니까. 주체성이라는 민족 자긍심을 잃어버린 지가 오래니까 말입니다. 저도 한양에 올라가기 전까지만 해도 물론 그랬지만 말입니다."

황현이 인류 역사를 분석하고 연구한 바로는 그랬다. 인류는 각 집단 가치관의 차이에 따라서 인간의 존엄성 유지에 우선적 가치를 두는 인본주의 문명권과, 신적 존재의 존엄성 과시를 중시하는 신본주의 문명권으로 구분해 발전해 나왔음을 알 수 있었다.

대체로 동양 정신문명권의 인본주의적 사회는 평화적이고 조화적이며, 서양 물질문명권의 사회는 전투적이고 배타적인 성향을 두드러지게 나타내고 있다는 사실이었다.

그것은 특히 유대민족 뿌리 역사 기록에서 그 성향을 찾아볼 수 있었기 때문에 그 생각을 다시 말했다.

"제가 서양 신부들이 들고 온 구약을 읽으면서 참으로 놀라운 사실을 발견했습니다. 한 집단이 가진 전통적 민족의식이 그 집단의 성격을 구성하는 가장 기본적인 요소라는 것이지요. 그래서 전투적이고 배타적인 민족이 유대인들이라는 생각이 들더군요."

"잘 보았네. 서양 신부들 천주학 논리대로 그 여호와신이 전지전능하신 천주님으로 만물을 사랑으로 창조하셨다면 그 이방 족속은 언제 누구의 창조물이기에 이웃하고 있는 족속간에 경계를 짓고 전쟁을 진두지휘하면서 떼죽음을 시킨단 말인가. 핫핫하……."

"그러게 말입니다. 신약에서 등장하는 예수는 원수까지도 사랑하라 하시고, 그것이 내 아버지 뜻이라고 했는데 그 예수 아버지가 맨날 그 백성들을 진두지휘해서 이웃 민족과 싸움이나 시키고 이르기를, 눈에는 눈, 칼에는 칼로 대적하라? 그게 어디 앞뒤가 맞는 소리여야 말이지요. 눈을 씻고 봐도 그 여호와 행사 모습은 그 유대민족 창조 수호신으로 그 이상도 그 이하도 아니었거든요."

"잘 보았네. 각 족속마다 창조 수호신이 있다는 것을 우리 민족 역사는 그만두고라도 그들이 들고 와서 인류 전체의 뿌리 역사라고 말하는 구약에서 유추해 볼 수가 있었네."

"그런데 저들이 그 유대민족 뿌리가 인류의 조상이라고 저렇게 흔들어 대니 재미있는 일 아닙니까?"

"그게 어디 재미로 들을 이야긴가? 조상 뿌리를 잃어버린 백성이 그 여호와 하나님을 믿으면 재앙을 물리쳐주고 들어가도 나가도 복을 준다는데야, 허기진 백성이 귀가 번쩍할 수밖에 더 있겠나. 복이라면 무당한테 붙어있는 동자신뿐만 아니라, 서낭당 목신한테도 빌어대는 판인데. 배부르게 잘 먹고 기름기가 번들번들한 서양 신부가 들어와 그들이 믿는 여호와를 믿으면 그렇게 복을 받게 된다는데 배고픈 백성들이야 그 앞에 넙죽 엎드릴 수밖에 더 있겠나. 허허……."

"그러니 문제라는 것입니다. 조선이 이제는 머지않아 노랑머리 유대인 자손이고, 그들이 숭상해 온 여호와를 조화주 성부 하나님 자리에 올려놓고 믿으라고 설파를 하니 우리가 어디 무지몽매한 원시인들입니까?"

"하지만 지금 허기진 백성들이야 앞뒤 분간을 할 여유가 없지 않은가. 믿으면 그들처럼 나라가 부강해지고 복을 받게 된다는데, 흠……."

그야말로 국운이 저물어 가는 벼랑 끝에서 내일의 암담함이 느껴져 오는 황현과 왕사각의 안타까움은 바로 그것이었다. 이미 민족 긍지의 자존심을 잃어버린 백성들이고 보면, 그 어떤 미급한 종교 논리나 사상을 따지고 분석할 의식이 마비되어 기대하기가 어려운 상태였기 때문이다.

황현과 왕사각이 그동안 공부해 온 바로는 지구촌은 인류시원에서 어느 족속이나 그처럼 신인합발神人合發해 나온 그와 유사한 건국신화를 나름대로 가지고 있다는 사실이었다. 대별해서 고대 그리스 로마신화가 그것이며, 또한 우리 배달한민족 뿌리 역사로 단군신화가 바로 그것이었구나, 하는 생각이었다.

그와 같은 구시대 역사를 이름하여 신화의 시대, 혹은 신불시대神佛時代라고 했다. 지구촌 대부분의 나라와 민족들은 창세신화나 건국설화를 가지고 있는 것으로, 거기에는 반드시 신들이 인간과 같이 보편적인 모습으로 신인합일神人合一하여 진보 발전시켜 나왔던 것임을 특히 구약을 통해서 더욱 밝혀볼 수 있게 했다.

유대민족 뿌리 역사 구약의 기록은 이웃하고 있는 이방 족속들간에 그 민족의 주신 여호와가 전쟁의 전략전술을 가르쳐 온 기록으로 점철되어 있었고, 그와 유사한 각 민족 창세 신화들을 유추해 볼 때도 역시 마찬가지였다. 특히 투쟁적 성격이 강한 서양의 경우는 물론이고, 한족漢族의 건국시조인 황제설화나 일본의 건국신화에도 전투적 요소는 빠지지 않았다.

그러나 우리 배달민족 고조선古朝鮮 기록의 건국설화에서는 오로지 화합적이고 인류를 위하는 사회건설을 염원하는 내용으로만 기록되어 나타나 있을 뿐이었다.

이렇게 동서 인류시원의 역사는 씨족과 부족이 그 민족국가를 이루고 진보 발전해 나오는 과정에서 각 민족 건국설화는 동서가 마찬가지로 하늘의 신들이 보편적인 사람의 모습으로 나타나 세상을 살아가는 여러 가지 지혜를 가르쳐 주면서 함께 밥도 나누어 먹고 심지어는 여자를 취해 성교를 하고 자식까지도 낳았다고 했다. 그것이 놀랍게도 구약성서에 기록되어 있는 '네피림 사건'이었다.

그처럼 신화 같은 이야기는 우리 민족의 뿌리 역사 기록 역시도 마찬가지였다. 배달민족 창조수호신을 환웅천제桓雄天帝님이라고 했으며, 그 하느님께서 삼천의 무리 신장과 신관들을 거느리고 하늘 문(開天)을 열고 아시땅 태백산정에 내려와 배달민족의 뿌리 조상인 여자와 남자를 창조했었다는 것인데, 이들에게 붙여진 이름이 처음아(亞)자를 붙여 '아만'과 '아반'이라고 했다. 이것은 유대민족의 조상 뿌리 남자를 '아담'이라고 한 것이나 마찬가지로 처음 비롯된 시초의 사람이라는 뜻이었다.

그 태고사를 새삼 다시 상기시켜 보면서 황현이 말했다.

"지구에 내려와 물질계를 열기 시작했다는 우리 배달한민족 고대사 기록에서 하늘 신관 신장들은 큰 불을 맡은 해시자 뇌공신을 비롯하여 물을 맡은 운사와 우사신장, 농사짓는 법을 가르친 고시신장, 길쌈하는 법을 가르친 비서갑신모 등등 세상을 살아가는 크고 작은 방편의 지혜를 백성들에게 가르쳐 주는 신들이 각기 그 직분을 맡고 있었다는 기록이지 뭡니까."

"잘 보았네. 그래서 우리 조상들은 그 농사짓는 법을 가르쳐 준 고시 신장한테 고맙다는 인사치례를 하는 풍습이 조상들로부터 내려왔고, 그게 바로 들판에서 음식을 먹을 때나 추수가 끝나면 먼저 '고시레' 하고 음식을 떼어 던지곤 했는데 그게 거기에서 연유된 거라네."

"오늘 우리가 그것을 허구의 신화로 치부해 버리지만, 지구촌 물질문명을 발전시켜 나온 서양사관이 거기에 기초하고 있으면서 저렇게 사실로 받아들여 믿게 하고 있으니 그건 우리가 본받을 점이라고 생각합니다. 근본을 무시한 백성이 근본을 세울 수가 없다는 교훈을 우리에게 주는 것이니까요."

"맞는 말이네. 그처럼 인류시원의 역사는 동서가 마찬가지로 신들로부터 세상을 살아가는 지혜를 배우며 번성해 나왔는데 우리 배달민족 자손들이 어쩌다가 근본을 무시해 버린 이 모양 이 꼴이 되었는지 모르겠구먼……."

"그러니 깨닫게 하기 위해서 서양 신부들을 통해 그 신화 같은 유대민족 뿌리 역사를 믿으라고 하는 것 아니겠습니까."

사실 황현이 처음 접한 우리 뿌리 역사서인 〈태백일사〉〈규원사화〉 등을 읽었을 때 하늘에서 내려온 삼천의 신장 신관들이 처음 물질계 인간 조상을 만들고 번성되어지는 그 속에 함께 어우러지는 행사 모습은 그야말로 허구의 신화처럼 느껴지는 게 사실이었다.

이렇게 동서를 막론하고 있어 왔던 마치 신화 같은 이야기의 구약시대, 그 유대민족 수호신 여호와의 행사 모습은 그렇기 때문에 무소부재無所不在하시고 천지와 만물을 사랑으로 창조하셨다는 전지전능한 조화주 하나님 위상의 모습에는 도무지 어울리지 않는다는 느낌은 진보된 지식인의 의식으로서는 지극히 당연한 것이었다.

황현은 그 기록을 읽으면서 그것은 유대족속에 국한된 건국신화로서 그 민족 뿌리 역사 세움의 기록이라는 확증을 얻게 되었고, 그로부터 마치 신화처럼 느껴지던 우리 배달민족 조상들의 뿌리 역사에 더욱 관심을 갖게 되었다.

그로 하여 우리 민족 뿌리 역사에 대해 긍정적으로 인정하고 말할 수가 있었기 때문이다.

"지나가는 돌뿌리에 채여도 그것을 스승으로 보라는 말이 있듯이 유대인들의 뿌리 역사 구약을 읽으면서 우리 열조의 조상신이 참으로 높고 진실하신 참 하나님이란 것을 깨달았습니다. 만물감통 사상으로 모든 자연신들과 교감을 이루게 하고, 또 이웃과도 조화를 이루는 한얼정신 사상을 일찍부터 심어 깨닫게 해 주었으니까요."

"한양에 올라가 참으로 큰 공부를 하고 내려왔네 그려. 그래서 우리 민족을 하늘 조화주 하나님 큰 대법을 배워온 천손민족이라고 했다는 거 아닌가. 그러니 고대 우리 조상들이 이웃 민족을 평화로써 다스리고 스승국으로 대접을 받았다는 게 말이 된단 말씀이야. 핫하하……."

"그 자손들이 어쩌다가 오늘 이 모양이 돼 가지고……."

"아, 공자님 말씀에도 네 부모를 공경하라. 이 말씀이었는데 제 조상 뿌리를 모르는 상것으로 전락해 버렸으니 하늘이 내린 신벌 아니겠는가? 주권 없는 노예처럼 이리 저리 끌려 다니면서 당할 수밖에, 쿵!"

"그게 문젭니다. 지금 상황으로는 개방을 안 할 수도 없는 처지고, 한다 해도 위로부터 백성들까지 다 얼이 빠져 버렸으니 그것이 문제지요. 정신을 똑바로 차려야 허황된 교리에 속아 넘어가지 않을 텐데 말입니다."

무엇보다도 그것이 걱정이 되어오는 황현이었다. 왕사각 역시도 마찬가지라는 듯이 떨떠름하게 응수를 했다.

"얼이 빠지면 속수무책이라, 당할 수밖에 더 있겠는가. 그 상황이 불 보듯 뻔하구만……."

"그러니 어쩝니까. 이웃하고 있는 이방 족속과 전쟁을 붙이는 여호와가 거짓말 잘하는 영까지 동원했다는 여호와 신인데, 그 자손들이 그 열조가 이단의 괴수라고 십자가에 매달아 처형한 예수를 민족수호신 여호와의 아들로 믿으면 화평으로 복을 준다고 하니 그 속내가 뭐겠습니까?"

"그것이 그 조상신 정기로 심어준 호흡이라는 거 아니겠는가. 가히 그 조상에 그 자손들이라, 흠……."

황현은 문득 천도역류항天道逆流抗이라는 말이 떠올랐다.

"그것이 하늘 섭리라면 어쩔 수 없지 않겠습니까. 그처럼 정복문화를 배워 온 그 자손들에 의해서 우리가 또 한 편으로는 성자 예수 그 존체를 알게 됐으니까요."

"하긴 그렇네. 우리가 동서양을 달리하고 오고 간 성현들을 알게 된 것도 그런 흐름이라. 공자나 노자 말씀이 도포에 유건을 쓰고 들어오고, 석가 말씀이 목탁을 들고 들어오고, 이제는 인류 구원이라는 성자 예수 말씀이 십자가를 앞세우고 들어왔으니 가히 종교시장 장터라, 그 모두가 조화를 이룰 수 있다면 얼마나 좋겠는가. 그런데 문제는 예수 십자가 뒤에 이스라엘 민족에 국한된 유대교의 여호와신을 업고 들어오는 것이 문제로세. 허기진 백성이야 창고만 채워준다면 무엇인들 마다하겠는가. 조상 족보도 팔아먹는 판국인데······."

"신도 신나름이니까 하는 말이지요. 하긴 신들끼리도 조화를 이루라는 것이 우리 조상들이 말해 온 만물감통 사상이고, 그것이 천도의 흐름이라. 어리석은 백성들에게 분별 능력을 키우라는 것이겠지요. 그래서 예수님도 그 시대 구별을 못하는 백성들을 향해 책망하시고 십자가에서 그와 같은 고난을 당하면서도 '아버지여, 저들이 몰라서 그런 것이니 용서하시옵소서.' 그 말씀을 하셨다는 거 아닙니까."

"맞는 소리네. 이렇게 조상 잃어버린 어리석은 백성들에게 분별력을 키워 주시려고 하신 게야. 그 하늘 섭리가······."

사실 서양 신부들이 들고 들어온 구약과 신약은 하늘 그 섭리의 변화를 분명히 나누어 담아두고 있었고, 그 시대 구별을 할 수 있게 해 주었다는 것이 무엇보다도 큰 공부로 황현이 우리 역사를 이해하는 데 많은 도움이 되어 준 것도 사실이었다.

03
표류하는 민족혼

국망國亡을 눈앞에 보는 듯 어지러운 시국 이야기는 마침내 서방 열강국들과 맞물려 들어온 서양 신부들의 천주학 교리에 대한 문제로 회자되면서 황현의 입맛을 씁쓸하게 했다. 마주 앉은 왕사각 역시도 마찬가지라는 듯이 떨떠름한 표정으로 말했다.

"통곡하는 민족혼일세, 흠흠……. 그러나 기다려 보세. 우리 조상들이 어떤 조상들인데 하늘에서 이대로 가만히 내려다보고만 있겠는가?"

"모순을 인식하고 깨달을 그때까지가 문제입니다. 그야말로 조상 뿌리 얼을 잃어버린 채 족보 없는 상것들 모습을 저렇게 닮아가고 있으니 말입니다."

"설마하니 불쌍한 자손들을 저 위에 계신 열조들이 가만히 내려다보고만 계시겠는가. 난세에 영웅이 나온다고 했으니 누가 알겠는가? 혹시 또 신관호 같은 사람이 여기저기서 나와줄는지……."

왕사각이 말하는 신관호는 1864년(고종1년)에 좌참판으로 훈련대장이기도 했던 사람이다. 그는 밀려 들어오는 열강국들과 동맹관계를 맺기 전에 시급한 것은 먼저 내부적 결속을 다지고 유지해야만 나라의 기강과 위상을 살릴 수 있는 것이라고 간파한 사람이었다. 그는 말하기를 '오늘날 상황으로 보아 상하중외上下中外에서 공감하는 바가 이변이 아닐 수 없다' 하여 급히 힘써야 할 일은 바로 내수외양內修外攘임을 강조하고 군비와 군제를 개편 강화할 것을 구체적으로 조언하고 추진하였다.

그는 서양인에 의한 외구外懼는 반드시 있을 것이라고 단언했으며, 그것은 또 이미 사교邪敎 천주교가 잠행潛行되고 통화를 애타게 요구해 오는 그들의 정적이 여실히 말해 주는 것이라고 믿었던 사람이다.

그런데 그의 예감은 빗나가지 않고 적중했다. 나라 안은 내외적으로 점차 흔들리는 동요와 함께 불안을 더해 갔다. 그런데도 조정에서는 세력다툼으로 내실을 기하지 못했으며, 그러한 폐단은 극으로 치달렸다. 그야말로 무너진 기강의 퇴폐와 민생의 곤고함을 구할 수 있는 방도를 찾지 못한 무능한 조정이었고, 거기에다가 탐관오리들의 부정부패는 날로 극심해져만 갔다. 그처럼 내외적으로 어지러운 혼란 속에서 안정된 입지를 갖추지 못한 백성들은 어디를 가나 두세 사람만 모여 앉으면 시국에 대한 안타까움의 푸념을 늘어놓기 마련이었다.

"누가 백조이고 누가 까마귀인지도 모르는 골 아픈 시국에 태어난 것도 내 업장이라, 누굴 원망하겠는가. 자, 이 해장술이나 드세!"

저만치에서 아침 해장술을 벌컥벌컥 마셔대던 젊은이가 시큰둥하게 내뱉는 말이었다.

"고달픈 이놈의 세상, 왜 살아가야 하는지 내 원, 쩝쩝……."

"벼슬을 팔아먹고 하더니 이제는 팔아먹을 것이 없어서 나라까지도 팔아먹으려고 주물럭거리다니, 그것들이 제정신이 있는 사람이여?"

그야말로 힘없고 약한 백성들이 오늘도 고달픈 삶의 무게를 뒤뚱거리며 주고받는 푸념은 계속되고 있었다.

"전염병처럼 번지는 게여. 그런 놈들이 오늘 조정에 어디 한두 놈인가? 흐흥!"

한쪽 귀로 흘려듣고 있는 그들의 이야기가 황현의 생각과 다를 것이 없었다. 하지만 이런 오류투성이의 시국에서 중심을 지켜 자신의 뜻을 관철하며 산다는 것이 얼마나 어려운 일인가를 깨닫는 과정이 곧 삶이라고 자위하면서 국밥집을 나와 부둣가로 나갔다. 잠시 텁텁하고 무거웠던 가슴을 시원하게 마주 바라다 보이는 바닷바람이 시원하게 털어내 주는 것 같았다.

세 척의 거북선을 만들어 왜적을 섬멸한 충무공 이순신 장군의 애국충정의 숨결이 도처에 살아 숨쉬고 있는 것만 같은 여수현 앞 바다!

동으로는 하동 노량바다와 남으로는 남해, 그리고 서쪽으로는 고흥해협이 연결되어 삼면이 바다로 둘러싸여 있어 그 푸른 바다가 자원인 여수는 그 쪽빛 바다 물결이 빼어나게 곱다 하여 고을여(麗), 물수(水)자를 써서 '여수麗水'라고 했을 만도 했다.

눈부시게 아름다운 푸른 바다, 그 잔잔한 바닷바람이 아침 인사처럼 옷소매 속으로 살랑살랑 기어들었고, 한눈 가득하게 안겨 오는 장군도 섬 앞 바다는 아침 햇살을 눈부시게 받아 안고 금빛 물결로 출렁이고 있었다.

해조음이 코끝을 살랑이는 선창가 부둣가에는 만선을 꿈꾸는 돛단배들이 닻을 올려 바람을 타고 출렁이는 하얀 물결을 가르면서 먼 바다를 향해 미끄러져 나가고 있었고, 그 뱃머리를 돌며 끼룩거리는 갈매기떼는 마치 한 폭의 그림처럼 평화롭게 날갯짓을 하고 있었다.

먼 바다로 돛을 달고 나가는 어부들, 만선의 꿈을 바닷가의 사람들만이 읽을 수 있는 선창가에 서서 멀리 바라보이는 쪽빛 바다 물결 위에 떠 있는 작은 섬들은 그야말로 남국이 이보다 더 아름답다고 할 수 있을까 싶을 정도로 탄성을 자아내게 했다.

비상하는 갈매기 떼와 봄 바다를 끝없이 출렁이며 떠나는 돛단배들을 말없이 바라보고 서 있던 왕사각이 조금 전 국밥집에서의 표정과는 달리 윤기로 환해진 웃음을 흘리면서 한 편의 시를 읊조리듯이 말했다.

"한 폭의 그림이야. 아침 바다 만선의 꿈을 안고 뱃사람이 떠나는 부둣가 뱃머리에, 영롱한 아침 이슬은 갈매기 날갯짓에 실려 더욱 아름답구나. 청명한 날을 알려주는 갈매기의 노래 소리는 가난한 어부들에게 꿈을 실어주고……."

"그렇군요. 꿈을 안고 떠나는 가난한 뱃사람들을 위해서 만선의 꿈과 희망을 실어주는 갈매기 끼룩거리는 소리가 청명한 날이라고 희망을 실어주니 햇빛도 환한 미소로 잦아들어 바다가 더욱 반짝이네요."

"맞네. 인간들이 인위적으로 덧칠하지 않은 자연이 주는 그대로의 아름다움이라. 그야말로 감동적인 자연의 예술품이구만. 허허허……."

"우리도 이제부터 자연과 함께 덧칠하지 않은 그런 감동적인 예술품이 되어 봅시다."

"그러세. 사람이 한 세상을 살면서 뉘우침이 없다는 게 어찌 수월할 수가 있겠는가. 하지만 정신이 올곧은 선비라면 적어도 그렇게 살아가도록 노력은 해야 하지 않겠는가. 밖에 나가서는 능히 중용의 도를 행하고 들어와 홀로 있을 때는 개연히 자신을 지키는 자가 된다면 곧 깨끗한 선비라."

"그렇습니다."

"실로 내가 생각하는 매천 자네는 이에 가까운 사람으로 앞으로 그 모습을 만들어 내리라고 믿네."

"아직 부족한 저를 그렇게 보아주시니 참으로 그 말씀 감당하기가 심히 부끄럽고 민망스럽습니다."

"아닐세. 자네 몸에서는 그에 가까운 올곧은 선비 기운 냄새를 풍겨내고 있으니 그대로가 덧칠하지 않은 예술품으로 남으리라고 믿네."

"그렇게 저를 믿고 보아주시니 더욱 자중하라는 뜻으로 알고 유념하겠습니다. 조금 전에 그러시지 않으셨습니까. 어둔 밤에 달이 뜨는 것이라고……. 제게 꿈이 있다면 그렇게 욕심 없이 어둔 밤에 뜨는 달처럼 어둔 세상 비추어 길을 잃고 방황하는 우리 이웃들에게 조그마한 도움이라도 되어주는 그런 존재가 되고 싶을 뿐입니다."

 "사람은 태어날 때부터 다 제몫의 그릇을 가지고 태어난다는 게야. 누군들 그런 감동을 주는 반짝임으로 남고 싶지 않은 사람이 어디 있겠는가. 하지만 그 반짝임이 그냥 만들어지는 것이 아니고 어둠 속에서 그 모습을 만들어 나타낸다는 것이거든. 그러니 감동을 주는 아름다운 예술작품인 거지. 그러기까지 인내하는 쓰디쓴 고독 없이 쉽게 만들어진다든가? 아프게 갈고 닦는 고된 훈련이 되풀이되는 속에서 만들어진다는 것이기에 많은 사람들에게 감동을 주는 예술품이라는 것이고……. 그래서 사람들의 가슴을 뜨겁게 감동시키는 예술가들은 태어날 때부터 그 기운을 운명처럼 목에 걸고 태어난다는 게야. 허허허……."

 "그러면 사람이 행해야 할 도리를 모르고 저렇게 질펀거리는 놈들도 그 기운을 운명으로 목에 걸고 태어나 저렇게 설쳐댄다는 거 아닙니까."

 "선과 악이 공존하는 조화의 세상이라고 하지 않던가. 악역을 맡고 태어난 게야. 남다르게 그런 기운을 받은 것도 어쩔 수 없이 그 기운을 타고난 운명 아니겠나. 흠흠……."

 "그러니까 그들도 어찌 되었거나 선택받은 인물들임에는 틀림이 없군요."

 "그렇다고 보아야겠지. 뭇사람들에게 감동을 주고 오래도록 그 이름이 회자되는 사람이나, 세상을 어지럽게 만들고 그 이름이 회자되는 사람이나 그것은 하늘이 내는 것이라. 그러니 각자 모태에서 나올 때부터 그 기운을 가지고 태어난다고 해서 우리 조상들이 귀한 자손을 달라고 칠성님께 빌었다는 거 아닌가. 그래서 우리 어른들이 아이가 자랄 때 하는 행동거지를 보면 그 싹수가 보인다고 했단 말씀이야. 그 싹수라는 것이 이 세상에서 살아가는 각자 모양새를 만들어내게 된다는 제몫의 그릇이라. 그래서 제정신 없는 기운들이 날뛰면 집안이나 나라가 망할 조짐이라고 했잖은가."

 "그렇다면 제정신 없는 기운들이 저렇게 날뛰는 것이 나라가 망할 징조란 말입니까?"

"모두를 주저앉히고 다리 몽당을 부러뜨려 놓지 않고는 도리가 없지 않은가. 그것이 국운이고 그 텃밭에 태어난 백성들의 운명인 것이라면 도리가 없지 않은가 말이여."

주고받는 이야기는 어두운 시국 이야기에서 이제 각자에게 삶의 무게로 주어졌다는 운명으로까지 비약되고 있었다. 그 운명 같은 것, 그것은 각자가 살아가야 할 개인의 운명에서부터 나아가서는 그 나라 국운의 흥망성쇠까지도 하늘 섭리에 의해 이미 정해져 있다는 말로 들려왔다.

왕사각이 덧붙여 말했다.

"그것이 바로 천연의 고리를 잇고 그 사람이 살아내야 할 업장으로 그것을 숙명이라고 한다네."

"그러니까 제정신 없는 사람들이 저렇게 정신없이 설쳐대는 것이 말하자면 국운이 저물어 갈 그 징조로 보아야 한단 말입니까?"

"그야 낸들 어찌 단언하겠는가. 다만 난세에 영웅이 나온다고 했으니 그 말을 믿고 위로를 받을 수밖에……."

"그 참……. 우리 배달민족이 어떻게 세워진 민족인데, 이대로 허무하게 무너진 데서야 말이 되겠습니까? 세계 인류역사상 만주벌판을 중심으로 십이제국을 평화로써 다스리면서 찬란한 동방의 문화를 자랑스럽게 꽃피웠다는 것이 서양 선민사관과는 그 차원이 다른 우주관으로 하늘 천법이라는 것이었고, 그래서 우리 민족 뿌리 세움의 시작에서부터 대도를 배워 온 신계 위에 있는 영계의 천손민족으로, 고유의 상생 철학인 현묘지도를 실천해 왔다는 자랑스러운 선조들이었다는 거 아닙니까."

사실 그렇게 서양사관西洋史觀과는 다르게 우리 조상들 뿌리 세움에서부터 심어졌다는 현묘지도의 '한얼' 사상은 광대 불변한 우주의 철학으로 성통광명性通光明 이화세계理化世界라는 홍익인간 이념이 담겨 있는 것이었다.

그 뜻은 인간이 은혜를 알고 정성을 다해 그 믿음으로 실천해야 하며, 이웃을 사랑으로 용서하고 또 구제를 실행하게 하는 하늘 천법으로써 대도의 교훈이었던 것이며, 그것이 도가道家의 원통맥으로 그처럼 지고한 하늘나라 대도를 일찍부터 배워 자랑스럽게 실천해 온 우수한 민족이었다.

그렇기 때문에 고구려와 발해에서는 진정한 조화의 상생 철학인 현묘지도가 있었으며, 그것을 기초로 한 참된 무사도로 장래 나라의 기틀이 되게 하는 천지화랑天地花郞 생도들을 나라에서 널리 뽑아 문무文武를 가르치고 연마시켜 나왔다는 기록이다.

그러나 불행하게도 이러한 민족정신은 고구려(BC. 37~AD. 668)와 발해(698~926)를 마지막으로 국운이 저물어지면서 우리 한민족의 역사와 철학과 무사도를 잃어버린 채, 조선조에 이르기까지 무려 9백여 회가 넘는 외침을 받아왔다. 그리고 마침내 오늘에 이르러 그처럼 나약하고 비굴해진 민족으로 오늘 조정에서 그처럼 어지러운 모습을 만들어내고 있는 것이 안타깝기만한 황현이었다.

황현은 수평선 멀리 눈을 던진 채로 스스로를 자위하듯이 말했다.

"이것이 어쩔 수 없는 국운이라면 어쩌겠습니까. 하지만 믿고 싶습니다. 어둔 밤이 지나면 다시 아침이 오는 것이 자연의 순리이듯이 이대로 나라가 마냥 어둡기만 하겠습니까. 하늘 천법을 우리 조상들에게 가르쳐 배우게 했다는 천손민족이 아닙니까."

"옳은 말이네. 뭔가 하늘의 뜻이 있을 게야. 언제까지 이렇게 어둡기만 하겠는가."

"그러니 우리라도 바른 정신으로 조국의 소중함을 깨우쳐 전해야겠지요. 근본을 무시하는 자는 근본을 세울 수 없다는 말도 있지 않습니까."

"일당백이라고 했으니 우리라도 그런 정신으로 살아야 안 하겠는가. 그것이 의식이 살아있는 선비가 행해야 할 바른 도리이고……. 아, 근본을 잃고 권력이나 부를 축적하면 뭘 하겠는가? 그래 이런 말도 있지 않은가. 재물 좀 모아 행세깨나 하는 사람치고 기실 근본이 올바른 자 별로 없다고 말이여."

"그렇습니다. 나라와 민족을 위한 화합과 단결이 진정한 나눔의 사랑이라는 것을 보여주는 선조들의 숨결을 오늘 이 고장에 와서 흠뻑 마시고 되씹고 나니 우울했던 가슴이 다 후련해집니다."

사실 황현 자신으로서는 그동안 뜻을 오직 한 곳으로 모아 시간을 낭비하지도, 또 해찰하지도 않고 열심히 달려왔다고 자부하지만, 그러나 어딘가 모르게 가슴 한 구석이 허허롭게 비어 있는 것만큼은 사실이었다. 그것은 한양에서 직접 보고 돌아온 어두운 시국의 전망이 참을 수 없는 존재의 가벼움을 느끼게 하면서 낙향을 결심하게 했고, 그래서 선비의 가슴을 끝내 채워주지 않으리라는 절망적인 어두움이 마음 한구석에 늘 어두운 그늘로 깔려 있었기 때문이다.

그러나 그처럼 암울하고 씁쓸했던 마음이 유서 깊은 역사가 살아 숨쉬는 고장을 둘러보면서 헌신적인 애국애족이 무엇인가를 다시금 일깨워 주고 있는 교훈 앞에서 새삼 옷매무새를 여미어 숙연해지게 했다.

그렇듯 조국은 둘이 아니고 하나로 크게 다가오게 하는 커다란 교훈 앞에서 황현은 가슴을 크게 펴 보이며 말했다.

"그래, 고삐 끝에는 말뚝이 있듯이 나와 함께 항상 존재하는 것이 조국이라는 이름이여!"

황현은 앞으로 살아가야 할 많은 날을 나라를 위해, 조국을 위해 부모에게 효도하듯이 보답하며 살아가리라고 다짐했다. 그 모습을 지긋한 웃음을 날리며 바라보고 서 있던 왕사각이 갑자기 어깨에 힘을 주면서 말했다.

"자! 그러면 우리 또 행보를 정하고 떠나보세, 날씨도 청명하니……."

황현과 왕사각은 이순신(李舜臣, 1545~1598) 장군이 전라좌수영에 부임하여 거북선을 만들고 병선을 고치며 군사를 조련하는 등 일본의 침략에 대비하였고, 또 임진왜란의 전공을 세웠던 여수현, 그 역사적인 현장을 다시 돌아보면서 소문으로만 들어온 오동도 동백꽃을 구경하기로 하고 나귀 등에 올라타 고삐를 잡아챘다. 저만치 오동도 동백꽃 섬이 눈앞에 다가왔을 때였다. 길 한 옆으로 나귀를 몰고 가면서 왕사각이 말했다.

"보시게, 매천. 저 오동도 동백꽃은 우리나라 동백꽃의 본가라 해도 좋을 만큼 유명하다네. 잔설이 겨울 자락을 흔드는 속에서 봄을 알려 주고 실어다 주는 전령인 셈이라. 저렇듯 겨울 끝 잔설 속에서 고개 내민 꽃이라고 하여 동백冬柏꽃이라고 하기도 하고, 조매화鳥媒花로 부르기도 한다네."

그야말로 언 땅을 비집고 붉은 꽃잎을 무화無花의 계절에 홀로 요염하게 자태를 뽐내는 동백꽃은 가히 명화名花라고 할 만도 했다.

왕사각과 황현은 겨울 긴 잠에서 깨어나 핀다는 동백꽃을 바라보며 3월의 봄기운이 솟아나고 있는 남풍에 실려 꽃샘추위마저도 잊었다.

"가히 명화로다! 저토록 요염한 자태가 꽃샘추위를 무색하게 하다니……."

"그 또한 이 고장 사람들 자랑이 아니겠는가."

황현과 왕사각이 정담을 주고받으며 나룻배를 타고 동백꽃 만발한 오동도 동백섬을 한 바퀴 돌아보고 나왔을 때는 목마름의 갈증이 사르르 몰려왔다. 왕사각 역시도 마찬가진 듯 헛기침을 해대면서 말했다.

"목이 컬컬하구먼. 우리 저기 주막에 들어가 목이나 축이고 가세나. 중참 때도 지난 것 같은데……."

두 사람은 저만치 눈에 들어오는 산비탈 언덕 밑 작은 주막집을 찾아 들어갔다. 툇마루에 걸터앉아 목마름과 시장기를 달래고 사방으로 툭 트인 바다, 그 끈끈한 유혹에 잠시 말을 잃었다.

3월의 봄 바다, 그 푸른 바닷가 자갈 밭 위로 물새들이 바람을 타고 저마다 반짝이는 빛들을 정답게 나눠가지며 날갯짓을 하고 있었다. 거기에 눈을 얹고 있던 황현은 자신도 모르게 탄성이 입밖으로 새어나왔다.

"오랜만에 만난 어여쁨이로다. 하늘과 나무와 바다와 숲이 싱싱한 출렁임으로 끊임없이 속삭이는구나. 솟구치는 자연의 아름다움이여. 신의 축복이여! 오, 활활 달아올라 반들대는 이 나그네 설움을 오늘 여기에 뭉개 버리고 가게 해다오. 어둠 가르고, 바람 가르고……."

황현은 그동안 조정에 대한 실망으로 어둡고 허탈한 심정이었지만, 그처럼 자연이 주는 감동 속에서 더 이상 좌절과 슬픔에만 머물러 세월을 늘쩡거리고 있어서는 안 된다고 스스로를 다짐했다. 그럴수록 더욱 견고해져야 하는 것이 선비가 취해야 할 도리라고 생각했기 때문이다.

참으로 오래간만에 한유한 여행길에서 흠뻑 느껴 보는 자연의 정취는 세상 바깥에 신선의 마을이 따로 있는 것처럼 세상이 주는 온갖 근심을 잠시 그렇게 잊을 수 있게 해 주었다.

바닷바람을 쏘이며 꽃도 보고, 산도 보고, 충무공 이순신 장군의 교훈이 살아 숨쉬는 역사의 흔적을 돌아보고 행보를 돌려 다시 순천을 지날 때는 한낮을 불태운 석양이 산마루에 걸려 있었다.

"이보시게 매천, 우리 지난 번 쉬었던 그 객주에 들어가서 묵고 가세."

"그럽시다. 날도 저물었으니……."

두 사람은 지난번에 묵었던 객주집을 찾아들어가 여장을 풀었다. 그리고 저녁 밥상에 곁들여 술잔을 주고받았다. 몇 잔 술이 오고가면서 얼근하게 기분이 좋아진 왕사각이 갑자기 어깨를 들썩거리며 중모리 장단으로 남도창 단가를 뽑아 올렸다.

"~함평 천지 늙은 몸이 광주 고향을 보려고~ 제주 어선 빌려 타고 해남으로 건너 갈제~ 태인하신 우리 성군 예악을 장흥하니~ 삼태육경 순천심이요~ 방백수령 진안이라~ 고창성에 높이 앉아 나주 풍경 바라보니~ 만장운봉은 높이 솟아 층층한 익산이요~ 백리 담양 흐르는 물은 굽이굽이 만경인데~ 용담의 흐르는 물은 이 아니 진안처며~ 능주의 붉은 꽃은 곳곳마다 금산인가~ 남원에 봄이 들어 각색화초 무장하니~ 나무나무 임실이요~ 가지가지 옥과로다~ 풍속은 화순이요~ 인심은 함양인데~

이초는 무주하고~ 서기는 영광이라~ 장평한 좋은 시절~ 무안을 일삼으니~ 사농공상은 낙안이요~ 부자형제는 동복이라~ 강진의 상가선은 진도로 건너 갈제~ 금구의 금을 일어 쌓인 게 김제로다~ 농사는 옥구 백성~ 임피사의 둘러 입고~ 정읍의 정전법~ 납세인심 순창이라~ 고부 청정 양유읍은 광양 춘색이 팔도에 왔네~. 곡성에 묻힌 선비 구례도 하려니와~ 홍덕을 일삼으니 부안 제가 이 아닌가?~ 호남의 굳은 법성~ 전주 백성 거느리고~ 장성을 멀리 쌓고~ 장수를 돌고 돌아~ 여산석에 칼을 갈아 남평루에 꽂았으니~ 삼천리 좋은 경치~ 호남이 으뜸이라~ 거어드렁거리고 살아보세~."

그 노랫가락에 저절로 흥이 솟는 황현은 어느 사이 그 장단에 맞춰서 추임새를 넣고 있었다.

"얼씨구~ 얼씨구~ 지화자 좋다! 거드렁거리고 놀아보세~."

이 〈호남가湖南歌〉는 조선시대 문인으로 이서구(李書九, 1754~1825)의 작시作詩다. 그는 1793년(정조17년)과 1820년(순조20년) 두 차례 전라감사를 지내면서 호남지방 54개의 여러 고을의 이름을 빌어 지은 것이라고 했다.

그로부터 이 호남가는 민중의 노래로 불리어 오다가 1867년 경복궁 낙성식 때 그가 전라도 대표로 나가 장원을 하면서 이후 전국적으로 퍼져 나가기 시작한 중모리 장단의 단가였다.

"얼씨구~ 얼씨구~ 지화자 좋다!"

"풍류객 신선놀음으로 한판 떠벌리고 나니 세상이 내 발 아래인 것 같네 그려. 핫하하······."

"그래서 세상은 마음먹기 달렸다고 한 말도 있지 않습니까. 훗후후······."

"그러고 보니 우리가 오늘밤 신선이 된 기분일세. 자! 이 술이 술이 아니라 신선들이 마셨다는 감로주로세. 자! 이 밤이 영원하도록 축배로 드세!"

여행길에서 그야말로 만사를 잃어버리고 싶은 두 사람의 가슴을 술잔에 쓸어 넣으면서 흐드러지게 한밤을 지낸 황현과 왕사각이었다.
"아침 햇살이 창틈으로 우리를 넘어다보고 웃고 있네 그려."
어느새 일어난 왕사각이 들창문 쪽을 쳐다보면서 하는 말이었다. 서둘러 자리를 털고 일어난 두 사람은 느슨하게 아침 해장국밥을 시켜 먹고 길을 나섰다.
"아침 햇살이 새침한 것이 마치 봄처녀가 흘리는 상큼한 웃음 같구먼. 핫핫하……."
"자연은 신의 예술이라고 하질 않습니까. 오늘도 우리 그 자연이 가리키는 길을 따라가 봅시다."
"그러세. 나라는 삐걱대는 소리를 내도 신의 예술품인 산하는 여전히 아름다운 시흥으로 정신을 맑게 해 주니 오늘도 자연 속에서 머리를 헹구어 보세."
황현과 왕사각이 한유하게 산천경개를 둘러보면서 정든 고향 구례 초입 잔수殘水 다리목에 들어섰을 때는 어느덧 봄 햇살이 뒷산 말랭이 너머로 옷자락을 흔들고 있었다.
"어이 매천! 자네 이 여울목을 왜 잔수라고 했는지 아는가?"
"글쎄요?……."
"그 유명한 원효대사가 어머니를 모시고 저기 저 오봉산 사성암자에 들어와 기도를 하고 있을 때였다네. 그런데 저 물이 밤새도록 어찌나 시끄러운지 도무지 기도를 할 수가 없었다지 뭔가. 그래서 원효대사가 도력을 펴서 저 물소리를 잠재운 후부터 저렇게 소리 없이 잔잔하게 흐른다고 해서 잔수라고 했다네."
그로부터 그 강물은 장마철에 비가 넘쳐도 소리 없이 여여하게 흐르게 되었다는 왕사각의 이야기였다.
"그럴 듯한 이야기군요."
그처럼 소리없이 오늘도 잔잔하게 흐르는 잔수 여울목 위로 떨어지는 낙조를 바라보면서 황현이 다시 말했다.

"작으나마 뜻대로 살기가 쉽지 않은 세상에서 다시금 살아나는 봄의 생명력이 큰 교훈을 얻게 해 준 이 여행이 제게 유일하게 봄을 채색해 준 추억으로 남아있을 것입니다."

"나도 그렇네. 주어진 본분을 지키고 새싹을 틔우겠다는 강인한 무언의 의지를 보고 배우게 해 주는 이 자연의 섭리가 참으로 노자 성현이 말씀한 무위자연의 생명력이라. 참으로 위대한 스승이로세."

잠시 떠도는 바람에 몸을 맡기고 둘러보는 정든 산하에는 저만치 스산한 겨울 끝자락에서 유달리 일찍 핀 산수유 꽃망울들이 멀리서 보기에 노란 안개가 낀 것처럼 아련하기 그지없었다.

왕사각이 무슨 생각을 했던지 어깨를 한 번 들썩해 보이면서 말했다.

"맞아! 저 산수유 꽃 말일세. 어머니를 여인이라고 부르기에 민망한 것처럼 저 꽃도 일반적인 꽃하고는 달라서 꽃망울이라고 부르기에는 어쩐지 그렇거든. 그런데 약이 된단 말씀이야."

듣고 보니 그랬다. 황현이 집을 떠나 한양에 머무는 동안 밤이면 살아온 기억들이 살며시 가물거리는 속에서 더욱 생생하게 떠올라 그리운 것은 어머니의 따사로운 가슴이었다. 그처럼 안겨 오는 잔잔한 그리움 속에서 달려가는 고향집 정경 속에는 언제나 물안개처럼 노란 산수유 꽃이 어머니의 미소처럼 잔잔하게 집 담장 너머로 피어 있었고, 맨들맨들하게 다져진 흙 봉당 위에 놓여 있던 어머니의 하얀 당혜는 순백한 어머니의 가슴 속 사랑처럼 썰렁한 타관의 몸짓 그 울렁거림을 편안하게 해 주었다.

어머니의 가슴 속 그 깊은 사랑, 그 미소처럼 올해도 잔잔하게 꽃망울을 머금고 피워내는 산수유 꽃은 마치 집 떠난 아들을 기다리는 어머니의 손짓처럼 입가에 잔잔한 미소를 머금게 했다.

04
갑신정변의 충격

황현이 며칠을 함께 했던 왕사각과 헤어져 집 앞에 당도했을 때는 팔을 뻗으면 손끝에 잡힐 것 같은 아기별들이 산수유 꽃망울처럼 나뭇가지에 걸려 있었고, 그 별들 중에 유난히도 푸른 빛을 띠우고 있는 큰 별 하나가 저만치에서 아들을 기다리는 어머니의 눈빛처럼 반짝이고 있었다.

"어머니! 소자 돌아왔습니다."

"오매! 아범 목소리 아녀?"

아들의 목소리를 듣고 버선발로 뛰어나오는 어머니의 눈웃음이 울타리 너머 아련하게 기웃하는 산수유 꽃망울을 그대로 닮아 있었다.

"허허⋯⋯. 그래, 여행은 잘 하고 온겨?"

어머니의 뒤를 따라 방문 밖으로 고개를 내민 아버지 황시묵(黃時默, 1832~1892)의 목소리였다.

"네. 아버지, 무위자연이 주는 교훈을 크게 얻고 소자 돌아왔습니다."

며칠간의 짧은 여행이었지만, 그러나 학문에만 매달려 온 황현으로서는 많은 것을 보고 느끼게 해 준 참으로 유익한 시간이었음을 그렇게 전해 올렸다.

"잘했네, 그래야지. 둘러보는 세상은 마음먹기 따라서 널려 있는 교훈이라는 것이니께."

집으로 돌아온 황현은 거짓 없이 존재하는 자연의 교훈처럼 언제나 편안함으로 맞이해 주고 안주하게 해 주는 곳이 역시 가정뿐이라는 것을 다시금 크게 느끼게 해 주었다. 집으로 돌아온 그 이튿날, 아침 상을 물린 아버지가 황현을 건너다보며 무겁게 착 가라앉은 목소리로 말했다.

"아범, 나 좀 보세. 사랑채로 건너오게."

"무슨 따로 하실 말씀이라도?"

"건너와 보면 아네."

왠지 느낌이 좋지 않았다. 아버지의 뒤를 따라 사랑채로 들어갔을 때였다. 황시묵은 서랍에서 흰 봉투 하나를 찾아 건네면서 말했다.

"읽어보게. 아범이 집 떠나던 날 받은 것일세."

"?……"

무거운 표정의 아버지를 한 번 쳐다보고 밖으로 나온 황현은 아버지가 건네준 봉투를 열었다. 그런데 이게 웬일인가?"

"이럴 수가?……."

그것은 뜻밖에도 추금秋琴 강위(姜瑋, 1820~1884) 선생께서 타계하였다는 한양으로부터 내려온 비보였다.

황현은 한동안 말을 잃고 멍해져 있었다. 장원에 급제를 하고서도 탐관오리들의 부정으로 밀려난 황현을 그토록 애잔한 눈빛으로 바라보며 위로와 용기를 주시던 스승 강위였다.

그토록 그윽한 눈빛을 보내며 지긋하게 다독여 위로해 주던 강위 선생의 말씀이 슬픔으로 둥둥 떠다니면서 가슴을 적시고 또 적시게 했다.

"연꽃은 진흙 속에 뿌리를 내렸으되 진흙에 물들지 않고 꼿꼿이 물 위에 버티고 서 있어서 저만치서 바라보는 이들에게 더욱 감동을 준다고 하질 않았던가. 나는 오늘 자네가 이 아픔을 통해서 더욱 꿋꿋한 붓대로 많은 사람들에게 감동을 주는 그런 연꽃 같은 선비가 될 것이라고 분명히 믿네, 힘을 내시게."

그처럼 용기를 주시던 스승께서 돌아가셨다니, 도무지 그 비보를 사실로 믿고 싶지가 않았다. 아니 어쩌면 황현의 가슴 속에는 그대로 소중하게 살아 남아있는 스승이었다.

그러나 강위의 죽음은 엄연한 현실로 황현은 한 걸음에 달려가 조문하고 비통한 가슴을 드러내는 조만시弔挽詩 사수四首를 지어 통곡하였다.

강위 선생의 죽음을 듣고 통곡하며 / 哭秋琴先生 四首 · 1 · 1884

童時雷耳想魁梧	어렸을 적부터 그 이름 천둥처럼 들었기에 몸집이 크신 분인가 여기다가
及我見之山澤癯	내 몸소 뵙고 보니 파리하게 여위신 분이었지
局外雙瞳通萬國	정치세계 바깥에서도 두 눈동자는 세계 만국에 통하였고
書中寸舌破群儒	책 속에 숨은 한 치 혀로는 뭇선비들을 꺾으셨지
飄颻五岳黃精飯	이 산 저 산 바람처럼 찾아다니며 황정黃精을 먹고는
浩蕩千場白玉壺	이 곳 저 곳 돌아다니며 호탕하게 술병을 비우기도 하셨지
深樹花開江月墮	우거진 나무에 꽃이 피고 달은 강물 위에 떨어졌는데
一番來往世應無	한 번 왔다가 가시니 이제 다시 세상에 없으시구나.

스승 강위의 호는 추금秋琴으로 제주도로 유배된 추사秋史 김정희(金正喜, 1786~1856)를 찾아가 많은 감화를 받고 돌아온 그는 1850년대에 태어난 황현, 김택영, 이건창 등에게 스승으로서 많은 것을 가르쳐 일깨워 주신 분이다. 강화도조약에 참석한 뒤로도 일본, 청나라를 돌아다니며 국제 정세를 바로 보았고, 벼슬을 탐하지 않았으며, 계속 떠돌며 후학들에게 많은 것을 일깨워 줌으로써 귀감이 된 분이기도 하다.

황현에게 그처럼 귀감이 된 강위 선생에 대해서 쓴 시로는 앞서 밝힌 추도시 외에 1880년에 쓴 〈봉송강추금노인위부일본奉送姜秋琴老人瑋赴日本〉이 있다.

萬事如雲散未收	모든 일은 구름처럼 흩어져 거두지 못했고
蕭蕭六十五年秋	쓸쓸한 육십오 년의 세월이었다
窮愁下筆權衡策	깊은 근심 속에 붓 들면 평정의 글이 되었고
汗漫携琴海岳遊	부질없이 거문고 들고 산과 바다에 노닐었다
古洞梅花悲鐵笛	매화 핀 옛 마을엔 쇠 피리 슬피 울고
塞垣風雪弊貂裘	변방의 눈보라에 갑옷이 해어졌다
仙棺待蓋論應定	관 뚜껑 닫히면 응당 평가가 정해지겠지만
可但詩家第一流	다만 시가에선 제 일류였음이 옳으리라.

이렇게 개관사정의 평가에 있어서 당대 일급의 시인이었다고 평가하고 있다. 조선 말기 한시단漢詩壇에서 삼웅三雄으로 꼽힌 시인이 바로 추금 강위와 창강 김택영, 그리고 매천 황현이었다.

당시 영재寧齋 이건창(李建昌, 1852~1898)이 진신縉紳들에 의해 문장의 제일인자로 손꼽혔고, 강위 이하 모든 사람이 종유從遊하지 않는 이가 없었다. 황현이 시단의 삼웅으로 손꼽힐 수 있었던 것도 이건창이 황현의 시작詩作을 보고 높이 평가하고 발천發薦하였기에 가능했다.

그런 인연으로 황현은 일세명사一世名士들과 두루 교유할 수 있었던 것이며, 강위, 이건창, 김택영과는 스승과 사우師友로 대할 수가 있었다. 이때, 하정荷亭 여규형(呂圭亨, 1849~1922)과도 관계를 맺고 강위의 회갑 때, 분운分韻하여 다음과 같은 시를 짓기도 했었다.

龍鐘七尺古鬚眉　꾀죄죄한 모습 칠 척의 키에 예스런 수염과 눈썹
游戲人間老更奇　인간 세상 노닐면서 늙을수록 더욱 기이했다.
倚劍西雲天下小　칼 차고 서쪽으로 갈 때 천하도 좁다 생각했고
揚帆東海日輪遲　배 띄워 동해 건널 때 해도 더디다 여기었다.
文章有悟終依佛　문장에 깨달음 있어 마침내 부처에 귀의했고
經濟違心晚托詩　나라 구제되지 않음에 만년에 시에 의탁했다.
身後凄涼丹旐重　죽은 몸 처량하여 명정은 무겁기만 하고
一官雖薄聖明知　하찮은 관직이나마 임금님도 알아주셨네.

강위 선생이 서쪽의 청나라와 동해 건너 일본을 왕래한 공적과 불교에 귀의한 일들을 읊은 시였다.

강위 선생은, 기원杞園 민노행(閔魯行, 1782~?)과 추사 김정희 선생 밑에서 공부하여 식견이 탁월했지만, 출생 신분이 무과武科 후손이라 문과文科 급제를 포기해야 했다. 그러다가 1882년 서얼과 중인의 관직 진출이 허용됨으로써 63세에 이르러서야 비로소 선공감繕工監의 종9품직을 제수 받았던 분이었다. 스승 강위의 죽음은 황현에게 많은 생각을 안겨주면서 얼마동안 마음을 추스르지 못했다. 그토록 간절히 염원했던 젊음의 꿈을 접고 낙향한 황현의 시골 칩거생활은 이전에 선비의 꿈으로 매양 부풀어 있던 그런 생활 모습이 아니었다.

지난날 선비가 취해야 할 목적을 달성하기 위해 밤낮을 잃고 학문에만 매달렸던 의욕이 한풀 꺾인 듯 곧잘 멍해지곤 했다. 기존 생활에 대한 균형

감각을 상실해 버린 듯한 그런 모습을 조심스럽게 옆에서 지켜보며 애절한 눈빛을 보내오는 것은 식구들이었고, 그 눈빛을 대하기가 황현으로서는 실로 견디기가 어려운 고독 같은 것이기도 했다.

황현은 그처럼 아수라장이 되어 버린 조정의 부정부패에 선비로서의 큰 뜻을 품고 한양에 올라갔던 꿈을 실현시키지 못하고 낙향했지만, 그러나 그럴수록 더욱 꿋꿋하게 사군자를 만들어내야 한다고 마음을 굳히며 다짐하고 또 다짐했었다.

하지만 그런 각오와는 달리 공허한 무력감에서 크게 벗어나지 못하고 지내다가 이윽고 어느 날부터 마음을 오롯이 모으고 책상 앞에 앉아 붓을 들었다.

집련서集聯序

시詩가 여러 번 변해서 율시가 되었는데 율시는 진실로 시 가운데 가장 정밀한 것이며, 연聯 구句는 대對와 짝(偶)으로 더하니, 대개 더욱 정밀하고 잘 하기가 어려운 것이다. 이러기 때문에 이름난 시편과 빼어난 시구는 흔히 연과 구로써 전한다. 연과 구를 잘 할 수 있으면 기구起句와 결구結句도 또 자연히 따르니, 처음 배우는 사람은 이 점을 강구하지 않을 수 없는 것이다.

내가 갑신년(1884년) 겨울에 아이들을 가르칠 계획으로 이 책을 모았는데 아쉽게도 상고할 책이 없었다. 처음에는 호응린胡應麟의 〈시수詩藪〉를 토대로 삼고, 이어 토원兎園 폐책 중에서 쓸 만한 것을 보는 대로 초하여 종이가 다함에 그쳤으니, 되는 대로 적은 것이어서 우습기도 하다.

호남은 예로부터 시향詩鄕이라 일컬었는데 근래에 와서는 일종의 속된 선비들이 천박하고 잡스러운 병통이 없으면 방자하고 변태적인 병통에 빠져 있다. 어떤 사람은 말하기를 시학詩學의 한 가닥 길은 지금 사람이 옛 사람보다 낫다 하니, 어찌 그러하겠는가?

오직 옛것에 법을 취한 연후에라야 말 또한 옛스러워질 것이다. 신자하申紫霞 등 사대가四大家는 오늘의 옛것이 되기에 무방하고, 또 청나라 시인 여러 사람은 중국에 있지만 우리나라 사람의 옛것이 되기에 무방하다. 그런즉 처음 배우는 선비로서 흐름을 거슬러 근원을 더듬어서 옛 작자의 뜻을 연구하는 사람이 또한 내가 만든 이 책에서 시의 방향을 물어 찾게 될 것이다.

매천, 우연히 기록하다.

그처럼 황현이 서재에 들어 앉아 글쓰기에 열중하고 있는 동안 어느새 들판에는 가을걷이도 끝나고 황량하게 겨울로 접어들고 있는 12월 초 어느 날이었다.

황현이 울적한 자리를 털고 집을 나와 왕사각을 찾아갔다. 그런데 이게 웬 날벼락 같은 소식이던가.

더없이 표정이 어두워 있는 왕사각이 황현을 쳐다보며 힘없이 말했다.

"드디어 곪아 터진 게여. 나라꼴이 어쩌다가 이 모양이 되었는지 갈 데까지 가는 모양일세. 그 쳐 죽일 놈들이 기어이 정변을 일으키고 말았다는구먼. 쩝쩝……."

"네?…… 그 주모자가 누구랍니까?"

"주동자들은 박영효, 김옥균을 주축으로 한 그 일당들이었다네."

그리고 맥이 빠진다는 듯이 왕사각은 축 늘어뜨린 어깨를 하고 힘 없이 다시 말했다.

"갈수록 태산이라더니 그렇구만. 이 난세를 어찌 해야 좋을지……. 작은 차이가 큰 차이라는 말처럼 남들보다 한 발자국 앞서 나간다는 게 결코 쉬운 일이 아닌데……. 진일보하는 개화도 좋지만 우선적으로 대처하는 그 방법이 문제였다고 나는 보네."

"하지만 이제 와서 어쩌겠습니까. 과학이라는 서양 개념을 막무가내로 받아들여야 한다는 판단에서 그런 것을……. 참으로 한심한 일입니다. 조국이 벼랑 끝으로 미끄러져 가는데 남의 일 보듯이 앉아서 구경만 하고 있어야만 하니……."

당시 한양에서 일어난 충격적인 정변의 상황은 그랬다. 갑신년(1884년) 12월 4일(음 10월 17일) 밤에 반란을 일으킨 그들은 좌찬성 민태호, 지사 조영하, 해방총관 민영목, 좌영사 이조연, 우영사 윤태준, 진영사 한규직 등을 속여서 불러들여 모두를 죽였다는 것이다.

소식에 의하면 그 때 중관 류재현은 죽기를 각오하고 난을 일으킨 주모자들을 향해 욕설을 퍼붓다가 그 역시도 그들의 칼에 맞아 죽음을 당했다고 했다.

처음 박영효(朴泳孝, 1861~1939), 김옥균(金玉均, 1851~1894) 등은 일본, 서양제국과 통교하여 부강을 누리고자 계획하였다고 한다. 그래서 예로부터 내려오는 국가 풍습을 모두 버리고 서양제도를 받아들여 개화를 하고자 거기에 힘을 쏟으면서 왕의 우유부단함을 못마땅하게 생각했었고, 또한 그들이 추구하는 정책이 여러 사람 의견마다 달라 획일적인 법을 실행할 수가 없어 지연되고 있었던 것인데 드디어 난을 일으키고 말았다는 왕사각의 의분에 찬 이야기는 계속됐다.

"그 쳐 죽일 놈들이 기어이 비밀리에 역모를 꾸미고 왕을 위협해서 궁을 옮기게 했었다는 게여. 그리고 수구파 대신인 민태호 등 몇 장졸을 제거하고 일본 군대를 끌고 와서 청국군을 방어하게 했다는구먼. 그들이 꾸민 거사가 성공하면 그들이 계획했던 개화를 급진적으로 추진하려고 일을 꾸몄었던 것이지. 그런데 그들이 일으킨 반란이 삼일천하로 실패했기 때문에 주동자들이 모두 도망쳐 버렸다는 거여. 그러니 그 내막을 심문할 길이 없어 상세한 내용은 잘 모르겠다고 하드구먼."

1884년에 일어난 갑신정변 우정국 사건은 개화파가 민씨 정권을 무너뜨리고 청국과의 종속관계를 청산하고자 일으킨 정변으로 국민주권국가 건설을 지향한 최초의 정치개혁 운동이라고 말하기도 한다.

그러나 조선이 그 문호개방을 시도했던 초창기에는 박규수, 오경석, 유대치 등을 중심으로 그 움직임이 보다 적극화 되고 조직화 되어 있었던 것이고, 점차 김옥균, 홍영식, 박영효, 서광범, 서재필 등 젊은 양반계급 지식인들을 핵심으로 하나의 정치세력을 형성해 가며 조정의 개화정책을 뒷받침했었다.

엄격하게 분석해 보면 지난 임오군란(1882년)을 계기로 민씨 정권의 친청수구정책은 날로 그 횡포를 더해 갔고, 청국은 군대를 주둔시키며 조선의 식민지 지배를 획책함에 따라 개화파의 정치적 위기가 높아져 가게 했다. 그래서 개화파는 정변을 통해 민씨 정권을 무너뜨리고 청과의 종속 관계를 청산할 것을 결정했었다고 한다.

그런데 그때 마침 청국은 월남 문제를 둘러싸고 청·프랑스 전쟁이 터져 패배함으로써 조선에 대한 간섭이 약화되고 있었다. 그 틈새를 엿본 개화파는 임오군란 이후 냉담했던 일본 다케조에 신이치로(竹添進一郞) 공사가 다시 접근해 오므로써 일본 공사의 후원을 확인하고 그들의 계획대로 1884년 12월 4일 우정국 개국 축하연을 기회로 정변을 일으킨 것이다.

정변을 실패한 후 일본측은 오히려 공사관이 불타고 공사관 지원과 거류민이 희생된 사실에 대한 책임을 물어와 1885년 1월 한성조약이 체결되었다. 이에 따라 조선은 일본에 사의를 표명하고 10만량의 배상금을 지불하고 일본공사관 수축비修築費를 부담하게 되었다.

한편 갑신정변의 실패로 한반도를 둘러싼 청국과의 경쟁관계에서 다시 불리한 처지에 놓인 일본은 정세를 만회하기 위해 이토 히로부미(伊藤博文, 1841~1909)를 전권대사로 청국에 파견하여 리홍장과 담판을 보게 했다.

그 결과 조선에서의 청·일 양국군의 철수, 장래 조선에서 변란이나 중대사건이 일어나서 청·일 어느 한쪽이 파병을 할 경우에는 그 사실을 상대방에게 알릴 것 등을 내용으로 하는 텐진(天津)조약을 1885년 4월 18일

체결했다. 이로써 갑신정변의 뒷마무리는 일단 끝났지만, 이 조약으로 일본은 조선문제에 있어서 청국과 같은 파병권을 얻게 되었고, 이것이 바로 10년 후에 일어난 갑오농민전쟁 때 일본의 파병 구실이 된 것이었다.

이처럼 엄청난 후환을 안겨준 그들 개화파들이 계획한 갑신정변이 실패한 근본 원인은 그랬다. 우선 개화파 자체가 민중들로부터 신뢰를 얻지 못했다는 데서 그 뿌리를 내리지 못했고, 또한 그 정변을 주도했던 개화파들이 지향할 수 있었던 경제체제가 자본주의 경제체제였음에도 불구하고 그 실현을 위한 적극적인 대안을 제시하지 못한 때문이기도 했다. 바로 그것이 그들의 치명적인 취약점으로 대다수가 농민으로 구성되어 있는 민중에 대한 고려가 결여되었다는 것은 자주적으로 근대화를 달성하려 했던 그들의 개방정책이 민중으로부터 지지를 얻지 못했던 것이 바로 그 실패의 원인이었다. 그리고 또 하나의 중요한 원인은 그들이 일으킨 정변이 외세, 특히 일본의 원조를 받고 있었기 때문에 그들의 개방정책 계획은 삼일천하로 끝나 버린 것이다.

이것이 당시 조정 안팎의 사정으로, 새로운 시대 변화 요구에 부응하지 못한 그 원인이었고, 파국으로 치달리는 나라 안 정세로 갑신정변의 주모자 김옥균에 대해서는 여러 가지로 평가가 분분했다.

하지만 어떻든 우리나라가 봉건주의 긴 잠에서 깨어나지 못한 당시의 상황에서 나라 안팎의 정세를 읽어내고 다른 사람보다 진일보한 생각을 먼저 했던 사람임에는 틀림이 없었다.

당시 우리나라는 봉건주의의 암흑 속에서 세상의 커다란 변화를 읽지 못하고 있던 때였고, 완강한 대원군의 쇄국정책과 기득권층의 수구적 태도 때문에 그야말로 깜깜절벽이었을 뿐만 아니라, 서세동점西勢東漸의 세상에서 제국주의에 대비할 아무런 준비도 갖추지 못한 상태였다. 그러나 갑신정변을 일으켰던 개화파는 미미하게나마 제국주의의 위험을 예감했다고 볼 수 있다. 그 정변이 실패하게 된 가장 큰 원인은 봉건주의가 정치위주의 사회였기 때문에 하층 민중이 경제적 기반을 갖추기 힘든 체제였고, 견고한 양반계급을 바탕으로 한 상부구조가 너무 강했기 때문이다.

　일본은 불철저할망정 메이지(明治)유신을 통해 자본주의를 우리보다 일찍 받아들였다. 일본의 상부구조인 '대명제다이묘'는 유럽의 장원제와 유사한 제도이기 때문에 이질적인 제도를 받아들이는 데 우리보다 비용이나 거부감이 적었을 것이고, 중국에 서구 문화가 더 일찍 들어왔지만 토대가 달라 수용하지 못한 것과는 대조적이다. 중국이 실패한 이유도 우리와 비슷했다.

　세계사를 돌아보면 자본주의국가로 옮겨가는 과정에서 전쟁을 겪지 않은 나라는 드물었다. 자본주의 체제 자체가 제국주의 속성을 지니고 있기 때문이기도 하겠지만 새로운 변화를 받아들인다는 것은 그만큼 힘겨운 일임을 반증해 주고 있다.

　그야말로 피를 흘려서라도 기존체제를 완전히 바닥에 떨어뜨리지 않고서는 변화를 가져올 수가 없다는 그 예로써 프랑스혁명, 영국의 산업혁명, 미국의 남북전쟁 등도 그 내부에 자본주의 태동에 대한 암시가 깔려 있었다. 자본가의 등장과 대량생산, 기계문명이라는 대격변은 이처럼 수많은 희생을 토대로 이루어진 것이다.

　미국의 경우 남북전쟁에서 북쪽이 남쪽을 이길 수 있었던 것도 이미 북쪽이 기계를 도입한 공업을 발달시켜서 자본주의의 대세에 순발력 있게 대응할 수 있었기 때문이다.

　이런 움직임이 우리에게 주는 교훈적인 사회 현상은 언제나 제 스스로 길을 열어간다는 것이다. 일단 시작되면 내적 필연성에 의해 생성, 발전, 소멸의 과정이 저절로 이루어지게 마련이다. 가설이 세워지고 몇 번의 시행착오를 거듭해야만 이론 하나가 만들어진다는 말이다.

　그 과정에서 필요한 것이 철학과 종교라고 할 수 있다. 끊임없이 문제점을 분석하고 탐구하여 분명한 사상을 만들어내야만 변화를 견뎌낼 수 있는 잠재력이 만들어지면서 내부구조를 굳건히 할 수 있다는 사실이다. 그런데 그들이 일으킨 정변이 오랜 봉건주의에서 깨어나 새로운 체제로 진입하는 데 성공하지 못한 이유가 바로 그 내부구조를 굳건히 할 수 있는 철학적 잠재력의 빈곤 때문이기도 했다.

그러나 그들이 조급하게 서두른 개화가 비록 성공하지 못했으나, 어찌 되었거나 갑신정변으로 인하여 변화가 불가피하다는 사실을 늦게나마 인식할 수는 있게 해 주었다. 아무튼 세상의 큰 흐름을 먼저 읽어낸 그들의 개방화 추진의 계획은 이렇게 다른 결과를 가져온 것이다.

왕사각은 한양에서 일어난 정변의 소식을 전해 주면서 힘 없이 말했다.

"이제 와서 힘 없고 어진 백성들이 뭘 어떻게 할 수 있겠는가. 밥 먹고 살기도 고단해 죽겠다고 아우성들인데, 쳇! 이런 오류 투성이 시국에서 중심을 지켜 자신의 뜻을 관철하며 산다는 것이 얼마나 어려운 일인가를 깨닫는 과정이 곧 삶이라고 자위하면서 우리라도 정신 똑바로 차리세."

"글쎄요. 지금 시국 돌아가는 모양새를 봐서는 천지개벽이 일어나지 않고서야 별 다른 뾰족한 수가 없을 것 같아서 힘이 빠지네요. 예측이 불가능한 오뉴월 장맛비가 쏟아지면 그렇지 않아도 약한 뿌리를 가진 가녀린 과목들이 범람하는 강물 속으로 휩쓸려 떠내려가듯이 우리가 그 꼴 나겠네요."

"벌써 오랫동안 내려 쌓인 비가 안팎으로 스며들면 사방에 곰팡이가 생겨 악취가 나듯이 나라가 이 지경에 이르게 되고 말았으니 그 참……. 그러니 지금 우리가 걱정한다고 될 일도 아니고 우리가 서 있는 칼날 같은 세월 위에서 누가 뭐라고 하든 나름대로 가느다란 희망이라도 가져보세."

"학문을 배웠다는 선비나 백성이나 모두 살아도 죽은 목숨이나 다름없으니 하는 말입니다. 시국이 이처럼 불안한 상태로 계속되면 불안한 마음이 음침할 대로 음습해져서 끝내는 모두 자제력까지 잃게 될까 봐서 그러는 것이지요."

"이제 와서 한숨 내쉰다고 돌이킬 수 있는 일도 아니고……."
풀이 죽어 있는 왕사각은 만사가 귀찮다는 표정이었다.
"밖에 나가서 술이라도 한 잔 하실까요?"
"오늘은 사양하겠네. 다음 기회에 하기로 하세."
술을 마실 기분이 아니라는 왕사각과 헤어져 집으로 돌아온 황현은 마음이 어두워서 도무지 안정을 찾지 못하고 있었다. 아무것도 눈에 들어오지 않았고, 또 손에 잡히지도 않았다.
그리고 그날 이후 마치 중병을 앓는 사람처럼 입맛조차 쓰기만 했다.
나라는 극심한 변화를 겪고 있었다. 조정을 압박해 오는 일본이 미친 기세로 동남아를 휩쓸고 있는 가운데 갑신정변이 일어났고, 그 결과 청나라의 내정간섭은 더욱 심해지면서 민심이 어수선해질 수밖에 없었다. 장차 나라가 어떻게 될지 한 치 앞도 모르는 상황에서 백성들은 저마다 증폭된 불안감에 떨고 있었다.
그처럼 어수선한 시국에 설상가상으로 황현이 19세에 낳은 첫 딸은 이미 죽었지만, 뒤 이어서 태어난 아들도, 또 그 다음으로 얻은 아들까지도 태어나자마자 죽었다. 부모는 자식이 죽으면 가슴에 묻는다고 했다. 황현 역시도 가슴 한켠에 그 아픔을 묻고 있었다.
그런데 고맙고 다행스럽게도 그 뒤 다시 아들을 얻게 된 황현이었다. 아명을 연아라고 했으나 관명으로 황암현黃巖顯이라고 지어주었다.
암현은 아버지를 너무나 쏙 빼닮아 보는 이로 하여금 웃음을 머금게 했다. 황현은 아들의 재롱을 바라보면서 자신을 새롭게 추슬러야 한다고 다짐하면서도 아무 의욕 없이 흘려 보낸 시간이 어느덧 그 해를 넘기고 1885년의 새봄을 맞이했다.
그러던 4월 어느 날이었다. 그날도 황현은 툇마루에 걸터앉아 길들여진 버릇처럼 두 손을 모으고 무심하게 흘러가는 구름 위에 눈을 얹고 어수선한 시국에 정리되지 않는 상실감의 고뇌를 짓누르고 있었다.

그때였다. 언제 사립문을 밀치고 들어왔는지 저벅거리는 인기척 소리에 황현이 고개를 돌렸을 때는 왕사각이 황현을 보고 빙긋이 웃고 있었다.

지난번 만났을 때 그처럼 어둡고 침울하던 표정이 아니라, 조금은 생기가 있어 보이는 표정에 미소를 담고 말했다.

"어허, 매천. 자네 언제까지 그렇게 무심한 구름만 쳐다보고 지낼 것인가. 지금 자네하고 앉아 있는 모습이 마치 무릉도원이나 꿈꾸는 수도승처럼 손에 목탁만 들렸으면 영락없는 절집에 앉아 있는 사람 같네 그려."

"제 마음이 그러니 어쩝니까. 도대체 세상일에는 흥미가 없으니……."

"흥미가 없다? 물론 그 마음 내 모르는 바는 아니지만 그렇다고 언제까지 그러고만 있을 텐가? 마음을 바꾸면 지옥도 천국이 된다고 안 하든가. 어둠을 빨리 털어내는 게 현명한 사람이라고 했네."

"막막한 가슴이 답답하기만 해서……."

"그 마음이나 내 마음이나 다르지 않으이. 하지만 지난번에 우리만이라도 정신을 똑바로 차리자고 하질 않았는가. 자네 나하고 약속하고 다짐했던 말을 벌써 잊었는가? 선비는 어둠 속에서 빛을 만들어내는 거라고 말하던 사람이 자네가 아닌가."

"그랬었지요."

무기력해져 있는 황현을 향한 왕사각의 안타까움의 질책은 계속 이어졌다.

"그런데 오늘 자네하고 앉아 있는 모습이 뭔가? 자신 스스로가 털고 일어서려고 노력은 해야 되지 않겠는가 말이여. 사람이 살기가 어려울 때면 제 능력에 맞는 살 궁리를 하게 되는 것이고, 또 변화를 모색하게 되는 것이라고 하지만, 적어도 글을 배웠다는 선비는 그와는 좀 달리 초지일관 자기 모습을 그럴수록 더욱 굳게 만들어 가야 되질 않겠는가? 그리고 또 옆에서 지켜보고 있는 식구들을 생각해서라도 그렇게 풀죽어 있는 모습을 보여주는 것은 선비가 취할 도리가 아니라는 생각이 드는데 언제까지 그러고만 있을 텐가?"

"오늘 제게 옳게 지적해 주신 말씀입니다."

뜻밖에 쏟아 붓는 왕사각의 질책에 황현은 순간 온몸에 싸르르한 현기를 느꼈다. 그것은 왕사각의 질책이 쓰고 떫고 껄끄러워서가 아니라 깊은 잠에 빠져 있는 영혼을 푸드득 일깨워 주는 어쩌면 천둥소리와 같은 것이었기 때문이다.

황현은 마치 꿈 속을 헤매다가 깨어난 사람처럼 화들짝 일어나 앉음새를 고쳐 앉으면서 스스로에게 다짐하듯이 말했다.

"내가 노력해 온 결과라는 것이 눈에 보이지도 않고, 손에 잡히지도 않는 지금 내가 서 있는 자리가 어떠한 곳이라 하더라도, 그리고 앞에 놓인 길이 아무리 멀고 험한 길일지라도 그것이 내가 가야 할 길이라면 사람들이 모두 잠든 밤중에라도 깨어나 그 길을 가겠습니다. 오늘 이 약속을 지켜 봐 주십시오."

약속을 다짐하고 있는 황현의 목소리는 가늘게 떨리고 있었다. 그것이 황현이 자성하는 동기가 되었다.

05
만수동 칩거생활

황현은 표정부터 진지하게 달라졌다. 우울한 적막감을 털어버리고 마음을 가다듬어 이전의 모습으로 다시 되돌아가야 한다고 다짐하고 또 다짐했다.

새로운 각오로 임한 황현은 세속적인 출세에 대한 미련을 모두 내려놓고 하나둘 글벗들을 모았다. 그리고 후진양성을 위해서 하루하루를 그 일에 마음을 쏟는 것을 생활에 유일한 안위로 삼았다.

그날도 황현은 생도들을 불러 모아놓고 가르치면서 말했다.

"오늘처럼 혼탁한 이 시대에 급선무는 천하대세에 책임을 질 줄 아는 올곧은 선비가 많이 만들어져 나와야 한다고 생각하는 바일세. 선비가 의론을 정한 바가 없고, 복이나 쫓고 화를 피하려 하니 집에 들어가면 주인 노릇이나 하고, 밖에 나가면 노예처럼 비굴하게 굽실대는 것이 오늘의 세태이다. 사람이 살아있다는 것은 생각이 살아있다는 말이고, 살아있는 생각은 그 사람의 행동으로 옮겨지게 마련이니 엄정을 구하려 하지 않아도 저절로 엄정하게 되는 법이라. 나라가 발전하고 부강해지려면 이 나라에 정신이 올곧은 선비들이 많이 배출되어져야 하지 않겠는가."

그리고 다시 덧붙여 말했다.

"학문을 하는 선비나 시인은 누구나 자신을 표현할 수 있는 자기만의 언어가 따로 있음은 물론이다. 그러기 위해서는 쉬지 않고, 독서를 하고 또 연마시켰을 때만이 비로소 인생 삶의 길에서 남이 얻지 못하는 보람을 얻게 되는 것은 하늘은 스스로 돕는 자를 돕는다고 한 것이니 명심들 하시게나."

그 말은 어쩌면 황현 자신을 돌아보며 그동안 가슴을 짓누르며 차오르던 어두운 감정의 찌꺼기들을 쓸어내면서 스스로를 향해 다짐하는 말이기도 했다.

그처럼 새로운 자세로 임하고 있는 황현이었다. 어지러운 조정을 신임하지 못하여 잠시 독서를 게을리 했던 것과는 달리 다시 책을 가까이 하면서 〈정연일택기칠절십사수丁掾日宅寄七絶十四首〉로 중국의 시인들을 평가하기도 하였는데, 성당盛唐의 시인으로 이백(李白, 701~762)과 두보(杜甫, 712~770)를 추존하였다.

특히 두보의 시구 "어불경인사불휴語不驚人死不休－말이 사람을 놀라게 하지 않으면 죽어도 쉬지 않음"과 당나라 시인 맹교의 고음苦吟적 태도, 즉 고심하여 시나 노래를 짓는 것을 취했으며, 그리고 또 역시 당나라 시인 가도賈島의 퇴고推敲를 좋아했다.

그러나 황현은 송시宋詩를 더 좋아했다.

황현은 특히 동파東坡 소식(蘇軾, 1036~1101) 선생의 시에 경의를 표하고, 방옹放翁 육유(陸游, 1125~1210) 선생의 시에 최고의 찬사를 보냈다. 특히 육유 선생의 시의 운자韻字를 따서 지은 차운시次韻詩가 71수나 되는데, 모두 칠언율시七言律詩이고 한 수만이 오언율시五言律詩이다.

그렇게 다시 시와 학문에만 몰두하기 시작한 황현은 시골 칩거생활에서 시골 농민들이 중춘仲春에 토신土神에게 농사의 순조로움을 비는 것을 보고 돌아와 그것을 시로 읊기도 했다.

봄 두레 / 春社 · 1885

赴飮東隣社酒渾	동쪽 마을로 술 마시러 갔더니 제삿술 넉넉해라
春荒未易飽鷄豚	춘궁기라 돼지나 닭고기로 배부르기 어려운데
夢游蝴蝶人間世	꿈 속에 노장이 되어 인간 세상에 노닐다 보니
家在桃花洞裏村	우리 집은 도화동 마을 속에 있구나
同學好看佳弟進	같이 배운 벗님들 보기 좋고 후진들 진보하고
可耕猶喜薄田存	거친 밭 갈 수 있으니 오히려 좋기만 하네
如今更待何時足	지금처럼 다시 어느 때를 족히 기다리랴
淸夜行歌月到門	맑은 밤 노래 부르며 가니 달빛이 문 앞에 이르렀네.

조정의 탐관오리들의 부정부패로 장원급제하였다가 어이없게도 차석으로 밀려남에 억울함을 통감한 황현이었다. 그래서 초야에 묻혀 가난한 농민들과 애환을 함께 하면서 글벗들을 모으고 거기에서 스스로가 정신적인 안주를 얻으려는 눈물겨운 목메임으로 그 고독을 안으로 삼키며 시로 달랬다.

그러면서 점차 같은 뜻으로 시국론을 주고받으며 고독한 가슴을 나눌 수 있는 몇몇 글벗들이 서로의 근황을 묻고 오고 갔다. 그것이 황현에게 유일한 위로가 되어주고 있었다. 이렇듯 글벗들과의 연緣을 잇고 있는 관계 속에서 황현은 서당을 출입하던 어린 시절의 글벗 정경석을 다시 만나 그 가슴을 시로써 읊어 전해 주기도 했다.

벗 정경석에게 / 寄鄭小翠卿錫

苦學如君鐵可磨	그대처럼 애써 글 배운다면 쇠방망이도 갈아서 바늘을 만들 수 있고

十年螢雪鎖岩阿　십년 동안 형설의 공을 닦았으니
　　　　　　　　　바위 언덕도 녹일 수 있으리라
友朋半世看成就　우리 벗 사귄 지 어언 반세상
　　　　　　　　　그대 학문 이루어진 걸 보니
不怕才多怕讀多　재주 많은 게 두렵지 않고
　　　　　　　　　읽은 글 많은 게 두려워라

　이 시구에서도 나타내 주고 있듯이 그 가슴을 벗에게 전하는 글에서 정당성을 지니지 못하는 조정의 부정부패를 감수하고 있는 선비들의 무력함이 슬프고 부끄럽다는 것을 빗대어 "재주 많은 게 두렵지 않고/ 읽은 글 많은 게 두려워라" 하는 바로 이 대목이다.
　황현은 조정의 매관매직으로 인한 절망의 치욕을 몸소 겪고, 또 갑신정변의 충격으로 무력하게 살아가야 하는 자신의 고통에서 배어나온 진실을 정직하게 대면하면서 그 괴로움을 극복하려는 가슴 속 절절한 아픔을 시詩에 담아 묻어 두고 있었다.
　시대가 겪어야 했던 어지러운 혼돈 속에서 올곧은 선비가 겪어야 했던 정신적인 고뇌를 그처럼 시 속에 담아 토해내고 있는 황현은 1885년, 그 해를 그렇게 넘기고 1886년 12월, 부모와 동생 황원을 포함한 일가족 모두를 거느리고 왕사각 형제들이 살고 있는 구례군 간전면 만수동으로 삶의 터전을 옮겼다.
　그만큼 왕씨 삼형제와의 교유는 남다르게 깊었던 것으로, 서로가 오고 가는 불편함의 거리를 좁히기 위한 것이기도 했지만, 왕사각이 구례 광의면 지천리에서 그쪽으로 이거하여 후학들을 가르치는 데 전념하고 있었기 때문이다.
　왕사각의 시는 범성대(范成大, 1126~1193)과 육유의 시를 법으로 삼았으며, 아버지 왕석보 선생의 영향을 받아 근체시를 주력했다. 황현이 육유의 시를 법으로 삼은 것은 바로 그 장남인 봉주 왕사각의 영향을 받은 것으로, 만수동으로 집을 옮긴 황현은 그 마음을 시로 담아두었다.

봉성 만수동으로 집을 옮기니 눈이 내려서

온돌이 따뜻해 병풍 두르고 누워 잠 한숨 자고 나니
열려진 창문 사이로 얼어붙은 강이 시원스레 내다보이네.
명절이라 집집마다 아낙네들 절구질하고
잘 가꾸어진 숲속에는 나무마다 매화가 피었네.
꿈속에 옛사람을 만났더니 귀신의 힘을 자랑했었지.
눈 내리는 소리를 들으며 글재주 없음이 한스러워라.
여보, 그만 말 그치고 독한 솔술 좀 들어보오.
요즈음의 궁핍한 시름을 끊을 길이 없어라.

이 시구 속에서도 황현은 자신이 처한 현실을 외면하지 못하고 그 무력함을 독한 술로 달래고 있었음을, 그 궁핍한 생활상을 그대로 그려 놓고 있었다.

사실 황현 자신이 그처럼 어지러운 조정의 혼란 속에서 겪어야 했던 부끄러움은 참담했다. 감수성이 풍부한 황현은 그 고뇌를 떨치기 위해 때로는 독한 술을 마시기도 했지만, 그러나 자기 정화를 위해 그 열정을 후진들을 가르치는 일에 쏟았으며, 때로는 무위자연無爲自然 속에서 여유자적을 즐기기도 했다. 그리고 그 가슴을 시로 써서 남겼다.

섬진강을 따라서 하동으로 내려가며/ 沿蟾江東下河東

終日循江下   하루 내내 강물을 따라 내려오다 보니

汀洲慣眼成	물가의 모래밭이 눈에 익숙해졌네.
鼓喑船霧重	안개가 짙어서 북소리도 가라앉고
帆裂市風腥	돛폭이 찢어져 비릿한 시장 냄새가 펄럭이네.
雪盡橫南岳	눈이 내려서 남악南岳을 덮었고
天靑入洞庭	하늘이 푸르러져 동정호洞庭湖 들어섰네.
十年亦陳跡	십년 전 옛날에 왔었던 걸음인데
何事此重經	무슨 일로 이곳을 내 다시 찾아왔나.

때로는 무위자연으로 돌아가고 싶어 했던 황현의 허전한 가슴을 그대로 읊어 담아두고 있는 시다.

섬진강을 따라 하동으로 내려온 황현은 마침 그때 한양 조정으로부터 지방관하에 조칙을 전하는 사신使臣의 임무를 맡고 내려와 있다는 조동석과 정현을 방문했다.

그들과는 황현이 한양에 올라갔을 때 강위 스승이 주축이 된 시사회 모임에서 서로 인사를 나누고 교분을 갖게 된 문우였다. 그러한 관계로 서로의 근황과 소식이 이어지고 있었다.

조동석과 정현은 황현이 기별을 듣고 찾아와 줄 것을 알았다는 듯이 반가워하면서 말했다.

"매천, 자네가 찾아와 주리라고 믿고 있었네. 그래 요즘 생활은 어떻게 하고 있는가? 후학들을 가르치고 있다는 소식은 듣고 있었네만……."

"그럭저럭 지내고 있습니다. 어지러운 시국에 별 수가 있겠습니까? 사군자를 만드는 일에나 마음을 쏟아야지요."

"허허……. 그러다 보면 청학이 날개를 펴는 청명한 날도 올 게야. 언제까지 조정이 이처럼 어지럽겠는가? 너무 낙심하지 마시게."

"글쎄요. 그럴 날이 올는지……."

"아무튼 잘 와 주었네. 우리 어디 가서 그 동안 회포라도 풀어야 되지 않겠나."

"그래야지요. 오신 김에 쌍계사를 돌아 화엄사도 구경하시고 우리 함께 며칠 신선놀음이나 해 보십시다."

마침내 의기투합한 세 사람은 지리산 산천경개를 구경하며 머리를 식히기로 했다. 군재에서 이틀 밤을 묵고 일행은 솔바람을 마시며 쌍계사로 향했다.

황현 일행은 신선한 나무들의 숨결을 마시며, 그늘진 사람들의 얼굴에서 활기찬 웃음을 다시 볼 수 있는 날은 언제쯤일까? 애틋한 삶의 이야기를 주고받으며 쌍계사雙溪寺로 향했다.

쌍계사는 지리산 맥을 타고 흐르는 남쪽 경남 하동군 화개면에 위치해 있다. 화개장터 쪽을 향해 섬진강변을 따라가면 정유재란(1597년) 때 왕득인, 왕의성, 이정익, 한호성, 양응록, 고정철, 오종 등의 의병장 칠의사七義士와 승병 153명, 민병 3,500명의 핏자국이 아직도 마르지 않고 있는 것만 같은 석주관 칠의사지를 지나게 된다.

임진왜란 당시 호남의 관문으로 유혈이 낭자했던 지리산의 계절은 예나 다름없이 꽃은 피어 향긋한 솔숲 내음이 바람에 실려와 가슴을 시원하게 해 주었다.

황현은 석주관의 옛 일곱 의사를 조상하고 그 마음을 시로 읊어 담았다.

석주관의 옛 일곱 의사를 조상함 / 石柱關弔古

穆陵斯爲盛	선조 때는 세상이 성하던 때라
朝庭亦將相	조정 사람도 역시 장상감이었네
時危異人興	때가 위급하면 별난 사람이 생기기 마련이니
往往奮草莽	왕왕 그 사람들은 시골에서 나왔지
至今高趙郭	지금까지 고경명, 조중봉, 곽재우는

語及神輒王	말이 귀신에 미쳐 문득 왕의 자격이었네
幷時湖嶺間	동시에 태어나 호·영남간에
義旗亦多倡	의병 깃발 또한 많았네
所嗟人或微	슬픈 것은 그들이 혹시 미미했다 하나
事久沈影響	일이 오래 되어 그 영향도 희미해지네
解體勳盟漏	몸은 해체되고 훈공에서 빠지며
噉名野史忘	이름은 씹어도 야사에서도 잊혀지네
戰骨徒自香	싸움의 뼈다귀는 한갓 스스로 향기로우나
千秋足悽愴	천추에 족히 처참하기만 하네
可憐石柱城	가련한 석주성에
愁雲鎖疊嶂	근심스런 구름이 첩첩하고 가파른 산에 에돌 뿐
一縣七士殉	한 고을에서 일곱 선비가 순절했으니
吐氣前代曠	기를 토하는 그 절개는 과거에 없었네
詎以成敗論	어찌 성패로만 논할 것인가
辦此已可壯	이런 일을 함에 이미 장하였도다
男兒損軀日	남아 대장부가 몸뚱이를 버리는 날엔
要自酬慨慷	요긴하게 스스로 강개함에 응할 뿐
誰肯樂湯火	누가 기꺼이 뜨거운 물불을 즐겨
博得後來仰	널리 후세에 추앙을 받으리오.

일행이 그토록 감회 깊은 칠의사 석주관을 둘러보고 쌍계사 입구에 당도했을 때는 한낮을 불태운 석양이 서산 너머로 그 뒷자락을 흔들고 있었다.

"환상적인 운치가 그야말로 세상 밖에 있다는 신선이 산다는 곳 같구먼, 아기자기한 저 기암절벽을 좀 보게나. 가히 장대한 지리산 맥을 타고 흐르는 절묘한 풍광이로세."

조동석이 엷은 탄성을 지르며 하는 말이었다.

"그러니 저 사찰에서 염불하시는 스님들이야말로 신선이 아니겠나. 하하하……."

정현이 그 말에 응수를 해 왔다. 사실 어느 곳이든 좋은 터마다 어김없이 들어선 것이 사찰이다. 산사의 소나무 숲속에서는 이름 모를 산새들이 제멋대로 지저귀고 있었고, 맑은 공기와 푸른 솔내음의 향기가 한결 더 기분을 상쾌하게 해 주었다.

거기에다가 뉘엿한 석양에 산자락을 타고 은은하게 울려 퍼지는 범종소리는 아무리 용을 쓰고 발바닥을 비벼 봐도 외면만 하던 사바세계를 떠난 듯 마음을 편안하고 넉넉하게 해 주기에 모자람이 없었다.

일행이 쌍계사 안으로 들어섰을 때는 사월 초파일이 가까워서인지 오색 연등이 화려했다. 쌍계사 대웅전 앞에는 진감선사의 공덕과 도력을 흠모한 진감선사대공탑비眞鑑禪師大空塔碑가 세워져 있었는데, 진성여왕이 최치원에게 글을 짓고 쓰게 한 것으로 가히 국보급이었다.

최치원 선생의 숨결이 그대로 묻어 있는 탑비를 올려다보고 걸음을 돌리던 황현이 일행을 돌아다보며 말했다.

"이 쌍계사 누각 청학루 앞에 서서 둘러보니 이 풍진 세상을 살아가고 있는 내가 참으로 부끄럽구먼요."

그 말에 조동석이 크게 웃으면서 말했다.

"핫핫하 누가 아니래나, 나 역시도 그렇구먼."

저만치 법당으로 오르는 계단 밑에 붉게 핀 꽃잎과 푸른 이끼가 딴 세상에 와 있는 것 같았다. 사찰 안을 두리번거리던 황현은 법당 앞에서 걸음을 세우고 인기척 소리를 냈다.

"안에 계십니까?"

그러자 법당 쪽문이 열리면서 오십은 약간 넘게 보이는 스님 한 분이 밖으로 얼굴을 내밀었다. 스님은 해거름에 사찰을 찾아온 일행들의 모습을 빠르게 위 아래로 훑어보며 얼굴 표정에 하나 가득 물음표를 만들어냈다. 그도 그럴 것이 민심이 흉흉해져서 항간에는 도적떼들이 사찰도 무분별하게 덮쳐 털어간다는 소문이 나돌았기 때문이다.

"부처님을 뵈러 왔습니다만……."

그러자 스님은 얼른 밖으로 나와 합장을 해보이며 물어왔다.

"어디서들 오셨는지요?"

"저는 저기 구례 간전면에 살고 있는 황 생원이라고 합니다. 부처님께서는 중생들이 잃어버린 참 나를 찾아주신다고 하기에……."

황현의 입에서는 생각지도 않던 말이 만들어져 나갔다.

"들어오시지요."

스님은 언뜻 보아도 예사로운 인물들이 아님이 느껴졌던지 안도의 웃음을 웃으면서 일행을 법당으로 안내했다. 법당 안의 부처님이 반겨 웃는 것만 같았다.

황현은 어려서 어머니를 따라 가끔 절 구경을 했었다. 그래서인지 내려다보고 있는 부처님 불상의 미소가 더 없이 정겹게 느껴지기도 했다.

황현은 먼저 인사로 허리춤에 차고 있던 전대에서 동전 몇 잎을 꺼내 두 손을 모아 불상 앞 공양함 위에 얹었다. 그리고 몇 걸음 뒤로 물러나와 몇 번인가 큰 절을 해 올리면서 말했다.

"중생 황현, 부처님 공덕으로 잘 살아 오고 있습니다. 이 절 받으시고 앞으로의 전도를 불 밝혀 주십시오."

황현이 하고 있는 모습에 스님도 웃음이 나오는 모양이었다. 얼굴에 부드러운 웃음을 담아내면서 말했다.

"보아하니 불자는 부처님의 가피加被를 많이 받고 태어나신 분이시군요."

"저도 그렇게 생각하며 살고 있습니다."

"나무관세음보살……."

스님과 자리를 마주하고 앉았을 때였다. 황현이 스님에게 일행을 소개했다.

"한양에서 하동관하에 군신君臣으로 오신 분들입니다. 여기 와서 부처님 호흡을 마시면 정신이 맑아진다고 해서 함께 왔습니다."

"잘들 오셨습니다. 나무관세음보살……."

그러자 옆에 앉아 있던 조동석이 스님에 대한 인사인 듯 고개를 한 번 까딱해 보이며 말했다.

"산정기가 참 맑군요. 이런 곳에 사시니까 부처님도 스님도 맑을 수밖에 없겠군요."

"하하하……. 그렇소이까. 맑음 속에 탁함이 있고, 탁함 속에 맑음이 있는 것을……."

"죄송합니다. 제가 뭘 압니까? 그저 산 공기가 너무 맑아 한 말씀 드렸을 뿐입니다."

"나무관세음보살……."

"스님 한 가지 여쭈어 볼 말씀이 있습니다. 외람되지만 저기 계신 부처님, 아니 저 불상은 부처님입니까? 조각 작품입니까?"

서로가 처음 대면하는 머쓱한 분위기를 부드럽게 하기 위해 약간은 웃음기가 섞인 황현의 질문이었다. 스님은 잠시 당혹한 듯했다.

"나무관세음보살……. 아주 솔직한 질문을 해 주셨소이다. 하하하……. 내 이따 천천히 말씀해 드리겠습니다."

이윽고 부처님의 공양이 끝나고 나서였다. 스님은 곡차를 끓여 권하며 천천히 말문을 열었다.

"좀 전에 불자께서 물어 오신 이야깁니다만……. 흔히들 불상은 우상이라는 말들을 합니다. 그러나 사람들은 형상이 있는 우상만 알고 형상이 없는 우상은 모르는 사람들이지요. 허상인 세상을 향해서 끝없이 치달리는 중생들의 마음이 바로 큰 우상이라는 것을 부처님께서는 저렇게 앉아서 말없이 무언으로 가르쳐주고 계십니다. 모든 형상이 있는 것은 있는 것 같으나 필경은 허공에 사라지는 공이니라, 하고 말입니다."

순간 황현은 뇌리를 스치는 것이 있었다. 서양 신부들이 들고 들어온 신약성서를 읽었을 때였다. 예수는 물질은 일만악의 뿌리이니라, 하시고 또 부자가 천국 들어가기는 낙타가 바늘구멍으로 들어가기보다 더 어려우니라, 한 그 말씀이나 이 말씀이나 결국은 하나로 귀결이 된다는 생각이었다.

그래서 붓다 성현 역시도 세상물질을 좇고 추구하는 중생들의 마음이 바로 우상이고 허상이기 때문에 그처럼 열심히 채우려는 물심을 비우라고 하신 것이었구나, 하는 생각에 고개가 저절로 끄덕여졌다.

스님의 이야기는 계속됐다.

"경전에는 이 우주법계에는 다만 파장과 바람이 있을 뿐이라고 했습니다. 이것이 있으면 저것이 있고, 저것이 없으면 이것도 없어진다. 모든 것은 인연의 끈으로 얽혀 있어 생하고 멸할 뿐 이 우주 법계에 홀로 존재하는 것은 없고 영구히 존재하는 것은 없다는 것이 불교의 연기설의 일단입니다. 그런데 왜 우리 중생들은 수많은 허상을 실상이라고 믿고 착각 속에 살까요? 그것은 모두 사람이라는 아만我慢, 즉 나라고 하는 그 애착 때문에 생긴 집착의 덩어리가 곧 자기가 만든 우상이라는 겁니다. 사람이 자기 입맛대로 애착하고 영원하다고 집착하는 그것이 곧 허상이라는 것이지요. 이렇게 얘기하면 사람들은 허무에 빠지는 것이 아니냐고 묻습니다. 그러나 그건 허무에 빠지는 것이 아닙니다. 우선 실상을 알아차리되 시비是非, 그런 것들은 본래 없는 것이므로 집착하지 말고, 작위作爲하지도 말고 거기 그대로 가만히 놓아두라는 겁니다. 그런데 고통이 어디에 있겠습니까? 시비가 선악이 그리고 생각이 따로 없다는 말이지요. 법계의 이치를 알아차리고 가만히 놓아둘 때 중생이 고통에서 풀려난다는 말이지요. 본래 없는 고통, 본래 없는 시비선악에서 풀려나와 대자유로 자유자재한 해방의 공간에서 저 순수한 자연처럼 살아가라는 것입니다. 이것이 진정한 행복이라는 것이지요. 흠……."

 그 말을 하고 난 스님은 앞에 놓인 곡차로 입을 한 번 축이고 다시 말을 이었다.

 "그러니까 우리가 사는 이 우주 법계는 무상하고 허무한 것이라, 다만 움직임과 그 파장이라는 바람만이 있어서 그것이 변전하고 끝없는 윤회를 반복하면서 형상을 나타내고 소멸을 가져온다는 것이 우리가 눈에 보는 만상의 모습들이지요. 그것들은 인연이 다하면 사라질 뿐, 이 세상에 영구 불변하는 실체는 아무 곳에도 없다는 것인데 여기에 시비가 어디 있으며, 유무가 어디 있고 생사가 어디 따로 있겠습니까? 그런데 중생이 나라는 실체를 모르니 세상만사를 나와 관련하여 사랑하고 미워하고 선악을 가리는 그것이 바로 내 안에 출렁이는 세상이라. 고통의 뿌리는 스스로가 만들어 내는 것이기에 중생들이 살아가는 세상이 바로 고통의 사바세계라고 부처님 경전에 누누이 설법하고 있지요."

 불상에 대해 이해를 돕는 스님의 설법에 황현은 노자 성현이 하신 말씀이 퍼뜩 머리에 떠올랐다. '치허극수정독만물병작오이관복致虛極守靜篤萬物竝作吾以觀復'이라, 철저히 나를 비우고 어디까지나 고요한 마음으로 세상 만물이 일어나고 움직이는 것을 마음으로 보면, 모두가 그 근본인 무無로 돌아가는 작용임을 인식할 수 있다고 한 것이다.

 그리고 보면 인도에 출현했던 석가의 가르침이나, 서양 유대 땅에 출현했던 예수의 가르침이나, 또 노자께서 말씀했던 무위자연이나 근본은 하나로 일치하고 있음을 새삼 느끼고 있는 황현이었다.

 스님으로부터 부처님의 계행戒行을 듣고 있는 일행들은 숨소리조차 조용했다. 스님의 말씀은 계속 이어졌다.

 "부처님께서는 세상은 허상이므로 크게 보지 말라는 것이었지요. 크게 보질 않는데 이웃과 시비가 어디 있고, 나라와 나라가 서로 치고 빼앗는 작태가 일어나겠습니까? 복수는 복수를 낳고 지배는 지배를 낳는 전쟁의 지배 논리가 바로 세상을 크게 보는 악신 놀음이지요. 유정의 생명체 모두가 지금 이 시기에 한시적으로 내 눈앞에 있을 뿐이니 허상에 대한 집착의 짐을 벗어 버릴 때 세상이 주는 고통의 끈, 말하자면 다른 사람보다 내 앞에 큰 감을 갖다가 놓으려는 애착의 끈을 놓아 버리고 진정한 참 자유를 얻게 된다는 이 가르침이랍니다. 나무관세음보살……."

"그러니까 석가 부처님께서 중생들에게 가르치신 것은 바로 세상 모든 부귀영화가 다 부질없다는 이 말씀 아니겠습니까. 그렇다면 세상을 살아가는 무슨 재미, 아니 무슨 의미가 있겠습니까? 스님."

조동석이 스님을 보고 웃으면서 하는 말이었다.

스님은 그 마음이 알아진다는 듯이 입가에 웃음을 담아내면서 말했다.

"중생들이 그처럼 추구하는 부귀와 영화는 한시적인 것이니까 영원한 나, 그 실상을 찾아 수행을 하라는 것이지요. 그래 석가 부처께서 세상에 출현하셔서 중생들에게 보여주신 것이 바로 그 황태자의 신분도 그처럼 초개와 같이 버리고 달랑 바리때 하나 손에 들고 인간 생명이란 무엇인가? 하고 문전걸식을 해 가며 인간존재의 참 실상을 찾아 수행의 길을 떠나는 이 모습을 중생들에게 교훈으로 보여주신 것이지요. 그런데 중생들이 그렇듯 깊은 부처님의 뜻을 모르고 저 법당 앞에 꿇어 엎드려 허황된 욕심 보따리를 풀어놓고 채워달라고 싹싹 빌어대니 부처님이 기가 막혀서 빙긋이 웃고 계시면서, 이 어리석고 철부지 같은 중생들아! 나는 세상에서 누릴 수 있는 부귀영화를 다 버리고 참을 찾기 위해 문전걸식으로 수행을 했느니라. 내 이 모습을 보고도 깨닫지 못하고 뭘 더 달라고 빌어대느냐? 내가 두고 간 경전을 읽고 그 보리심을 얻을 때까지 고통의 세상에 몇 번이고 더 윤회를 거듭할 수밖에 없으니 그것이 자업자득이라. 모든 스치는 인연에 마음 아파야 하는 것, 이 모두가 다 네가 전생에 심은 인과응보로 인연의 끈이 이어진 것이니 하늘 원망하지 말거라. 너로 하여 도리를 아는 사람으로 성숙시키려고 하는 하늘의 뜻이니라, 하고 저렇게 빙긋이 웃고 계신다는 거 아닙니까. 하하하……."

"그래서 공자님도 하늘이 큰 사람을 만들기 위해서는 뼈를 깎는 고통을 주는 것이라고 하셨군요."

황현은 스님의 설법을 들으면서 공자님께서 하신 말씀이 문뜩 떠올라 그 느낌을 말했다.

"그렇습니다. 중생들이 배부르고 등 따뜻해서 걱정 없으면 복 받고 잘 사는 사람이라고 흔히들 말하지만, 크고 귀한 축복은 세상에서 고통을 많이 당한 사람들일수록 속된 세상에 미련을 갖지 않게 되고, 그랬을 때에 비로소 하늘과 땅의 이치를 깨달아 영혼이 성숙된다는 것이지요. 그게 바로 저 하늘 위에서 바라고 고대하시는 부처님의 종자씨라는 것입니다. 그것이 자연의 이치나 다를 것이 없지요. 농부가 이른 초봄에 밭에 씨앗을 뿌리고 나면 가을에 추수하기까지 살랑살랑 봄바람만 부는 것이 아니라 오뉴월 한여름 뜨거운 불볕으로 익히면서 소낙비도 퍼붓고, 천둥번개도 치는 속에서 익어가게 하는 그 이치나 다름이 없다는 겁니다. 이렇게 오만 고통을 당하고 익어진 씨알은 결코 보리 까시랭이처럼 빳빳하게 고개를 쳐들지 않고 이 바람, 저 바람에도 살랑살랑할 뿐, 고개를 척하고 내세우지 않는다는 것이지요. 이러한 모습이 무아의 경지로 부처님의 마음자리고 보면 염원해서 이루어지지 않는 것이 어디 있겠습니까. 부처님 종자씨로 그 마음이 곧 부처님 법당이 된다는 것입니다. 나무관세음보살……."

"아, 그래서……."

황현의 입에서는 자신도 모르게 엷은 탄성이 새어나갔다. 서양 신부들이 들고 들어온 신약 성경을 읽었을 때였다. 인류 구원으로 유대 땅에 출현하셨다는 성자 예수 역시도 그와 마찬가지 가르침이었다. 그 시대 이스라엘 백성들의 자랑거리가 그 열조들이 몇 백년에 걸쳐 손으로 지은 웅장한 성전이었다. 그런데 예수는 그 성전을 자랑으로 삼는 그 백성들을 향해 '하나님은 손으로 지은 전에 계시지 않는다' 고 분명히 못 박아 두고 있는 것이고 보면, 그 말씀의 뜻과 이 뜻이 다름이 없다는 생각이 들었다.
 부처님의 뜻을 일깨워 주고 있는 스님의 표정은 더 없이 진지했다. 숨소리조차 조용한 가운데 불교의 진면목을 알게 하는 스님의 설법은 계속되고 있었다.
 "무지한 우리 중생들은 하늘이 섭리하고 있는 그 뜻을 모르기 때문에 고통을 당하면 먼저 그렇게 만들어진 주위환경을 원망하고, 또 하늘을 원망하지만, 사실은 그와 같은 아픔을 이 세상에 와서 당해야만이 뭔가를 깨닫게 되어 있는 그것을 필연적 만남의 고리라고 해서 숙명이라고 한답니다."
 "그러니까 인간 중생들의 무지함을 깨우쳐 사람의 근본도리를 알게 하려는 것이 윤회를 거듭하게 하는 섭리라는 것이네요."
 조동석이 웃으면서 스님의 말을 받았다. 그 이해를 돕는 스님의 설법이 다시 어어졌다.
 "그것이 석가 부처님께서 설하신 삼세인과법이랍니다. 그래서 부처께서는 오늘 네 모습을 보면 전생을 알고, 오늘 네 생각을 보면 다음 생을 알 수 있다고 하신 거랍니다. 그러니까 오늘 내가 당하는 고통은 영혼 성숙을 위한 하늘 섭리의 축복으로 받아들이라는 것이지요. 그것이 불교에서 말하는 인과응보因果應報로 옷깃만 스쳐도 다 전생의 연緣에 의해서 만나지게 된다는 이것이 바로 윤회의 법칙이라고 한답니다."
 "아, 그래서 공자님께서 하늘이 큰 사람을 만들기 위해서는 뼈를 깎는 고통을 준다고 말씀하신 것이군요."
 황현이 고개를 끄덕이며 하는 말에 스님이 웃으면서 말했다.
 "그것이 인간 영혼을 성숙시키려는 하늘 섭리라는 것이지요. 그러니까 아픔을 주는 주위나 상대를 원망하지 말고 눈을 내 안으로 돌려 자아성찰하게 되면, 그 원인을 자신의 내부에서 발견하게 된다는 것이지요, 이러한 성인의 법을 중생들이 바로 깨닫지 못하고 있으니 손으로 만든 우상은 알아도 물욕으로 가득 채워져 있는 자신이 진짜 우상이란 사실을 모르고 있다는 것이지요. 그래 저 불상에 대해서 물어 오셨으니 말입니다만, 금강경오가해金剛經五家解에서 이르기를 흙으로 조성한 불상은 물을 지나가지 못하고, 금붙이로 조성한 불상은 화로를 지나지 못한다고 했소이다. 이 말은 불상은 절대적인 것이 아니라는 것을 말해 주는 것입니다."

스님의 부처님 불상에 대한 설명은 그랬다. 증일하함경增一何숨經 28권 및 불승도리천위모설법경佛昇忉利天爲母說法經에 의하면 석가모니 부처님께서 생후 7일만에 세상을 떠나신 마야부인을 위해서 하늘 도리천에 올라가서 설법을 하시는 동안에 인간계에서는 갑자기 석가 부처님이 보이지 않아서 크게 소동을 일으키고 가장 가깝게 시봉하던 아란까지도 알지 못하였다고 했다.

"잠깐, 스님 말씀 도중에 죄송합니다만, 그러니까 정각을 이루신 석가모니 부처님께서 육신 그대로 하늘 도리천에 오르셨다면 서양 신부들이 들고 들어온 성경에서 예수님이 육신 그대로 생체부활을 했다고 하는 거나 별다를 게 없지 않습니까?"

"저는 서양 종교에 대해서 공부해 보지를 않아서 거기에 대해서 아는 바가 없지만, 아무튼 큰 법계 스승들이 말씀하고 보여주신 것이 바로 그런 것 아니겠습니까? 중생들이 세상 물욕을 비우면 그렇게 어디고 매이지 않는 대자유를 얻는다는 것, 그것이 바로 활달자재活達自在한 성인의 모습이라, 그 모습을 왜 중생들에게 보여 주었겠소? 정각을 이루어 자성自性을 바로 깨달으면 그렇게 성불成佛된 신의 경지로 활달자재하게 된다는 것이지요. 생각해 보십시오. 하늘과 땅을 자유자재로 오르내린다는 것이 대자연계에 널려 있는 공중권세자 신명들인데 항차 그들을 제도하는 성현의 입지에서는 더 말할 것도 없지요. 그러니 자유자재라. 하늘 도리천으로 올라갔다는 석가 부처님 아니겠습니까? 이때 여러 국왕과 불제자들은 부처님의 덕을 추앙하는 생각을 금할 수 없었던 나머지 우진왕優塡王은 우두전단牛頭栴檀 향나무로 불상을 조성하였다는 설화가 그 기원으로 전해지고 있다고 합니다."

 이 설화 같은 불상이 조각품으로 우리나라에 전해진 것은 한양 탑골공원에 세조대왕께서 경천사 석탑을, 모천사에서 세운 다층석탑층, 서쪽에 전단단불회戰壇端佛會라는 변상도가 그것으로 일단 석가모니께서 열반에 드신 후에는 약 백년 전후까지 불상의 조성이 없었다는 스님의 말이었다. 그때는 부처님 형상을 꼭 표현해야 할 조각예술품에는 좌대나 보리수 나뭇가지, 보리수 나뭇잎이나 법륜, 혹은 탑파 같은 것으로 표현했다고 한다.

 불상에 대한 스님의 설명은 가만하게 계속됐다.

 "고요한 곳에서 사색에 잠기고 선정에 드신 부처님의 모습을 그릴 때에는 좌대만을 표현했지요. 또 보리수 밑에서 우주의 진리를 체득하신 뒤 불타가 되셨다는 것을 보일 경우에는 보리수가지 혹은 잎사귀를 나타냈고, 깨치신 진리를 여러 사람들에게 설법하시는 모습을 나타낼 때는 법륜을 보였습니다. 그리고 세상을 떠나 열반에 드신 부처님을 표현할 때는 탑파를 보인 것입니다."

 "그렇다면 부처님 형상은 그리지도 조각하지도 않았단 말씀입니까?"

 "그렇소이다. 그때 인도 사람의 생각으로는 부처님의 형상을 그리거나 조각하는 것은 부처님에 대한 존엄성을 상실하는 것으로 믿었지요. 그래서 인간의 형상을 조성하기에는 매우 주저했던 것 같습니다."

 "그러니까 부처님 형상은 없고 좌대나 보리수 가지, 아니면 보리수 잎사귀나 법륜, 그리고 탑파를 부처님이라고 불렀단 말씀입니까?"

 "그렇지요. 그 당시 교조이신 불타에게 직접 설법을 듣고 깊이 감화를 받은 사람들은 부처님의 훌륭하고 온화한 인격과 종교적인 신비성에 도취되어 눈으로 볼 수 있는 불타를 단순히 사지를 구비한 보통 인간으로 생각하지 않았기 때문입니다. 보다 깊고 넓은 지식과 통찰력을 가진 진리를 표현하는 데는 상징으로 놔두는 것이 당연한 도리라고 알고 있었던 까닭입니다.

황현이 다시 물었다.

"그렇다면 언제부터 부처님의 형상을 조각한 것입니까?"

"하하하……. 불상에 대해서 아주 관심이 많으신가 봅니다. 아까도 말씀드렸지만 불상이 절대적인 것은 아니라고 했잖습니까."

"그렇다면 부처님 참 모습은 어디에서 찾아볼 수 있는 것입니까?

조동석과 정현도 그와 같은 황현의 질문에 객쩍게 따라 웃었다.

"나무관세음보살……. 그야 부처님이 가르치신 진리의 말씀을 듣고 깨달아 무지의 미망에서 깨어나면 바로 불자의 마음자리에서 뵐 수 있을 것이오이다. 그래서 부처님의 가르침은 밝을철(哲)자 밝은 학문으로 곧 철학이지요. 부처님의 가르침은 인간 태어남의 근본자리를 알게 하는 것입니다. 즉 인간의 마음이 바로 우주 전체라는 것을 일깨워 주신 것이지요. 물론 마음은 눈에 보이지 않습니다. 사필귀정이지요. 그럼 그 마음은 어디에 있느냐? 살아있는 이 육신 안에 있다는 것 아닙니까. 그 마음을 부처님의 가르침으로 닦고 보면 정기가 맑아져서 잡다하게 널려있는 자연신한테 빌 것도 없고, 스스로 염원하면 안 이루어지는 것이 없다는 겁니다. 허허허……."

"그러니까 그 엄청난 힘이 바로 마음자리에 있는 것이니 세상 헛된 것 추구하지 말고 물욕을 비워 닦으라는 것이군요."

정현이 스님을 따라 웃으면서 말했다.

"그것이 바로 부처님이 중생들에게 바라는 성불인데 그 이치를 깨닫지 못하는 중생들이라. 잠시 잠깐 머물렀다가 떠나는 이 세상과 함께 무로 돌아갈 허상이나 바라고 마음을 닦지 못하니까 성불은 구만리장천이라. 그러니 고통의 사바세계를 그 인연을 따라 또 오고 가면서 윤회를 거듭시킨다는 겁니다. 물질로 이루어진 세상을 초월해서 만물을 다스리는 영장靈長으로 더 닦아 본분을 세우라는 것이지요. 이것이 이 세상에 태어난 인간 숙명의 업장業障으로 각자가 닦아야 할 고통의 짐이라, 하늘 원망하지 말고 짊어지고 닦아야 하는 것인데 어디 중생들의 마음이 그렇습니까? 그 오고 가는 이치를 모르니 아직 이성이 자라지 못한 아이들이 배만 부르면 좋아하듯이 염불보다는 잿밥에만 눈이 어두워가지고 세상 물욕을 좇는 마음을 비우라는 부처님 법당에 들어와서까지도 일신의 영달이나 추구하는 소원이나 싹싹 빌어대니……. 그게 바로 부처님 법시를 바로 알지 못하는 중생들이 하는 짓이라. 석가모니 부처 출현 이전에 자연신을 숭배하던 무속행위 그대로 제물을 차려 올리고 빌어대는 그게 바로 기복신앙이라는 것 아니겠습니까. 부처님께서는 그 당시 원주민들이 붙들고 있던 그와 같은 자연신 숭배의 사상에서 벗어나라는 말씀이었는데도 말입니다."

순간 황현은 그러한 무속행위는 유대 땅에 성자 예수 출현 이전 구약시대, 그 백성들이 여호와신에게 제물을 바치고 빌어대던 제사 의식과 크게 다르지 않다는 생각이 들면서 가만하게 물었다.

"그러니까 그러한 무속적인 행위는 석가 출현 이전 인도의 원주민들이 행해 오던 제사 의식이었다는 말입니까?"

"그렇습니다. 석가 출현 이전 그 원주민들은 자연신을 섬기는 제례의식으로 때로는 산 사람을 제물로 제단에 올리기도 했다는 겁니다."

"양을 제물로 여호와 신에게 잡아 바친 유대인들보다 훨씬 더 심했군요."

스님의 이야기는 그랬다. 석가 출현 이전, 인도의 원주민들은 자연신 숭배사상으로 은혜를 상징하는 태양신 '비슈누'와, 재해를 상징하는 태풍의 신 '시바'와는 모두 '부하우마나'의 일원一元으로 통일된 자연신이었으며, 또 사막의 신을 상징하는 암흑의 대악령 등으로 신들의 관계에서도 상극적 이원신二元神이 있었다고 했다.

황현이 그 느낌을 말했다.

"그러니까 고대인들의 신앙은 동서를 막론하고 그들에게 영향을 줄 수 있는 신만이 의롭고, 재앙을 가져다주는 이방의 신은 재앙을 가져다주는 악마로 표현되고 있었다는 이야기군요."

"그렇습니다. 석가 성현 출현 이전의 시대에 있어서는 다신 숭배시대였다는 것이지요. 부귀, 장수, 건강, 번영, 승리를 이끌어 주는 각층 능력의 신이 구분되어 있으면서, 그들을 권청하여 소원을 빌 때는 예물을 올리고 하는 바라문이 제사장으로 그 집행을 맡았었는데, 전쟁을 승리로 이끌게 하는 신의 이름이 인드라, 잘못의 죄 사함을 해 주는 법의 신 바르나, 또 질병을 몰아내 주는 불의 신 아그니, 그리고 가축을 무병하게 지켜주는 푸샨 등 많은 자연신들에게 제물을 올리고 섬겼답니다."

황현은 스님이 그 이해를 돕게 하는 설명을 들으면서 그 제사의식은 고대사에서 어느 민족에게서나 엿볼 수 있었던 자연신들을 섬기는 제사의식이었던 것임을 느낄 수가 있었다.

그것은 성자 예수 출현 이전, 유대인들 역시도 그들이 섬겨온 유일신 여호와처럼 독자적으로 찬사와 영광을 받으면서 숭배의 대상이 되고 있었던 시대 분위기이었음을 다시 느끼게 했다.

이 시대가 사실상 동서를 막론하고 성자 출현 이전, 대자연계를 다스려 온 공중권세자 중음신들이 인간의 생사화복生死禍福을 주관하고 있었던 시대였고, 그래서 인간은 그들을 섬겨야 하는 주종主從의 관계로 노예나 마찬가지였음을 알 수 있게 했다.

사실 인류 고대사에 있어서는 이처럼 신과 인간이 주종의 관계로 물질 제사를 요구하는 신들에게 곡물을 바치고 무병장수와 잡다한 물질 축복을 빌어 왔던 것으로, 이러한 제사 의식은 인류시원에서 동서가 마찬가지였음을 황현은 스님의 설법을 통해 다시 느낄 수 있었다.

스님은 황현의 근원적인 여러 가지 질문에 보통 평범한 사람이 아니라고 느껴졌던지 지긋이 건너다보면서 말했다.

"보아하니 범상하지 않으신 분들 같은데 주무시고 내일 제가 공부해 온 경전들을 한 번 읽어보시면 불교를 이해하는 데 많은 도움이 되실 겁니다.

제가 공부해 온 바로는 이 우주에는 많은 자연신들이 저마다 이름을 가지고 있으면서 그 능력 행사로 인간 세상에 절대적인 영향을 미치고 있지만, 석가모니 부처님께서 세상에 출현하시어 가르치신 경전을 읽고 깨달아 성불의 경지에 이르게 되면 오히려 그 자연신들을 제압하는 능력자가 된다는 것이 부처님 경전의 말씀이랍니다. 그러니까 인간 중생들의 한 생인 삶의 목적은 마음을 닦아 비우는 수행으로 성불을 하게 되면 과거에 그렇게 빌어 왔던 자연신들을 오히려 제도하는 성인의 경지에 오르게 된다는 것이 바로 석가 부처님께서 하신 경전의 말씀들이랍니다."

"아, 그래서 동서양을 막론하고 성자 출현 이전, 고대 어느 민족에게서나 그렇게 자연신을 숭배하는 습속이 있었던 거군요."

"제가 경전을 읽으면서 제일 먼저 느낀 것이 바로 그것이었습니다. 인간이 자연신을 숭배하고 그들로부터 다스림을 받아야 했던 다신숭배시대가 있었음을 불경을 통해서 더욱 확실히 알 수가 있었던 것이지요. 그러니까 석가모니 부처님 기록의 행적을 보게 되면 그 시대 다신숭배 제사의식을 답습하고 있는 원주민들을 향해 너희가 행해 오던 제사의식으로는 영원한 참 생명의 실상인 나를 깨닫지 못한다는 것이었고, 그러므로 이제는 내게 와서 그 이치를 깨닫게 하는 설법을 들으라고 한 겁니다. 그러나 그 천기 변화를 이해하지 못하는 원주민들이 이게 무슨 소린가? 하고 고개를 돌렸다는 거 아닙니까. 그만큼 그 시대 기존의 틀에 묶여 있는 원주민들의 사고를 설득하기가 참으로 어려웠다는 것이지요. 하긴 뭐 아직까지도 그 변화를 깨닫지 못한 무지몽매한 중생들이 고대 원시사회 제사의식에서 벗어나지 못하고 부처님 설법을 교시해 주는 법당 앞에 꿇어 엎드려 마치 우상을 섬기듯 복이나 달라고 빌어대니 그만큼 인간의식이 깨어나기가 어렵다는 것을 알았지 뭡니까. 부처님의 법시를 들으면서도 뒤돌아서면 그 모양들이니 말입니다. 나무관세음보살……"

스님의 말씀이 이해가 가고도 남았다. 시대와 나라를 달리하고 동서로 오고간 성현들 가르침의 말씀은 하나같이 허망하고 망녕된 인간육신의 사욕을 버리고 참된 생명, 곧 자아自我를 찾아야 한다는 것이었고, 그것이 수행하는 참선의 목적이며, 그 모습이 바로 영적 제사이기 때문에 늘 깨어 있으라고 한 것이었음을 알 수 있게 했다.

그래서 그 참선의 수행을 하는 스님들로부터 부처님의 계행을 듣고 마음에 물욕을 비우게 하는 곳이 사찰이구나, 하는 생각으로 모아지면서 황현은 고개가 끄덕여졌다.

스님의 설법을 듣고 난 황현은 그동안 자신이 취하여 택하고 걸어왔던 선비의 길에서 그 꿈의 욕망이 한낱 미미한 것으로 느껴져 오면서 말했다.

"오늘 스님께서 해 주신 법시의 말씀을 듣고 보니, 세상 학문에만 몰두해 온 제 자신이 너무나 부끄럽군요."

"그건 그렇지 않습니다. 조화의 세상이라 하질 않습니까. 그래서 이 세상에 태어난 중생들 모두가 어떤 환경에서 무슨 일을 하든지 그것은 이미 태어날 때부터 그 사람에게 주어진 제몫의 그릇이 있기 때문에 그 그릇 모양새의 분량대로 대로 세상을 살아간다는 겁니다. 그것을 불가에서는 각자가 운명적으로 짊어지고 닦아야 할 일의 텃밭이라고 해서 업장業障이라고 하지요. 그러니까 그 업장을 짊어지고 살아야 하는 것이 각자에게 주어진 인간 숙명으로 업장을 짊어진 한시적인 삶 속에서 부처님의 계행을 알고 자신의 영달과 사욕을 위해 치달리는 것을 경계하라는 것이지요. 나무관세음보살……."

사이를 두고 이해를 돕는 스님의 말씀은 다시 이어졌다.

"그 한 예로 부처님이 기원정사에 계실 때였답니다. 어느 날 한 비구가 정진正眞을 하다 말고 갑자기 부처님을 찾아와 다시 환속하겠다고 하자 부처님이 그 연유가 무엇이냐고 물었다는 겁니다. 그 때 비구가 말하기를 자기는 아무리 가부좌를 틀고 앉아 아무리 정진에 들어가려고 몰입을 해도 정신이 모아지질 않으니 환속을 해야겠다고 했을 때, 부처님께서 그를 가만히 건너다보시고 물으시기를, '네가 세상에서 무슨 일을 했더냐?' 했는데 그가 대답하기를, '저는 청소부였습니다' 라고 대답했습니다. 그 대답을 들으신 부처님께서 말씀하시기를, '그러면 오늘부터 기원정사를 네가 도맡아 청소하도록 해라' 하시자 그 비구가 그날부터 열심히 기원정사 앞뒤를 청소하다 보니 정각正覺이 열렸다는 거 아닙니까. 그게 바로 그 비구가 이 세상에 태어날 때 숙명적으로 짊어지고 닦아야 할 업장소멸이라는 겁니다. 그래 보면 하늘도 조화신단으로 이루어져 있고, 세상 또한 조화의 세상이라. 하늘이 다 제 몫의 분량대로 할 일을 주어서 내려 보낸다는 것이지요."

"그럼 저 역시도 열심히 붓대를 놀려야겠군요. 제가 할 수 있는 일이라곤 오직 그 능력밖에 없으니까요. 하하하……."

황현이 불쑥 하는 그 말에 모두들 따라 웃었다.

스님 역시도 입가에 웃음을 담아내면서 말했다.

"말하자면 그것이 처사님에게 주어진 모양새 그릇이라는 거 아니겠습니까. 그러니 남의 그릇 탐내지 말고 맡은 바 일에 충실하면서 마음을 청정하게 닦았을 때, 비로소 하늘과 땅의 모든 이치를 깨달아 알게 된다는 것이지요. 그게 바로 성불이라, 부처님의 경지에 오르게 된다는 것입니다. 그러니 진정한 출가는 마음에 있다는 것이어서 부처님께서 제자들 앞에 한 송이 연꽃을 들어 보이시고 빙그레 웃으셨다는 거 아닙니까. 그 뜻이 무엇이겠습니까? 이 세상을 진흙에 빗대어 보이신 겁니다. 그 진흙 속에 있으면서도 아름다움을 피워내는 연꽃처럼 깨달음이란, 우리 중생들의 삶 그 생활 속에 있다는 것이지요."

"그러니까 연꽃이란 의미가 오만 벌레들이 서식하는 방죽에서 그 벌레들에게 이리 저리 쓸리고 깨물리고 하면서도 지긋한 아름다움으로 그 모습을 피워내듯이 그러한 모습을 만들어야 한다는 뜻이군요."

조동석이 하는 말에 스님이 그 뜻의 이해를 도왔다.

"그래서 부처님께서는 연을 알면 도를 통한다고 하신 겁니다. 연이란, 어쩔 수 없이 필요조건에 의한 것으로, 모든 유위법有爲法은 여러 가지 원인에 의해서 생기고 변화하는 것은 모든 연에 의존한다는 이것이 불교의 독자적인 세계관이랍니다."

스님의 설명에 의하면 고대 인도의 민간 신앙으로 흐르고 있던 불투명한 사상을 이때 바르게 체계화시켜 정립하신 붓다께서는 연기緣起의 이 법을 규명함으로써 무명無明이란, 마음의 혼미昏迷, 근본의 무지無知 즉, 진실의 도리를 깨닫지 못하는 마음 상태로 이 마음의 혼미에 따라서 번뇌가 많고 적은 인간의 여러 가지 의지가 작용하는 것이며, 그것이 바로 행업行業을 만든다는 것이다. 이렇게 인간 무지의 무명은 모든 번뇌의 근본으로 무명의 결박을 단절하는 것은 결코 쉬운 일이 아니기 때문에 참고 인내하는 정진의 수행을 필요로 한다는 것이며, 그래서 붓다께서는 마음을 청정하게 닦아 밝게 하는 법을 가까이 하라고 후세인들에게 그 경전을 남기게 하신 것이라고 스님은 설명했다.

그래서 붓다께서는 깨달음을 얻고 처음 하신 말씀이 바로 천상천하유아독존天上天下唯我獨尊이라, 즉 내가 거룩한 본자리 부처님의 종자씨구나, 하는 그 깨달음으로 경전의 설법을 듣고 나면 그 불씨를 얻게 된다는 것이며, 그것을 불가에서 성불이라고 한다는 것이다.

스님은 다시 말을 이었다.

"이 경지에 들어가게 되면 천상의 신들이 오히려 내려와 엎드리고 경의를 표한다는 것이지요. 그래서 붓다께서는 탐욕과 분노, 무지의 어리석음과 사견과 아첨 교만 등으로 마음이 어둡고 지혜가 없는 중생들에게 어떻게 하면 그 성불하는 깨달음의 법을 전할 수 있을까? 하고 전도의 설법을 가지고 나선 것이 인도 땅에 기존의 사상을 뒤집어엎는 종교 대혁명의 불씨를 던진 것이랍니다. 그런데 이러한 불교의 진면목을 모르고 주술적인 기복신앙과 함께 부처님을 입에 올리고 있으니 안타까울 뿐입니다. 나무관세음보살……."

　스님의 설법을 들으면서 황현은 불교의 진정한 근원적 가르침과 대의를 얻기 위해 나름대로 많은 노력과 수행을 해 온 스님이었음을 엿볼 수 있어서 반가웠다.
　"참으로 오늘 이 미련한 중생, 많은 것을 깨닫게 해 주시는군요. 스님께서……."
　"무슨 말씀을……. 그것이 바로 부처님 제자가 되어보겠다고 감히 나선 이 불제자가 해야 할 본분의 도리가 아니겠습니까. 그래야 중생들이 부처님 전에 갖다 바치는 제물이나 탐하는 도둑이 되지 않지요. 도둑이 따로 있는 것이 아니지요. 그러니 속세에 있거나 출가해 있거나 욕망에 끄달리면 괴로움이요, 그 욕망 끊어버리는 것 또한 큰 괴로움이라는 거 아니겠습니까, 나무관세음보살……."
　뜻밖에 깊고 오묘한 스님의 법문을 듣게 된 일행이었다. 스님에 대한 존경심이 우러나오는 표정들이 진지한 분위기로 흘렀다.
　불교에서는 존경할 만한 불승佛僧을 대체로 세 부류로 나눈다. 학식이 높아 명성을 날린 승려를 명승名僧이라 하고, 배운 바는 없으나 꾸준히 수행에 정진하여 나름대로 일가를 이룬 승려를 고승高僧이라고 하며, 학식과 수행의 덕이 누구에게도 못지 않으나 그 모든 것을 버리고 민중의 삶 속으로 파고 들어가 그들을 향한 무한한 애정을 가지고 진정한 무아無我의 삶을 살다 간 이들을 성승聖僧이라고 한다고 했다.
　물론 승려들 중에는 이 세 부류에 속하지 못하는 이들이 대부분인데, 그러나 다행스럽게도 황현이 그곳에 와서 만난 스님은 불교가 말하는 진정한 무아無我의 삶이란 무엇인가를 말해 주는 명승임에는 틀림이 없다는 경외심이 들면서 머리를 조아려 합장을 해 보였다.
　스님의 지긋한 미소가 다시 보여지면서 황현이 예를 갖추어 말했다.
　"바쁘신데 저희 일행이 이렇게 찾아와 석가탄신 준비에 방해가 되지나 않을런지요."
 "이 도량이 왜 세워졌겠습니까? 중생들에게 부처님 경전의 법시를 깨우쳐 주라는 곳입니다. 그 일을 위해 그 뜻을 아는 보살님들의 시주로 건립된 사찰이구요. 지내기가 불편하시지만 않다면 며칠이라도 쉬어 가십시오. 부처님의 도량은 중생들을 위해서 세워진 곳이니까요."
 "하하하……. 이 넓은 천지가 바로 중생을 구제하는 부처님 손바닥이라는 말씀이네요."
 뜻밖에 조용하기만 하던 정현이 농담조로 하는 말에 모두가 웃고 말았다.
 "그럼 편히 쉬시고 내일 아침에 뵙겠습니다."
 스님이 나가고 일행은 의관을 벗어 머리맡에 포개어 두고 잠자리에 들었다. 산사의 밤은 태고의 적막처럼 고요하고 편안했다.

06
미래가 약속된 구례 지리산

그런 다음 날이었다.

황현과 조동석趙東石, 그리고 정현鄭顯이 쌍계사에 머물고 있다는 전갈을 받고 석람石藍 왕사충王師冲과 다해茶海 정규석鄭圭錫과 남파南坡 성혜영成蕙永이 달려왔다.

성혜영은 하동의 향반鄕班 출신으로 강위 선생이 주축이었던 한양의 문학단체 육교시사六橋詩社에 참여했던 학자였다. 그들은 지방에서 뿐 아니라 한양에서도 그 이름이 알려져 있는 선비들로 명사들이다.

특히 성혜영과 황현은 서로가 화답시를 주고받는 각별한 문우文友 관계였기 때문에 소식을 듣고 달려온 지인과 당대의 명사들이 함께 뭉쳐 어울리게 되었다.

일행은 쌍계사 가람터 둘레의 숲속을 거닐면서 정담을 나누며 함께 즐거운 시간을 가졌다. 그리고 의기투합하여 바람을 쏘이러 나온 길에 다음 일정으로 화엄사 구경을 하기로 의논이 모아졌다.

다음날 일행은 아침 일찍 일어나 스님과 석별의 인사를 나누고 약속대로 화엄사로 향했다.

햇빛도 젊게 빛나는 4월의 봄나들이였다.

일행이 화엄사의 입구에 도착했을 때는 감빛 석양 노을이 사찰과 어울려 마치 환상의 세계에 와 있는 것처럼 절묘한 분위기를 만들어내고 있었다. 화엄사 역시도 사월 초파일을 앞두고 뜨락에는 연등이 화려했고, 법당에서는 스님의 목탁 두들기는 예불소리가 각성제처럼 정신을 맑아지게 했다.

어제와는 또 다른 분위기에서 일행이 법당을 기웃했을 때였다. 예불을 드리고 서 있는 세 분 스님의 모습이 황현의 눈에는 마치 하늘에서 내려온 신선들처럼 크게 느껴져 왔다.

일행은 가만한 걸음으로 숨소리를 죽이며 스님들과 몇 걸음 사이를 둔 등 뒤에서 누가 말하지 않아도 모두가 부처님에 대한 예를 갖추어 합장을 했다.

황현은 어느새 자신도 모르게 관세음보살을 되읊고 있었다.

"나무관세음보살……."

인기척 소리에 한 스님이 얼핏 뒤를 돌아보며 눈인사를 해왔다.

이윽고 목탁 소리가 멎었다.

주지 스님인 듯한 분이 목탁 든 손을 합장해 보이며 물어왔다.

"처사님들은 어디서 오셨습니까? 처음 뵙는 분들 같은데……."

황현이 먼저 대답했다.

"저는 저 아래 간전면 만수동에 살고 있는 황현이라고 합니다. 그리고 이 두 분은 하동 관하에 군신의 임무를 맡고 한양에서 오신 분들이고, 또 이 분은……."

그 사이를 가르고 성혜영이 웃으면서 자기를 소개했다.

"저야 별 볼일 없는 유생으로 하동에 살고 있습니다. 반가운 벗님네들 손짓에 그저 묻어 왔을 뿐입니다."

그러자 스님은 일행들의 행색으로 보아 말하지 않아도 짐작이 간다는 듯이 웃으면서 말했다.
"유유상종類類相從이라 보아하니 예사분들은 아니신 것 같은데 저녁 공양시간도 다 되었고 하니 함께 식사나 나누면서 천천히 인사 나누십시다. 먼 길 오시느라고 시장도 하실 테니까요."
그리고 스님은 그 옆에 서 있는 한 젊은 스님을 보고 말했다.
"자네 가서 보살님더러 여기 오신 처사님들 저녁 공양도 함께 준비하도록 하시게."
그렇게 지시를 해 놓고 스님은 따라오라는 눈짓을 해 보이며 앞서 법당 문을 나섰다. 황현 일행은 주저없이 그 뒤를 따랐다.
그때였다. 저만치 앞서 걷던 스님이 걸음을 세우고 일행을 돌아보면서 말했다.
"석가탄신 준비에 대접이 소홀하더라도 이해하십시오."
"무슨 말씀을……. 부처님 도량에서 쉬어 갈 수 있다는 것만 해도 감사한 것을요."
황현이 그 인사를 대신했다. 그리고 스님의 뒤를 따라갔다.
이윽고 저녁 공양을 마쳤을 때였다. 스님이 자리를 옮기자는 듯이 먼저 일어나 방문을 열고 따라오라는 말을 손짓으로 대신했다.
일행이 그 뒤를 따라 들어간 곳은 주지 스님의 방인 듯한 분위기로 향내음이 그윽했다.
이윽고 스님은 곡차를 끓여 일행들 앞에 따라 주면서 말했다.
"제 법명은 무량이라고 한답니다. 대자대비하신 부처님의 제자로 어디에도 메이지 말고 성불하라는 뜻에서 제가 존경하는 고승께서 내려주신 법명이지요."
"듣기만 해도 무량한 부처님의 자비가 느껴지는군요. 제 호는 존경하는 스승님께서 과분하게도 매천이라고 내려 주셨습니다."
"고고한 사군자 품격으로 처사님의 기상과 썩 잘 어울리십니다. 그러니까 정이월 언 땅을 비집고 피워내는 지리산 매화꽃 우물이라, 뭇사람들에게 감동을 준다는 것이지요."

"과분하지만 제 꿈은 그렇게 감동을 주는 사람이 되려고 노력은 하고 있습니다만, 그게 어디 바라는 대로 쉽겠습니까. 제가 바라는 꿈일 뿐이지요. 하하하……."

"아닙니다. 꿈은 크게 가지라는 말도 있지 않습니까. 그래서 정신일도하사불성精神一到何事不成이라, 그 정신을 오직 한 곳으로 모아 정진하게 되면 마침내 그 뜻이 이루어지게 된다는 것이지요."

"하지만 이 난세에 그게 어디 쉬운 일이겠습니까."

"그건 그렇지 않습니다. 보아하니 예사로운 기운을 받고 태어나신 기상이 아닌 것 같아서 드리는 말입니다만, 이 구례라는 지명이 그렇듯이 맑고 깨끗한 선비들이 예禮를 구求하는 고장이라, 신령한 기운이 뭉쳐 있다는 땅이랍니다. 그래 인걸人傑은 지령地靈이라, 살고 있는 그 땅 기운을 받는다고 해서 이 구례에 신선을 꿈꾸는 도인들이 예로부터 모여 들었다는 거 아닙니까. 그 이유가 무엇이라고 보십니까?"

"?……."

황현뿐 아니라 일행들 역시도 거기에 대답하지 못한 것은 당연했다. 처음으로 들어보는 말이었기 때문이다.

그러자 스님은 응당 그럴 것이라는 듯이 웃으면서 말했다.

"저 지리산 기운이 바로 지구 자궁혈로 선후천이 바뀐다는 시대, 그러니까 불로불사의 신선세계가 도래하면 만생명을 살려내는 그 기운을 펼친다는 것입니다."

그리고 다시 덧붙여 말했다.

"그러니까 석가 부처님께서 화엄경에 예언해 놓으신 정법正法의 왕, 미륵彌勒이 출세出世하여 이루게 된다는 미륵용화세계彌勒龍華世界라는 불국정토佛國淨土가 이 지리산을 천탑天塔으로 해서 세워진다는 그 천지天地 기운이 신령스럽게 뭉쳐 있다는 곳이랍니다."

"아, 거기에서 연유된 이곳 사찰 이름이 그래서 화엄사군요."

성혜영이 스님의 설명에 응수를 했다.

"그렇습니다. 인도에서 비롯된 불교가 중국을 통해 우리나라에 들어왔지만, 석가 부처님께서 예언하신 용화미륵세계라는 정토사상을 신라가 정립해서 중국보다도 더 꽃피울 수 있었던 것도 다 그 때문이지요. 그래 신라 선덕여왕 때 이 지리산에 세워진 사찰 이름을 화엄사華嚴寺라고 한 것도 다 거기에서 연유한 것이랍니다."

"그래서 불로장생으로 신선을 꿈꾸는 도인들이 모두 지리산을 찾아 모여든다는 것이군요."

조동석이 묻는 말이었다.

"어디 도인들 뿐이랍니까. 우리나라 사람은 그만두고라도 멀리 중국 만리장성을 쌓게 했던 진시황제를 보필하던 서시徐市라는 사람이 바다 건너 해동국海東國 삼신산三神山에 신선들이 취해 먹었다는 불로불사의 약초가 있다는 소문을 듣고 동남동녀童男童女 삼천명을 모아 금강산, 지리산, 한라산으로 나누어 캐 오게 했는데 그 중에서 지리산 약초가 으뜸으로 꼽혔다는 겁니다. 그때 그 서시가 그 채약을 지리산에서 구하기 위해 남해를 건너오면서 그 흔적을 바위에 새겨 놓은 기록이 서시과차徐市過此라고 아직도 있는데, 그 이유가 무엇이라고 보십니까?"

"? …… 산수가 수려하고 공기 또한 다른 지역보다 맑은 때문이 아니겠습니까?"

정현이 스님의 물음에 으레적인 인사로 해 보는 말인 듯했다.

"물론 그런 이유도 있지만 이 지리산 기운이 불로불사의 신선세계가 펼쳐지기로 예정되어 있는 지령이라, 그 천지天地 불로장생 서기瑞氣가 뭉쳐 있는 땅 기운 때문이랍니다. 그것을 우리 불가에서는 미륵포태 기운이라고 하지요."

"스님 말씀을 듣고 보니 새삼 놀랍군요. 이 지리산이 담고 있는 그 비밀스런 기운 말입니다. 그래서 천왕봉天王峯, 천은사天恩寺라고 한 것이나, 지리산 주변의 지명들이 공통적으로 불佛자를 붙여서 불일폭포, 상불재, 하불재, 성불재, 그리고 반야봉, 삼신봉이라고 붙여진 것이 그러니까 모두 불교문화의 영향을 받은 지명이군요."

"그렇게 보시는 게 틀림없을 것입니다.

화엄사를 찾아오길 잘했다는 생각이 들면서 모두들 숙연해지는 표정들이었다.

스님은 거기에 이해를 도우려는 듯이 덧붙였다.

"이 구례 지리산은 선천을 열었던 백두산 정기가 백두대간을 타고 흘러내려와 지리산 천왕봉에서 모아져 지리대간을 감싸고 있는 지령이라. 아, 왜 우리 조상들이 이 지리산을 두류산頭流山, 혹은 삼신산三神山이라고 했는지 들어 보신 일이 있습니까?"

"?…… 말씀해 주시지요."

모두들 숨소리조차 조용하게 스님의 다음 말을 기다렸다.

"우리 조상들은 일찍이 하늘의 근원을 알았기 때문에 하늘을 숭배해 온 것이 한얼사상이었답니다. 그러니까 하늘 원천에는 우주 만생명을 주관하는 삼신의 존재가 있다고 믿어 삼신각을 세우고 빌어 내려온 풍습이 있었는데, 그 삼신의 존재가 무궁한 조화를 부리는 자리라고 해서 조화주 하나님이라고 한 것이지요. 그 존재가 바로 불가에서 말하는 법신불法身佛, 화신불化身佛, 보신불報身佛로 우리 조상들이 빌어온 한알님, 한울님, 한얼님이라. 삼신이 일체삼용一體三勇이라는 존재들입지요."

"아, 그것이 바로 우리 조상들이 하늘을 숭배해 온 한얼사상과 그 맥을 같이 하는군요."

황현이 스님의 말을 받아 응수를 했다.

"그렇지요. 저 위에 계시는 조화주 천지 부모가 합덕을 해서 그 얼로 나온 아들이라고 해서 한얼님이라고 하는데 그 한얼님이 각자 그 색색이 다른 일곱이라 칠성님이라고 하는 존재들입지요. 그 표상을 밤하늘에 못 박혀 있는 것이 북두칠성이라는 겁니다. 그 별은 본체신임을 나타내 주고 있는 자리라서 계절이 바뀌어도 그 자리는 바뀌지 않는다는 만고불변의 진리체 그 일곱 한얼님 상징성을 그렇게 나타내 주고 있는 것이랍니다. 그런데 그 북두칠성 앞에 유독 크게 깜박이는 별 하나가 있지요. 그 별 이름이 뭔지 아십니까?"

"보통 흔히 새벽별이라고 하는 것으로 아는데요."

정현이 하는 대답이었다.

"물론 그런 뜻을 담고 있는 별이지요. 후천에 미륵용화세계를 이루게 된다는 만생명의 모체, 그 어머니 별이니까요. 그래 자미성이라고도 한답니다. 그러니까 그 일곱 한얼님을 있게 한 모체라고 해서 하늘 원천을 알았던 우리 조상들은 선천에 그 성모 한울님의 기운을 폈던 산을 머리두頭자를 써서 백두산白頭山, 혹은 영산靈山, 삼신산三神山이라고 했는데, 앞으로 도래하는 후천시대는 그 백두대간에서부터 그 기운이 뻗어 내려와 뭉쳐 있는 이 지리산이 만생명의 영혼을 살려내는 그 역할을 한다고 해서 그 의미를 담아 두류산, 혹은 삼신산, 방장산이라고도 한 것이랍니다."

"으와! 참으로 엄청난 산이군요. 그 기운이……."

"그러니 풀 한 포기도 약초라, 신선들이 취해 먹었다는 거 아닙니까. 관세음보살……."

"그럼 스님 말씀대로 후천에 이화 선경세계가 지상에 이루어질 때에 동서양으로 오고 갔던 그 일곱 성현들 뿐 아니라 그 모체이신 성모 하나님이 함께 출현하시어 모이게 된다는 곳이 지리산이란 말입니까?"

성혜영이 스님을 향해 질문을 했다.

"석가 부처님이 예언해 놓으신 화엄경을 보면 후천에 새 이름으로 출현하신다는 구주미륵님이 이 동토에 출현하신다는 의미를 담아 두고 있으니까요."

"아, 그래서…… 이제 스님 말씀을 듣고 보니 더욱 이해가 갑니다."

황현은 문득 서양 신부들이 들고 들어온 성경 요한계시록을 읽었을 때 하나님의 '일곱 비밀'이라는 성구와, 또 하늘 백보좌 앞에 일곱 등불이 켜져 있는데 그것이 하나님의 '일곱영'으로 이 땅에 보내심을 입었더라, 하는 성구가 스님이 말하는 그 북두칠성 별자리와 부합되어지면서 말했다.

"이제야 그 성구의 의문이 풀리는군요. 북두칠성 앞에 유난히 큰 별 하나를 우리 조상들이 왜 자미성紫微星이라고 했는지 말입니다. 그러니까 그 별은 선천시대 우리 천손민족을 세우신 배달한민족 조상신 환웅상제님을 나타내고 있는 별 아니겠습니까."

황현이 그렇게 생각하게 된 것은 지구상에는 인류 시원에 관한 두 가지가 있었기 때문이다.

하나는 서양 종교사상의 근원인 에덴동산 이야기이고, 다른 하나는 동양사상의 대표격인 마고성魔姑城 이야기였다.

서양 유대교의 뿌리 역사에서 나오는 에덴동산 역시 동방에 있었는데, 그 조상신 여호와가 홀로 등장하여 동산창설이라는 구획적인 선을 긋고 처음 인간 아담과 이브를 창조했다고 했다.

그 에덴동산에서 여호와는 처음 물질계 인간 남자와 여자를 창조했는데 여호와는 창조신과 인간을 분리시켜 인식하게 하는 분별력을 심어주기 위해 선악과善惡果라는 금기를 만들어 인간의 순종을 강요하는 이원론을 바탕으로 했다.

그로 하여 비롯된 것이 카인과 아벨, 이삭과 이스마엘의 이야기처럼 축복과 저주라는 양날의 이분법적인 사고가 너와 내가 개체라는 서양문화권의 원형이었다. 여기에서 비롯된 비극이 아브라함과 같은 혈류의 자손인 이삭과 이스마엘의 종통宗統 싸움이 벌어지면서 유대교와 이슬람교 사이의 끝없는 증오는 그 조상 뿌리에서부터 축복과 저주, 전쟁과 지배라는 이

원론적 사고를 심어준 그 유대민족 조상신 여호와의 호흡으로부터 심어진 것이 분명했다.

그렇기 때문에 그 이분법적인 사상을 대표적으로 보이고 있는 유대교와 이슬람교이고, 거기에서 중세에 종교 충돌이 일어나 마루틴 루터의 종교 혁명으로 분파되어 나온 것이 기독교와 천주교였다. 하지만 그 역시도 여호와 유일신론唯一神論의 근원적 바탕에서 그 계보의 뿌리인 아담과 이브를 인류의 시조로 그 기초에 두고 있는데, 그 뿌리의 아브라함 자손 중 이삭은 이스라엘 유대교의 시조가 되고, 이스마엘은 이슬람 회교도의 시조가 된 것으로, 여기에서는 예수를 구세주로 인정하지 않고 다만 선지자 중의 한 사람으로 볼 뿐이었다.

이렇게 구약에서 '나 이외는 다른 신을 믿지 말라'는 여호와를 유일하신 근원적 하나님으로 믿고 있는 서방 종교들이었다. 그들의 교리는 여호와가 그 백성을 치리治理하던 구약을 바탕으로 그 율법에서 벗어나지 못하고 축복과 저주라는 양날의 이분법적 논리의 사상에 중점을 두고 있다는 점이다.

그 결과는 조상의 뿌리를 같이하고 있는 한 자손들임에도 불구하고 서로가 그 종통을 놓고 적대시하며 싸우고 있는 바로 그 문제점으로, 그래서 예수께서는 그 백성들을 향해 여호와의 율법은 조화주 하나님의 천법天法이 아닌, 다만 인간 세상을 살아가는 데 국한된 규례의 율법律法이기 때문에 '초등학문'이라고 격하시킨 그 유일신 교리의 문제점이란 것을 황현은 그 천주학 교리를 접하면서 느낄 수가 있었다.

하지만 그러한 서양 종교사상과는 달리 우리 동양사상에 등장하는 마고魔姑는 모성母性을 가진 환웅상제 하나님으로 선천先天 하늘의 양적陽的인 성부 환인桓因 상제님의 뜻에 따라 하늘 천신天神인 삼천三千의 무리와 함께 지구라는 생명의 별에 내려와 물질계를 열었다고 하여 백두산白頭山이라고 했으며, 그곳이 바로 백의민족 천손의 뿌리가 세워진 곳이라고 했다.

그로 하여 배달민족 뿌리 세움에서부터 하늘 천법天法을 배워 온 우리 조상들의 '한얼' 숭배사상은 세상을 살아가는 규범의 이치만을 배워 온 서양 유대민족과는 그 차원부터가 다른 것이었다.

이러한 우리 조상들의 태고의 신앙은 신과 인간을 이분법적으로 주종主從의 관계로 묶고 있는 서양 기존의 사상과 현저하게 다른 차이점이 있다.

그렇기 때문에 동양에서 발생된 여러 종교들은 태초 우주의 섭리가 일체삼용一體三用이라는 삼일철학三一哲學의 천지인天地人 사상을 바탕으로 하늘과 땅과 사람이 서로 조화를 이루며 살아야 한다는 삼원론적인 평화의 정신으로 이 조화의 사상이 바로 동양문화권의 원형으로, 동양문화권에서 나온 유불선교에서는 다신을 수용하고 상호간에 종교 충돌의 대립적 전쟁이 없었던 것은, 삼라만상 그 모두를 한 계열에 놓고 서로를 인정해 주면서 평화롭게 조화를 이루어 나왔다고 했다.

이처럼 지극한 우리 배달한민족의 한얼 숭배의 마고사상은 인간은 신에 의해 창조되면서부터 본래 신성이 내재되어 있다고 믿었던 것으로, 이러한 정신사상은 조상신 환웅 상제님으로부터 전래된 삼일론적 조화의 세계관이었기 때문에 포용할 수 있었을 것이다.

그로부터 이어진 배달국 개천신시의 전통사상은 단군시대에 이르러 홍익인간 이화세계라는 '한밝사상'으로 신인합일적인 통일정신은 이웃 민족들로부터 스승국으로 칭송을 받아온 바로 그 '동방의 등불' 이었다.

이렇게 우리 배달한민족 조상들로부터 비롯된 동양사상은 서양의 이원론적 사고에서 비롯된 이것과 저것을 개체로 분리시킨 것이 아닌, 그 둘을 화합하여 조화시키는 평화의 정신사상으로, 동양문화권의 바탕이 되고 있는 마고사상은 만물을 사랑으로 잉태하여 낳게 한 바로 그 물질 모체로서 불가에서 말하는 대자대비大慈大悲하신 구주 미륵 하나님 신위이며, 그 상징성을 나타내고 있는 별자리 이름을 자미성라고 했던 것으로, 황현은 스님의 설명으로 새삼 그 이해가 분명해졌다.

황현은 불가에서 말하는 구주 미륵님의 존체와 칠성님의 존체가 분명해져 오면서 말했다.
　"그러니까 도의 근원을 같이한 그 칠성님들이 중생들의 시대적인 성숙도, 그 근기에 따라서 시대별로 보냄을 입고 동서로 오고 갔다는 사실이 이제야 확실하게 믿어지는군요."
　"믿어졌다니 반갑습니다. 그 북두칠성에 대해서 격암유록 사답가寺畓歌에는 이렇게 나와 있지 뭡니까. 사답칠두천농문무성명寺畓七頭天農文武星名, 천상수원령전天上水源靈田이라, 그 뜻이 뭔지 아시겠습니까? 하늘에는 조화주 하나님 말씀으로 농사짓는 밭이 일곱 두락이 있다는 겁니다. 그 말씀이 바로 만생명을 살리고 성숙하게 하는 생명수로 부처님께서 설하신 경전의 말씀이 바로 그 감로수라는 것이지요."
　"아, 그 뜻이었군요. 그 일곱 한얼님들이 근원은 같으나 독자 인격신으로 예정된 시기를 따라 시대와 나라를 달리하고 출현해서 하늘 섭리와 이치를 가르쳐 주었던 그 스승들이라……."
　그 일곱 성현들의 존체가 새삼 이해가 되면서 황현의 입에서는 어느새 가느다란 탄성이 새어 나갔다.
　사실 우리나라 어느 사찰에서나 곧잘 볼 수 있는 것이 칠성전七星殿이었다. 칠원성군七元星君을 모신 불교의 전각으로 칠성각七星閣이라고 했다. 칠원성군은 불교에서 북두北斗의 일곱 성군을 말하는 것으로, 칠성신에 대한 제사는 조정과 민간에서 계속되는데 그 풍습이 이어져 내려온 것이 거기에서 연유된 것임을 입증해 주고 있는 것이라고 할 수 있었다. 이는 우리나라 사찰에서만 볼 수 있는 것으로, 우리 배달민족 조상들은 일찍이 하늘 근원인 생명의 원천을 조상신으로부터 배워 왔었다는 그 증표가 되는 것이었다.
　그 사실이 새롭게 느껴지는 사실에 황현이 스님을 보고 말했다.
　"그러니까 대법계의 스승인 붓다나 예수는 물론이고, 공자나 노자, 장자

뿐만이 아니라 우리의 개국조이신 단군왕검 역시도 그 부처 자리로 성인의 입지이셨던 것같군요. 제가 우리 역사서를 읽어 보았을 때 단군왕검 역시도 구월산에서 생체부활을 하셨다는 기록이고, 뿐만 아니라 후천에 이 땅에 지상낙원 세계를 구현하기 위한 홍익인간 이화세계라는 건국이념을 그때 어떻게 알고 세우셨겠습니까. 그것이 신인합일하는 과정에서 불교의 구주미륵 용화세계이고, 유교의 대동세계, 그리고 노자 도교에서 말하는 신선세계이면서 또 하늘의 뜻이 땅에서 이루어진다는 기독교의 지상낙원 세계라는 뜻 아니겠습니까."

"이해가 빠르신 것을 보니 처사께서는 전생에 많이 배우고 닦아오신 분이시군요. 그러니까 처사께서 말씀하신 신선세계가 이 땅에 펼쳐질 때에 그 용화미륵 기운을 펴는 곳이 지리산이라서 삼신산이라고 한 것인데, 미륵은 정법의 왕이라 세상의 탁함에 물들지 않은 도통군자들이 모이게 된다는 곳입니다. 그때를 일러서 남사고비결서南師古秘訣書에 보면 말세에 미륵불 정도령正道靈이 호남에서 출세를 한다고 했지요. 다른 사람은 몰라도 저는 그 예언을 믿는 사람입니다."

스님이 말하는 남사고비결서는 학문을 하는 선비들은 물론이고, 보통 일반인들도 한 번쯤은 들어 알고 있는 터였다. 당시 백성들 사이에는 '천리에 이어진 소나무가 하루 아침에 하얗게 된다'는 그와 같은 예언이 떠돌았었다. 하지만 당시의 유학자들은 그러한 예언서는 군자가 취하고 믿을 것이 아니라고 부정적으로 받아들였으나 그 예언은 현실적으로 이루어져 나타났다.

당시 농촌은 가뭄이 심해 소나무 껍질을 식량 대신 먹었기 때문에 소나무가 껍질이 벗겨진 채 하얗게 서 있는 것이 허다했었다. 이를 두고 백성들은 그 예언이 적중했다고 말했었고, 그래서 황현의 생각도 조금은 달라졌었다. 그래서 굳이 거부하지 않고 그 비결서를 읽어 본 적이 있었다.

07
황현이 접한 동서東西의 예언

황현이 읽어본 남사고비결서의 저자 남사고(南師古, 1509~1571) 선생의 호는 격암格菴 또는 경암敬菴으로 영양英陽 남씨이다. 명종 때 사직서社稷署의 참봉參奉을 지냈으나 선조 때는 천문학天文學 교수를 지낸 사람이다. 소시少時에 신인神人을 만나 비결秘訣을 받았고 풍수지리風水地理 복서상법卜書相法과 천문天文에 능통하게 되었다.

남사고 선생의 비결서 내용은 배달민족의 천지부모 음양조화의 한얼사상을 바탕으로 하고 있으며, 그것은 기독교 서양 신부들이 들고 들어온 성경 창세기 1장의 태초 천지부모 조화주 하나님 존재 있음의 기록 상황과 용어상으로만 다를 뿐, 크게 다름이 없음을 알 수 있게 했다.

그처럼 예언자적 사명을 받고 온 남사고 선생은 그 심판의 주인 하나님이 바로 동방의 이 나라 조선 땅에 강림하게 됨을 다음과 같이 기록해 두고 있었다.

－무궁화꽃을 상징으로 하는 조선이 우주의 중심이 되네. 무궁화를 이상화로 하는 영원무궁한 하느님의 세계가 조선에 건설됨을 뜻하네.

이렇게 무궁화는 하나님의 이상향, 기의 원리를 내포하고 있는 꽃으로, 무궁화동산의 조선이 조화주 하나님의 섭리 가운데서 우주의 중심이 된다고 했다.

그리고 또 거기에는 일찍이 하늘 천법을 배워 이웃 민족과 조화를 이루어 나왔던 배달민족의 혼이 어느 땐가는 서양의 물질 지귀地鬼에게 패하여 그 권세를 잃게 됨을 다음과 같이 기록해 두고 있어서 많은 생각을 하게 했다.

－정미할정(精)자에서 그 오른편의 푸를청(靑)자를 없애면 쌀미(米)자만 남네. 쌀미자는 옛날 밥상 모양이네. 밥상 모양에서 4개의 젖꼭지가 떨어져 나가면 십자十字 모양이 나오네. 십자에는 깊은 뜻이 숨어 있네. 아주 오랜 옛날 천지가 혼돈하고, 천신과 지귀가 싸울 때에 천신인 하느님이 지귀인 마귀에게 패하여 십자의 권세를 빼앗겨 버렸네. 천신은 마귀에게 빼앗긴 십자의 운수를 다시 되찾아 아름다운 세계를 이룩하려고 하였지만, 마귀의 권세가 매우 강하여 그를 이기지 못했네. 음수에 속한 십자를 어떻게 마귀한테서 빼앗아 올 수 있을까? 수천 년 동안 쉬지 않고 연구했었네. 마침내 그 비밀을 탐지하여 다시는 죽음이 없는 지상천국을 건설하게 되었네. 참으로 기쁜 일이네.

여기에서 나타내고 있는 십자十字, 이것이 바로 그 내용 속에 담고 있는 비밀로 그것은 오직 물질 축복만을 약속해 주고 있는 서양의 지귀가 곧 이웃 민족과 전쟁을 일삼아 온 유대인의 조상신 여호와신이었음을 분명하게 나타내 주고 있음이다.

그래서 그리스도의 세계라는 신약복음 성서에서 성자 예수께서 '죄 많은 곳에 은혜가 풍성하다'라고 말씀했던 것이며, 그 죄 많은 곳에 하나님 약속으로 보내준 선물이 바로 그 화목제물로 '네 이웃을 네 몸과 같이 사랑하라'는 성자 예수였고, 그 말씀이 이웃과 화목하여 선을 이루게 하는 대도大道로서 그 이스라엘 백성들을 향해 '너희에게 새 계명을 주노라' 하신 천법으로 조화주 성부 하나님 우주정신 신약복음으로 세워진 것이 기독교 정신인 것이었다.

그 신약복음을 제자들에게 족속을 초월하여 전파하라고 예수께서 당부하신 것이었지만, 그러나 유대민족 조상신 여호와의 호흡이라는 정복문화 정기를 유전으로 받은 그 후손들에 의해 얽혀 들어와 전파되고 있는 것이 그처럼 서양 신부들이 들어와 펴는 천주학설天主學說이었다.

그러나 그것을 이미 염려하신 예수께서는 '내가 너희를 위해 수고한 것이 헛될까 염려하노라' 하시고, 너희가 시대 구별을 하라는 말씀과 함께 '새 술은 새 부대에 담아야 둘 다 보존되느니라' 하고 그 경계심을 분명히 심어 주고 있었다. 하지만, 염려하신 그대로 그들 후손들에 의해 왜곡되어 들어온 천주학설이었고 보면 영계의 본체신 성부 하나님의 실상을 바로 보지 못하게 훼방을 하고 있음이 분명한 것이었다.

그런데 남사고비결서에 그것이 '천신이 마귀에게 빼앗긴 십자의 운수였다' 고 담아두고 있다는 사실이 놀랍지 않을 수가 없는 것이었다.

그것은 기독교 신약성서 요한계시록에 이미 예언해 두고 있는 것으로, 그들을 가리켜 '자칭 유대인이라고 하나 실상은 사탄의 회' 라 지적하고 있고, 거기에 대한 경고를 요한계시록(2장 16~18)에서 분명히 해 두고 있었다는 사실이다.

－그러므로 회개하라. 그리하지 아니하면 내가 네게 속히 임하여 내 입의 검으로 그들과 싸우리라. 귀 있는 자는 성령이 교회들에게 하시는 말씀을 들을지어다. 이기는 그에게는 내가 감추었던 만나를 줄 터인데 그 돌 위에 새 이름을 기록한 것이 있나니 받은 자 밖에는 그 이름을 알 사람이 없느니라.

이렇게 인류 역사는 하나님의 뜻을 이루기 위한 섭리에 의한 것으로 서양 사상의 바탕이 되는 성경 신구약의 기록이 서양 신학자들에 의해 잘못 해석되고 왜곡되어 들어 왔지만, 하나님 섭리의 천기 변화를 담아두고 있는 비밀한 문서인 것임을 알 수 있게 했다.

그 기록 속에서 '선지자 요한'이 계시를 받은 그대로 경고해 두고 있는 계시록은 교훈적인 내용과 예언으로 그 기록은 이스라엘 백성들에게 국한된 경고가 아니라 하나님이 이상세계를 구현하려는 섭리사로 기록된 것임을 알 수 있게 했다.

그런데 남사고 선생의 비결서 역시도 같은 맥락이었다. 하늘과 땅의 이치를 알게 하는 십자가의 운수를 되찾아 아름다운 세계를 이룩하려고 하였지만, 훼방을 놓는 지귀의 권세가 매우 강하여 그를 이기지 못하다가 마침내 그 비밀이 동토에서 밝혀지게 되고, 그러므로 하나님이 원하는 지상천국 홍익인간 이화세계는 조선 땅에서 이루어지게 된다는 것이며, 그 기록에서 더욱 놀라운 것은, 그러한 지귀들에 의해 빼앗긴 십자가의 도가 이 동토에서 다시 회복되어지는 그 때가 분명히 오게 되어 있음을 남사고 선생은 다음과 같이 기록해 두고 있었다.

─팔력십월이인심八力十月二人尋은 십승十勝을 찾아야 산다는 뜻이네. 십승이 머무는 곳이 신천촌信天村이네. 죽음의 권세를 가진 마귀로부터 보호받을 수 있는 곳이네. 십승의 신천촌은 모든 사람이 고대하던 불로불사不老不死의 극락과 천국의 세계가 펼쳐지는 곳이네. 옥등玉燈이 가을 밤 삼팔일三八日에 빛을 발하니 남과 북이 서로 화합하여 태평가를 부르네. 남과 북은 평화통일이 되어 서로 반갑게 화합함을 의미하네. 뭇 백성들이여! 생명을 보존하고 싶거든 길성吉星이 비추는 십승을 찾아보소. 양백兩百과 삼풍三豊의 참된 진리眞理는 화폐에 혈안이 된 사람은 찾기 어렵지만 마음이 가난한 자는 쉽게 찾을 수 있네.

남사고비결서에 십승으로 나타내고 있는 것이 바로 태초의 음양 조화주 하나님 우주정신 사랑이다. 그 하늘 천법을 일찍이 우리 민족 위에 심어 밝히신 그 옥등에 다시 불이 켜져 빛을 발할 때 비로소 전쟁 지귀들에 의해 분단된 남과 북이 화합하여 태평가를 부르게 된다는 것이다.

남사고 선생의 예언은 그때 벌써 이 나라가 종내는 남과 북으로 갈라졌다가 가을 추수기에 옥등에 불이 켜져 빛을 발하므로 서로가 화합하여 통일이 이루어지게 된다는 것이다.

이 얼마나 반갑고 기쁜 남사고 선생의 예언인가.

사실 매천 황현이 서양 신부들이 들고 들어와 설파한 천주학 교리를 엄격히 분석해 보았을 때, 그들의 논리는 각 민족 뿌리 역사를 말살하는 침략 정복 무기가 아닐까, 하는 생각도 들었다. 각 민족마다 가지고 있는 뿌리 역사를 잘라 없애고 그들 조상을 섬기게 하는 데는 그보다 더 좋은 전략방법의 무기가 없다고 생각되었기 때문이다.

그래서 조정에서 배척하고 탄압을 가했던 이유가 바로 거기에 있었지만, 민족혼을 잃어버린 혼미한 상태에서는 불가항력일 수밖에 없었던 것이다.

그들은 그 유대민족의 뿌리 조상 아담과 이브가 그들의 창조신 여호와의 계율인 '그 실과만은 따 먹지 말라'는 명령을 불순종한 이것이 씻을 수 없는 인류 전체의 원죄이며, 그 유전죄遺傳罪라고 가르쳐 왔다.

그렇게 그들의 조상신 여호와가 그 백성들에게 굴레 씌워 놓은 원죄와 유전죄가 동토의 옥등에 불이 켜지는 때에 소멸된다는 것을 남사고 선생의 예언은 다음과 같이 기록해 두고 있었다.

―하느님이 천하만민의 원통함을 해결하고, 원죄原罪와 유전죄와 자범죄自犯罪를 완전히 해결하여 새로운 세상을 건설하네. 바다 위를 걷도록 하며, 태산을 옮길 수 있는 해인海印의 이치가 화우로火雨露의 삼풍의 이치이네. 해인의 이치에는 천하만민을 심판하는 권세가 있네. 죄지은 분량대로 심판하는 하느님의 인印을 치는 사명과 심판이 있네.

이 비결에서 나타내고 있는 하느님의 인을 치는 심판의 사명자가 동방의 해돋는 곳으로부터 나옴을 성경 요한계시록(7장 2~4)에 기록해 두고 있다.

─또 보매 다른 천사가 해돋는 데로부터 올라와서 땅과 바다를 해롭게 할 권세를 얻은 네 천사를 향하여 큰 소리로 외쳐 가로되, '우리가 우리 하나님의 종들의 이마에 인치기까지 땅이나 바다나 나무나 해하지 말라' 하더라.

이처럼 〈요한계시록〉 역시도 지구 환란의 천지개벽이 이르기 전에 해돋는 동방으로부터 하나님 말씀의 인을 가진 사명자가 그 말씀을 전파하기까지는 해하지 말라고 한 것이다. 그들에 의하여 구원을 받는 많은 흰 무리가 있음을 기록해 두고 있다는 사실이 놀랍지 않을 수가 없었다.

─그들이 하나님의 보좌 앞에 있고, 또 그의 성전에서 밤낮 하나님을 섬기매 보좌에 앉으신 이가 그들 위에 장막을 치시리니 저희가 다시 주리지도 아니하며 목마르지도 아니하고 해나 아무 뜨거운 기운에 상하지도 아니할지니 이는 보좌 가운데 계신 어린 양이 저희의 목자가 되사 생명수 샘으로 인도하시고 하나님께서 저희 눈에서 모든 눈물을 씻어 주실 것임이니라.

거기에 기록된 그 어린 양은 만세전에 하나님 사랑의 제물로 예정되어 있었다는 성부 하나님의 우주정신 '사랑'의 도맥을 가지고 이 세상에 출현했던 성자 예수의 표상인 것이었다.

그것이 바로 십자가의 도로 아시땅이 동토에서 그 실상을 다시 찾고 바로 세우고 성부 하나님의 우주정신으로 불을 밝히게 됨을 남사고비결서는 다음과 같이 그 뜻을 담아두고 있다.

─입구(口)자 4개를 합하면 밭전(田)자의 이치가 나오네. 밭전자 가운데

십승의 이치가 들어 있네. 그것이 곧 십승도령인 정도령이요, 참된 구세주이네. 도교의 황정경黃庭經을 정성껏 읽어 보면 밭전자에 묘한 이치가 숨어 있음을 알 수 있네. 마음을 올바르게 편협되지 않게 하여 서방 십자도十字道의 운을 타고 오는 금운金運의 이치를 깨닫고 따르라는 이치이네. 해와 달이 광휘를 발하지 않으나 불야성을 이룸은 정도령의 몸에서 나는 빛의 광채로 인함이네. 십승의 조화로 건설되는 밤이 없는 세계요, 하느님의 빛으로 충만된 광명의 세계이네. 낙반사유落盤四乳는 옛날 밥상 네 모퉁이에 장식한 4개의 젖꼭지가 떨어져 나가 생긴 십자, 곧 십승도령의 이치를 표현한 것이네. 십자의 이치를 완전히 깨달아야 죽음 가운데서도 삶을 얻을 수가 있네.

바로 그것이었다. 정복문화를 가르쳐 온 전쟁신 여호와를 업고 전파되고 있는 서양 교리의 천주학은 하늘 섭리의 이치를 밝히지 못하는 어두운 음십자陰十字가라는 것을 다음 기록에서 그 의미를 담아두고 있다.
ㅡ복 있는 자는 눈과 귀를 열어 진인이 있는 도하지道下止로 발걸음을 재촉하네. 선입자先入者는 마귀의 기운을 받아 음십자의 도를 따르는 사람이나, 복 있는 중입자中入者는 하느님의 기운을 받아 양십자陽十字의 도를 따르는 사람이네.

여기에서 나타내는 양십자의 도는 바로 양적 성부 하나님의 우주정신을 나타내는 사랑의 도임을 말해 주고 있는 것이며, 때가 이르면 서방의 물신을 성부 하나님으로 추켜세우는 음십자 기운을 벗어버리는 때가 오게 된다고 했다.
그리고 선한 자를 살리고, 악한 자를 죽이는 심판의 권능이 있는 성신이 임하는 곳이 구원을 얻을 길지임을 남사고비결서에는 다음과 같이 기록해 두고 있었다.

―길지는 어느 곳인가? 많은 신선들이 모인 곳이 곧 길지이네. 삼신산 아래 소 울음소리가 나는 곳을 찾아야 하네.

신선들이 모이게 된다는 삼신산, 이곳이 길지로 엄마소가 아기소를 찾는 그 울음소리를 내는 그 때가 바로 지상낙원이 펼쳐지는 시기로 그 기운을 일으키는 성인이 동방에서 나오게 됨을 남사고비결서에는 다음과 같이 또 예언하여 두고 있었다.
―닭이 울고 용이 울부짖는 땅은 어느 곳인가? 동방의 의인이 시냇물이 흐르는 변두리의 고을에서 나오네. 그곳이 곧 금성金城이네. 계룡鷄龍이란 무슨 뜻인가? 계룡이란 계룡산鷄龍山이 아닌 자하선경紫霞仙境의 금계룡金鷄龍이네. 그곳이 비산비야非山非野로 길성吉星이 비추는 곳이네. 계룡의 백석白石이 진짜 계룡이네.

글줄이라도 읽어온 선비라면 한 번쯤 읽었거나, 지나가는 이야기라도 스쳐 들은 적이 있을 뻔한 남사고 선생의 비결서이다.
황현은 스님이 말하고 있는 남사고비결서 이야기에 대충 훑어봤던 그 기록들이 새삼 머리에 떠오르면서 물었다.
"그 미륵용화세계가 오늘 이처럼 참담한 땅에서 참으로 이루어질 수가 있을까요?"
"이 땅에 오고 간 많은 현자들이 예언한 비결서가 부처님 예언의 말씀과 같으니 저는 그 때가 반드시 도래할 것이라고 믿는 사람입니다. 그 믿음이 없으면 지금까지 해 나왔던 모든 일이 공염불이라, 끝없는 고난의 수행을 뭣 땜에 이 산 속에서 하겠소이까? 중국 산해경山海經에도 태평성대가 도래하면 봉황이 저절로 날아와 음악 소리를 내며 스스로 춤을 춘다고 했소이다. 그 태평성대가 용화미륵세계 아니겠소이까."
"아직 부처님의 법시를 마음에 다 익히지 못한 터라 부끄럽습니다."

"아닙니다. 사람은 저마다 타고난 몸 기운이 있다고 했소이다. 보아하니 높은 선비 기운이라, 그런 사람을 일컬어 비유하기를 세상에 때 묻지 않은 군자라고 해서 청학이라고 한 거지요. 그래서 이 구례에 지리산 정기를 받은 맑고 고귀한 선비들이 많이 나온다고 해서 지리산 천왕봉, 노고단 산맥을 타고 그 아래 청학동이라고 지목되는 곳이 여러 곳 있소이다. 불일폭포 부근 청암면 묵계리 학동의 도인촌에서부터 세석평전, 토지면 일대와 피아골, 악양면 등촌리 청학이골, 상덕평 마을 등등……. 모두다 정감록이나 여러 기록 속에서 전해진 이야기들을 바탕으로 해서 설정했을 것으로 추정됩니다만……."

"예로부터 청학이 산다는 청학동을 찾아 나선 선현들이 많았다면서요? 최치원 선생을 비롯해서 고려시대 이인로 선생 등 많은 분들이 마치 전설 속에서나 있음직한 청학동을 찾아 나선 기록들이 있거든요."

"청학은 태평성대에 나타나 운다는 상상의 새라고 했소이다. 그러니 태평성대를 꿈꾸는 도인이나 선비들이 찾아들 수밖에요. 그 청학을 만들어 내는 기운이 바로 저 지리산 수호신으로 삼신할머니라고 하기도 하고, 마고할머니로 미륵님 기운이라고도 하지요."

"그래서 지리산 수호신이 여신이라고 했군요."

"전설 같은 이야기지만, 중국의 태평광기의 기록을 보면 옥황상제가 잔치를 베풀 때는 그 마고성 할머니가 빚은 술을 받아와서 연회를 베풀었다는데 그게 바로 마고 할머니 사랑의 술이란 거지요. 마고 할머니가 바로 태초에 우주와 만물을 사랑으로 만들었다는 성모 미륵 하나님 존체시라, 그러니 후천에 용화미륵세계가 이 땅에서 건설될 때에 지리산 수호신이 그 기운을 편다고 한 것이지요. 그래서 삼신산이라고도 한 것인데 그만큼 하늘 천기와 지기가 뭉쳐 있다는 곳이 지리산으로 우주의 영기가 뭉쳐 있다는 곳이랍니다."

"제가 들어 알고 있는 이야기는 태조 이성계가 역성을 도모하기에 앞서 나라 곳곳 명산을 찾아다니면서 기도발원 치성을 드렸는데, 저 지리산 수호신만 그 소제를 받지 않았다고 들었습니다."

"허허……. 정법이 아니면 고개를 돌리는 신인데 그럼 당연하지요. 정도를 벗어난 탁함을 용납하지 않는 정법의 여왕이라, 미륵님, 혹은 마고 할머니라고 한 것이지요."

"그래서 예로부터 도인들이 모여든다는 곳이군요."

"거기에 재미있는 이야기는 청암면 도인촌 마을에서 송정굴을 지나 조금만 내려가면 쇠통바위가 나오지요. 그 바위를 왜 쇠통바위라고 하는지 아십니까?"

"거기에 무슨 의미라도?"

"쇠통바위라고 부르는 이 거대한 바위는 도인들에게는 큰 의미를 가진 바위지요. 마치 바위 위에 자물쇠가 얹혀 있는 모습인데 청학동 마을에 있는 열쇠처럼 생긴 바위지요. 도인들은 이 쇠통바위를 열어야 천지개벽과 함께 새로운 시대가 열린다고 믿고 있답니다. 그러니까 자물쇠 모양으로 생긴 이 쇠통바위는 두 개의 큰 바위가 머리를 맞댄 채 그 사이에 열쇠 구멍과 같은 구멍을 만들고 있는데 이 구멍을 청학동 사람들은 열쇠 구멍으로 보고 이 구멍에 열쇠를 넣어 쇠통을 풀어야 새로운 시대가 열린다고 생각한 것이지요."

"쇠통바위와 열쇠라?……."

"내 생각입니다만, 그 열쇠와 태평성대에 나와 운다는 청학은 연계되는 그 무엇인가가 있을 것 같은데 말입니다."

"거기에 의미를 두시는데 그것이 무엇이라고 생각하십니까? 스님께서는……."

"미륵용화세계가 이루어질 때 만법이 하나로 귀일한다고 했으니 그 만법을 풀어 여는 것이 자물통과 열쇠의 관계가 아니겠소이까? 하늘 섭리가 담겨 있는 서양 성경을 바로 알면 우리 민족사를 바로 알게 될 것이고, 그렇게 되면 우리 배달사관이 단순한 우리 민족만을 위한 역사가 아니라는 것을 알게 되지 않겠습니까. 그 비밀의 섭리를 누가 열어 풀겠습니까?"

순간 황현은 뇌리에 스치는 것이 있었다. 그것은 남사고 선생의 비결서나 마찬가지의 의미를 담고 있는 요한계시록(5장 1~6)의 기록이었다.

─내가 보매 보좌에 앉으신 이의 오른손에 책이 있으니 안팎으로 썼고, 일곱 인으로 봉하였더라. 또 보매 힘 있는 천사가 큰 음성으로 외치기를 '누가 책을 펴며 그 인을 떼기에 합당하냐' 하니 하늘 위에나 땅 위에나 땅 아래에 능히 책을 펴거나 보거나 할 이가 없더라. 이 책을 펴거나 보거나 하기에 합당한 자가 보이지 않기로 내가 크게 울었더니 장로 중에 하나가 내가 말하되, '울지 말라 유대지파의 사자 다윗의 뿌리가 이기었으니 이 책과 그 일곱 인을 떼시리라' 하더라.

시대와 나라를 달리하고 출현했던 세계 칠대 성현의 부분지체 도맥, 그것이 봉해진 '일곱 인'으로 유대 지파로 보내진 사자가 열게 된다고 했다.

바로 그 대목이다. 서양 신부들이 들어와 설파하는 천주학설의 문제점을 성부 하나님의 우주정신 '사랑'의 도맥을 이 땅에 사랑으로 심은 성자 예수의 성령이 임하여 떼게 되면서, 후천에 지상 강림하시는 백보좌 성모 하나님 그 등에 불을 밝히게 됨을 요한계시록(22장 22~27)에 담아 두고 있었다.

─성안에 성전을 내가 보지 못하였으니 이는 주 하나님, 곧 전능하신 이와 어린 양이 그 성전이심이라. 그 성은 해나 달의 비침이 쓸데없으니 이는 하나님의 영광이 비치고 어린 양이 그 등이 되심이라. 만국이 그 빛 가운데로 다니고, 땅의 왕들이 자기 영광을 가지고 그리로 들어오리라. 성문들을 낮에 도무지 닫지 아니하리니 거기는 밤이 없음이라. 사람들이 만국의 영광과 존귀를 가지고 그리로 들어오겠고, 무엇이든지 속된 것이나 가증한 일 또는 거짓말하는 자는 결코 그리로 들어오지 못하되

오직 어린 양의 생명책에 기록된 자들뿐이니라.

성경에서 어린 양으로 비유되고 있는 성자 예수는 하늘과 땅의 화목제물로 십자가에 매달려 성체에 물과 피를 쏟기까지 원수까지도 용서하고 사랑하라는 말씀으로, 그것이 성부 하나님 우주정신임을 나타내 보이신 것이었다.

그 십자가의 도를 나타낸 그리스도를 성경에서 성부 하나님의 '머리'라고 한 것이었으며, 그 성부의 머리 도맥 '사랑'이 지상 강림하는 백보좌 하나님의 등이 된다는 것이었고, 그 '일곱 인'을 떼시기에 합당한 어린 양이라고 비유한 것이었고 보면, 남사고비결서에 가을 추수기에 빛을 발하게 된다는 옥등과 연계되고 있음을 알 수 있게 했다.

결국 하나님의 심판의 날, 성부의 우주정신 그 '사랑'을 이룬 자들만이 생명책에 기록된다는 것으로, 만법이 그 원통맥 대도大道 안에 귀일歸一하게 된다는 그 자물통을 쇠통바위라고 한 것이 아닐까?

황현의 생각은 그랬다. 그 모든 의미를 담고 있는 것이 스님이 말한 쇠통바위이며, 그렇기 때문에 지상낙원이 열리는 그 때가 이르면 지리산 수호신의 높은 정기를 받은 도통군자 청학이 나와 울면서 그 쇠통바위를 열게 됨을 그처럼 상징적으로 나타내고 있다는 생각이었다.

그것은 지금까지 잘못 이해되고 오류로 나타난 세계 7대 성현들, 그 경전의 말씀들이 바르게 그 근본이 밝혀짐을 요한계시록(10장 8~11)이 기록해 두고 있다.

―하늘에서 나서 내게 들리던 음성이 또 내게 말하여 가로되, '네가 가서 바다와 땅을 밟고 섯는 천사의 손에 펴 놓인 책을 가지라' 하기로 '내가 천사에게 나아가 작은 책을 달라' 한 즉 천사가 가로되, '갖다 먹어버리라. 네 배에는 쓰나 네 입에서는 꿀같이 달리라' 하거늘 내가 천사의 손에서 작은 책을 갖다 먹어버리니 내 입에는 꿀같이 다나 먹은 후에 내

배에서는 쓰게 되더라. 저가 내게 말하기를 네가 많은 백성과 나라와 방언과 임금에게 다시 예언하여야 하리라.

그 기록에서 '다시 예언하여야 하리라' 고 한 것은 그동안 성자들에 의한 근본 진리의 말씀들이 물질을 탐하는 망령되고 거짓된 지귀들에 의해 오류되고 왜곡되어 마치 우상을 섬기듯하고 있는 지구촌 종교판이 다시 새롭게 정리됨을 분명히 뜻하고 있는 것이었다.

스님과 많은 이야기를 주고받는 동안 어느새 밤이 깊었다. 하지만 정신을 일깨워 주는 크고 깊은 스님의 이야기에 모두들 숨소리도 죽여 조용하게 앉아 밤을 불사르며 초를 녹여 갔다.

쇠통바위에 얽힌 이야기를 들려주던 스님은 이윽고 밤이 깊었음을 느끼고 잠자리를 돌아보며 챙겼다. 그러다가 무슨 생각을 했던지 다시 정좌를 하고 앉아 가만하게 일행들을 건너다보며 말했다.

"예로부터 우리나라에서는 선비든지, 스님이든지 누구나 자신의 종교만이 아닌 유불선 삼교를 닦음으로써 자신의 성정을 끌어 올리려고 했답니다. 그래서 선비 이율곡 선생이 그 어머니 사임당이 돌아가시자 절에 들어가서 공부를 한 사례가 있고, 스님들이 유교의 주역을 모르면 수도 자체가 불가능하기에 주역을 했다는 거 아닙니까. 경지가 높아질수록 종파를 초월한다는 것이지요. 이처럼 우리나라에 들어온 유불선은 서로 화합을 하고 있는데, 그렇다면 인간의 구원은 서로 극하는 서방의 종교가 하겠습니까? 당연히 유불선을 통일한 초종교가 나와 세상과 인류를 구원하리라고 봅니다. 우주의 섭리는 원래 하나였다가 삼으로 분열된 후에 다시 하나로 뭉치는 통합시대가 온다는 것이 부처님 예언이니까요."

"그래서 성경 예언에 해 뜨는 동방에서 흰 옷을 입은 구원의 무리가 동방으로부터 나와 하나님의 인을 친다고 한 것이었군요."

"불경 역시도 마찬가지랍니다. 바다로 둘러싸인 곳에서 구원의 미륵불이 출세한다고 했고, 유교에서는 동북방향으로 간방인 우리나라에서 상제님이 출세하신다고 했는데, 결론은 인류의 구원자가 우리 조선에서 출세하며 유불선 삼교와 서교를 수용하고 새로운 시대를 여는 데 개벽으로 묵은 기운을 다 버리고 오는 운수, 새 시대는 새 기운을 받아야 산다는 것이 쇠통바위가 담고 있는 비밀한 열쇠라고 봅니다."

그리고 스님은 자리에서 일어나 서랍에서 해묵은 책 한 권을 꺼내 황현 앞에 내밀면서 말했다.

"말세에 대한 비밀을 담고 있는 책인데 참고로 한 번 읽어들 보시지요. 그 비밀은 아무래도 높은 기운을 받고 온 선비가 풀어내게 돼 있어서 도인들이 모여든다는 곳이 지리산맥을 타고 위치해 있는 청학동이라, 그 상징성을 나타내 주고 있는 것이지요."

스님이 건네준 책은 황현 역시도 얼핏 한 번 훑어 본 적이 있는 남사고 선생의 비결서였다.

건네받은 인사로 책장을 넘겼다. 다시 대하는 기록들이 지난번에 읽었을 때와는 그 느낌부터가 달랐다.

'인류 구원의 길은 어디에 있는가?'
'미륵불이 인간으로 출세한다.'

미륵불彌勒佛이 출현하건만 유불선이 부패하여 아는 군자 누구인가. 삭발하고 하늘을 모시는 스님이 되신 분네들이여, 관세음보살이 그 누구인가. 하늘 주인을 모시는 보살을 깨닫지 못하고 미륵불을 제 알손가. 아미타불 불도인들 팔만경전 공부하여 극락간단 말은 하나. 가는 길이 희미하고, 서학에 입도한 천당인天堂人들 천당 말은 참 좋으나, 구만장천 멀고머니 일평생엔 다 못가고, 영가시조靈歌時調 유사儒士들은 오륜삼강五倫三綱이 바른 사람의 도리이나, 거만방자 시기질투 음사욕정 뿐일러

라. 사람의 도리를 가르친 유교와 땅의 도리를 가르친 불도가 '해 저무는 운'을 맡은 고로 상극의 이치를 나타낸 낙서의 기운이 혼미한 중에, 안개 속을 방황하며 길을 잃는 이치로서 유교, 불교, 선도의 냇물이 각각 파벌로 나누어져 서로 이기고 서로 이익된다 말하지만, 천당인지 극락인지 피차일반 다 못하고 평생수도 십년공부 나무아미타불일세. 춘말하초사월천春末夏初四月天을 당코 보니 허사로다.

  삼천년의 운수로 자신의 도가 끝남을 석가가 예언하였네. 말세를 당하여 미륵불이 하강함을 정말로 믿지 않네. 북두칠성의 주인인 우성牛星이 머물고 있는 들판인 십승지十勝地엔 미륵불이 출현하나, 유불선이 부패하여 그를 알아보는 군자는 참으로 드무네. 성부 성자 성신의 삼위일체의 이치로 삼인이 한 사람으로 출현하네. 세상에 나온 진인을 누가 알 수 있겠는가?

  삼위일체 참된 신이 한 사람으로 출현하네. 미륵세존이 해인을 가지고 출현하네. 상제님이 한반도에 강림하네. 미륵상제 정도령이 말세의 끝에 하나로 합쳐 한 사람으로 출세하네. 유불선의 삼도니 마지막에 가서는 한 신선의 조화로 하나로 합하여 연화蓮花 세계를 이루네.

  천 마리의 닭 중에 한 마리의 봉황鳳凰이 있으니 어느 성인이 진정한 성인인가. 진짜 성인 한 사람을 알려거든 '소 울음소리'가 있는 곳을 찾아드소.

  천하의 문명이 간방艮方에서 시작하니 동방예의지국인 조선 땅에서도 호남지방 전라도에서 천지의 도를 통하니 무극無極의 도라. 도를 찾는 군자 그리고 수도인들아 계룡산을 찾는다는 말인가. 세상사가 한심하구나. 이때는 천지가 뒤집어지는 시대이니 하느님이 사람으로 내려오는 때인데 어찌 영원한 생명이 있음을 모르는가. 가지와 이파리같이 뻗어 나간 도를 합하는 운이라. 이때는 여자를 품은 사람이 운을 받는다. 영웅호걸과 현인군자 대관대작 부귀자는 도매금에 넘어가리니 아래에서 위로 구원이 미치는 이치로서 소 울음소리를 내는 자가 먼저 살 수 있으리라.

　지상에 도래하는 말법시대 미래의 후손들을 지극히 염려하여 기록한 남사고 선생의 예언은 서양의 성경에 등장하는 예언의 은사를 받고 온 선지자들이나 마찬가지로 미래에 닥칠 일들을 전해준 대예언가로 선각자임에는 틀림이 없으신 분이었다.
　동서양을 불문하고 모든 경전이나 예언서에 공통적으로 담아두고 있는 것이 해인, 혹은 '하나님의 인'이거나 '지팡이' 등 그 묘사가 다른 여러 가지 비유로 표현되고 있다. 팔만대장경이 보관되어 있는 해인사 역시도 거기에서 비롯된 어원으로 불가에서 말하는 해인삼매경 역시도 마찬가지다.
　석가 부처님은 세상을 빗대어 '고통의 바다'라고 했다. 해인海印은 곧 '바다 도장'이란 뜻이다. 원래 불교 〈화엄경〉에서 나온 말로서 풍랑이 없는 바다에 삼라만상이 모두 바닷물에 비치는 것에 비유하여 번뇌가 끊어진 부처님의 정심 가운데 일체의 법이 밝게 나타난다는 경지를 뜻한다.
　말하자면 깨달음을 증득한 자가 세상의 모든 법칙을 관조하는 것이 마치 바다가 세상만물을 그대로 조명하는 것과 같은 경지를 뜻하는 것으로서, 해인이 상징하는 의미는 우주의 일체를 깨달은 부처님의 마음을 뜻한다고 했다.
　"읽어보신 소감이 어떻습니까?"
　스님이 황현을 보고 빙긋이 웃으며 물어 왔다.
　"갑자기 정신이 멍멍해지는군요. 내가 무엇을 위해 살아왔는가 싶기도 하고……."
　"천지가 개벽을 한다는 예언의 말씀인데 그렇고 말구요. 더욱 놀라운 예언의 말씀이 부처님이 하신 월장경에 있지요. 말법시대에 들어서면 해와 별의 운행이 일정하지 않아서 온 땅이 진동하게 되고, 전염병이 많아지고,

허공에서는 나쁜 음성이 크게 들리며, 공중엔 갖가지 두려운 불기운이 나타나고 혜성과 요성이 곳곳에 떨어지리라고 했지요. 비록 짧은 구절이지만 말법시대에는 태양과 달의 변화와 별들의 위치가 바뀌는 천지일월의 대변화 작용이 있을 것을 강하게 암시해 주고 있답니다."

"여러 현자들의 예언과 마찬가지네요. 천지일월의 대변국으로 질병이 퍼지고 인간의 도덕적 타락으로 대환란의 온갖 양상이 말법시대에 전개된다고 했으니 말입니다."

"그렇습니다. 석가모니 부처님께서도 이때를 오탁악세五濁惡世라 하여 경고해 두셨지요."

부처님이 하셨다는 그 예언은 다음과 같은 것이었다.

─불법이 무너지고 승려가 타락하리라는 것을 삼천년 전에 내다보신 월장경 예언의 말씀인 즉, '나의 수명은 이제 얼마 길지 않다. 나뿐 아니라 수많은 나의 제자들도, 그리고 내가 설파하는 진리를 들어준 많은 사람들도 언젠가는 죽지 않으면 안 된다. 그렇게 되면 나의 교리는 무너지기 시작하여 마침내는 멸망하고 만다. 우선 나의 사후 오백년간은 올바르게 전도될 것이다. 그 후 일천년간 동안만은 조금 시들어지나 그래도 교리는 남아있을 것이다. 그러나 그 후의 말법시대에는 크게 무너져서 얼토당토 않은 것이 되고 말 것이다.

"그러니까 동양에서 발생한 유불선이나 서양에서 발생한 종교나 그 이치는 결국 하나로 귀결이 되는군요. 신약 성경에서 예수님도 말세에 참 믿는 자를 보겠느냐고 하셨으니까요."

"그것 보십시오. 근본 진리체 성인들 말씀은 그 귀결을 하나로 짓고 있다는 거 아니겠소이까. 석가 부처님께서 월장경에 하신 말씀이 그겁니다. 참으로 믿는 자가 없다고 말입니다."

사실 부처님이 남기신 말씀은 다음과 같은 요지였다.

—나 이제 오래지 않아 열반에 들고, 큰 지혜의 모든 성문도 나를 따라다 열반하여 우리의 불법이 점차 무너지리라. 그 때엔 살아가기 위하고, 먹고 살기 위하여 중이 되고 삼승三乘을 기원하지 않고 후세를 두려워하지 않으며, 거짓말을 하고도 부끄럽게 생각지 않는다. 탐욕에다 명리를 추구하며, 낮에는 남의 욕을 하고 그것을 즐기며 밤에는 잘도 잔다. 경전을 안 읽고, 그 대신 흥밋거리의 책자나 좋아하며, 불교의 계율을 어기고 부녀자와 희롱한다. 비속한 영업을 한다. 속인과 어울려 물건을 팔거나 논밭을 사유화한다. 또 남과 다투기를 잘하고, 덕망이 있는 스님과 학문이 높은 스님을 질투 배척하며 자리를 같이 하기를 싫어한다. 무례하고 몰상식한 말로 타인을 매도하고 속인의 악덕을 찬미하며 아첨한다. 이러한 자들이 나 석가의 교시를 지켜야 할 절로 출가를 하니, 그야말로 가짜이고 도둑놈이며 대악인이다.

스님이 웃으며 다시 말했다.
"저는 그 도둑놈이 되지 않기 위해 이 경고의 말씀을 매일 세끼 공양하듯이 되씹고 있답니다. 인간의 욕심이란 만족을 모르는 불가사의한 것이라. 하늘이 칠보를 비처럼 내려도 욕심은 오히려 배부를 줄을 모른다고 했소이다. 즐거움은 잠시 잠깐일 뿐, 오히려 괴로움이 많다는 것을 어진 사람은 스스로 깨달아 안다고 말씀했지요. 그러니 보살님께서도 속세에 몸을 담고 있지만 마음을 닦아 비우면 재가불제자로 불보살이 아니겠소이까. 나무관세음보살……."
스님이 들려주는 유불선을 통합한 해박한 지식의 이야기는 참으로 만감이 교차하게 했다. 황현은 앉음새를 고쳐 앉으며 입인사를 했다.
"오늘 제게 주신 말씀 큰 복으로 알고 잘 간직하겠습니다."
"오히려 제가 고맙다고 해야겠지요. 부족한 소승으로 하여 오늘 복을 짓게 해 주셨으니까요. 초가집에서 나물을 먹고 하늘을 벗 삼아도 마음에 물욕만 없으면 극락이라 했소이다. 인간의 한생이 삶이란 포말과도 같고, 아지랑이와 같이 순간에 불과한 것이니 크게 보지 말라는 것이 성현들 말씀 아니겠습니까. 그래서 세상에 의미를 크게 두지 말고 영원한 생명을 위해 갈고 닦아 성불해야 하는 것을 생의 목적으로 두라는 것이 부처님의 말씀이니 부디 재가불제자로 성불하십시오, 나무관세음보살……."

"참으로 단비 같으신 말씀 오래도록 마음에 양식으로 간직하겠습니다."

"나무관세음보살……."

스님의 말씀이 참으로 칠보七寶처럼 다시 없이 귀하고 소중하게 느껴지게 하면서 많은 생각을 안겨 주었다.

황현은 떠나는 시간까지 많은 것을 깨우쳐 주고 공부하게 한 스님에게 감사의 인사를 했다.

"제가 지금까지 해 왔던 공부를 이 도량에서 모두 익혀가는 기분입니다. 마음에 양식으로 삼아 후학들에게 나눔이 되게 하겠습니다."

"부처님께서 그 이상 무엇을 더 바라시겠습니까. 부처님 경전에는 사람마다 누구나 자기의 몫이 있다고 했습니다. 그것은 귀하고 천한 것으로 구별되지 않는다고 했지요. 참으로 귀한 것은 천한 속에 숨어 있고, 참으로 천한 것은 귀한 속에 숨어 있어서 그걸 가려볼 수만 있다면 귀하고 천함, 그것은 불자의 가슴 속에 큰 지혜를 열어줄 것입니다. 나무관세음보살……."

"떠나는 시간까지 이렇게 큰 지혜를 얻게 해 주신 스님의 은혜 잊지 않겠습니다. 부디 건강하시고 성불하시기 바랍니다."

황현과 그 일행은 스님과 함께했던 고마움의 시간들을 오래 간직하겠다는 말을 인사로 남기고 돌아설 때였다.

스님은 엷게 손에 말아 쥐고 있던 두루마리 한 장을 황현의 손에 슬며시 쥐어 주면서 말했다.

"출렁이는 것이 세상 근심이라, 그때마다 펴 읽으시면 조금은 도움이 되실 겁니다. 나무관세음보살……."

"……."

황현은 스님이 건네준 두루마리를 아무 생각 없이 받아 들고 일행과 아쉬움의 인사를 나누고 집으로 돌아왔다.

집으로 돌아온 황현은 문우 일행들과 그리고 그토록 큰 깨달음을 전해준 스님과 함께했던 소중한 대화의 시간, 그 느낌을 붓끝을 세워 시 속에 담아두었다. 그 시를 쓰고 난 황현은 스님이 건네준 엷은 두루마리를 펴 보았다.

그런데 이게 웬 일인가?

거기에는 천지개벽의 시간이 눈앞에 다가옴으로 늘 깨어 있으라는 남사고 선생의 예언의 경고와 같은 글귀가 담겨져 있어 정신이 번쩍 들게 했다.

> 정한 날이 어김없이 별안간에 닥쳐오니
> 닦고 닦은 그 사람은 해원문을 열어 놓고
> 육부팔원 상중하재 기국대로 될 것이요.
> 비장용장 상중하재 기국대로 되는구나!
> 장할시구, 장할시구 육부팔원 장할시구
> 기장하다, 기장하다 이내 사람 기장하다
> 비천상천 하올 적에 축천 축지하는구나
>
> 풍운조화 손에 들고 해인조화海印造化 손에 들고
> 도해이산 하올 적에 태평양이 평지로다.
> 무수장삼 떨쳐입고 운무중에 비켜서서
> 용천검 드는 칼은 좌수에 높이 들고……
>
> 고선승 놋줄일레 우수에 높이 들고

만국문명 열어놓을제 예의문무 겸전이라
우수에 놋줄 던져 죽는 백성 살려주고
좌수에 용천검은 불 의자를 항복받아

천동같이 호령하니 강산이 무너지고
인의예지 베푼 곳에 만좌춘풍 화기로다.
장할시구, 장할시구 부귀도 장할시구
부귀도 장하지만 도통인들 오죽할까?

스님이 건네 준 두루마리 글귀를 펼쳐 읽고 난 황현은 자신도 모르게 두 눈을 감고 나무관세음보살을 찾아 읊었다. 스님이 왜 그것을 건네주면서 읽어보라고 한 그 이유를 알 것만 같았기 때문이다.

갑자기 스님이 도를 통한 신선으로 느껴져 오는 황현이었다. 스님의 환한 웃음을 떠올리며 어느새 '나무관세음보살'을 연거푸 되뇌이고 있었다.

"나무관세음보살……."

08
황현에게 바라는 아버지의 소망

쌍계사에서 문수 주지 스님으로부터 새로운 정법의 시대가 오게 된다는 많은 이야기를 듣고 돌아온 황현이었다.

그로부터 뜻을 오롯이 하여 밤마다 책을 읽고 가까이 하면서 당시 대부분의 유학자들이 부정적으로 평가하였고 이단시하는 양명학에 관한 책들을 비롯하여 불교와 도교, 서학西學과 관련된 책들을 두루 섭렵하며 독서에 매달렸다.

사실 그 당시 학자들의 전반적인 분위기의 경향은 불교나 서학을 공부하는 그런 분위기가 아니었다. 그러나 문수 스님을 만나고 난 이후, 황현의 생각은 그처럼 달라졌다.

그러던 어느날 왕사각이 찾아와 겉장이 낡아 허름한 책 한 권을 내밀면서 말했다.

"자네 하는 공부에 도움이 될 것 같아서 아버님 서장에서 뽑아 들고 왔네. 읽어 보시게."

그리고 덧붙여 말했다.

"시대를 우리보다 한 발 앞서 살아온 유만주 선비의 일기일세. 참으로 유망한 선비였는데 불행히도 그가 그의 꿈을 이루기에는 시대 분위기도 그랬지만 너무나 젊은 나이에 죽었지 뭔가. 그래도 그의 꿈과 삶은 오늘 우리에게 많은 의미를 주고 있네. 틈 내서 읽어보시게."

　왕사각이 말하는 유만주의 이야기는 황현도 얼핏 들어본 적이 있었다. 유만주 학문의 장처長處는 사학史學에 있다, 라고 평가할 만큼 사학에 많은 관심과 식견을 갖고 있다는 조선 중기의 선비였다. 사학에 대한 그의 관심은 당시 유교풍으로 시나 읊고 하던 유생들과는 달리 자연스럽게 우리나라의 역사와 문학에 지대한 관심으로 심혈을 쏟아 공부해 온 사학자였다.

　황현 역시도 점점 그 쪽으로 관심을 기울이고 있었고, 그래서 왕사각은 거기에 도움이 되게 하려는 것이 그의 의도인 듯했다.

　왕사각이 유만주에 대해서 말했다.

　"그가 말하기를 나는 동방에서 태어났으니 동방의 일을 소홀히 할 수 없다, 라고 말하고 조선조의 연표를 편찬함과 아울러 국조國祖의 고사, 야사, 금석문, 족보 등을 수집하여 여러 종류의 방대한 전서全書를 편찬하려고 하였고, 또한 국조의 전적, 문헌, 설화, 소설 등을 집대성하려는 구상을 갖고 우리나라 기이한 일들을 모아 〈동방설부東方設部〉라는 책을 편집하기도 했다는데 유감스럽게도 이 책은 전해지지 않았지만 남아있는 서문을 통해 우리나라 일을 모아 책으로 엮으려고 한 모습을 그의 일기를 통해서 볼 수 있다네."

　황현은 왕사각이 건네주고 간 사학자 유만주의 일기를 받아 읽기 시작했다.

　　1775년 3월 3일
　동방의 나라가 바다 바깥에 치우쳐 위치하고 있으나, 하늘이 오로지 이에 이름난 산과 큰 강을 부여해 주었다. 맑은 영기靈氣가 사람에게 모이고 신이함이 드러난 것이 대개 환인桓因 이래로 이루 다 기록할 수가 없다. 그러나 전해지는 것이 매우 적고, 남아있는 것도 공사간의 그림과 서적에 흩어져 있어서 일일이 살필 수가 없다. 이러하니 어찌 두루 포괄하는 총서가 없어야 되겠는가! 아래 결문이 있기를 옛날 송태종 때 학사 이방李昉 등 12명에게 조서를 내려 '어람御覽' 중에 그 소설을 분류하여 따로 〈태평광기太平廣記〉 500권으로 엮게 하였으니, 전기의 대가이다. 내가 이것을 참고하여 국승과 가집과 지지과 야언을 두루 취하여 그 기 奇한 것을 가려 뽑으니, 상하로 삼천여 년이요, 나누어 28부였다. 각각의 유類를 따라 뒤섞이지 않게 하였으며, 번잡함을 줄이고 간결함을 취하여 설부라 이름하였다.

유만주는 중국의 〈태평광기〉를 참조하여 우리나라의 이야기를 정리하여 〈동방설부〉를 편집했다. 중국의 문학작품을 읽고 향유하는 것에서 한 걸음 더 나아가 자국의 이야기, 자국의 역사와 문학에 관심을 두고 잘 살필 수가 있었다.

유만주의 그와 같은 일기는 황현에게 많은 것을 생각하게 해 주었다. 특히 다음 기록이 더욱 가슴에 와 닿았다.

1778년 8월 13일
멀리 환인으로부터 가까이 지금 임금의 지체에 이르기까지 다만 신민 臣民의 행적을 전하는데, 서른여덟 항목으로 나눌 계획이다. 첫 번째는 통유전通儒傳, 그 다음은 현상전賢相傳, 그 다음은 권간전權奸傳, 그 다음은 난역전亂逆傳이다. 일가의 책을 이루어 천고에 전해지는 것이 내가 크게 하고자 하는 바이다.

이러한 그의 인용문을 살펴 볼 때 유만주가 하고자 했던 바를 짐작할 수가 있었다. 그는 다양한 인간의 모습을 기록함으로써 후세에 전해지는 저술을 남기는 것을 일생의 큰 목표로 삼았음을 알 수가 있었다.

이와 같은 그의 관심은 사람들이 사는 모습 인정물태人情物態를 담고 있는 다양한 글들에 대한 관심과 연결되면서 그가 계획한 책에서 첫 번째로 세워 전하고자 한 인물 유형이 통유라는 사실은 유만주가 지향하고 있는 바를 잘 보여주고 있었다.

그가 얘기하듯이 그는 좁고 막힌 사람이 아닌 통유通儒가 되고자 하였음을 그의 일기 속에 여실히 담아두고 있었다.

황현은 그의 글을 읽고 느끼는 바가 크고 많았다. 그러한 통유에 대한 유만주의 바람은 어쩌면 황현의 삶의 과정 속에서 그 정신을 바탕으로 삼게 해 주는 자양분으로 방대한 양의 독서와 중단 없는 글쓰기로 이어졌다.

독서와 글쓰기는 황현의 시골 칩거생활 속에서 유일한 존재 이유였다. 그렇게 지내오던 1887년 황현과 신교를 나누었던 이건창으로부터 연락이 왔다. 미국 특파 전권대사로 박정양(朴定陽, 1841~1904)이 임명되었는데 황현을 그 수행원으로 추천했다는 내용의 서신이었다.

재능 있는 문우를 그처럼 아끼고 염려해 주는 그의 뜻은 참으로 고마운 일이었다. 하지만 황현은 사양했다. 그러자 이건창은 황현의 성격상 서양의 문화적인 이질감 때문이라고 생각했던지 이번에는 이유원 대장이 울릉도에 갈 때 황현을 수행원으로 추천하겠다는 연락을 다시 보내 왔다. 그러나 황현은 거기에 답신을 '나는 수행원이란 벼슬에 익숙치 못하다'고 단호히 거절하였다. 그리고 오직 독서에만 파묻혔다.

그러던 어느 저녁나절이었다.

왕사각이 뜻밖에도 축 처진 어깨를 하고 집으로 찾아왔다. 얼굴에 어두운 그늘이 드리워져 있었다.

"아니, 어디가 불편하시기라도 하신 겁니까? 안색이……."

"아닐세. 그 참……."

"무슨 일이 있으신 거지요?"

여느 때와는 다르게 웃음기 없는 왕사각의 낯색에 황현은 분명히 무슨 일이 있다고 느껴져 왔다. 다그쳐 물었다.

"제가 알아서 안 될 무슨 일이라도?"

그러자 얼마만에 왕사각은 축 처진 어깨에 긴 한숨을 내쉬며 입을 열었다.

"현명한 사람에게 재물이 많으면 그 뜻을 잃게 되고, 어리석은 사람에게 재물이 많으면 그 과오를 더하게 된다고 하지만, 재물이 너무 없어도 불편하구먼……."

황현은 무슨 일인지 분명히 있는 것이라고 직감적으로 느껴지면서 다시 물었다.

"답답해서 견딜 수가 없군요. 분명히 무슨 일이 있으신 것 같은데 말씀해 주시지요."

그러자 왕사각은 떨떠름하게 말머리를 꺼냈다.

"형편이 형편인지라 어쩔 수 없이 아버님께서 그처럼 모아 두셨던 장서를 팔아 들어오고 보니 기분이 엉망이구먼……. 이 다음에 구천에 계신 아버님 낯을 어떻게 뵐지……."

왕사각의 말에 황현은 가슴이 서늘해졌다. 자신도 모르게 왕사각의 손을 덥석 잡으며 말했다.

"형편이 그 정도인지는 정말 몰랐습니다. 죄송합니다."

"자랑도 아닌 이런 말을 자네한테 하다니……. 나도 별 볼일 없는 참으로 한심한 사람이네 그려."

"무슨 말씀을 그렇게 하십니까? 이웃해 살면서 살펴 드리지 못한 제가 오히려 부끄럽습니다."

"이것이 어디 나만이 겪는 어려움이겠는가. 시국이 그러하니 우리 모두가 함께 겪는 어려움이고 가난인 것을, 쩝쩝……."

"그래도 저야 아버님이 다행스럽게도 할아버지가 토대를 잡아 놓은 것을 바탕으로 생활하고 있으니 곤고함을 면해 주고 있는 것입지요."

"나도 그렇지만 아버님도 세속을 따라서 입신이나 도모하고 처자식 배부르고 따뜻하게 하는 일을 꾀하면서 살자고 했다면 형편이 이 지경에 이르렀겠나. 그건 군자의 도리와는 거리가 멀다고 살아생전에 늘 말씀하셨던 아버님이셨고, 그건 오늘 나 역시도 마찬가지라네."

당시 고인이 되신 분이지만, 왕사각의 아버지 왕석보 선생 역시도 정시庭試를 보러 갔다가 거자擧子들이 청탁을 일삼는 것을 보고 비루하게 여겨 과거를 포기하고 낙향하여 후학을 가르치는 데만 전념을 해 오신 분이었다.

작은 고을 구례에 칩거하면서 그렇게 학문에만 전념했으나, 시에 뛰어나 백광훈(白光勳, 1537~1582)과 임제(林悌, 1549~1587) 이후 호남의 시단을 새로 연 대학자로 추앙받았었다. 매천 황현은 스승 왕석보와 그의 장남 왕사각 부자父子에게서 사사를 받았고, 왕사각의 동생들인 왕사천, 왕사찬과는 평생 문우 관계를 맺었다.

이들 개성 왕씨 4부자는 모두 시문에 뛰어나고 지조 있는 선비였다. 그래서 창강滄江 김택영(金澤榮, 1850~1927)은 후학들로부터 추앙을 받아오던 왕석보 선생이 돌아가신 이후, 이들 4부자의 공동시집 《개성가고開城家稿》를 출판했었다. 그리고 그 서문에서 "네 군자는 모두 재간이 있으면서 세상에 버림 받아 마음이 울적한 인물들이다"라고 했다.

황현은 이들 4부자 모두가 출중한 학문과 명사와의 폭넓은 교류에도 불구하고 과거에 합격하지 못해 세상에 쓰이지 못한 점을 애석해 했고, 결국 황현 자신도 불의와 타협하지 못하는 성격 때문에 스승의 길을 따라 걷고 있었다.

그처럼 조선 말기의 시국은 올곧은 선비가 나설 만한 토대를 만들어 주지 못했고, 그래서 벼슬길을 포기하고 은둔생활로 일관해 오다가 생을 마치신 왕석보 선생이셨고, 또 그 정신을 이어받은 장남 왕사각과 그 형제들이었다.

 그러한 그 일가의 생활은 곤궁할 수밖에 없었다. 조금 남아있는 농토에 온 식구가 매달려 있으면서 후학들만 가르쳐 생활한다는 것은 그만큼 어려운 일인 것만은 사실이었다.

 아무튼 그 사실을 뒤늦게나마 알게 된 황현으로서는 더없이 허탈해 하는 왕사각에게 몇 마디 위로의 말이라도 해야 했다.

 "하지만 이제 와서 어쩌겠습니까. 장서를 들고 나가서 팔아 들어오셨다고 하지만, 그것이 재물이나 탐하는 관리들처럼 부끄러운 욕이 될 까닭은 없지 않습니까. 오히려 그것은 부끄러움이 없는 청빈한 선비로서 감출 일이 아니지요."

 "물론 그렇게 생각하면 그렇네만은, 아버님 생전에 손때 묻은 장서를 내다팔고 나니 구천에 계신 아버님께 대한 도리가 아니다 싶어 면구스럽지 뭔가."

 "하지만 선생님께서도 저 위에서 보시고 이해해 주실 겁니다. 살아있는 자의 입이 무서운 포도청이라는 말도 있지 않습니까. 자, 이제 그 일은 그만 잊어버리시고 술이나 한 잔 드시지요."

 황현은 아내에게 술상을 내오게 하여 우울해 있는 왕사각에게 술잔을 권해 올리면서 말했다.

 "위로가 되실지 모르겠습니다만 문득 공자님께서 하신 말씀이 떠오르는군요. 넉넉함과 귀함은 모든 사람들이 원하지만 부정으로 얻은 부귀를 탐해서는 안 된다고 말입니다. 물론 가난은 모든 사람마다 싫어하지만 그것이 도의적인 가난이라면 구태여 기피할 필요가 없다고 하셨지요."

 "고맙네. 이렇게 허탈하고 무안한 가슴을 털어 놓을 수 있는 자네라도 옆에 있어 주어서……."

 몇 순배 주고받은 술잔에 얼굴이 붉어진 왕사각이 자리를 털고 일어서면서 말했다.

"이만 가봐야겠네. 오늘 고마웠네."

"고맙다니요. 무슨 말씀을 그렇게 하십니까? 옆에서 살펴 드리지 못한 제가 오히려 민망스럽습니다."

왕사각이 손을 흔들고 나간 뒤 황현은 몹시도 허탈해 하는 그 표정과 마음이 절절하게 이해가 되면서 그 마음을 붓끝을 세워 시를 읊어 담았다.

책 팔음을 한탄하며, 왕봉주 선생 사각을 위로하여 보냄
賣書歎, 寄慰王鳳洲先生師覺

賣田昔買書	옛날에는 밭팔아 책을 사더니
賣書今買米	지금은 책 팔아 쌀을 사들이네.
燒琴煮鶴不可問	거문고 학 버림을 묻지 말 것이
拔劍斫地歌含涕	칼 뽑아 땅을 치니 노래 속에 눈물 나네.
五十髡髢王先生	쉰 살에 번민하여 머리 벗겨지는 왕 선생
髮颯欲鳴骨揷髀	머리카락 휘날리며 피골이 상접하네.
有訟可奪子淵筆	칭송함에 자연의 붓을 빼앗을 만하고
有策可獻開皇陛	지은 글은 임금의 섬돌에 펴서 올릴 만했네.
人無眼我無命	사람은 안목 없고 나는 목숨이 실하지 않으니
氣如雲屋女洗	기운이야 구름 같고 집 살림은 청빈하네.
去年賣驢廢山行	지난 해에는 나귀 팔아 산행을 포기했고
遙向名山但拜稽	멀리 명산을 향해 고개만 숙일 뿐이었네.
今年賣牛破春農	금년엔 소 팔아 봄 농사를 그르치고
妻謫兒呼羨京坻	처자식 부르며 많은 수확이 부럽기만 하네.
一切諸有空又空	있다면 모두가 비어 있는 것뿐이고
放鶴又向雲波瀰	학 놓아 구름 물결 가득 찬 곳으로 향하네.
祗殘半畝樹下宅	마침 조금 남은 밭머리에 집을 짓고서

竹戶冷然對月啓	대 사립문 차갑게 달을 향해 열어 놓았네.
不顧塵甑日改詩	살림은 돌보지 않고 날마다 시나 고쳐 지으며
舊袖哦哦授諸弟	문발에서 읊조리며 제자들을 가르치셨지.
先生妙觀無有無	선생의 묘한 관물은 유무가 없고
焦鹿人間閱郵邸	건성으로 사는 인간들은 역참을 스쳐 볼 뿐
四時春秋相代謝	사시 세월만이 바뀌어 새로 오는데
萬乘城闕猶禪遞	임금님 대궐을 오히려 선방으로 바꾸어 생각하네.
六經況得糟粕耳	육경도 하물며 다시 찌꺼기일 뿐이고
斲輪善喩非狂詆	목수로 비교를 잘해 부질없는 말이 아니었네.
縱吾賣之不賣存	비록 내가 팔았어도 팔지 않았으니 존재함이고
腹笥副本粲其柢	뱃속에 들어있는 글은 그 뿌리 찬연하네.
崑圃賤玉緣多玉	곤포에 옥이 천함은 옥이 많기 때문이고
玉本於鵲非所抵	옥은 까치에서 근본이 되니 대나무가 아니네.
君不聞	그대는 듣지 못했는가.
絳雲一炬虞山嗟	지는 구름 노을에 타며 우산도 슬퍼하고
漢書不質終灰底	한서도 바탕이 되지 못해 잿더미가 될 뿐임을
又不聞	또한 듣지 못했는가.
昌穀無書無不通	창곡 서정경은 책 없어도 통하지 않음이 없으니
七十冠冕蹈而濟	칠십에 벼슬하여 즐겁게 뛰놀기를
此詩讀了堪噴飯	이 시 읽고 나서 웃음이 터질 것을 참으며
寄去得恐嗔無禮	다시 가서 부치니 무례하다 성냄이 두렵기만 하네.

'왕사각 선생이 얼마나 많은 생각 끝에 그처럼 소중히 여겨 오던 책을 다 내다 팔았을까?'

황현은 스승의 집안 형편이 그 지경에 이르기까지 이웃하고 살면서 미처 살펴 드리지 못한 면구스러움을 금할 길이 없었다. 서로 도와가면서 살아야 하는 것이 인지상정人之常情이고 도리라는 생각을 다음날 아버지에게 가만하게 내비치었다.

"그렇게 장서를 팔아 식량을 구입할 정도로 형편이 어려운지를 오고 가면서도 정말 몰랐지 뭡니까. 그 말을 듣고 어찌나 민망스럽던지……. 다른 집도 아니고 우리가 적은 도움이라도 주는 것이 도리가 아니겠습니까."

"이게 무슨 말인고? 그러니까 형편이 어려워 그처럼 선친께서 아끼시던 장서까지 내다팔았다는 말이더냐?"

"가난을 내색하지 않는 것이 군자의 체면이라고 평소에 말씀하시던 분이셨으니까 물론 그러셨겠지만, 형편을 전해 듣고 기가 다 막히지 뭡니까."

"그 지경에 이르기까지 마음인들 오죽 하였을꼬? 그러나 저러나 우리 형편도 별로 좋지를 못하니 이 일을 어쩌면 좋단 말이냐. 하지만 걱정 말거라. 몰랐으면 모르되 내게 다 생각이 있으니……. 콩 한 조각도 나누어 먹는 것이 군자가 취할 도리가 아니겠느냐."

아버지 황시묵은 그 말을 하고 가만하게 긴 한숨을 내쉬었다.

황현은 뜻밖에 우리 형편도 좋지 못하다는 아버지의 한숨 섞인 이야기를 언뜻 이해할 수가 없었다. 가만하게 아버지의 표정을 살피면서 물었다.

"우리 형편도 좋지 않다니 그게 무슨 말씀이십니까?"

"시국도 어수선한 데다가 거년에 흉년이 들었으니 나간 돈은 들어오지 않고 빚만 늘어가는구나."

"네? 빚이 늘어간다고 하셨습니까?"

"하지만 이런 불황이 언제까지 계속되겠느냐. 집안 살림이야 아범이 신경 쓰지 않아도 될 일이니 걱정 말고……. 이 아버지가 아범에게 무엇을 기대하며 바라고 살아 왔는가. 그것이나 늘 염두에 두게나. 사람은 언제나 한결 같아야 그 사람만의 독특한 향기를 만들어내는 것이고, 그것이 인품이라는 것이지. 고매한 선비의 인품은 하루아침에 억지로 만들어지는 것이 아니니께……."

 황현은 아버지가 하신 말씀을 통해 비로소 집안 형편이 예전처럼 그렇게 넉넉하지 못함을 느낄 수 있게 되었다.

 그런데 황시묵의 다음 말이 황현의 가슴을 서늘하게 했다.

 "과거에 급제하고 못하고는 다 운수소관이여. 내 살아생전에 아범이 과거에 급제를 하는 것을 보고 죽어야 할 텐데……."

 "하지만 시국이 하도 어수선하니 과거 급제를 하면 뭘 합니까."

 황현은 자신의 생각이 그러함을 내비치었다. 그러자 황시묵은 정색을 하고 타이르듯이 말했다.

 "내가 아범에게 바라는 것은 과거에 급제해서 관직을 얻고 호의호식하자는 것이 아니여. 알다시피 신분제 사회라, 삼대에 걸쳐 과거 합격자를 배출하지 못하면 명색만 양반일 뿐 몰락 양반으로 취급 받는 것이 오늘의 현실이어서 그러는 것이여."

 사실 황현 가문은 정언正言 벼슬을 지낸 8대조 황위黃暐 이후 과거 합격자를 배출해내지 못하였고, 거기다가 가세가 급격히 기울어 일반 농민이나 다름없는 향촌의 잔반殘班이 되었다. 그래서 돌아가신 할아버지 황직黃櫄이나 아버지 황시묵 역시도 오로지 가문의 영광을 되찾아야 한다는 그 일념으로 생활해 오신 분들이었다.

 황시묵은 학문적 저술에는 선비로서의 자질을 타고나지 못한 분이었다. 그래서 그 목표와 기대를 남다르게 시성詩性을 타고난 황현에게 걸고 있었다. 그러는 데는 할아버지가 물상거래로 어느 정도 먹고 살 만큼 모아 놓은 재력이 있었기 때문에 천여 권의 장서를 쌓아 두고 글을 읽을 수 있었던 것이며, 또 한양으로 유학하여 당대의 명사名師들뿐 아니라 한양의 문우들과 교류할 수 있었던 것도 모두 할아버지가 10년 동안 일구어 놓은 그 재력이 뒷받침해 주었기 때문에 가능했다.

 황시묵은 다만 선친이 남긴 재산을 관리하고 집안의 크고 작은 대소사를 챙기면서 오직 아들 황현이 학문적으로 성공하여 가문의 영광을 되찾아줄 날만을 손꼽아 기다리며 온 심혈을 기울여 아들의 뒷바라지를 해왔다. 그런 아버지였던 만큼 아들 황현이 그 뜻을 접고 한양에서 내려와 칩거 생활을 하고 있는 심정을 이해하면서도 기대했던 만큼 실망 역시도 클 수밖에 없었다.

황시묵은 처연해진 눈빛으로 다시 황현을 보고 말했다.

"나는 글공부를 너처럼 많이 하지 못해서 과거시험장에도 나가지 못했다만은 그래서 너만큼은 우리 가문의 영예를 되찾아 주기만을 학수고대하고 살아왔는데……."

말끝을 맺지 못하는 황시묵은 엷은 한숨을 거푸 내쉬고 있었다. 그런 표정의 아버지를 바라보고 있기가 더 없이 민망해진 황현이었다.

아버지가 아들에게 바라는 기대와 희망이 무엇인가를 다시 일깨워 주고 있는 그와 같은 말씀에 황현은 깊은 잠에서 깨어나는 느낌이었다.

사실 아버지뿐만 아니라 황현을 아는 주위 사람들은 황현이 잠시 낙향을 했을 뿐, 장차 나라에 크게 쓰임을 받을 선비라고 기대하고 있었다. 황현은 아버지의 마음을 읽으면서 조금은 당혹해 하고 있었다. 아버지께서 하시는 말씀은 그대로 주저앉아 선비가 취해야 할 꿈을 접지 말라는 것을 당부하고 있었고, 그것이 오늘 황현의 입장과 처지에서는 부담이 될 수밖에 없었다.

이윽고 황시묵은 황현에 대한 기대의 말씀을 다시 은근하게 표출했다.

"논어에 이런 속담이 있다. 굳은 것은 아무리 갈아도 갈아지지 않는다고 말이여. 시국이 어수선해도 선비로서 정신만 확고하다면 나쁜 영향을 받지 않을 수도 있다는 말이거든. 써 주는 사람만 있으면 나가서 이 나라를 위해 일하는 것이 선비로서 당연한 도리지 외면만 하는 게 능사가 아니란 말이여."

"제게 무슨 말씀을 하시고자 하는지 소자 알겠습니다. 하지만 시국이 희

망을 가로막는 장애물이 너무나 큰지라…….'

"흠……."

황시묵의 얼굴에 어두운 그늘이 드리워졌다. 잠시 사이를 두고 아들에게 타이르듯이 가만하게 말했다.

"아범이 무슨 말을 하려는지 내 다 알고 있네. 하지만 오래된 중국의 명언 중에 이런 말이 있거든. '인생에 있어서 가장 큰 고난은 우리가 얻기 위해 노력하지 않는 데 있다고 말이여.' 이 말은 희망을 가로막는 장애물이 큰 것이 아니라 희망을 실현해 보려는 의지력이 약한 것이라고 한 것이여. 그러니까 약한 의지력이 가장 큰 장애물이란 것이지. 배고픈 것보다 더 슬픈 것이 무엇인지 아는가? 신념을 잃어버린 인간이 가장 불쌍하고 비참한 것이라고 한 것이여. 내 말 뜻을 알아듣겠는가?"

그것은 선비의 꿈을 접고 낙향한 아들의 전도를 염려하고 당부하여 이르는 안타까움 섞인 훈계의 말씀 같은 것이기도 했다. 아버지의 은근한 훈계에 황현은 자신도 모르게 가슴이 서늘해져 왔다. 아버지의 그와 같은 뜻에 따르는 것이 아들 된 도리로서 효도이기에 그 몸짓이라도 해야 했다. 공자의 가르침 삼강오륜三綱五倫을 기초학문으로 배워 온 황현이었다. 그 덕목德目에서 으뜸이 부모은공父母恩功이었다.

유생으로 부모님의 은공을 배워 왔던 황현으로서는 아버지가 그처럼 아들에게 바라는 것이 바로 그것이라면 그 효의 도리를 생각해 보지 않을 수가 없었다. 그것이 황현으로서는 어쩌면 새롭게 고뇌해야 하는 번뇌였다. 지난 날 한양에서 있었던 부정부패로 인한 경험을 다시 떠올리는 황현은 그러나 어쩔 수 없이 부친의 뜻에 따르겠다고 그 생각을 가만하게 내비치었다.

"그것이 아들 된 도리로서 효도가 되는 것이라면 앞에 놓인 장애물이 제아무리 크다 해도 태산보다 높은 것이 부모님의 은공이라고 배워 온 제가 어찌 이대로 칩거생활만 하고 있는 데서야 말이 되겠습니까. 소자 아버님 뜻에 따르겠습니다. 행장을 꾸려 준비하겠습니다."

"그래야지. 이제야 한시름 놓겠구먼. 아무리 시국이 어지러워도 다 제 할 탓이니께. 허허허……."

오래 간만에 아버지의 웃음을 본 황현은 다음날 집을 나와 스승 봉주 왕사각을 찾아갔다. 황현의 수심 어린 표정에 왕사각이 물어왔다.

"무슨 일이라도 있는 겐가? 표정이 무겁게 어둡구먼."

"살림을 전적으로 아버님께 맡기고 생활해 온 제가 아버님께 효도하는 것이 무엇인가를 다시 깨달았지 뭡니까. 하지만 이 난세에 한양에 올라가 어떻게 처신할지 막막할 뿐입니다."

황현은 대충 간략하게 자신의 소신을 밝혔다. 그러자 왕사각은 그 마음을 이해한다는 듯이 달래는 어조로 말했다.

"하긴 자네 아버님 말씀도 옳으이……. 선비가 대의를 위해 나아가고 들어가는 것을 살피는 일은 사람들이 시비할 일도 아니고, 그것이 개인의 영화를 위한 것이 아니라면 욕이 될 까닭도 없지 않겠는가. 더구나 오늘 자네의 결심이 먼저는 오직 부모님에 대한 효로써 결정한 일이니 그것이 선비로서의 도리가 아니겠는가."

왕사각은 황현의 스승이 된 입지에서 그 의기를 북돋아 주면서 다시 덧붙여 말했다.

"자네 아버님으로서는 그럴 만도 하시지 않겠는가. 매천, 자네에게 걸고 있는 희망이 그것이니까 그 기대에 아들 된 도리로서 그 몸짓만이라도 해야 될 테니까 말일세."

"사실 그래서 저도 마음을 그렇게 정했습니다만……. 인간의 도리와 선의를 잃지 않으려고 애쓰던 유학자들이 끝내 떨어질 수밖에 없었던 나락을 통해 기막힌 인간의 야수성을 점차 드러내고 있는 난세라서 제가 감당해 낼 수 있을지가 걱정입니다."

"이전보다 마음을 더 단단히 무장하고 과시장에 나아가시게. 그래야 조정의 부조리와 맞서 대응할 수 있는 지혜도 생길 테니까……."
 "실은 오늘 찾아뵙는 것도 그 때문입니다. 아버님 뜻에 따르려는 몸짓이긴 하지만 당분간 한양에 올라가 시세의 흐름을 살펴보는 것 또한 공부가 될 것 같기도 해서 말입니다."
 "올곧은 선비가 자신의 소신을 바로 세울 수 없는 어지러운 난세지만 다시 나아가는 것이 먼저는 자식된 도리로서 갖는 결심이고 보면 무슨 말을 더 하겠는가. 명리의 다툼일랑 남들에게 다 맡기고 그 명리에 뭇사람이 다 취해도 미워할 필요가 없네. 이렇게 초야에 묻혀 고요하고 담백한 가운데서 세상이 다 취해도 홀로 깨어 있음을 자랑할 것도 없고……. 선비의 뜻이 의로움을 잃지 않으면 부처님의 말씀처럼 어디에도 메이지 않고 공에도 메이지 않음이니 곧 몸과 마음이 자재함이라. 나가는 것에 물러섬을 생각하면 울타리에 걸리는 재앙을 면할 것이요, 손 붙일 때 문득 손 놓음을 도모하면 호랑이를 타는 위태로움을 벗으리라 했으니 그것을 오늘 자네의 신념으로 삼고 올라가시게."
 "하교해 주신 말씀 유념하겠습니다. 그럼……."
 하직의 인사를 해 올리고 자리에서 일어나 집으로 돌아온 황현은 아내를 보고 말했다.
 "내 며칠 뒤 한양으로 올라가야 할 것 같소. 행장을 꾸려 주시오."
 "지금 나라의 형세가 어지럽다고 하시질 않았습니까. 그런데……."
 아내는 그것이 사뭇 걱정이 된다는 듯이 황급히 말했다. 그 마음이 읽어지는 황현은 아내의 손을 가만하게 건네 잡으며 말했다.
 "어버이를 기쁘게 하고 건강케 하는 약은 자식이 그 어버이의 뜻을 헤아리고 따르는 것이 무엇보다 큰 보약이라고 했소. 내 오늘 처신을 당장은 이렇게 밖에 할 수 없는 것 같소. 내 이 마음을 당신이 알아주었으면 해서 하는 말이요. 그래서 하는 말이지만 둥지는 새에게 달려 있고, 가정은 아내에게 달려 있다고 했소. 그동안 내 빈 자리를 잘 지켜 준 당신이 고맙고, 또 이제도 다시 부탁하는 것이니 그리 아시오."

이윽고 황현은 제자들을 불러 서운한 인사를 나누고, 그 며칠 뒤 행장을 꾸려 집을 나섰다. 멀리까지 아들을 배웅 나온 황시묵이 황현에게 말했다.

"집 식구들 걱정일랑 내가 있으니 하지 말거라. 너나없이 온 백성들이 함께 겪는 어려움이니……. 선비가 할 수 있는 일은 오로지 할 수 있는 학문에 힘쓰고 행하는 일뿐이라고 하질 않더냐. 할 수 없는 바는 버리고 하늘에 맡길 뿐이다. 알았느냐?"

선비가 나서기에 어려운 시국임에도 불구하고 부친의 뜻을 저버릴 수 없어 그 포부를 안고 먼 길 떠나는 아들에게 아버지가 재차 당부하는 말씀이었다.

"소자 그 말씀 명심하겠습니다."

아버지에게 작별 인사를 하고 이윽고 한양 길에 오른 황현이었다. 그러나 걸음은 이전과는 달리 더 없이 무겁기만 했다.

전에 없이 한양 길이 멀게만 느껴져 오는 황현은 속세에 있거나 출가해 있거나 욕망에 매달리는 것이 괴로움이요, 그 욕망을 끊어 버리는 것 또한 큰 괴로움이라고 하던 쌍계사 문수 스님의 말씀을 새삼 절감하고 있었다.

09 효행으로 다시 오른 장원급제

집을 떠난 황현의 한양 생활이 다시 시작되었다.

타관의 몸짓 펄럭이는 황현에게 위로가 되어주고 있는 것은 그동안 서신으로만 안부를 주고받던 문우들과의 해후였다.

그 중에서도 누구보다도 반가워하는 사람은 황현보다 3살이 위인 이건창이었다. 그는 조선시대 최연소 과거 합격자로 15세 때 등과하여 19세에 벼슬 생활을 시작하였다.

소론계 강화학파에 속하는 그는 1874년 23세의 약관의 나이로 동지사절의 서장관이 되어 청나라에 갔었다. 그때 청의 학자 한림 훈옥과 장종효 등이 자기들의 관직을 양보해 주어야 할 만큼 '문장에 능하다'라고 평가를 받았던 당대의 문장가였다.

하지만 부정을 용납하지 못하는 그의 올곧은 성격은 26세 때 충청도 암행어사로 부임했을 때 당대의 실세였던 충청도 관찰사 조병식을 기어코 탄핵함으로써 그 결과 머나먼 벽동으로 유배를 가기도 했다.

이처럼 올곧은 그의 처세는 권세가들의 공격 대상으로 부정부패가 만연된 벼슬길에서 그의 전도는 결코 순탄하지 못했다. 그러면서도 기회만 주어지면 그처럼 황현을 챙기곤 하는 이건창이었다.

그는 뜻밖에 새로운 각오로 한양에 입성했다는 황현의 손을 반갑게 잡아주면서 말했다.

"참 잘 생각했네. 자네처럼 유능하고 깨끗한 선비가 뜻을 접고 시골로 칩거해 버린다면 참으로 애석한 일이 아니겠는가."

"글쎄요······. 제게 기대하시는 부친의 뜻이 너무나 간곡하신지라 올라오긴 했습니다만 다시 또 실망이나 안겨 드리지 않을지 걱정입니다."

"선비가 이 세상을 살아가면서 때를 만나기도 하고 못 만나기도 하는 것 아니겠는가. 때를 만난 즉 바른 도를 행하고, 그 때를 만나지 못하면 물러나서 스스로 얻는 것을 온전하게 지킬 줄 알아야 한다고 했네. 때를 만나고 못 만나는 것이 다른 사람들에게는 행과 불행이 될지는 모르나 매천 자네에게 있어서 그것이 어찌 유익과 손실이 된다고 하겠는가. 자네 말대로 그것이 부모에게 효도하는 도리라고 생각하고 마음을 편히 가지고 최선을 다해 보시게."

"그렇게 말씀해 주시니 오늘 제게 위로가 됩니다. 아무튼 일단 올라왔으니 최선을 다해 보겠습니다."

지난번 과시장에서 있었던 부정부패의 아픈 경험을 통해 거기에 뜻을 접었던 황현이었다. 그러나 아버지의 권유로 다시 상경하여 최선을 다해 보리라 다짐했다. 그래서 밤을 새워가며 응시 준비에 매달리는 심정을 시로 읊어 담았다.

집 이야기 / 辭家

我親慈過人	나의 어버이는 인자하기가 남보다 뛰어나서
幾忘兒痴魯	자식의 어리석고 노둔함을 거의 잊고 산다
苦心督詩書	고심하여 시경과 서경을 독려하고

謬望就門戶	그릇 판단하여 밖으로 나가기를 바랐다.
謂言立揚責	일러 말하기를 입신양명하라 꾸짖었으니
詎止橫奎組	어찌 방자히 규성의 조직으로만 그쳤겠는가.
藹藹終南下	무성하고 무성한 남산 밑에
通國人文聚	나라를 통한 선비들이 모였다.
游學倘底成	배우면서 혹시 조금이라도 성공을 이루면
是兒眞幹蠱	이 아이가 진짜로 힘써 일하고 노력한다.
托大難遞唯	부탁이 크니 대답하기가 어렵고
只自中焉鏤	다만 스스로 그 가운데 아로새김이 있을 뿐
離膝旣云慽	무릎을 떠나면 이미 슬프다고 말했으니
墜訓重爲懼	가르침을 저버려서 거듭 두려워 하노라.
回頭語諸弟	머리 돌려 여러 아우에게 말하노니
五輩有賢父	우리들에게는 어진 아버지가 있다고.

그처럼 아들의 입신양명을 바라는 아버지의 뜻을 따라서 다시 상경했음을 황현은 진솔하게 적어 두고 있었다.

조선시대 과거의 소과 생원과시生員科試는 사서오경四書五經으로 시험을 보았고, 진사과進士科 시험은 시詩, 부賦, 송頌, 책策으로 나누어져 각각 100명씩 선발하였다.

합격된 생원, 진사에게 백패白牌를 주었는데, 사마시司馬試, 생진과生進科 감시監試라고 했다. 소과초시小科初試는 각도의 감영監營에서 행하는 향시鄕試나 중앙에서 실시하는 생진과의 초시初試에 합격하면 초시 등으로 우대하였으며, 정원은 따로 도단위로 책정되었다.

소과복시小科覆試는 소과의 제2차 시험으로, 소과 초시 합격자 1,400명이 한양에 모여 보던 시험으로 회시會試, 생진복시生進覆試, 감시복시監試覆試라고 하였다.

시험은 자子, 묘卯, 오午, 유酉의 식년式年 2월이나 3월에 예조禮曹와 성균관 두 곳으로 나누어 시행하였다. 응시자들은 녹명소錄名所에 등록하기 전에 간단히 시험 볼 자격을 확인해 보았는데 이를 조흘강照訖講이라고 했다. 거기에 통과되면 소과라고 불리는 생원, 진사시에 각 100명을 뽑았다. 그 소학小學 입격자에게 첩문帖文을 주었는데, 이 첩문이 없으면 대과시험에 녹명할 수가 없었다.

그리고 대과시험에 통과해야만 비로소 관직에 진출할 자격이 주어지는 것이어서 최종 대과 등수 안에 들었을 때 비로소 '합격자'라 하고, 그 이전 단계인 생원, 진사 시험에서 등수 안에 들어가는 것을 '입격자'라고 했다.

지난번 황현이 보거급제시保擧及第試 별과 진사시험을 볼 때였다. 황현이 녹명을 하고 들어간 초시 초장은 정치에 관한 계책을 적는 문과시험이었는데 시관試官이 한장석(韓章錫, 1832~1894)이었다. 그는 황현의 글을 보고 크게 놀라 일등으로 뽑았다가 황현이 별 볼일 없는 시골 출신임을 알고 2등으로 바꾸었고, 마지막 단계 대과시험에서 떨어뜨렸다.

당시 조정은 당파 싸움으로 혈안이 되어 있었고, 그 실세는 노론이 쥐고 있었기 때문에 조선 후기의 과거시험은 자신의 실력보다도 조상이 내려주는 줄타기가 더 크게 작용을 했었다. 권력자의 자손들은 실력이 별 신통치 않아도 조상 은덕으로 과거 합격증을 받기도 했다. 하지만 명색만 양반일 뿐 몰락한 가문인 황현의 선조들은 후손에게 과거를 합격시켜 줄 만한 능력이 되지 못했다.

조선시대 과거시험을 치루는 응시자들은 답안지의 오른쪽 끝에 본인의 성명과 생년월시를 적고 주소와 사조단자四祖單子를 쓰고 봉하도록 되어 있었다. 사조단자란 증조부, 조부, 부친, 외조부의 관직과 이름, 그리고 본관을 기록한 명단이다.

황현의 문장 실력에 놀란 시험관 한장석이었지만, 그 사조단자를 뜯어 보고 집안의 혈통이 별 볼일 없음을 확인하고 최종 단계에서 탈락시켜 버렸던 것이다.

하지만 황현은 시험관 한장석을 원망하지 않았다. 당시 조정의 실태는 족벌싸움으로 그 영향이 절대적으로 작용했기 때문에 실력보다도 가문의 사조단자를 더 중요시했다.

시관을 맡았던 한장석의 집안은 대대로 벼슬을 한 조선 후기의 주류 노론의 명문가였다. 그는 1872년 문과에 병과로 급제한 뒤 벼슬길에 들어서 1881년 성균관 대사성이 된 당대의 고문가古文家로 명성을 얻은 인물이었다.

황현은 시관 한장석이 시속에 따라 고의로 마지막 단계에서 떨어뜨려 본인에게 직접적으로 해를 끼친 인물이었지만, 그러나 객관적으로는 훌륭한 인물이었기에 폄하하지 않았다.

당시는 조상의 사조단자를 중시하는 것이 조선의 유교적 신분제로 양반으로 태어났어도 그 신분을 유지하기 위해서는 과거 합격을 통해 관직에 나아가야만 했고, 3대에 걸쳐 과거 합격자를 배출하지 못하면 몰락 양반이 되었다. 그래서 한장석은 황현의 사조단자를 보고 별 볼일 없는 집안으로 치부하고 밀쳐내 버린 것이다.

그처럼 고질적으로 불합리한 제도에 의해 밀려난 황현은 그것이 더 없는 아픔으로 작용하면서 과거에 뜻을 두지 않고 시골 구례로 낙향을 하여 만수동에서 은둔생활을 하면서 쓸쓸하게 고금서적의 공부에만 몰두하고 있었다.

그런데 그처럼 몰락한 양반 가문을 일으켜 줄 것을 간곡히 거듭 당부하시는 아버지의 뜻을 차마 저버릴 수가 없어 다시 상경하여 열심히 공부하고 진사시에 응시하기로 결심을 하게 된 황현이었다.

시험은 종2품 이하 2명을 상시관上試官, 정3품 이하 3명을 참시관參試官, 감찰 1명을 감시관監試官으로 하여 먼저 진사과進士科를 시행하고 하루 쉰 뒤 생원과生員科를 시행하였다. 100명이 정원인 경우 1등 5명, 2등 25명, 3

등 70명으로 하였다.

　소과 복시에 합격한 생원, 진사는 길일을 택하여 전정殿庭에서 시신侍臣과 사관史官의 참하관參下官들이 시립侍立한 가운데 방방의放榜儀라는 의식을 거행하였는데, 국왕으로부터 합격증인 백패와 주과酒果를 하사 받았다. 그리고 대과大科 소과 합격자는 대과인 문과文科에 응시할 자격과 성균관상재생成均館上齋生이 될 자격을 주었다. 관직을 원하면 하급 관리가 되기도 하였는데, 무엇보다도 사회적으로 선비 대접을 받는다는 데 큰 의의가 있는 것이었다.

　드디어 황현은 1888년(고종25년) 34세로 성균회시成均會試 이소二所 생원시生員試에 응시하여 소과小科 장원壯元으로 뽑히는 행운을 얻었다. 그러기까지에는 당연히 황현의 문장실력이 뛰어난 때문이기도 했지만, 이건창을 통해서 알고 있었던 무정茂亭 정만조(鄭萬朝, 1858~1936)가 있었기에 가능하였다.

　다행히도 그의 사촌형 판서判書 정범조(鄭範朝, 1833~1898)가 시관試官이었다. 그래서 정만조는 그의 사촌형에게 황현이 1883년에 응시했던 계미년의 시험 이야기를 참고로 귀띔하였던 것이다.

　생원, 진사는 각각 100명씩을 원칙으로 하였다. 1858년(철종9년)부터 합격 인원이 일정하지 않고 증가하여 고종 말년에 이르러서는 크게 늘어났다. 일반적으로 생원보다 진사를 더 많이 뽑았다. 실제로 생원으로 입격하였어도 진사로 부르기까지 하였다.

　황현이 응시한 식년 소과 생원시에는 1등 5명, 2등 23명, 3등 186명 총 214명이 입격하였다. 이윽고 황현이 장원급제했다는 방문榜文이 거리에 나붙었다. 문우들 모두가 마치 자신의 일이나 되는 것처럼 기뻐했다. 그 통보를 받은 황현은 이제 늙은 부모님의 한을 조금이나마 풀어 드리게 되었다는 기쁜 마음으로 눈앞에 식구들의 얼굴이 둥둥 떠오르면서 생원 입격의 감격적인 순간을 시詩로 읊어 담았다.

戊子二月 生員覆試預魁選有作 · 1888
— 무자년 이월에 생원 복시 예과에 장원으로 급제하고 지음

書生鼴腹覺河深	나는 두더지 배로 강물이 깊었음을 알겠고
還笑從前枉費心	도리어 웃음 나오는 건 헛되이 마음 씀이라.
遙想鄕園聞喜日	멀리 고향에서 기쁜 소식 들을 걸 생각하니
爺孃一笑抵千金	부모님의 한 번 웃음 천금과 맞먹으리라.

황현의 장원급제 소식을 듣고 달려온 문우들은 양명학자이며 우국지사였던 경재耕齋 이건승(李建昇, 1858~1924)과 역시 이건창의 당제堂弟인 난곡蘭谷 이건방(李建芳, 1861~1939), 그리고 황현이 한양을 출입하면서 만난 강위 선생의 시제자들로 그 주변의 인물들이었다.

그 문우들이 함벽정涵碧亭에 모여 조촐하게 축하연을 베풀어주는 자리에서였다. 누구보다도 기뻐하는 이건창이 황현을 보고 말했다.

"지성이면 감천이라더니 자네의 효성에 하늘이 감응한 것일세. 허허허……."

"참으로 감사합니다. 부족한 제가 오늘 이처럼 영광된 자리를 가질 수 있게 된 것은 오로지 이렇게 좋은 인연을 만났기 때문 아니겠습니까."

황현의 입인사에 이건창이 웃으면서 말했다.

"우리의 만남이 좋은 인연으로 이렇듯 고리를 잇게 되는 것도 자네와 함께 태어난 그 지혜가 있기 때문이 아니겠나. 그 지혜를 항상 앞세우고 베풀어 자네의 입지를 굳건하게 세워 주기를 오늘 여기 모인 우리 모두가 바라는 바일세."

그러자 옆에 앉아 있던 문우 한 사람이 무릎을 치며 말했다.

"자! 오늘같이 좋은 날 우리 모두 축배의 잔을 높이 드십시다. 이 시대 어둠을 불사를 우리의 거사 매천의 전도를 위해!"

"옳소!"

손뼉을 짝짝 쳐대는 박수 소리와 함께 오래간만에 문우들의 얼굴에 웃음이 흐드러지게 피면서 밤이 이슥하도록 술을 마시며 서로가 즐겁게 정담을 주고받았다.

"허기와 실함이 법도를 잃고 있는 이 난세에 그래도 오늘 매천 자네를 보니 반짝하는 희망이 보이네 그려. 좀 심하긴 하지만 관료들의 매관매직이 고쳐질 수 있을까 걱정했더니, 핫하하……."

이건승이 황현을 건너다보며 하는 말이었다. 그러자 이건방 역시도 한마디 했다.

"그리고 보니 오늘 매천 사형이 우리에게 희망을 준 셈일세. 소문처럼 과시가 꼭 돈으로 미리 정해지는 것만도 아니라 예외도 있다는 그 표본 같아서 더욱 기쁘고 반갑네 그려."

황현이 그 말을 받아 정중하게 말했다.

"그야 엄밀히 말하면 무정(정만조) 사백님께서 염려해 주신 도움이 있었기 때문이지요. 이 자리를 빌어서 참으로 감사 올립니다."

황현은 문우들과 함께 자리를 하고 있는 정만조를 향해서 감사의 표시로 고개를 숙여 인사를 올렸다.

그러자 정만조는 얼굴에 지긋한 웃음을 담아내면서 말했다.

"오늘 관료들이 앞뒤 분별없이 옥돌을 돌멩이라 하여 인재등용을 막아 돈으로 사고 팔고 하는 그 작태를 자네는 직접 경험하여 듣고 보았으니 이제 자네가 앞으로 정계에 나아가게 되면 어리석음이 서로서로 짝하는 칠흑 같은 장막을 자네 그 힘 있는 붓대로 휘둘러 거두시게."

그리고 정만조는 고운 눈매로 황현을 바라보며 다음과 같은 질문을 했다.

"우리가 알고 있는 매천 자네는 올곧은 선비의 지혜가 남다르다고 믿고 있네. 하지만 오늘 세태가 자기 그림자마저 자기를 앞세우는 것을 싫어한다고 할 정도이니 앞으로의 처신을 어떻게 할 작정인가?"

"오늘 세태가 그러하니 다만 나란히 걷거나 한 발자국쯤 뒤처진 모습으로 나를 내세우지 않겠습니다. 그러면 비방도 칭찬도 없지 않겠습니까. 칭찬도 비방도 속절없는 까닭은 모두가 제 이름과 이익을 위하는 것뿐이기 때문이니까요."

"허허허……. 역시 매천 자네다운 대답이로세. 앞으로는 자네의 몸, 자네의 하는 일을 더욱 소중히 생각하시게. 노자 성현께서 말씀하시기를 남을 아는 사람은 현명한 사람이고, 자기 자신을 아는 사람은 덕이 있는 사람이라고 했다네."

그러자 옆에 앉아 있던 이건창이 크게 웃으면서 말했다.

"사과나 배나 귤이나 유자나무를 심은 사람은 그것을 달게 먹게 될 것이지만 탱자나무나 가시나무를 심은 사람은 그 나무가 자란 뒤에 자신이 찔리게 된다고 했네. 자고로 군자는 심는 일을 신중하게 해야 된다는 말일세."

"저를 위해 그와같이 일러주신 말씀 깊이 명심하겠습니다."

"자! 그럼 우리 오늘 매천의 전도를 위한 이 밤의 축제가 영원하기를 빌어 잔을 높이 들어 마시세."

오래간만에 얼굴에 활짝 웃음꽃을 피우는 문우들은 황현의 장원급제가 마치 자신의 일이나 되는 것처럼 그 즐거움이 지극했다.

그날 밤 여흥이 끝나고 숙소로 돌아온 황현은 그 밤의 분위기를 시로 읊어 담았다.

함벽정에서 밤에 잔치함/ 涵碧亭夜宴

傘樣天開野望空　　우산 모양의 하늘이 열려 있으며 들은 비어 있고
簷燈影碎遠江風　　추녀 밑에 등 그림자 부서질 때 멀리서 강바람 일어나네.

諸君解使秋宵短　　그대들은 가을밤이 짧은 줄을 알고서
聯袂行歌明月中　　옷소매 여미며 밝은 달빛 속에 노래를 하네.

　문우들의 기대 속에 축하의 박수를 받으며 황현은 성균관을 출입하는 유생생활이 시작되었다. 1888년(고종25년) 성균관의 명칭을 경학원經學院으로 고쳐 무술을 연마시키기 위해서 연무공원鍊武公院을 설치하여 문무를 병용하는 것이 옳다는 것을 제시하였다. 그러나 제도의 설정이 어지러워서 실용의 도움을 주지 못했다.
　그러한 가운데 조정은 당쟁으로 서로가 기득권을 챙기려고 암투를 벌리기에 혈안이었고, 장안에는 서양 사람들이 어린 아이들을 삶아 먹는다는 와언訛言이 퍼져 민가에서는 아이들을 밖으로 내보내지 않도록 단속했다.
　그만큼 와언에 신경이 날카로워진 장안 사람들은 어느 날 마침내 예민해진 나머지 사건을 만들고 말았다. 거리에 한 사람이 그의 아들을 업고 지나가는데 어떤 사람이 그 사람을 향해 손가락질을 하며 "저것은 아이를 훔쳐다 서양 사람들에게 팔려고 하는 것이다" 하고 소리를 질러대자 거리에 지나가던 사람들이 분개하여 함께 달려가서 주먹질과 발길질을 하여 그 사람의 변명이 미치지 못하고 그 자리에서 죽고 말았다.
　그 소문은 서양 사람들의 귀에까지 들어가 불평하며 투덜거리게 되면서, 마침내 난처하게 된 고종은 오부五部에 명하여 거리에 '게시를 해서 그러한 일이 없다는 것을 알려 진정시키라' 하였다.
　그리고 고종은 춘천에 유수留守를 설치했다. 처음에는 부사를 고쳐 독련사督鍊使를 삼아서 양헌수(梁憲洙, 1816~1888)를 임명했다. 그리고 조금 지나 독련사를 파하고 민두호(閔斗鎬, 1850~1902)를 유수로 임명했다.
　고종이 춘천에 유수를 설치하게 한 것은, 지난번에 임오군란과 갑신정변을 당한 때문이었다. 그 이후 항상 주변에서 그 같은 난이 다시 일어날 것을 두려워한 고종은 미리 피난할 생각을 하고 교부轎夫 20명을 잘 대접하면서 궁성 북문에 대기시켜 두고 한 발자국도 떼어 놓지 못하게 명하였다.

또한 난이 밤을 틈타서 일어났기 때문에 궐내에 전등을 밝히라고 명을 내려 날이 다 새도록 환하게 밝히도록 하였는데 등마다 하룻밤에 드는 비용이 말할 수 없이 많이 허비됐다.

그뿐만이 아니었다. 안동, 무주 등 험한 지역에 행궁行宮을 세우게 하고 여차하면 출행할 수 있도록 준비시켰다. 그러기에 앞서 고종은 신정희(申正熙, 1833~1895)에게 말하였다.

"춘천은 서울에서 가깝고 또한 험준하여 내가 유수영留守營을 설치하려 하니 빨리 힘을 얻어 경卿이 그것을 주관하도록 하는 것이 어떻겠느냐?"

그와 같은 고종의 물음에 신정희는 침착한 어조로 신중하게 대답했다.

"천자天子는 사해四海가 모두 집이요, 제후는 한 국가로서 집안을 삼아서 잘 다스려 어지럽지 아니하고 나라를 보호하여 위험하지 않게 하면 의외의 환란이 없게 됩니다. 불행히 양구陽九의 액운이 있어도 서울에 종묘사직이 있는 바 백관 군민이 모여 죽음을 겁내지 않고 물러가지 말게 한 연후에 가히 신하의 순국을 책할 수 있습니다. 지금 서양 여러 나라의 화가 비록 안정되지는 않았다고 하더라도 나라가 아직은 편안한데 전하께서 황황히 조석으로 이어 나가려고만 하는 계획을 신하가 어찌 바라겠습니까?"

그리고 다시 덧붙여 아뢰었다.

"오늘날 기강물정으로 전하께서 한 번 궁궐을 나가시면 춘천에 가히 이를 수 있겠습니까? 신의 우둔한 머리로는 마땅히 유수영의 역사를 파하시어 관동 백성들을 소생시키고 힘써 다스림을 도모하신다면 여러 사람이 모두 추앙해서 따르게 되고 도하都下의 백만 생령의 자제들이 수족의 군대나 마찬가지입니다. 금성金城에 성지城池를 파면 누가 여기를 지날 것입니까? 신은 금려禁旅에서 대죄待罪하겠습니다. 대궐문을 출입하며 시소尸素만 하여 이미 물의를 일으켰는데 하물며 비상히 큰 역사를 감히 진실로 잘 계획할 수 있겠습니까? 죽어도 감히 뜻을 받들 수 없습니다."

죽기를 각오하고 진언眞言하는 신정희를 고종은 한참 동안 멍하니 바라보고 있다가 나가라고 명했다. 그리고 다음으로 불러들인 사람이 김기석金箕錫이었으나 신정희와 뜻이 같은 그는 아무 말도 하지 않았다고 한다.

고종은 그 다음으로 양헌수를 불러들여 말했으나 모두 노련한 사람의 기용을 빙자하고 그 역사役事에 임하려 하지 않았다. 고종은 최후로 민두호에게 명했다.

그러나 그 역시도 반대하여 아뢰었다.

"공사를 그치고 사사를 구제해야 하며 백성의 전지를 빼앗아 춘천에다 조정의 대장大庄을 두게 되면 그곳 백성들이 화가 나서 반란을 생각할 것입니다."

충신들의 이와 같은 진언은, 한 나라를 다스리는 제왕은 일신의 안위보다도 먼저 백성들의 살림을 살펴야 하는 것이 그 도리임을 말한 것이다.

그만큼 일신의 안위만을 우선으로 했던 고종은 갑신연간(1884년)에 저동에 신문국新聞局을 설치하고 전교리 여규형을 주사로 임명하여 일본인 이노우에 가쿠고로(井上角五郎, 1860~1938)와 함께 그 임무를 관리하도록 명하고 말했다.

"박문국은 설치한 지 수년이 지났으나 실용적인 일을 한 것이 없고 한갓 국고만 허비하여 폐지한다."

박문국은 신문, 잡지의 편찬과 인쇄를 맡은 관아였다. 일을 하다 말다 하여 지속성이 없었고, 마치 어린애들 장난같이 모두가 이와 비슷했다. 1905년(광무9년) 을사늑약 체결 후 이토 히로부미가 통감의 자리에 앉아 정국을 휘어잡으니 어떤 이는 말하기를, 박문국은 그렇게 될 조짐이라 하였는데 이듬해 혁파했다.

고종으로부터 여규형과 함께 신문국 임무를 맡은 일본인 이노우에 가쿠고로의 용모는 누추하나 문학에 재주가 뛰어났고 우리나라 말을 터득하여 시배時輩들과 함께 왕래가 잦았던 인물이다.

그런 그가 어느 날 주사 사대부들이 모인 자리에서 한 말이었다.

"제공들이 평소 큰 말로 지껄이며 사대부를 자처하고 우리 일본인을 가리켜 꼭 왜놈, 왜놈하고 말하는데 대저 왜놈은 왜놈이요. 허지만 가히 왜놈을 꺾어 굴복시킨 연후에 왜놈은 스스로 굽혀 왜놈이란 것을 인정할 것입니다. 오늘날의 왜놈들을 제공들이 사대부의 세 글자로 입에서 떠든다고 가히 물리칠 수 있겠소?"

그 말에 주사 사대부들은 아무 대답도 하지 못하고 바라만 보고 있는데, 그는 촛대 곁에서 연약煉藥을 빼어 빙빙 돌리는 것이 붉은 바퀴를 그리며 집을 뛰어오를 기세이고 광염光焰은 위엄이 있어 늠연凜然한데 이노우에 가쿠고로는 보이지 않아서 여러 사람들이 놀라고 있었는데 조금 있다가 연약의 땡그렁 하는 소리가 들리는가 싶더니 그는 촛불이 있는 오른쪽 가운데 자리에 서서 말하기 시작했다.

"제공들은 폐방을 욕하지 마시오. 통상을 하던 초기에 당신네 국민들이 듣지 않고 일어나 우리를 찔러 죽이려고 하였는데 나 같은 외국 사람이 검술을 익혀 가지고 베어 죽이기를 바라겠소? 무력이 강해야 화의도 이루어지는 것인데 마침내 쓸데없게 생겼소. 조금 전에 시험한 바로 그 기술이외다. 제공들은 입으로만 사대부라는 것을 빙자하지 말고 곧 칼이 어떠한 물건인가 함을 살피지 아니하고 왜놈을 다스리려면 왜놈들이 잘 복종하겠습니까?"

그 말에 여러 사람들은 아무 대꾸도 못하고 서로를 돌아보며 말하기를 '검술이 능하다' 고만 하고 있었다.

그와 같은 이노우에 가쿠고로의 의도적인 야유는 여러 가지 면에서 주체성이 없고 나태한 조선의 조정과 백성들을 그만큼 얕잡아 보고 있는 것이 사실이었다.

그러나 그처럼 어수선한 시국임에도 감히 고종 앞에서 죽기를 각오하고 충언할 수 있었던 신정희는 황현이 24세 때 한양에 올라왔을 때 스승 강위의 인사 소개로 알게 된 당대의 명사로 그의 아버지는 신헌(申櫶, 1810~1884)이었다. 이 부자父子는 황현이 한양에 머물러 있는 동안 지극하게 대해 주었고, 그래서 얼마동안 그 집에 머물기도 했었다.

그 신정희를 통해서 그 즈음 조정의 실태를 듣고 보게 된 황현은, 권세와 명리名利의 변화함을 가까이 하지 않는 깨끗한 선비로 오직 자연과 더불어 살고 싶다는 생각뿐이었다. 아직 문과 합격자와는 달리 관직으로의 진출이 보장되지는 않았지만, 생원진사는 국가로부터 사족士族으로의 지위를 공인받은 신분이라는 점에서 일단은 아버지의 소원을 풀어 드린 셈이었기 때문이다.

황현은 그와 같은 자신의 생각을 다음날 김택영을 만나 내비치었다.

"제가 이런 말씀을 드리면 용기가 없다고 책하실는지 모르겠지만 제 생각은 자기 몸에 맞지 않는 욕망에 들뜨는 것은 마치 치수가 안 맞는 남의 의복을 빌어 입고 싶어 하는 것과 다름이 없다는 생각이 요즘 부쩍 들어서 의논하고 싶습니다."

"그러니까 마음과는 딴판인 다른 어떤 사람이 되고 싶지 않다는 말인데……."

"지금 제 마음은 고향에 내려가 교육과 계몽에서 구국의 길을 찾고 싶을 뿐입니다."

그러자 김택영은 황현의 손을 가만히 잡아주면서 말했다.

"세상 모든 이치를 훤히 내다보고 있는 자네한테 내가 더 무슨 말을 하겠는가."

누구보다도 황현의 마음을 잘 이해해 주고 있는 김택영이었다. 그와의 만남은 우연을 가장한 필연이라고나 할까?

김택영과의 인연은 황현이 24세에 강위를 만나려고 상경하였을 때, 김택영은 지리산 일대를 여행하던 중 일찍이 강위로부터 소개 받았던 구례

천변마을에 사는 왕사천의 집을 찾아갔다. 그때 왕사천이 김택영을 황현의 종형 황담의 집으로 안내하여, 황담이 소장하고 있던 황현의 시를 읽고 황현을 만나기에 앞서 그 재능을 먼저 읽어 보게 된 것이다.

그런데 한양에 올라와서 강위로부터 황현을 소개 받아 만나게 된 두 사람이었다. 그래서 누구보다도 지기지우知己之友로 변함없이 그 우정이 지속되는 관계였다.

황현이 낙향하겠다는 뜻을 굳혀 다시 말했다.

"공자께서도 말씀하시지 않았습니까. 예가 아니면 보지 말고 말하지도 말라. 그리고 예가 아니면 움직이지 말라고 말입니다."

"자네의 마음이 그렇다면 낸들 무슨 말을 더 하겠는가. 자네의 삶을 대신 살아줄 수도 없는 것, 조정의 기강이 무너져 선비의 예를 지키기가 어려운 시국이니 그런 생각이 들 수밖에……."

"나라가 나라답지 못하고 당파와 족벌정치가 만연되고 있는 속에 대과를 거쳐 벼슬 관직을 얻으면 무얼 하겠습니까. 과거가 매매되면서 마을마다 급제자요, 집집마다 진사가 나오는 실정인데……."

"그것이 오늘 뜻이 올곧은 선비들이 갖는 고뇌가 아니겠는가. 마음이 어두운 것은 나 역시도 마찬가질세."

조정에 대한 실망은 김택영 역시도 마찬가지라는 듯이 그러한 현실에서 황현을 만류할 수도 없다는 듯 긴 한숨을 내쉬었다.

황현은 마침내 한양의 문우들과 석별의 인사를 나누고 성균관 유생이 거쳐야 하는 대과를 포기한 채 다시 구례로 낙향하고 말았다.

그처럼 아버지가 바라는 출세 지향에서 단호히 인생에 삶의 궤도를 바꾸고 나선 황현의 걸음은 고향 집 대문에 들어서기까지 무겁기만 했다.

생각지도 않게 나타나는 황현의 귀가에 식구들이 놀라는 것은 당연했다. 짐작했던 대로 아들의 예고 없는 귀가에 아버지 황시묵은 놀라는 표정으로 인사를 받으며 물어왔다.

"어떻게 된 건가? 한양에서 대과 준비를 하고 있을 줄 알았던 아범이?"

대답이 궁색해진 황현이 가까스로 입을 열었다.

"죄송합니다. 심려를 끼쳐 드려서, 아무래도 오늘날 조정에서 일어나고 있는 실태를 보니 무언가 크고 엄청난 바람이 일 것 같은 느낌이 내일을 예측할 수가 없지 뭡니까. 돈과 권력이 만능을 행사하는 부조리와 맞서야 하는 시국에 제가 나아가 기력을 소모시키고 감당할 자신도 없고……."

"그게 무슨 소리냐?"

아버지 황시묵은 절로 격해지는 목소리를 애써 가다듬으며 물어왔다.

"오늘 시세의 흐름을 보아하니 벼슬길을 접고 물러선다는 것이 소자가 뒷날의 후회를 면하는 길이라 생각이 들었습니다. 그래서……."

"짐작은 했다만 아범 생각이 정히 그렇다면 알아서 하게. 이제 겨우 한시름 놓는다 싶었더니……."

"외람되지만 스승님께서 자기 자신을 아는 것이 가장 크고 밝은 지혜라고 하셨습니다. 그러니 칩거하면서 삶의 참 기쁨이 무엇인가를 찾아보겠습니다. 그러니……."

"정승도 저 하기 싫으면 어쩔 수 없다고 했으니 그만 하면 알아들었네. 어서 들어가 쉬게."

황현이 시골로 다시 낙향한 그 며칠 동안은 실로 마음이 편치 않았다. 부모와 식구가 살고 있는 만수동 사람들뿐 아니라 구례지역에서 만나는 사람마다에게 변명 아닌 변명을 구차하게 늘어놓아야 했기 때문이기도 했다. 그런 데다가 시국이 어수선했던 만큼 아버지가 할아버지 때부터 연계되어 오던 물상거래마저도 여의치 않았다

그래서 어쩔 수 없이 광양에 거점을 두고 있던 집을 팔고 만수동으로 완전히 합친 상태에서 생활은 궁벽할 수밖에 없었다. 자연히 여러 가지가 겹쳐서 우울한 나날을 보내고 있었다.

왕사각은 그런 황현의 마음을 다독이며 위로해 주려는 듯이 찾아와 말

했다.

"들리는 소문으로는 명문가 경주 최씨 부잣집에서는 대대로 내려오는 가훈이 있었다는구먼. 그 중 하나가 과거를 보게 되면 진사 이상은 하지 말아라 하는 것인데 왜 그랬겠나? 생원 진사는 양반 신분을 유지하기 위한 최소한의 자격증에 해당되는 것이지만, 그 이상의 진짜 벼슬은 문제가 있다고 본 게여. 그러니까 당쟁이 심한 조선에서 벼슬이 높아지면 언제 당쟁의 희생 제물이 되어 멸문지화滅門之禍를 당할지 모른다는 것이지. 오늘 자네가 최소한의 그 자격증을 얻어 성균관 유생이 된 것이니 그것으로 만족하시게나."

"그렇게 말씀해 주시니 참으로 위로가 됩니다. 해와 달과 별이 저토록 먼 하늘에 있으면서도 우리들 삶을 비춰주고 있는 사실처럼 순리를 따라 구국을 위한 후진 양성이나 하면서 보람을 얻어 볼까 합니다. 그것이 오늘 제 몸에 맞는 의복이라는 생각이 들지 뭡니까."

"허허허……. 어떤 일에 심혈을 쏟을 수만 있다면 그 또한 삶의 보람이 아니겠나. 우리 서로 힘을 합쳐 보세."

어지러운 세태에 뜻을 접고 낙향한 황현에게 위로가 되고 용기를 북돋아 주기에 충분한 왕사각의 말이었다.

황현은 그 뜻을 같이 할 수 있다는 스승 왕사각이 옆에 있어 주는 것만으로 큰 힘이 되었다. 이제는 벽돌을 쌓아 올리듯이 그 계획을 차분히 세워가기로 서로가 의기투합했다.

그 이야기를 전해 들은 아버지 황시묵은 왕사각 형제들과 황현을 한 자리에 불러 앉히고 넉넉한 웃음을 얼굴에 담아내면서 말했다.

"자네들이 정한 의논이 참으로 바람직해서 듣기에 반갑구먼. 세상에서 일정한 것은 아무것도 없다네. 부귀와 영화는 한 순간일 뿐, 높이 있던 것들은 언젠가는 추락하게 마련이라. 어디 그 뿐인가? 살아있는 자는 반드시 죽음을 맞게 되어 있는데도 사람들은 누구나 그것을 깨닫지 못하고 있지만 누구나 스스로의 죽음을 간직하고 있다네. 엽전의 양면처럼 말이네. 인생이란 그처럼 덧없으며, 삶 또한 그렇게 하찮은 것일지도 모른다는 것일세. 그러나 어떤 의미에서는 그처럼 덧없는 것이기 때문에 인생이란 것에 보다 더한 무게를 실어줘야 하고, 그렇게 하찮은 것이기 때문에 진솔한 삶의 의미를 심어줘야 하는 것 아니겠는가? 흠흠……. 그래서 고금의 역사를 유추해 보면 한 생의 삶 속에서 남에게 귀감이 되는 아름다운 삶이 있는가 하면 아름답지 못한 삶이 있고, 참으로 숭고한 삶이 있는가 하면 스치며 지나가기에도 그지없이 서럽고 안타까운 비천한 삶이 있듯이 인간의 삶이란 그런 것같이 살아 있어도 죽은 사람이 있고, 이미 죽었어도 영원히 우리 옆에 살아 그 숨결을 들려주는 사람이 있다네. 인간의 삶은 목숨 하나만으로 영위되는 것이 아니며 여러 가지 다양한 삶의 형태가 하나의 커다란 축을 이루면서 새로운 울타리를 만들어내는 것이니 자네들도 서로가 서로에게 그 울타리가 되어 보람된 삶의 축을 이루도록 해 주게나."

그토록 지긋한 아버지 황시묵의 말씀을 듣고 있는 분위기는 그 어느 때보다 진지했다. 숨소리조차 조용한 가운데 말씀은 다시 이어졌다.

"추구하는 하나의 목적에 기쁨과 보람을 얻기 위해서는 천 개의 고통이 달려 있다는 말도 있고, 어떠한 기쁨도 그냥 찾아들지 않는다는 말이지. 손을 내밀어 아무렇게나 거머쥘 수 있는 것도 아니며, 잠든 사이 자신도 모르게 찾아드는 것은 더더욱 아니라네. 한 그루 사과나무에서 사과를 딸 수 있는 기쁨을 얻기 위해서는 그만큼 값진 노동이 필요한 것이나 마찬가지로 삶의 참 기쁨을 얻기 위해서는 고뇌하는 아픔과 낮과 밤이 얼마나 교차하고 이어져야 이루어질 수 있듯이 희생이란, 어떠한 목적을 이루기 위해서 헌신적으로 그 일에 전념하는 것임을 명심해야 할 것이네. 뜻하는 바 그것은 마치 한 자루의 초가 몸을 태워서 불을 밝히는 것처럼 아름답게 명예를 얻는다는 것일세. 그건 결코 자기 희생 없이는 이루어낼 수가 없다는 것을 명심해 두기 바라는 바일세. 자기 희생을 바탕으로 했을 때만이 얻어낼 수 있고 일어설 수 있는 것이니까……. 그래 성현들이 말씀하시기를 희생한다는 것은 유실하는 것이 아니라 창출하는 것이라고 하셨는데 이 말씀은 바로 자기 희생 그 자체가 선이며 자기를 이롭게 한다는 것이지. 그래 오늘 자네들에게 부탁하고 싶은 말은 시속을 따라 부귀와 영화를 바라지 말라는 말을 하고 싶구먼. 재산이란, 흐르는 물과도 같아서 쉼 없이 흐르다가 어딘가 움푹 패인 웅덩이가 있으면 그곳에 모여 잠시 머물다가 다시 흐르는 것이라고 했거든. 이렇게 재산이란 아무것도 아닌 것에 의해서 그리고 아주 작은 미세한 원인에 의해서 모였다가 줄어들고 없어져 가는 것이니까……, 본질적인 기쁨 그 선이 무엇인가를 찾아 노력해 주기를 바라네. 이것이 자네들에게 간절히 바라는 오늘 내 부탁일세."

이 얼마나 아름답고 숭고한 아버님의 말씀이든가? 황현은 그처럼 신선한 말씀을 그 어떤 보물처럼 안고 어디에도 매이지 않는 여유로움으로 많은 사람에게 귀감이 되는 그런 보람된 삶을 이루어가리라고 다짐하고 또 다짐하면서 그 마음을 붓끝을 세워 종이 위에 담았다.

중준 백운거기 重浚白雲渠記

물 대는 도랑이 토금리土金里 언덕에 있지만 그 물의 근원이 백운산白雲山이기 때문에 백운거白雲渠라 한다.

백운산이 높게 북으로 치달아 구례 남쪽을 누르고, 한 번 굴러 계족산을 이루고, 두 번 굴러 삼태봉三台峯이 되고, 세 번 굴러서 오봉산五鳳山이 되었다.

오봉산 기슭은 섬진강이 부딪쳐 흐르고 산이 구를 때마다 취락이 형성되었는데 계족산 깊은 곳에 있는 마을을 백운암白雲巖이라 하고, 삼태봉을 등지고 오봉산을 향한 마을을 토금리라 하는데 지대가 높아 초목이 드물어서 계곡에 물이 적어 두 마을이 모두 물을 댈 수가 없고, 오직 돌

틈에서 흐르는 물로 겨우 동이물을 받아 쓸 정도이다.

그러나 백운암은 지대가 더욱 높은 데다 사람들마저 나태하여 힘써 경작을 해야만 겨우 화전火田에 조나 담배를 심어 생계生計를 삼을 수 있고, 토금리는 그렇지도 못하여 주민들이 딴 곳에서 와 우거寓居하면서 다른 할 일이 없어 한가히 노는 사람이 많고, 거기에다 산지山地가 다소 평평하며 토질이 차지고 끈끈한 흙이라 개간할 수 없으므로 때때로 강을 건너가 경작을 하지만 푸른 대숲 사이로 때로는 시와 글을 읽는 소리가 들린다. 그 거리는 오리쯤 되나 풍속은 아주 다르다.

비로소 사대부가 산에 사는 것이 즐겁다고 할 수 있지만 세상을 완전히 잊어버리려고 하는 것이 아니라면 덮어놓고 산에 살 수 없는 것이 분명하다. 마을 뒤에 초당골(草堂洞)이 있는데 예부터 전하기를 정 처사鄭處士가 살았던 곳이라 한다.

그 집터 오른쪽을 따라 올라가면 산 중턱을 가로질러 옛 수로水路의 길이 되어 백운산의 입구인 개울 곁에 딸렸는데 정 처사가 처음 만들었다고 전해진다.

언젠가 큰물을 겪어 방죽이 메워져 버린 지가 40년이나 되었는데 마을 노인들이 수로의 자취를 가리키며 한탄하여 복구할 것을 생각했으나 그럭저럭 실현하지 못했다. 그러다가 지난 무자년(1888)의 큰 가뭄에 마을 샘이 모두 말라 한 모금의 마실 물도 딴 곳의 물에 의존해야 했다. 그 때문에 부인들과 어린 아이들도 입을 모아 수로를 복구하여 이로움을 보고자 하였다.

그해 봄에 의논이 결정되어 한 번 부르니, 떼로 모여 장정들은 삽과 괭이를, 노인은 술과 먹을 것을 가져오고, 일을 할 수 없는 아이들은 노래로써 도왔다.

처음에는 쉴 곳을 정하여 교대로 쉬자고 약속하더니, 쉴 곳이 마련되매 서로 돌아보고 말하기를, 어찌 여기서 쉬랴, 이를 악물고 잠깐을 참지 못하겠는가, 하며 서로 힘을 다하여 손바닥이 부르트고 다리가 부어도 더욱 용기를 내어 이틀 밤을 걸려서 일을 끝냈다.

길이가 3마당 남짓인데 전에 메워진 것을 파낸 것이 5분의 4쯤 되고, 보충해서 새로 쌓은 것이 10분의 1이었다. 그 근원을 잘 보고 흐름을 가로 막아 제방을 만들고 웅덩이에 돌을 쌓아 물을 가두어 놓을 만한 곳에 수문을 만드니, 공력이 덜 들고도 흐르는 물줄기는 더욱 빨라서 이제 물이 쏟아지는 것이 하늘에서 병을 거꾸로 세운 것 같았다. 온 마을 밭두둑 사이와 부엌과 모욕간 곁을 꿀꿀 흘러, 많은 물이 가는 곳마다 쓰이지 않은 곳이 없었다.

아아! 근세近世의 수리에 관한 학문이 갈수록 소홀하여 농민들이 더욱 병들어 가는데 왕정王禎과 서광계(徐光啓, 1562~1633)의 글은 종이 위의 헛된 말에 불과했고, 공검지恭儉池와 벽골제碧骨堤 등 모든 저수지는 이미 오래 전에 국내의 황폐한 지역이 되어 항상 가뭄이 들면 백성들은 오직 하늘만 쳐다볼 뿐이다.

이로써 보더라도 선비들이 실학實學이 없으면 농민이 먼저 병이 드니 어찌하여 저 옷 잘 입고 백성 일을 못본 척하는 사대부가 사민四民의 으뜸이 되겠는가?

이제 이 수로가 완성되어 그 일을 감독하고 공을 세운 사람이 반드시 수리에 밝아서 그런 것이 아니지만, 그 시대의 요긴함을 아는 것과 수리를 일으키는 장점이 옛사람과 합치되니, 혹시 산림山林, 천택川澤의 시골 구석에 야윈 얼굴, 긴 눈썹으로 소를 이끌고 놀며 다니는 사람 가운데 일부는 경륜이 있고, 그것을 이어받아 갈고 닦으면서도 외부 사람에게 알려지지 않았던 것이 아닐까.

그렇다면 세상에 글 읽었다고 자칭하는 사람을 쉽게 통달한 선비로 인정할 수 없을 것이고, 고기잡고, 나무하고 농사짓는 사람 가운데 참다운 학문이 없지 않을 것이니, 이 세상에 인재를 구하는 자는 산골에 사는 선비를 소홀히 여기지 말지어다.

       기축년 1889년 4월 그믐 매천산인梅川山人 35세 지음.

 당시 우리나라는 농경국가로 팔도八道에서 평야지대를 이루고 있는 호남을 제일로 꼽았기 때문에 전라감사 다음으로 평양감사 자리를 서원誓願했다. 따라서 풍류를 하는 선비들이 많이 배출된 지역으로, 옛부터 호남을 예향의 고장이라고 일컬어 왔다.
 그래서 황현은 자신이 비록 백운산 밑자락 구례 작은 고을 간전면 만수동에 칩거하고 있지만, 그러나 마음 속으로 구하는 선비의 뜻만은 예향의 고장 호남이 낳은 선비로서 결코 작지 않음을 필서로 남겼다.

10
벼슬길도 접고 구례 만수동으로

성균관 유생으로 대과를 바라보아야 할 황현이 그 꿈을 접고 낙향한 시골 생활이 시작되었다.

하지만 그즈음 집안가세는 경제적으로 점점 기울어지고 있었다. 할아버지가 광양에 거점을 마련해 놓은 물상거래의 위업을 아버지가 계승 관리해 오고 있었으나 시국이 어수선했던 만큼 그 유통이 원활하지 못했다. 그런 데다가 상인들에게 나간 돈은 들어오지 않고 부채는 늘어만 가고 있어서 정리를 해야 했고, 그런 상황에서 아버지의 표정은 무거워 있었다. 전반적으로 경제가 침체되면서 어두워 있는 집안 분위기였다. 그때 둘째 아들이 태어나 잠시 기쁨을 안겨 주었다. 하지만 그 기쁨도 잠시였다. 큰 아들 암현은 날로 감성이 자라는데 공부할 자리가 없는 것이 은근한 황현의 근심이었다.

더구나 후진양성을 계획하고 있는 황현의 시골 생활에서 무엇보다도 우선적으로 필요로 하는 것은 서재였다. 그래서 생각한 것이 문 앞의 메마른 자갈밭 빈 땅에 서재를 짓기로 계획을 세웠다. 하지만 그 계획은 당장 실천할 수가 없었다. 그 밑돈 역시도 아버지가 마련해 주어야 했기 때문이다.

아버지는 황현이 계획하는 바를 듣고 잠시 난색을 표하면서 말했다.
"후진양성을 계획하는 바에는 그런 모임 공간을 마련해야겠지. 하지만 지금 당장은 형편이 여의치 못하니 시간을 좀 가지고 생각해 보자구나."
서재는 선비들에게 있어서 가장 소중한 공간으로 독서하며 사색하는 공간이었고, 또 글벗들을 모으고 어울리며 서로를 소통하는 공간이다. 황현은 그 계획만을 세워 놓고 지난날 서당을 함께 다녔던 안중섭과 도림사를 다녀오기로 하고 집을 나섰다. 머리를 식히고 마음의 안정을 취하기 위해서였다. 그 짧은 여행 시간의 느낌을 시로 읊어 담았다.

안중섭과 함께 도림사에 놀러가서
同海史安上舍重燮游道林寺二首 · 1888

小小岡巒過數村	작은 언덕과 낮은 산 몇몇 고을을 지나니
楓林映水澹秋痕	붉게 물든 수풀이 물에 비치어 맑은 가을 흔적을 냈네.
平生到寺心空折	평생토록 절간에 이를 때마다 가슴 속에 와 부딪치는 건
五字僧敲月下門	'중이 달빛 아래서 문을 두드린다'는 다섯 글자 시구라네.

황현은 조급한 마음을 비워내려고 속세를 떠나 달빛을 벗삼아 수행하고 있는 스님의 모습을 떠올리면서 가슴에 담아두고 있는 세상일에 조금은 여유를 얻을 수 있었음을 바로 그 '다섯 글자 시구라네' 하고 표현했다. 세상일이란 크나 작으나 그 밑바탕이 되는 것은 우선적으로 돈을 필요로 했다.

그러나 집안의 경제권을 아버지가 쥐고 있었던 만큼 황현은 아버지의 형편이 풀어지기만을 기다리는 동안 가끔씩 여가선용으로 여행길에 올라 무료한 시간을 메우기도 했다.

그러면서 그 해도 그럭저럭 넘겼다. 황현은 집안 경제 사정으로 계획한 일이 마음대로 추진되질 않고 자꾸만 늦추어지자 만 가닥 실타래처럼 늘어지는 시름을 털어내기 위해 이듬해 봄 다시 여행길에 올랐다. 그 기분을 시흥으로 읊어 남겼다.

삼월에 영남을 가려고 문을 나서면서/ 三月將往嶺南出門口占 · 1889

家累紛紛剪未齊	집안일이 어지럽게 얽혀서 깨끗이 끊어버리지 못했기에
出門猶復首重回	문을 나서면서도 다시금 고개를 자꾸만 돌리게 되네.
禾麻十畝分諸弟	논과 삼밭 열 마지기는 여러 아우들에게 나누어 주고,
饘粥三旬仗老妻	범벅이 되건 죽이 되건 한 달 생활은 늙은 아내에게 맡겨 버렸네.
奴愛吾才差可戀	종놈은 내 재주를 사랑했기에 데려갈 생각이 났지만
驢如狗小欲無携	나귀래야 개만큼이나 작아서 끌고 가고 싶지 않아라.
殷勤寄謝門前柳	문 앞의 버드나무에게 은근스레 내 뜻 비쳤더니
負汝春風萬縷低	봄바람 등에 받으며 만 가닥 실타래를 늘어뜨리웠네.

황현은 당시의 집안 형편이 넉넉지 않았음을 그렇게 시구에 담아두었다. 그처럼 아득해 오는 만 가닥의 시름을 잊기 위해 황현은 여행길에 올랐고, 그때의 고독한 가슴을 다시 붓끝을 세워 시로 읊어 남겼다.

황현은 마음이 우울하고 어두울 때면 곧잘 절간을 찾았었다. 그러나 발길 닿는 대로 여행길에 나선 황현에게 절간을 들어가는 길은 보이지 않았고, 그래서 혼탁한 세속의 마음을 비우고 사는 신선神仙 세계를 동경하는 절절한 마음이 정자에 올라보니 다시금 세상 일이 아득해져 옴을 시구에 쓸어 담기도 했다. 그렇게 마음과는 달리 세월을 늘쩡거리고 있는 것 같은 황현은 그러한 마음을 스스로 달래기 위해 길벗 하나 없이 단신으로 여행을 하면서 자연 속에서 많은 것을 사유思惟하는 그때의 심정을 다음 시로 읊어 두고 있었다.

바위에 새긴 이름이 많기도 해라/ 紅流洞見石刻題名甚多 · 1889

蒼崖丹刻日紛紛	파르스름한 낭떠러지에 붉게 새긴 이름들이
	햇빛 속에 널려져 어지러워라.
此事惟堪下士聞	이렇게 해야 이름이 견뎌 남는다고
	초야의 선비는 들어왔네.
別有人間眞不朽	따로 인간 세계가 있어
	참으로 그 이름 썩지 않으리니,
至今岩壑盡孤雲	이제껏 바위에 남은 이름들
	모두가 최고운崔孤雲일세.

황현은 여행길에서 스치는 바위에 새겨진 이름 하나를 보면서도 한 생의 삶, 그 흔적을 남기고 간 사람들에 대해서 많은 생각이 안겨 오면서 다시 또 생각해 보곤 했다. 호랑이는 죽어서 가죽을 남기고, 사람은 죽어서

이름을 남긴다고 했다. 한 시대를 풍미했던 무소불위無所不爲의 권력자들과 부호富豪들, 그렇게 힘 있는 자들은 비석을 세우고 무덤을 화려하게 장식하며 또 기념관을 짓고 동상을 만들어 자신들의 이름과 기억을 세간에 붙들어 두려 한다.

그러나 그것은 다 어리석고 부질없는 발버둥일 뿐이라는 사실이다. 황현은 역사의 격랑 속에서 생전의 악행으로 심지어는 무덤이 파헤쳐지는 욕을 당하는 것도 보아왔다. 죽은 자는 진정 무엇을 남길 것인가?

죽은 자가 남기는 것은 오직 한 가지, 산 자들의 가슴 속에 살아있는 감동으로 남아있는 이름들, 그들이 주는 감동이란 마음과 마음이 만나서 일어나게 되는 '심리적 사건'이다. 알아주는 이 없는 고통을 어루만져 주는 사람, 의지할 곳이 없는 이의 눈물을 닦아주는 사람, 삶의 여정이 힘겨울 때 넉넉한 가슴으로 곁에 있어 주는 사람, 자신을 낮추고 버려 가난한 이웃을 감싸 안을 수 있는 사람, 그처럼 감동으로 회자되는 이름들은 한결같게도 그 삶의 족적이 시비詩碑 하나 없어도 먼 훗날까지도 아름답게 남는다는 사실이었다.

그런 이름들 가운데 특히 감동을 안겨 준 이들을 세인들은 성인, 혹은 현자들이라고 부르고, 그런 극진한 만남의 감격을 기록하여 엮어 놓은 것이 바로 장구한 세월의 시련을 견디고 살아남은 경전이 아니겠는가 싶었다.

황현은 선비의 길을 걸으면서 특히 고운孤雲 최치원(崔致遠, 857~?) 선생을 가슴 속에 늘 존경해 왔다. 그는 신라 사람으로 유일하게 문집이 전해질 뿐만 아니라 그가 직접 쓴 글씨도 남아있기 때문이다.

최치원은 12살에 중국에 들어가 18세에 빈공과賓貢科에 급제했다. 23세에 고병高騈의 막부에서 일할 때 격황소서檄黃巢書를 지어 이름을 중국에 날렸으며 28세로 고국에 돌아온 당시 해외유학파로서 잘 나가는 천재였다. 귀국하여서는 중앙과 지방에서 두루 벼슬살이를 하다가 당시 사회의 소용돌이 속에서 별로 벼슬에는 뜻이 없어 가야산에 은거하다가 어느 날

아침 일찍 문을 나간 뒤 소식이 없어 그대로 신선이 되었다는 일설도 있다.

　최치원은 글을 잘 지을 뿐만 아니라 글씨 또한 잘 써서 당대에 이름을 널리 알렸다. 대표적인 글씨가 경남 하동군 화개면 운수리 쌍계사에 신라 헌강왕 2년(887)에 세운 진감선사대공탑비眞鑑禪師大空塔碑가 있다. 이 탑비는 글씨와 전액뿐만 아니라 내용까지도 최치원이 지은 것으로, 이렇게 삼박자를 다 갖춘 비는 이후로 거의 없었다. 그런 의미에서 이 비는 최치원이 지은 사산비명四山碑銘 중에서도 더욱 가치가 높이 평가되고 있다.

　황현은 그와 같이 삶의 족적을 감동으로 남는 사람이 되어야 한다고 생각했지만, 따라주지 않는 현실이 더 없이 안타깝기만 했다.

　그처럼 세상이 극심한 변화를 겪고 있는 상황에서 이런 저런 이유로 머리를 식힐 겸 집을 나선 황현은 혼자만의 자유로운 사색을 즐기며 다음 행보는 해인사로 향했다. 강위 스승으로부터 그곳 사찰 주지 스님으로 계신다는 경담 스님의 이야기를 자주 들어왔기 때문이다.

　당시 학자들의 전반적인 경향은 불교를 공부하는 분위기가 아니었다. 하지만 황현의 생각은 달랐다. 그것은 타계하신 스승 강위의 영향을 받은 때문이었고, 강위는 존경하는 스승 추사 김정희 선생의 영향을 입은 때문이었다.

　김정희는 천문학, 금석학, 경학, 시, 문학 등을 두루 다 정통한 분이다. 하지만 학계에 알려지기는 불학, 천문학 정도로만 알려져 있는데 김정희의 장점은 불학을 깊이 공부한 때문에 신분제를 무엇보다도 중시하는 조선시대에 서얼, 역관, 아전, 중인 등 신분을 보지 않고 제자를 받아들였다는 점이다. 인재를 구별하지 않은 조선시대 두 사람을 꼽으라면 다산茶山 정약용(丁若鏞, 1762~1836)과 추사 김정희 선생이다.

　김정희가 불교와 인연을 맺게 된 것은 중국 여행을 통해 본 당시 중국 지식인의 불교 숭배가 가장 큰 영향을 미쳤을 것으로 당시 조선 불교계에서는 화엄학이 상당히 높은 수준에 올랐지만, 화엄경의 주석서인《화엄경소

華嚴經疏》를 구해 보기가 쉽지 않았다. 이런 상황에서 이 책의 출판은 조선 후기 여러 승려들뿐 아니라 연구자들에게 대단한 사건이었다. 이때 같이 만든 책은 《한산시집寒山詩集》, 《준제천수합벽準堤千手合璧》, 《불족도佛足圖》 등이다.

남호 스님이 불경 경판을 만들 때인 1856년 봄 여름 사이에 상유현(尙有鉉, 1844~?)이 몇몇 선배를 모시고 한양 봉은사에 있던 김정희를 찾아갔던 기록이 남아있다. 그가 쓴 〈추사방현기秋史訪見記〉에 의하면 1856년 봄, 여름 사이에 김정희는 절 동편 큰 방에 머물고 있었다고 했다. 그 기록의 정황으로 미루어 꽤 오랜 기간 봉은사에 기거하고 있었던 것으로 김정희는 불학을 공부하는 한 편으로 당시 스님들과 많은 교유를 통해 불경도 꾸준히 연구하였음을 보여주고 있다. 그 단적인 예가 백파(白坡, 1767~1852) 스님과의 선논쟁이다. 이 논쟁은 조선 후기 불교의 수준을 한 단계 끌어 올리는 큰 역할을 했다고도 할 수 있었다.

이렇게 조선 후기 유학자 김정희는 편협한 종교관을 뛰어넘었던 조선의 선비로 시대를 몇 발자국 앞서간 대선각자였다. 그 영향을 강위가 받았었고, 또 그 편협하지 않은 종교적인 사고는 황현에게도 그 영향을 어느 정도 미치고 있었던 것이 사실이다.

이러한 여러 가지 인연으로 하여 마음이 답답하고 무거울 때면 황현은 부처님 경전의 말씀을 들을 수 있는 사찰을 생각하곤 했다.

황현이 해인사에 이르렀을 때는 저녁나절이었다.

천년의 무게로 하늘을 장엄하게 울리는 범종소리가 듣는 이의 단순한 청각을 넘어 애끓는 인간의 고뇌를 잠재우게 하면서 은은하게 울려 퍼지고 있었다. 하늘로, 땅으로, 그리고 인간에게로 울려 퍼지는 범종 소리는 육도 중생을 위하여 두드리는 북소리와 절묘하게 화음을 이루며 마음의 평화와 해탈을 일구어 내게 하는 바로 그 법문처럼 느껴져 왔다.

"그래. 비어 있음으로 심금을 울리는 종소리여!"

황현은 마치 스님으로부터 경전의 법문을 듣는 듯 옷매무새를 여미고 안으로 들어섰다. 황현의 시선은 법당 앞 계단에 쏠렸다. 세 켤레의 스님의 신발이 토방 위에 가지런히 놓여 있었다.

그때였다. 갑작스러운 인기척에 한 젊은 스님이 황급히 법당문을 열고 나와 잠시 황현을 쳐다보며 물어왔다.

"어디서 오셨소?"

"저기 전라도 구례 간전면에 살고 있는 유생 황현이라고 합니다. 번뇌를 내려놓게 해 주신다는 부처님의 말씀을 들으러 왔습니다."

그러자 스님은 황급히 법당을 나와 두 손을 모두어 합장을 해 보이며 말했다.

"올라오시지요. 마침 예불 시간이라서······."

황현은 스님의 뒤를 따라 법당 안으로 들어갔다. 큰 스님인 듯한 분을 좌우로 젊은 스님이 모시고 있었다. 그 분이 바로 강위 스승이 말씀했던 바로 그 경담 스님이라는 느낌이 직감적으로 들었다.

황현은 부처님 불상 앞에 으레적인 인사를 해 올리고 몇 걸음 물러나 스님들의 예불이 끝나기를 기다렸다.

예불이 끝나고였다. 경담 스님은 그 한켠에 서 있는 황현을 향해 웃어 보이며 말없이 따라오라는 손짓을 해 보였다. 지체 없이 그 뒤를 따랐다. 그때였다. 절 어느 곳에 있다가 나왔는지 마치 검객 같은 두 스님들이 가삼자락을 휘날리며 경담 스님 뒤를 따랐다. 스님은 법당 앞을 지나쳐 절의 뒷마당으로 향하는 작은 문 앞에 서서 말했다.

"먼 길에 시장하실 텐데 먼저 저녁 공양부터 하십시다."

스님의 안내를 받고 들어간 절 뒷방에는 어느새 공양주가 차려 놓은 스님들을 위한 저녁식탁이 조촐하게 준비되어 있었다.

"절밥이란 게 이렇습니다. 어서 드시지요."

스님들은 공양 시간에 거의 말씀을 안 하였다. 저녁 공양이 끝나고 나서였다. 스님들과 인사를 나누는 자리에서 큰 스님은 자신의 법명이 경담이라고 일러주었다. 50은 족히 넘어보였다. 그때야 비로소 황현은 타계하신 강위 스승으로부터 경담 스님에 대한 말씀을 일찍이 들어왔고, 그래서 찾아오게 되었노라고 말했다.

그러자 경담 스님은 자리에서 일어나 내실로 통하는 작은 문을 열고 들어가면서 황현에게 따라오라고 손짓을 했다. 스님의 뒤를 따라 내실로 들어갔다. 역시 법당이나 마찬가지로 큰 스님이 거처하는 내실은 향내음이 그윽했다. 이윽고 경담 스님이 곡차를 끓여 들여오게 하여 천천히 마시면서 입을 열었다.

"저는 이곳에 들어온 지가 수십 년이 지났지만 보살님처럼 눈에 총기가 살아있는 분은 처음입니다."

"총기라고 하셨습니까?"

"그렇습니다. 각 사람의 눈은 그 사람의 정신과 마음을 나타내고 있지요."

"그 총기가 어쩌면 오늘 제 아픔이라서 이렇게 찾아왔습니다."

"나무관세음보살……. 사람은 저마다 타고난 제 몫의 일이 있지요. 큰 나무에게는 큰 나무로서의 일이 있고, 작은 나무는 작은 나무로서의 각각 할 일이 따로 있고, 그 때가 따로 있는 것이지요."

"그 때를 안다는 것이 사람으로서 참으로 어려운 일 아니겠습니까."

"부처님 말씀으로 마음을 비우고 닦고 보면 자신이 나가고 들어가는 때를 알게 된다는 것이지요. 그 분수와 때를 알지 못하기 때문에 사람들은 스스로를 악의 손바닥에 간단없이 자기를 내맡겨 화를 자초하는 것이지요. 헐뜯고 탐욕하며 미워하고, 시기 질투가 그치지 않는 세속에서 말입니다. 불교에는 연화화생사상蓮花化生思想이 있는데 이는 연꽃으로부터 만물이 생성된다는 내용이지요. 연꽃은 진흙밭 속에 뿌리를 내리고 있으면서도 그 탁함에 물들지 않고 의연하게 생명력을 피워내는 진리를 상징하는 꽃이랍니다. 이렇게 부처님은 세상을 진흙밭에다가 비유하신 겁니다. 그 속에서 의연하게 탁함에 물들지 않고 자기 정신을 맑고 밝게, 고결하게 세우라는 것이지요."

스님은 잠시 곡차로 목을 축이고 난 다음 다시 가만하게 말씀했다.

"그래서 석가 부처님께서 가르치신 윤회의 이치가 그것이랍니다. 마음을 닦지 못한 중생들이다 보니까 시기 질투 음해로 자신의 이익만을 추구하고 아귀다툼을 하는 곳이 바로 세상이라는 지옥이라는 거 아니겠소이까. 그래서 부처님께서는 자신의 육체처럼 허망한 것이 없는데도 육체와 함께 썩어가는 온갖 욕망과 애착과 교만이 그득한 인간벌레들이 헛되고 하잘것없는 세상의 향락과 탐닉을 위해서 온갖 욕심을 실은 채 쉴새없이 뒤뚱거리며 싸대는 이 세상을 빗대어 고통의 사바세계라고 한 것이랍니다. 그런 지옥 같은 세상에서 많은 사람들에게 감동을 주는 존재가 된다는 것은 세속에서 자신의 이익을 추구하지 않는 빈 마음일 때 그 아름다움이 진흙밭에 피어난 연꽃처럼 감동을 준다는 것이지요. 그 경지에 이르게 되면 죽음을 두려워하지 않고 자기 자신의 삶에 대하여 후회하지도 않는다는 것이지요. 어차피 삶과 죽음은 한 짝이라는 것이니까요. 나무관세음보살……."

얼마나 아름답고 신선한 경담 스님의 말씀인가?

황현은 경담 스님의 그와 같은 말씀을 들으면서 이제까지 어두웠던 마음은 어느새 사라지고 그 속으로 녹아들고 있었다.

오래간만에 텅 빈 마음에 생기가 돌고, 웃음을 만들어내면서 말했다.

"역시 부처님 도량에 들어오니 세상으로 때 묻었던 마음에 연꽃이 피어나는 것 같습니다."

"도움이 되셨다니 제가 감사합니다. 나무관세음보살……."

황현은 새삼 다시 경의를 표하면서 말했다

"참으로 지식인이 되어 공부한다는 것이 끝이 없군요. 오늘 이렇게 귀한 공부를 하게 되었으니 말입니다."

그러자 경담 스님이 빙그레 웃었다. 그리고 잠시 사이를 두고 말했다.

"재론한다면 기존의 지식은 이미 전문화되고 학문 기반이 조성되어 있는 공자님 유과적 지식을 공부해서 아는 것이고, 슬기로운 지혜는 아직 학문화가 이루어지지 않은 무과적 지식을 발견하는 것이지요. 그러니까 만상으로 존재하는 참 이치의 실상을 깨닫게 하는 것인데 나는 우리나라 대표적인 무과학자를 꼽으라면 원효와 화담을 꼽고 싶습니다. 원효대사는 마음을 부처 자리에 놓는 무과적 불교학을 완성하여 해동불교를 세우고 멀리 중국과 일본에 큰 영향을 미쳤을 뿐만 아니라 그의 사상에 뭉친 신라인들은 신라의 찬란한 불교문화를 꽃피우고 마침내 삼국통일의 위업을 달성할 수가 있었으니까요. 원효는 본래 의상대사와 함께 당나라에 가서 불교를 공부하려 했으나, 아실런지 모르겠지만 그 해골의 물 한 모금을 통하여 유심조有心造의 진리를 깨닫고 내 속에 있는 것을 꼭 중국에 가서까지 배워야 할 필요가 없어 유학을 포기하고 돌아 왔다는 겁니다."

사실 그 후 원효종元曉宗이라는 토종 무과불교를 이루었던 그 때가 바로 중국에서 육조혜능六祖慧能의 출현으로 기존의 유과불교有科佛敎 체계가 무너지던 시기였다.

그러나 의상은 끝내 유학하여 화엄종華嚴宗의 정상에 이르고 훗날 신라 불교 발전에 크게 기여하기도 했다는 것이 스님의 설명이었다.

그날 밤 황현은, 경담 스님이 설명해 주신 불교학에 대한 말씀을 몇 번이나 가슴에 되새기며 모든 것을 잊고 편안하게 함께 잠자리에 들었다.

산사의 새벽은 청아한 종소리와 청정한 예불 소리에서 비롯되었다. 황현이 눈을 떴을 때는 비어 있음으로써 울림을 주는 범종 소리가 세상의 티끌을 거두어 대자연의 본래 모습을 그대로 드러내 주고 있는 것만 같았다.

아침 예불을 마치고 경담 스님과 함께 아침 공양까지를 함께한 황현이 스님에게 작별 인사를 드리려고 할 때였다. 스님은 뜻밖에도 멀리까지 함께 따라나와 주면서 다시 한 번 말씀해 주었다.
 "살아있는 자의 한 순간은 참으로 귀한 것입니다. 그것은 멈추지 않는 생명의 연장선이며 또 삶의 확인이며 살아있음의 실체이기 때문이지요. 그 생명이 살아있을 때 올바른 배움은 모든 악도 물리칠 수 있는 지혜를 얻는다고 했소이다. 올바른 배움은 약으로 온갖 독소를 없애는 것과 같고, 뱀이 허물을 벗어버리는 것과 같은 이치라고 했습니다. 바로 그 올바른 배움을 가르쳐 주고 지혜를 얻게 하는 것이 어떤 보시 공덕 중에도 가장 큰 공덕이라고 했으니 그 공덕을 쌓는 부처님의 재가불제자가 되시기를 빕니다. 나무관세음보살……."
 "이렇게 끝까지 함께 해 주시는 스님의 말씀, 마음 속에 깊이 자리잡도록 하겠습니다. 그럼 또 다시 찾아뵙는 그 시간까지 무탈하시고 건강하시길 빌겠습니다."
 황현은 떠나오는 시간까지 함께 해 주신 경담 스님의 말씀을 가슴에 담고 집으로 돌아왔다. 그리고 스님과 함께 했던 숨결의 시간을 뒤척이며 그 가슴을 시로 엮어 담았다.

해인사에서 경담 스님에게 / 海印寺贈鏡潭和尙 · 1889

手種松遮戶外巒	손수 심은 소나무가 창밖의 산언덕을 가릴 만큼 자라도록
不曾送客出花間	손님을 배웅한다고 꽃밭을 나선 적이 여지껏 한 번도 없었다지.
十年羨汝雙瞳碧	그대의 푸른 두 눈동자를 내 십년이나 부러워했거니
坐領伽倻萬笏山	가야산 만홀산을 앉은 채로 다스리는 스님이시여.

그렇게 여행을 하고 돌아온 며칠 후였다. 아버지 황시묵은 생각 끝에 광양의 집과 모든 것을 정리했다면서 황현을 불러 앉히고 말했다.

"자! 이 돈 얼마 되지 않지만 아범이 계획한 일에 쓰거라."

"이 돈을 종자돈으로 삼아 좋은 나무 열매를 거두겠습니다."

"그래야지. 그것이 아범이 갖는 꿈이니까……."

마침내 황현은 계획한 일을 추진할 수 있게 되었다. 하지만 그렇게 넉넉한 종자돈은 아니었다. 그래서 경제적으로 부담이 적은 부실한 목재로 대충 얽어서 골격을 만들고 띠를 엮어 지붕을 덮은 세 칸 초옥의 서재를 장만했다. 한 칸은 식구들이, 또 한 칸은 종들이 거처할 수 있게 했다.

초옥의 서재는 저쪽 기슭에서 바라보면 마치 정사精舍처럼 보이는 옹색한 공간으로 비록 협소했지만, 안빈낙도安貧樂道할 수 있는 선비의 표징으로 '구차하지만 그런대로 지낼 만하다'는 의미를 담아 구안실苟安室이라고 지어 붙였다.

이렇게 세워진 구안실에다 황현은 지기지우知己之友였던 이건창의 글씨를 걸어놓고 문우들과 교유하였고, 제자들을 육성하기 시작했다.

이때 황현의 나이 36세로 1890년이었다. 협소한 초옥이지만 원했던 서재를 만들 수 있게 된 황현은 그때의 기분을 시로 읊어 담았다.

서재 구안실을 세우고서 / 苟安室始成 · 1890

茅竹蕭條揀地開	한가로운 땅을 골라 띠와 대나무로 집을 세우곤,
愛吾廬舍署堂顔	내 오두막을 사랑하여 현판까지 걸었어라.
貫場不禁村行路	뜰을 질러가는 마을길도 막지 않고
開戶全收宅主山	문을 열면 다 들어오도록 주산에 자리잡았어라.
兄弟追隨來飯後	밥이 나온 뒤에는 형제들이 따라 나오고
兒童游戲在花間	꽃밭 속에선 아이들이 장난치는 곳,

除非猿鳥無人到　　원숭이와 새 말고는 찾아오는 사람도 없어,
縱設柴門且莫關　　사립문이라고 만들긴 했지만 잠가 본 적이 없어라.

허름한 자재를 최소한 활용하여 지어 올린 초옥의 서재는 마을에서 조금 외진 빈터에 세워졌지만, 그러나 그렇게라도 꿈을 이룰 수가 있어 비로소 마음이 평정을 얻을 수가 있었다.

황현이 초옥의 서재를 장만하고 처음 모인 제자는 아들 암현과 동생 황원을 비롯하여 왕수환, 윤종균, 허규, 박창현, 이병호, 오병희 등이었다. 하지만 여기에서 황현은 아들 암현을 두고 고민했다. 황현 자신이 직접 아들을 가르치는 일은 쉽지 않았다. 부자관계로 암현은 글을 배우고 익히는 데 게으르고 나태했기 때문이다.

그때 문득 뇌리에 스치는 것이 있었다. 공자도 "군자는 아들을 직접 가르치는 것이 아니다"라고 하면서 아들을 다른 선생에게 배우도록 했다는 말이 떠오른 것이다.

황현은 아들 암현을 스승이나 마찬가지였던 왕사각에게 맡기기로 작정하고 부탁했을 때 흔쾌히 받아 주었다. 그 고마움에 대한 인사를 편지로 써서 보냈다.

봉주 어른께 올린 글

현은 절하옵니다.

봄 날씨가 자못 좋은데 몸조리에 효과가 있으시길 빕니다. 옛말에 동자童子 5, 6인이라고 한 것은 자세히 살펴보면 심히 아름다운 것 같으나, 만약 둘러 앉아 무리를 지으면 개구리가 뜰에서 와글와글 우는 것 같고, 뛰고 밟아 마치 땅에 우레가 울리는 것 같으며, 이는 가장 견디기 어려운 것이라. 비로소 증석曾晳이 말한 5, 6인이라는 것은 대개 문학이 자유子游, 자하子夏와 같고, 총명함이 자공子貢과 같은 무리의 사람을 가리킨

것임을 알겠습니다. 만약 요즘에 삼가촌三家村 중의 서당방 아이들이라면 비록 성인이라도 또한 그들을 이끌고 놀러가기를 꺼릴 것입니다.

후세의 사람을 가르친다는 한 가지 길이 문인들의 공통된 액운이 되니, 선생님을 위하여 이 일을 생각하면 갑자기 맥이 빠집니다. 그러나 선각자先覺者로 후학後學을 깨우쳐 주는 것이 곧 천민天民이 되는 것이요, 영재英材를 교육하는 것은 엄연히 군자의 삼락三樂에 들어 있으니, 모든 일은 괴로운 가운데 혹 보람있는 일이 있지 않겠습니까? 이야말로 이치를 연구하는 사람이 마땅히 참을성을 갖고 마음을 써야 할 일입니다.

저의 자식에게 가서 뵙도록 명한 것은 부득이해서입니다. 그가 사람됨이 기민하나 놀기를 좋아하고 그 바탕이 겉으로는 둔한 것 같으나 실은 영리한 편이어서 자상하게 손질하면 뽑아낼 만한 실이 있을 것입니다. 그 책의 어렵고 쉬움을 참작하여 3, 4, 5줄 정도를 날마다 읽히고 일과의 양이 비록 적다고 하더라도 날을 빼거나 쉬는 일이 없도록 한다면 참으로 어린이를 가르치는 긴요한 법이 될 것입니다. 이는 다 선생님께서 익히 경험하시고 이루신 규범이 있을 것이므로 망령되이 군말을 덧붙일 필요가 없겠지만 자식 사랑하는 깊은 정에 저도 모르게 지껄인 것입니다.

생각하니 옛날 현鉉이 10여 세에 책을 끼고 남계에서 공부할 때 왕씨王氏 여러 어른들이 함께 있으면서 유학儒學을 숭상함은 시골에서 보기 드문 일이었습니다. 이럭저럭 살아온 30년에 인사人事가 변하고 바뀌어 감개가 무량합니다. 그런데 선생님께서는 백수白首 노경에 무릎을 안고 시를 읊으면서 또 옛적에 가르쳤던 사람의 자식을 가르쳐 주시니, 비록 가르치는 사람의 마음은 한결같다고 해도 가르침을 받았던 사람은 어찌 다시 슬프지 않겠습니까?

마문연馬文淵이 말한 바, 늙어 궁해도 변함없이 굳게 앉아 있다는 그 뜻이 또한 좋기도 합니다.

저는 속세의 그물이 하늘에 뻗쳐 괴롭게도 벗어날 방법이 없으니 어찌 하면 좋을까요? 춘풍이 날로 더욱 아름다운데 문을 닫고 얼어붙은 거북 이처럼 꼼짝 않고 있어 근체시近體詩 한 편도 짓지 못합니다. 이제 벌써 이와 같으니, 만약 5, 60이 되어 세상 쓴맛 단맛 다 보고 마음 쓰는 것이 더욱 번거롭게 된다면, 자리 위에서 세 번 변을 지린 사람이 염장군廉將 軍 뿐만이 아니라는 것이 두렵습니다. 사실대로 바르게 적다 보니 도리 어 불공不恭에 속하여 죄가 많습니다.

중씨는 현재 어디에 계신가요? 혼담은 확실히 이루어지지 않았습니 까? 그 분은 결단성이 없어 어찌 그리 망설임이 많습니까?

이만 줄이고 갖추지 못하며 사룁니다. 봉주 어른께서 잘 보아 주시길 바랍니다.

3월 1일, 시생 매천 재배

황현은 자신이 스승으로 삼았던 왕사각 선생에게 아들을 맡기고 그 부 탁에서 자식에 대한 사랑과 그 희망을 놓지 않으려는 마음이 지나쳐 교육 시키는 구체적 방법까지를 말하고 있었다. 그것은 자식에 대한 부모로서 의 애잔한 정이 담긴 글이었다.

그렇게 아들 암현을 왕사각 선생에게 맡기고 제자들을 가르치기 시작한 그 이듬해 봄이었다. 화엄사 안평 스님으로부터 초대를 한다는 반가운 소 식이 왔다. 이에 황현은 글벗인 이기와 함께 화엄사를 다녀오기로 약속하 고 그 마음을 시로 읊어 두었다.

스님과 함께 자고 싶어라 / 赴海鶴華寺之約 · 1891

馬首鐘鳴已暮天　　말은 방울 울리며 이미 해는 저물었는데
木蘭花老感當年　　목란화는 늙어서 그 옛날을 생각하네.

碧紗紅袖嘲平仲	푸른 비단 붉은 옷 입은 안평 스님을 조롱하고
春草鳴禽夢惠連	봄풀에 우는 새는 혜련을 꿈꾸게 하네.
冒雨不辭招我飮	비 무릅쓰고 나를 초대하니 술 마심을 사양치 않고
思山久擬與僧眠	산을 생각하여 늦도록 스님과 함께 자고 싶어라.
讀書臺路猶能記	독서대 가는 길은 오히려 잘 기억하겠거니와
磚級分明白塔前	벽돌 계단은 분명히 백 탑 앞에 있더니라.

황현에게 스님들과의 교유는 당시 유학자들의 구태의연한 정신세계를 뛰어 넘을 수 있게 영향을 준 것이 사실이었다.

그렇게 지내는 동안 어느덧 그 해도 바뀐 임진년(1892년) 정월 초하루였다. 황현은 서재에 들어 앉아 천사川社 왕석보 스승님의 초고草稿 시를 다시 훑어보다가 스승님과의 인연으로 살아온 한 세월의 삶을 반추해 보면서 새삼 스승님을 추앙推仰하는 마음이 붓을 들게 했다.

천사시고서 川社詩稿序

호남은 예로부터 절의의 고장이라 일컬어 왔고, 또 그 사대부 중에 가끔 시에 뛰어난 사람이 있어서 시인의 고장이라고도 일컬었다.

국가가 오래도록 태평하여 나라 안에 변고가 없으니, 선비가 비록 싸움터에 나아가 적을 물리치고 죽을 뜻을 가졌으나, 그 품은 역량力量을 드러낼 길이 없고, 벼슬아치들은 모두 움츠리고 비열하게 자기 자신만 지키고 견거절함牽裾折檻의 강직한 기풍이 없으니, 이는 절의가 이미 무너진 것이다.

생각하건대, 그 산천의 기이하고도 넓은 기운이 꽉 차서 흩어지지 아니하여 장차 재주와 슬기 있는 사람에게 나타나 시도詩道를 크게 창성昌盛시켜서 집집마다 위응물(韋應物, 737~804), 유종원(柳宗元, 773~819), 원진(元稹, 779~831), 백거이(白居易, 772~846) 같은 시인이 나올 것으로 기대했지만, 이백년 동안 문필가들이 모두 저속하고 방자放恣하여 지난날 고죽孤竹 최경창(崔慶昌, 1539~1583), 옥봉玉峯 백광훈(白光勳, 1537~1582)과 비슷한 분을 한두 사람이라도 찾아보려 했으나 지금껏 거의 보지 못했다.

이로써 보면 옛날 호남을 시향詩鄕이라 일컬었던 것은 아마도 절의로써 시가 배양됐기 때문이고, 시는 억지로 만들어 지어 내는 것이 아니다. 그러나 퇴지退之 한유(韓愈, 768~824)가 동소남董邵南을 보내면서 옛날 구도의 풍습이 지금도 있는가를 물었으니, 세상 풍습이란 결국 시대에 따라 크게 달라지는 것이 아닌데 단정적으로 시망詩亡이라는 두 글자로 오늘의 호남을 덮어 버린다면 너무 심하게 왜곡된 말이 아니겠는가?

호남의 동쪽에 봉성현鳳城縣이 있으니, 전도全道 중에서 탄환지彈丸地만한 고을이다. 천사川社 왕 선생이 이 고장에서 태어나 전도가 봉성을 시향으로 추켜올렸다. 이제 선생이 돌아가신 지 이십여 년에 선생을 추종하는 시파詩派의 흐름이 점점 넓어져 차차 작가의 대열에 오르니, 선생 같은 분은 한 지방의 풍기風紀에 관계되는 분이라고 할 만하다.

임진란壬辰亂 정유재란때 현縣에 칠인의 의사義士가 있었는데 선생의 선조가 참여했으며, 뒤를 이어 국가에 걱정이 있을 때마다 군졸들을 모아 고을을 지키는 데에 참여한 사람이 있어서 그 공功에 대한 봉사奉祀와 정포旌褒의 은전으로 영광이 이 고장에 넘쳤다.

선생 집안의 학문의 근원은 선대先代로 배양된 바 있어 그것이 나타나서 시가 되니, 마땅히 근본이 있는 말이 될 것이다.

선생은 일찍이 아버님을 여의고 어머니 모시기를 몸과 마음에 맞게 봉양하였다. 처음에는 효자라고 소문이 났고, 중년에는 유학儒學 이외의 분야에 넘나들어 임둔법壬遁法과 태을太乙의 술서術書를 익혀 다시 뛰어난 재사才士로 소문이 났다. 늙어서는 시의 성병聲病을 마음에 새기고 온 심력을 기울여서 공교롭게 파고 들어가 기이하게 표현하니, 시인으로 원근에 소문이 났으나 아무도 이의가 없었다. 그런데 율시에는 뛰어났지만 고체시古體詩는 없었고, 당唐, 송宋의 시풍에 맴돌면서 한漢, 위魏의 시풍詩風에 영향을 받지 않은 것은 바로 벽지에서 궁하게 살아 고증考證과 견문이 적었기 때문이리라.

그러나 오로지 그 장점에 있어서는 남이 따르지 못할 독창적인 경지에 이르러서 때로는 요무공姚武功, 육로망陸魯望과 겨루었으니, 대개 넓지 않았기 때문에 정밀할 수 있었던 것이다.

선생의 시가 아직 초고草稿로 남아 있는데, 장자 봉주공鳳洲公이 나에게 부탁하여 약간의 시편詩篇으로 정리하라고 한다. 아아! 제가 일찍이 선생을 모시고 그 지기志氣를 엿보니 시인으로 자처하기에 그치지 않을 분이었건만 마침내 때를 만나지 못해 아무런 사업에 성취함이 없었고, 아마 그 모든 것을 시에 의탁해서 이름을 전하고자 한 것이었지만 그 전하고 전하지 못하는 것은 또한 운수가 있는 것이다.

예로부터 뛰어나고 박아博雅한 선비가 때를 만나지 못하여 늙도록 시나 읊으며 장한 뜻을 눈앞에서 삭이면서 죽은 뒤에 시가 전해지기를 바라니, 어찌 슬픈 일이 아니겠는가?

그러나 옛날부터 호남을 시향이라 일컬었는데 이제 호남에서 봉성을 시향이라 추키고 있으므로 선생 자신도 또한 시에 힘입어서 오래도록 전하는 것에 자위自慰하시렵니까?

임진년(1892) 정월 초하루 황현 삼가 지음

그 해는 제자들도 점차 늘어났다. 20대에서 30대 초반의 젊은이들이 모여들기 시작한 문인 숫자는 대략 50명에 이르렀다. 이들이 황현을 중심으로 '황매천시사黃梅泉詩社'를 구성하게 되었다.

그런 황현에게 음으로 양으로 도와주는 문우들이 있었다. 그 고마움을 시로 읊어 두기도 했다.

황현은 어려움 속에서도 그렇게 우정을 나눌 수 있는 문우들이 주위에 있어서 위로가 되어 주고 있었다. 그것이 가난 속에서 꿈나무들을 키우는 황현의 보람 같은 것이기도 했다.

서재를 세우고 모여든 제자들은 황매천시사를 이룰 정도로 늘어났다. 하지만 백성들 누구나 어려웠던 시절이어서 황현의 생활에는 크게 도움이 되지는 못했다. 그런 데다가 조정의 부패상은 더욱 극으로 치달리고 있었다. 그처럼 나라가 혼란스럽고 궁핍한 가운데 1892년 4월 30일 아버지 황시묵의 회갑연을 맞게 되었다. 황현은 잔치라고 하기에 부끄러울 정도로 조촐한 아버지의 회갑 잔치상을 차려 드리고 죄송한 마음을 축수 시에 담아 올렸다.

家大人回甲宴, 上壽作
— 부친 회갑연에 축수를 지어 올림

萬壽山深首夏凉	만수산 깊어 초여름에도 서늘하고
麥風槐日轉高堂	보리바람 불고 느티나무에 걸친 해 고당에 구릅니다.
花明屋上丹砂氣	꽃 밝게 핀 지붕 위에는 붉은 기운이 감돌고
酒爛人間白髮香	술 거나한 인간의 백발에선 향기가 납니다.
俯育兼欣臧獲健	내려보는 자손들도 기뻐하고 종들도 건강하니
蹋仁幸頌歲年康	어질고 행복하시어 해마다 건강하게 지내세요.
傷貧十載無甘毳	십년 가난에 좋은 옷이 없듯이
繞膝斑衣袖漫長	무릎까지 두른 색동옷이 부질없이 깁니다.

노래자가 색동옷을 입고 늙은 부모를 위해 춤을 추는 심정처럼 만수무강을 기원하는 황현의 절절한 마음을 표출한 축시였다.

예로부터 부모가 늙고 가난하여도 자식으로서 벼슬하지 않음은 삼불효

三不孝 가운데 하나로 여겼다. 그래서 황현은 자신이 미련해서 금의환향錦衣還鄉하지 못했고 입신양명立身揚名하지 못해 불효자임을 겸손한 마음으로 표현했다. 아버지 황시묵은 슬하에 3남 2녀를 두셨는데 장남인 황현 밑으로 차남 황련黃璉은 요절했고, 막내 황원黃瑗은 황현과 15세의 연령 차이가 있었다. 그리고 두 딸은 김하술과 유덕기에게 시집을 갔다.

황현은 아버지 회갑연 축수를 써 올리며 그동안 기쁨을 안겨 드리지 못한 불효를 괴로워했다. 그런데 그보다 더 슬픈 일은 아버지 황시묵이 그 2달 후인 1892년 6월 28일 타계하신 것이었다. 통곡할 수밖에 없는 황현이었다. 아버지 살아생전에 그렇게도 바라고 기대하시던 입신양명의 기쁨을 안겨 드리지 못했다는 자책감 때문이었다. 황현은 오직 아들의 출세만을 바라시고 초췌한 모습으로 집안 살림을 꾸려가시던 아버지의 생전 모습이 눈앞에 어른거리면서 가슴을 아파했다.

그런데 이게 웬일인가. 세상일이란 참으로 예측할 수가 없었다. 그 몇 개월 후, 1893년 종형從兄 황담이 죽고 연이어 2월 27일 모친상을 당했다. 그야말로 억장이 무너지는 줄초상이었다. 효는 모든 행실의 근본으로 백행지본百行之本이라고 배워 온 황현이었다.

복상複喪을 입은 황현은 시작詩作도 중단할 수밖에 없었다. 그것이 부모님에 대한 자식 된 도리로서 최소한의 예의라고 생각했기 때문이다.

한해에 양친을 저세상으로 떠나보낸 황현의 심정은 그대로 풍수지탄風水之嘆의 고통에서 헤어나오지 못하고 뼈만 앙상하게 남았다.

그 즈음이었다. 한양에서 소식이 날아왔다. 온건 개화파인 신기선申箕善, 이도재李道宰 등이 상경하여 함께 일할 것을 권유해 온 것이다. 그러나 황현은 거절했다. 그리고 그 해는 한양의 문우들과의 교유도 끊었.

군자君子는 나가고 들어갈 때를 바로 알아야 한다는 스승님의 가르침을 배워왔기 때문이다.

11
동학 농민 운동의 동기와 배경

황현이 그렇게 은둔 칩거생활을 하는 동안 한양으로부터 내려온 소식은 여전히 가슴 조이게 하는 것들뿐이었다. 탐관오리들의 부정부패로 인한 혼란과 외세의 내정 간섭으로 중앙에서는 하루도 바람 잘 날이 없었다.

전라도 고부군수에 부임한 조병갑은 심한 수탈로 농민들을 괴롭혔다.

드디어 농민 봉기가 일어났다. 군수의 탐학에 더는 견디지 못한 민초들은 죽창을 들고 한학자였던 전봉준을 선두로 봉기하여 1893년(고종30년) 음력 12월과 이듬해 1894년 음력 1월 10일 만석보를 파괴하고 고부관아로 몰려갔다.

이에 놀란 군수 조병갑은 줄행랑을 쳤고, 농민들은 관아를 습격 점령하고 무기를 탈취한 다음 농민 수탈에 앞장섰던 아전들을 처단하고 불법으로 징수한 세곡을 탈취하여 빈민에게 나누어 주었다.

그러나 사후의 계획을 세워놓지 않았던 농민들은 신임 군수 박원명의 온건한 무마정책에 명분을 잃고 3월 11일에 해산하였다. 그러나 얼마 후 안핵사로 내려온 이용태는 위 사건을 동학도의 반란으로 규정하고 관련자들을 동학도로 몰아 취급하였고, 다시 역적죄를 씌워 혹독하게 탄압했다.

이에 고부의 상황은 바뀌게 되었다. 이용태의 탄압에 분개한 전봉준과 농민들은 무장을 갖추고 김개남, 손화중과 함께 봉기하였다. 이것이 고부 농민봉기로 불리는 제1차 동학 농민운동이었다.

이렇게 하여 동학 농민운동의 지도자가 된 전봉준은 김개남, 손화중을 장령將領으로 삼고, 1894년 음력 3월 하순에 백산에 집결했다.

여기에서 총대장이 된 전봉준은 다음과 같은 농민군의 4대 강령과 봉기를 알리는 격문을 발표하고, 민중의 궐기를 호소했다.

1. 사람을 죽이지 말고 물건을 해치지 말라.
2. 충효를 온전히 하여 세상을 구제하고 백성을 편안히 하라.
3. 왜양倭洋을 축멸하고 성군의 도를 깨끗이 하라.
4. 병을 거느리고 서울로 진격하여 권귀權貴를 멸하라.

이에 태인, 금구, 부안 등지에서도 농민들이 합세하여 그 수가 수천에 이르렀다. 동학군의 봉기는 이로부터 본격화 되면서 농민군은 전주성 함락을 목표로 음력 4월 초 금구 원평에 진을 쳤다.

실제로 농민군의 구성원은 대부분이 지방 관리들의 학정과 억압에 눌려왔던 일반 농민들이었고, 동학교도는 비교적 적었다. 농민군은 탐관오리의 제거와 조세 수탈 시정을 주장하였으며, 균전사均田使의 폐지를 촉구하였다.

고부의 황토현에서 감영 군대를 물리쳐 황토현 전투를 승리로 이끈 농민군은 중앙에서 파견된 관군을 유인하기 위해 남쪽으로 향했다. 여기에 자극을 받은 조정에서는 당시 전라병사 홍계훈을 초토사로 임명하여 봉기를 진압하도록 하였다. 정읍, 홍덕, 고창, 무장 등을 점령한 농민군은 음력 4월 23일, 장성 황룡촌 전투에서 홍계훈이 이끄는 관군을 상대로 승리했다. 이미 죽기를 각오하고 나선 농민들은 5월 31일 그 기세를 몰아 진주성을 향해 돌격 입성하였다.

이에 관군이 원산에 주둔하면서 포격을 시작했다. 이곳 전투에서 동학군은 대항할 만한 병기가 없어 500명의 전사자를 내는 참패를 당했다. 홍계훈은 이미 봉기의 직접적인 원인이었던 고부군수, 전라감사, 안핵사 등이 징계를 당했으며 앞으로도 관리의 수탈을 감시하여 징계하겠다는 것을 농민군에게 밝혔다.

그러나 그때는 조선 조정으로부터 도와달라는 요청을 받은 일본 군대가 조선내의 자국민 보호를 핑계로 청나라를 견제하기 위해 출병하기로 했음을 이미 알린 뒤였다. 사태가 이런 상황이었으므로 동학 농민군은 폐정개혁 12개 조를 요구하고 진주성에서 철병했다. 그러나 이미 청군과 일본군은 조선 내에 진입한 상태였다.

음력 5월 8일 강화를 맺은 뒤 대부분의 농민은 철수했다. 그러나 동학군은 교세 확장을 구호로 그들의 조직을 각지에 침투시키고 전라도 53군에는 집강소를 설치하고 폐적 개혁에 착수했다.

이에 전봉준, 김개남, 손화중, 손병희 등이 다시 2차 봉기를 준비했다. 그런 와중에 일본군의 왕궁 점령에 분격한 동학 농민군은 이해 음력 9월 척왜斥倭를 구호로 내걸고 재기하였다. 이제는 조정의 내정 개혁을 목표를 하지 않았다. 그 개혁 요구는 일단 뒤로 미루고 일본과의 항쟁이라는 반외세가 거병의 주요 목표였다.

이때 제1차 봉기의 휴전은 동학군에 불리하여 정부는 강화 조건을 이행하지 않는 한편, 청군은 물론 일본군도 음력 5월 6일부터 1만의 군대로 인천에 상륙하였다.

일본은 1894년 6월 21에 경복궁 정변을 일으킨 후 친일 정권을 세우고 이노우에 가오루(井上馨, 1836~1915)를 새 공사로 임명했다. 그리고 갑오경장 정부는 그해 7월 29일부터 우선 첫 단계로 국왕을 공식적으로 '군주'로부터 다시 '대군주'로 호칭하였다. 그리고 중국 연호를 폐지하고 조선 왕조의 개국기년開國紀年을 사용하여 1894년은 개국 503년이 되었다.

그 사이 갑오경장 정부는 청일전쟁을 일으키려는 등 험악한 정세를 조성하였다. 이에 동학군은 음력 9월 14일 삼례에서 의회의 연결과 전봉준, 김개남 등의 과격파는 최시형, 이용구 등 온건파의 타협론을 거부했다. 그 뒤 전봉준이 4천 명의 농민군을 이끌고 삼례에서 일본군을 몰아낸 뒤 남접과 북접의 연합을 시도했다.

전봉준은 공주, 수원, 서울, 북상로를 선택하고 남원에 주둔한 김개남에게 합류할 것을 요구했으나 거절당했다. 그러나 그동안 전봉준의 봉기에 반대 입장을 보였던 손병희는 교주 최시형의 승인하에 10만여 명의 충청도 농민군 북접을 이끌고 청산에 집결하여 논산에서 합류했다.

그로써 김개남 대신 음력 10월에 북접의 손병희가 논산에서 합류하여, 남접 10만 명, 북접 10만 명 등 총 20만여 군세를 이루었다. 이들 남북연합 농민군은 일본군을 격퇴하기 위해 일본군의 병참기지를 습격하고 전신줄을 절단하면서 서울을 향해 북상하다가 공주를 총 공격하기로 결정했다.

이에 조선 조정과 일본군은 신정희, 허진, 이규태, 이두황 등에게 3,200명의 관군과 일본군은 미나미가 이끄는 2천명의 일본군을 이끌고 맞섰다. 농민군과 조일朝日 연합군은 음력 10월 23일부터 공주 일대 등지에서 제 1차 접전을 벌였다. 이 전투에서 농민군이 크게 패배해 후퇴했다.

이때 전봉준은 김개남에게 도움을 요청했으나, 김개남은 청주 전투에서 크게 패한 뒤여서 합세하지 못했다. 농민군은 곰티와 검상마을, 곰내, 하고개, 주미산 방면을 공격했다. 금강 건너 유구쪽에서 맞섰으나 홍성 농민군은 세성산 전투에서 크게 패배하고 후퇴했다.

그러나 농민군은 다시 전열을 정비하고, 음력 11월 9일 남접과 북접 연합군 20만 명이 공주 우금치牛禁峙를 향해 돌격했다. 전투는 다시 시작되었다.

이윽고 공주 남쪽의 우금치에서 관군 및 일본군과 큰 격전이 벌어졌다. 약 1주일 간 50여 회의 공방전을 벌려 이 전투에서 농민군은 무기의 열세를 극복하지 못한 채 대부분의 병력을 잃은 가운데 겨우 500여 명의 생존자가 전주 남쪽의 금구 원평院坪으로 후퇴했다.

후퇴한 농민군은 무너미 고개와 이인쪽에서 맞서 관군을 밀어내 붙이고 있었으며, 조일 연합군은 모리오 미사이치 대위가 지휘하는 관군을 우금치 옆 뱁새울 앞산에 주둔하고 우금치, 금학동, 곰티, 효포, 봉수대에 관군을 배치했다.

농민군은 이곳을 집중 공격했다. 그러나 고갯마루 150미터 앞까지 조일 연합군의 우세한 무기의 포탄과 총탄이 비 오듯 쏟아져 내려 더 이상 진격하지 못했다. 관군 이기동과 조병환이 농민군의 좌측과 우측을 공격해 옴으로 농민군은 큰 사상자를 내고 공주 동남쪽 봉우리로 후퇴할 수밖에 없었다.

농민군 1개 부대는 봉황산으로 진격해 공주 감영을 진격하려 했으나 금학골 골짜기에서 관군의 공격으로 역시 실패했다. 이로써 농민군은 4일간의 제2차 접전에서도 패배했다.

조일 연합군은 음력 11월 14일에 노성路城에 주둔하고 있는 농민군을 공격해 왔다. 농민군은 대촌 뒷산과 소토산小土山으로 계속 후퇴하게 되면서 드디어 사기가 떨어졌다.

마침내 음력 11월에 전봉준은 순창에서 체포되어 한양으로 압송된 후 일본 공사의 재판을 받고 사형되었다. 이후 조일 연합군의 호남 일대의 농민군 대학살전이 일어났다. 이로써 동학 농민전쟁은 거병한 지 1년만에 실패로 끝나고 말았다.

그 동학 농민전쟁으로 외세의 도움을 청했던 조선에서는 그 후 청일전쟁이 일어났다. 그 싸움에서 일본이 우세하게 되자 다음 해 6월 20일 오토리 게이스케(大鳥圭介)가 군사를 거느리고 대궐을 침범하여 고종을 위협하고 제멋대로 약정을 맺었다.

이에 박영효朴泳孝, 서광범徐光範, 서재필徐載弼 등이 적중에 망명해 있다가 모습을 드러내고 나타나서 국가의 권력을 쥐고 국내에 있던 적당과 호응 결탁했다. 음력을 양력으로 고치고, 관아명을 변경하고, 의복 빛깔을 바꾸고 주군州郡을 개혁했다. 관찰사나 군수가 된 자가 이미 적당의 앞잡이가 되어 있었기 때문에 그 명령을 시행함이 바람이나 불길보다 더 빠르고 급했다.

마침내 조선은 이태조李太祖로 비롯된 소중화의 문화가 하루아침에 변해서 소일본小日本이 되었다. 그로부터 일본 정부의 내정 간섭은 더욱 심해졌다.

그 즈음 황현은 동학 농민전쟁의 양상인 《동비기략東匪記略》과 《매천야록梅川野錄》, 《오하기문梧下記聞》을 쓰기 시작했다. 이때 황현은 동학 농민 봉기를 부정적인 시각으로 동비東匪, 비도匪徒, 토비土匪, 비적匪賊, 적賊 등 동비적괴東匪賊魁로 취급했다.

이러한 황현의 인식은 정통적인 유학자로서 동학교도들이 양반을 증오하여 모욕하였으며, 관리를 꾸짖고 또 관아를 습격하여 군교들을 결박하는 등 윤리적인 질서를 무시하였기 때문이다.

그 당시 황현의 의식은 조선사회가 양반을 우대시하는 신분제도에서 크게 벗어나지 못하고 있었고, 그래서 조선의 신하된 도리를 잃고 무력행사를 한다는 것을 용납하지 않았다.

하지만 의암義菴 유인석(柳麟錫, 1842~1915) 선생은 일찍이 그러한 봉건적인 틀에서 벗어나 동학의 교리인 평등과 조화의 사상을 긍정하고 받아들인 분이었다. 그래서 동학 농민 봉기를 긍정적 시각으로 받아들이고 제자 몇 사람을 불러 이르기를, "재앙의 빌미가 이와 같으니 만약 감감하게 아무 일도 아니하고 지나간다면 인심은 쉽게 꺾이어 수습할 수 없을 것이다"라고 하였다.

선생의 뜻은 드디어 원근에 있는 사우師友들에게 기별하여 전해지면서 제천堤川, 장담長潭에서 향음주례鄕飮酒禮를 시행하기로 하였는데 여기에 모인 선비가 5,600명이 되었다고 한다.

그 이튿날 유인석 선생은 그들을 모아놓고 대강례大講禮를 시행하는 자리에서 처변삼사處變三事 즉, 망국과 같은 변란에 대응하는 선비들의 세 가지 행동 방법을 제시한 것이었다.

그 첫째 방법으로는 거의소청擧義掃淸으로 의병을 일으켜 적을 소탕한다는 것이었고, 다음으로 거지수구去之守舊라 하여 망명가서 문화적 전통을 지킨다는 것이었으며, 마지막 방법으로는 자정치명自靖致命으로 완벽한 은둔 또는 자결로 지조를 지킨다는 것이었다.

이러한 대강례의 모임 장소에 관리가 새로 만든 문패와 아울러 전령지傳令紙를 갖고 온 것이다. 이에 경암敬菴 서상렬徐相烈이 노해서 관리를 꾸짖은 뒤에 전령지를 찢고 문패를 불태워 버렸다. 군수 김익진金益鎭은 박영효의 앞잡이였다. 앙갚음을 하려고 박영효에게 보고하였다.

그의 말을 들은 박영효는 크게 소리쳐 말하기를, "먼저 이 무리들을 제거한 연후라야 개화 사업을 추진할 수 있겠다"고 하였고, 이 소식을 들은 유인석과 동학 인사들이 걱정하며 두렵게 지냈다. 그런데 마침 조정에서 수구파와 개화파가 서로 권력 다툼을 하다가 박영효가 일본으로 도망쳐서 재앙이 벌어지는 빌미가 조금은 누그러지고 있었다.

그 즈음 1895년 1월 7일 국왕이 종묘에 나아가 조상에게 서고문誓告文을 바치는 형식으로 홍범洪範 14조를 공포하였다.

제1조에 "청국에 의부依附하는 생각을 끊어버리고 자주 독립의 기초를 세운다"는 것을 선언하여 중국과의 관계에서 조선 국왕을 중국 황제와 대등한 지위로 둔다는 공포였다.

당시 조정에서는 수구파와 개화파가 서로 기득권을 차지하려는 권력다툼이 계속 이어지다가 마침내 김홍집金弘集, 유길준 등 여러 적당들이 우범선, 신응희, 유혁로 등의 앞잡이들을 시켜서 왜병을 거느리고 대궐을 침범했다. 그들은 동궁을 구타하고 마침내 중전을 잔인하게 시해했다. 이에 일부 동학도들이 다시 일어나 그들에게 항거했지만 패배하고 흩어져 모두 숨어 지냈다. 그로 하여 일본을 등에 업은 개화파의 기세는 날로 등등해졌다.

이윽고 기득권을 잡은 친일파와 일제가 궁성 주위에 대포를 설치하고 단발을 하지 않으면 모두 죽이겠다고 협박하며 여러 적당들이 고종 및 동궁, 대원군과 내외 백관에 이르기까지 강제로 삭발을 하게 했다.

1895년 음력 11월 15일이었다. 그로부터 칼을 찬 순검들이 동원되어 길을 막고 지나가는 사람마다 단발을 실시하고, 집집마다 들어가 남자들의 상투를 잘랐으며 팔도의 수많은 백성에게 이르기까지 그 재앙이 미치지 않은 곳이 없어 백성들은 기가 막혀 어찌할 바를 모르고 떨고 있었다.

그 심정은 황현이라고 다를 것이 없었다. 한양으로부터 내려온 단발령 소식을 듣고 밤에 왕사각의 아우인 소천小川 왕사찬을 찾아가 탄식하며 그 망극함을 시로 읊었다.

聞斷髮令下, 訪小川夜話
— 단발령 소식 듣고, 소천을 찾아가 밤에 이야기함

慘憺溪山薄日邊	참담한 산속 시냇가 해 떨어질 무렵에
窮冬雲物與愁連	궁벽한 겨울의 운물이 근심과 함께 하네.
白頭怕見陰陽曆	노년에는 음력과 양력을 보는 게 두렵고
漆室相尋雨雪天	눈비 오는 날엔 어두운 방에서 서로를 찾았지
北極朝廷雙淚外	북쪽 조정을 생각하면 두 줄기 눈물만 흐르고
陸渾氣數百年前	육지의 혼연한 기운은 왜란 때와 같도다.
傍觀一似胸無事	옆에서 보니 가슴에 근심이 없는 것 같은데
滿榻松風抱膝眼	솔바람 가득한 자리에 무릎 안고 졸고만 있네.

1895년 10월 왜놈들이 중전을 시해한 뒤 이어 을미개혁 때는 단발령과 함께 양력을 공포하였다.
 난리를 거듭 겪어야 하는 백성들이 북쪽 조정을 생각하면 눈물만 흐를 수밖에 없는 것이었다. 이미 구심점을 잃어버린 조정은 백성들로부터 신뢰를 얻지 못했고, 지방 관리들의 세곡 수탈은 여전히 계속되면서 그 해는 민심이 더욱 흉흉했다. 마을에 연기 나는 집이 몇 집 되지 않을 정도로 모두가 어려웠다.
 허리띠를 졸라맨 농민들에게 가장 무서운 것은 무엇보다도 굶주림이었다. 살아남기 위해서는 돈이 되는 것이라면 무슨 일이든지 해야 했다. 그런 농촌 분위기에서 황현과 제자들 모두가 마찬가지로 생활이 옹색하여 푸석한 얼굴에 궁색함이 누렇게 줄줄이 흘렀다.
 글 읽는 선비들이라고 한가로이 서재에 들어앉아 책이나 읽고 담소나 즐기고 앉아 있을 그런 분위기가 아니었다. 나라가 그 모양으로 어수선했던 만큼 백성들의 생활은 더욱 곤고해질 수밖에 없었다.
 황현은 생활에 도움이 될 수 있는 농작물에 관심을 두어 틈틈이 담배를 심으면서 그 아득한 심정을 시로 읊어 두기도 했다.
 시골 농민들이 가장 힘들었던 것이 오뉴월 '보릿고개'였다. 그 고개를 울며 넘는다는 말이 있던 시절이었다. 그래서 황현은 굶주림을 면하는 게 상팔자라고 할 정도였다.
 그해 3월, 조정은 심히 어지러웠다. 동학교도東學敎徒 손병희, 박광호 등 40여인이 교조敎祖 신원伸寃을 위하여 조정에 복합상소伏閤上疏를 올렸다. 그리고 이어 보은집회에서 척왜양창의斥倭洋倡義를 내세웠으나 조정에서는 어윤중(魚允中, 1848~1896)을 보내어 동학도들을 강제로 해산시켰다. 이에 동학도의 불만은 더욱 증폭되었다.
 충청지방은 사대부들이 많이 모여 사는 곳으로, 훈신과 척신 그리고 지방 수령을 지낸 사람들이 마을마다 즐비했다. 그들은 파당을 형성하여 그들 나름대로 일을 처리하는 풍조가 만연되어 있었기 때문에 억지로 농가를 사들이고, 때로는 풍수적으로 그 터가 명당이라면 강제로 그 묘터를 빼앗기도 하였다. 사대부들의 횡포와 학정에 시달리며 억눌려 살아왔던 민초들은 이들에 대한 원한이 골에 사무쳐 있었다.

부패되어 있지 않은 곳이 없었다. 지방 관아에 있어서도 이른바 매임취전賣任取錢이라 하여 이노吏奴배가 돈을 수령에게 바치고 그 자리를 사는 폐풍은 오랜 관습으로 굳어져 왔다. 이른바 임채任債, 임뢰任賂의 폐습이 누적되어 온 것이다.

그들은 돈으로 자리를 샀으므로 부득이 공화를 훔쳐내고 민재民財를 탈취하는 등, 악행을 저질러도 관장자官長者가 이를 죄책할 수가 없었다. 먼저 그들에게 책임이 있었기 때문이다.

이렇듯 수령, 향리의 자리가 금전으로 매매되는 상황이었으므로, 그들이 다름 아닌 탐관오리가 되는 것은 당연한 추세라고 할 수밖에 없었다. 수령과 이서吏胥의 탐묵과 작간作奸을 규찰하기 위해서 때때로 나라에서는 암행어사를 파견하기도 하였다.

하지만 실제로는 그 또한 별다른 효과가 없을 뿐만 아니라, 그에 따른 폐단 때문에 도리어 암행어사를 파견하지 않는 것만 못하다는 논란까지도 있었다.

당시 사회상의 또 다른 면에서는 양반의 생리와 체모도 점차 변질되어 가고 있었다. 18세기 이래 어느 정도 상업이 일어나고 화폐의 유통 범위가 넓어지면서 재부財富에 대한 관념은 토지에서 화폐로 전환되어 갔다. 그리하여 양반의 수노首奴는 난전亂廛 행위를 하게 되고 공물청부貢物請負 행위를 하는 자가 많아져서 궁방宮房, 사족士族, 향반鄕班, 토호土豪의 신분을 가리지 않고 상업적인 영리 행위를 조종하는 자가 늘어나는 형편이었다.

그 위에 양반들의 축재 방법의 하나는 고리대금 행위이기도 하였다. 그리하여 양반 집에서 평민을 침학하는 것 중에서도 채전債錢의 강제 징봉徵

捧이 가장 현저한 병환이라고 하리만큼 되어 있었고, 양반이 형구刑具까지 사설私設할 지경이었다.

더구나 소위 장안의 양반이란 사람들이 공인貢人이나 원역員役에게 강제적으로 고리대금 모리를 하고, 외도外道에서는 여러 천만 냥의 구채久債를 마치 지방 관청의 공화公貨를 빌려간 것으로 이록移錄함으로써, 이른바 족징族徵, 인징隣徵까지 자행하는 형편으로, 이제 양반은 전통적인 양반의 모습이 아니었다.

봉건적인 수취 체제의 문란은 19세기 중엽에 이미 극한점에 달해 있었다. 그것은 전정田政, 양역良役, 환곡還穀이라는 이른바 삼정三政의 문란으로 끊임없이 논란의 대상이 되었던 문제다. 삼정중에서도 민생에 가장 피해가 큰 것은 환곡이었으며, 특히 대여곡貸與穀의 회수回收였다.

거기에 시달려 온 민초들이었다. 그들은 동학이 일어나자 스스로 팔을 걷어붙이고 호응했었다. 이윽고 무리를 이룬 동학의 숫자가 백만을 넘었다. 동학 농민운동은 당시 지배층에 있는 사대부와 탐관오리들이 자행한 백성에 대한 지나친 수탈이 원인이 되어 동학과 농민이 결합하여 일어난 민중봉기였다.

동학은 조선 말기의 시대적 상황에서 귀하고 천함의 봉건적인 신분제도를 만들어낸 유교와 서양 천주학에 대처하기 위한 민족주체적 입장에서 창도된 종교였다.

동학은 교조인 수운水雲 최제우(崔濟愚, 1824~1864) 선생이 1860년 음력 4월 5일에 종교적 깨달음을 얻어 그 사상체계를 새로운 양상으로 정립한 것인데, 그 주요 골자의 맥은 우리 한민족 고유의 '한얼' 사상을 바탕으로 하는 조화의 인내천人乃天 사상이었다.

그것이 바로 우리 한민족 조상들의 고유의 신앙으로 인간 존중의 자유와 박애, 평등으로 개체와 전체를 모두 살릴 수 있는 조화의 홍익인간 이념이 그 바탕이었다.

우리의 옛것을 이렇게 새롭게 정리한 동학 교리의 창도는 당시 유교적 반상제도에 억눌려 살아왔던 서민층으로부터 호응을 받고 여기저기서 불붙듯이 일어났다. 이렇게 민중의 호응을 얻고 시작된 동학 농민운동은 최제우가 창시한 동학에 기초를 둔 민중항쟁이었다. 동학은 신분제의 타파를 외치고 있었기 때문에 조선 말기, 가난한 민초들이 거기에 위로를 받으며 의지할 수 있는 종교였다.

동학 농민운동의 성격은 반봉건적, 반외세적 농민항쟁이었다. 농민들이 주축을 이룬 민중봉기로 지배계층에 대한 조선시대 최대의 항쟁이었다. 그러나 청나라와 일본의 개입으로 결국은 실패로 끝나고 말았다. 그러나 그들로부터 이어진 애국애족의 숨결은, 훗날 그대로 3.1운동으로 계승되었다.

이렇게 조선 후기에 들어와 거센 태풍을 몰고 일어난 동학 농민전쟁은, 동학이라는 종교 조직과 동학인의 지도하에 일어난 농민 항거였다. 그 최초의 민중봉기는 1894년에 일어났던 것으로, 대내적으로는 탐관오리의 제거를 통한 봉건적 수취체제의 혁파와 사회 신분제 타파를 목표로 삼은 것이었고, 대외적으로는 일제의 침략과 열강의 경제적 침투로부터 나라를 보존하고 경제적 자립을 추구하여 자주적인 근대국가를 수립하기 위한 반침략의 역사적 과제 실현을 하기 위한 운동이었다.

하지만 당시의 조건하에서는 동학 농민전쟁은 실패할 수밖에 없는 한계를 가지고 있었다. 첫째는 당시의 최우선 과제는 열강의 침투를 막아낼 수 있는 부국강병富國強兵은 산업 국가를 이루는 것이라고 할 때, 농촌 문제를 내걸고 중앙의 모든 정치세력을 적으로 만든 것은 개혁의 순서를 잘못 파악한 것이다.

둘째로 농민군은 일차적으로 적대세력이 될 수 없는 지주, 부호, 양반, 향촌사회의 유력자들까지 공격하여 오히려 이들은 민보단民堡團을 조직하여 동학 농민군과 대결하게 되었다.

셋째로 과단성은 있었으나 세계 변화의 흐름 속에 개화의 필연성을 느끼지 못하는 대원군에 의지하려 했던 것이 그 잘못이었다. 하지만 갑오 동학 농민전쟁은 애국적이고 애민적인 동기에서 일어났던 것은 사실이었다.

다만 국제정세의 흐름을 읽지 못했다는 점이 문제였다. 전봉준이 백산에서 전라감사에게 내놓은 개혁요구서와 전주화약을 맺기 직전 관군 최고사령관 홍계훈에게 보낸 탄원서에는 쇄국정책만을 주장해 온 대원군이 다시 권좌에 복귀하기를 바라는 내용이 들어있었다. 그 결과 동학 농민전쟁은 순박하고 애국적인 농민들의 자기 생존을 위한 처절한 몸부림으로 끝날 수밖에 없었다.

그러나 이때의 실패 경험을 바탕으로 농민층의 반일 애국주의가 다음 시기의 의병운동에 양반 유생과 더불어 참여하는 성숙성을 보여주게 되었으며, 농민들의 내정개혁 요구는 갑오개혁에 부분적으로 반영되는 성과를 가져오기도 했다.

하지만 그 과정에서 동학 농민운동의 봉기가 전국적으로 불붙어 번지게 되면서 다급해진 조정에서는 청과 일본에 구원을 요청했고, 그러한 집안싸움은 마침내 틈을 노리는 외세의 침략을 일보 빠르게 도와준 결과를 초래했다.

이러한 동학 농민봉기의 과정에서 교조 최제우가 붙잡혀 처형된 후 그의 조카 최시형이 충청도 보은의 산중에 숨어살면서 동학의 평등사상을 전파함으로써 학정에 시달려 울분에 차 있던 백성들은 거기에 크게 호응하면서 1차 봉기에서 실패하고 난 후 사방으로 흩어져 활빈당活貧黨이라는 이름으로 계속 돌아다니며 민중을 선동했다.

그러한 동학 농민봉기의 필연성은 황현 역시도 처음에는 어느 정도 시인하고 인정하려 했고, 그래서 그렇듯 악의적으로는 보지 않았다. 조정의 탐관오리들의 부정부패의 항거로 보았기 때문이다.

그러나 점차 부정적 시각으로 보기 시작했던 이유는 조선의 유교적 신분제도를 당연한 것으로 인식하고 있었던 것과는 달리, 그들은 불평등한 신분제도를 바로잡기 위해 물리적인 힘의 행사까지 주저하지 않았고, 그것이 황현의 눈에는 거슬렸다.

그래서 황현은 동학을 '실상은 상스럽고 얄팍한 서학으로 평등을 앞세운 천주학의 부스러기를 주워 모은 사교邪敎'라고 매도하기에 이르렀다. 그렇게 그들을 부정적 시각으로 보게 된 황현은 마음이 더없이 혼란스럽고 어두웠다.

그런 데다가 나라 안의 정세는 일본이 청일전쟁에서 승리하여 획득했던 요동반도를 1895년 4월 러시아, 프랑스, 독일의 3국 간섭으로 청국에 부득이 되돌려 주게 되면서 조선에서 러시아의 세력에 밀리고 있었다. 이에 일본은 조선을 침략하여 지배하에 두기 위해서는 러시아와의 일전一戰이 불가피하다고 보고 전쟁준비에 국력을 총동원하여 어수선했다.

그런 시국의 복잡성에 마음이 어두운 황현이었다. 오로지 서재에서 책 속에만 파묻혔다. 그때 만수동 구안실로 생각지도 않게 황현을 찾아와 주는 사람이 있었다. 전북 김제 출신으로 간제艮濟 전우田愚와 더불어 조선 말기의 뛰어난 유학자 석정石亭 이정직(李定稷, 1841~1910)이었다.

삼년 만에 만난 반가운 해후였다.

"이게 웬일이십니까? 아침에 저 나무 위에서 까치가 울더니… 역시 반가운 손님이 오셨군요."

그를 반기는 황현의 인사였다. 그러자 이정직은 얼굴에 웃음을 담고 서재를 둘러보면서 말했다.

"허허허……. 산중에서 천권의 책을 끼고 앉아서 늙어서도 삼여三餘를 아끼는구나."

"스무 날이나 아이들 글 가르치기를 폐하고 삼년 만에 오래 그리던 그대를 만났네요."

반가운 해후에 서로가 주고받는 첫 인사는 그랬다.

황현은 그 즈음 자신의 생활이 그러함을 이정직에게 내비치고 오래간만에 시론과 시국담을 이야기하며 정담을 주고받았다. 글을 하는 선비로서 이보다 더 행복한 시간이 없었다.
　그 즈음 황현은 구안실 옆 한쪽에 삿갓 모양의 정자를 지어 일립정一笠亭이라 하고, 한가하게 잠심문적潛心文籍하고 있었다. 그리고 어쩌다가 그처럼 지인이 찾아오면 선비다운 지음知音으로 서로 응하며 그 다정함을 주고받았다. 생각지도 않은 이정직의 방문은 황현의 은둔생활에 생기를 불어주기에 충분하고도 남았다. 그는 시문詩文 뿐만 아니라 여러 분야에서 달통한 식견을 가지고 있었기 때문이다.
　이정직은 강위의 시제자로 황현보다 열네 살이 위였다. 그의 학문은 일찍이 27세에 중국에 가는 사신을 수행하여 북경에 머무르는 동안 중국의 시문학에 대한 고증과 논평, 성리학에 있어서의 정주학과 양명학에 대한 논평, 그리고 칸트 등 서양철학에 대한 연구와 동서철학의 절충론 등 많은 연구 성과를 거두었을 뿐만 아니라, 시서화詩書畵 삼절을 이룬 명사였다.
　황현이 이정직과 만나 문학 논쟁을 벌이며 시론을 이야기할 수 있다는 것은 여간 다행스러운 행운이 아니었다.
　그와의 해후로 군자의 생기를 다시 되찾을 수 있었던 황현은 그 해에 전 생애를 통해서 가장 많은 시를 썼다. 창강 김택영이 황현의 득의의 작품이라고 칭찬했던 〈오봉석벽五奉石壁〉(칠고 1수)을 썼으며, 6월 15일 유두절 아침에 농신農神에게 제를 올리면서 지은 제문祭文〈제농신사祭農神辭〉(장단악부체 1수)를 썼다. 일종의 풍속시였다.
　그러한 황현의 은둔 칩거생활 속에서 서로의 가슴을 전하며 화답하는 유일한 글벗은 스승 왕석보의 셋째 아들 왕사찬이었다.
　평소에 글로써 가슴을 주고받던 황현과 왕사찬은 어느 날 함께 만 가닥의 시름을 털어내기 위해 여행길에 올랐다. 평소에 마음 속으로 존경해 온 고운 최치원 선생의 발자취가 묻어 있는 곳이었다. 선생의 고결한 숨결을 시로 읊었다.

최고운이 피리를 불던 곳에서 / 孤雲吹笛臺有感 · 1895

國末難容黼黻才	나라 기울어질 무렵이라
	그 재주 받아들이지 못했으니,
鷄林黃葉足興哀	계림의 누른 잎이
	슬픔을 일으키기에 넉넉하였네.
仙家何管興亡事	세상 흥하고 망하는 일을
	신선세계서야 어찌 다스리겠나.
勤向新朝獻讖來	삼가 새로운 나라를 향해
	예언 담긴 상소를 바친 곳이지.

두 사람은 최치원 선생이 머물렀던 삶의 발자취를 더듬고, 이어 순천 조계산 대승암大乘庵으로 향했다.

당시 유교적인 정치체제하에서도 불교 신앙은 그 종교적인 기능으로 내내 전승傳承되어 왔다. 그리하여 왕실에서부터 일반 서민에 이르기까지 사후의 명복을 빌거나, 치병治病, 기복祈福 등을 위한 재齋, 불공佛供과 같은 행사를 통해서 불교의 명맥은 끊이지 않았다.

한 편으로 각처의 주요 사찰은 정부의 비호庇護를 받아 오기도 하였다. 일시 금단禁斷되었던 왕실의 원당願堂은 사실상 여러 사찰에 존속되어 왔으며, 그것은 또 왕실의 위패位牌나 영정影幀이 안치된 사찰이 적지 않았기 때문이다.

그러한 사찰의 선수線修를 위해서 이른바 공명첩空名帖이 발급되었다. 그러나 일반 하급 승려로서는 평생 동안 동냥이나 하고 다니는 자가 심히 많았다. 그 행색이 걸식자乞食者와 다름이 없어서, 승려의 지체는 사회적으로나 신분적으로 극히 천시되고 있었던 때였다.

　황현이 찾아간 대승암자는 평생지기 문우 김택영이 얼마동안 머물렀다가 간 곳으로 그에 대한 그리움과 추억이 남아있는 곳이었다.

　그곳 암자에서 하룻밤을 스님과 함께 이런 저런 이야기를 나누며 쉬었다가 이튿날 작별 인사를 할 때였다. 스님은 황현과 왕사찬이 예사로운 글선비가 아니라고 느껴졌던지 온정어린 눈빛을 보내오며 시 한 수를 부탁해 왔다.

　다른 것이라면 몰라도 황현이 들어줄 수 있는 것이라곤 그것 밖에 없으니 묵어가는 인사로 한 수 지어 읊어 건네주었다.

次寧齋大乘菴韻, 僧別演上人
　- 영재의 '대승암' 시를 차운하여 연 주지에게 이별하며 줌

고승은 오히려 세속을 사절하지 않고
지팡이 짚고 서풍 속에 호·영남을 오갔네.
말 들으니 옛사람이 벼슬아치로 머물러
복된 땅을 좇는 것처럼 염주를 얻었다지.
손끝에 부처님의 자비가 비치는 건 전생의 꿈이고
붓 끝에 구름이 엉키어 산이 보이지 않네.
내가 알기로 선가에선 사랑에 매일 게 없다는데
하필 돌아오는 바랑에 시를 구걸하여 오는가.

　그 시구詩句를 통해 황현은 대승암 주지스님이 아직 세속적인 마음을 털어내지 못하고 연연하게 인간적인 정을 그리워하고 있었음을 보여주고 있다. 그렇게 가끔 여행으로 허전함을 달래기도 했던 황현은 그 이듬해 순천의 유당酉堂 윤동균尹東均을 찾아갔다.

유당은 늦게 사귄 후배였지만, 품격이 높아 황현의 글 친구로 말년에 가장 많은 화답시를 썼다.

황현은 그를 만나러 갔다가 만나지 못하고 다음 여행지로 진도를 향했다. 그 고장 역시 임진왜란 당시 호남의 관문으로 충무공이 왜적과 싸운 숨결이 남아도는 곳이기 때문이다.

그 적전의 바다를 바라보면서 그 감회를 벽파진碧波津(칠율1수)에 담아두었다.

벽파진에서/ 碧波津 · 1896

丁酉年間事最危	정유년 재침 때는 나라가 가장 위급하여
碧波亭外盡倭旗	벽파정 앞 바다가 온통 왜적 깃발이었다.
史憐樂毅罹讒日	역사는 가련하게 참소 당한 악의를 슬퍼했고
天眷汾陽起廢時	하늘이 곽분양을 돌보아 기뻐하는 날이었다.
萬死何曾戰功計	만 번 죽은들 어찌 이 전공을 꾀하리오.
此心要使武臣知	충무공의 이 정신을 무신들은 배워야 하리.
至今夷舶經行地	지금 오랑캐 배가 이곳을 드나드니
咋舌鳴梁指古碑	혓바닥 깨물며 명량대첩 옛 비를 가리키누나.

이순신 장군의 명량대첩(1597년)이 있었던 전적지를 돌아보면서, 개항 이후 뻔질나게 드나드는 왜놈들 보기가 지겨워 충무공이 왜적을 무찌른 감격을 되새겨 보는 황현의 우국충정이 깊이 우러나오는 시였다.

그 한 해를 보내고 이듬해 1897년이었다.

나라 안 분위기는 위정자들의 부정부패의 만연과 청·일 양국의 조선에 대한 각축으로 호서에서는 또 다시 제2차 동학 농민전쟁이 일어났다. 그로부터 의병봉기가 각지에서 다시 불붙기 시작했다.

그때 습재習齋 이소응李昭應이 춘천에서 의병을 일으켜 춘천관찰사 조인승을 죽였고, 심상희沈相熙는 여주에서 의병을 일으켰으며, 이철하李喆夏는 의병을 일으켰으나 얼마 안 가서 적당에 돌아 붙었다. 한동직韓東直은 원주에서 의병을 일으켰고, 이강년李康季은 문경에서 의병을 일으켜 안동관찰사 김석중을 베었다.

그 풍문風聞이 미친 곳마다 의병이 봉기를 했다. 이에 김홍집과 유길준 등 적당들이 당혹하던 중 자기들끼리 정권 쟁탈전을 빚어내어 이완용, 이윤용, 이범진, 박정양 등이 기회를 타서 고종을 러시아 공관으로 모시고 갔다.

이에 분노한 의병들이 김홍집, 정병하를 길에서 타살하고 유길준은 적진으로 달아났다. 그리고 어윤중은 수원으로 도망가다가 길에서 향민들에게 타살 당했다.

그로 하여 일단은 민심이 좀 누그러지면서 희망을 가졌다. 그러나 이완용, 이윤용, 이범진과 박정양은 본래 김홍집, 유길준과 다 같은 일당으로 권력을 다투기 위해서 적진에 망명했다가 나온 것이므로 왜인에게 복종하는 것이 전과 다름 없었다. 오랑캐의 제도를 그대로 이어 쓰는 것도 전과 같았을 뿐 아니라, 의병을 질시하는 것 역시도 전과 같았다. 그들은 사방으로 병정을 파견하여 의병을 쳐서 깨뜨리기를 일삼았으므로 민심의 울분이 이전보다 배는 더 증가했다.

이때 유인석은 동리의 포군으로 노련하고 의기義氣 있는 서장석徐長石, 엄팔룡嚴八龍을 앞세우고 충주성을 쳐서 점령하는 쾌거를 올렸다. 그리고 이범직李範稷을 보내어 호서에서 군사를 모집하고 천안군수 김병숙을 베었다. 강제 삭발이 가장 혹심한 곳이 첫째로 천안이었고, 둘째가 공주로 군수는 이종원이었다.

서상렬, 원용정, 홍선표를 영남에 보내어 군사를 모집하는데, 예천군수가 가만히 적병을 불러 훼방을 치려 하므로 처단해 버렸다. 이에 영 밖의 각처에서 일제히 의병이 일어났다. 임이섭은 호서에서 의병을 일으켜 안성安城의 수리首吏를 처단하였고, 정인설, 민광현도 역시 호서에서 의병을 일으켰다.

이때에 각처의 파수장이 날마다 왜병의 각 참(站, 역)에서 연락하는 자를 잡아서 보내왔다. 그 열흘 동안에 왜병을 벤 것이 수백 명이 넘었다. 이처럼 죽기를 각오하고 나선 의병들의 기세가 충천하면서 각처의 진신振身과 선비 중에 의기가 있는 자들은 통쾌함을 느끼며 와서 돕는 자가 많았다.

의병의 기세가 날로 충천해지자 군민들은 의병을 찬조해 왔고, 영춘군수 신영휴도 와서 돕고 있었으며, 천안군수 김병수도 자주 와서 의병을 돕고 있었다. 그러나 부자와 달관達官들은 한 사람도 돌아보지 않았다. 점점 모여든 의병들이 늘어나면서 민심을 등에 업은 동학 농민 진영에는 음식을 담은 광주리가 끊이지 않았다. 그러나 군량을 미리 마련하지 못한 상태로 먹을 것이 턱없이 모자랐다. 군중의 사무는 쌓이고 막혀 뜰에까지 차 있고, 적병은 날마다 와서 엿보고 있으니 수습할 수가 없었다.

이에 죽창을 들고 일어선 동학 의병들은 자연히 부자와 달관들의 집을 대상으로 털어 군량미를 조달할 수밖에 없었다. 상황이 이쯤 되자 조정에서는 의병을 동네에 들어와 약탈이나 일삼는 비도匪徒로 입소문을 몰아갔다. 시골에 앉아 그때까지 동학도의 실체를 바로 알지 못한 황현이었다. 그래서 처음에는 동학 혁명 봉기를 '동비의 난'으로 비판했었다. 당시 황현의 시각에서는 그렇게 밖에 볼 수 없었다. 세상이 어지러울 때는 정계에 나가지 않는다는 정통 유교적인 군자상을 지키고자 하였기 때문이다.

군자란, '치즉진난즉퇴治則進亂則退', 즉 천하가 태평하면 나아가 일을 하고, 천하가 혼란하면 고요히 초야로 물러나 앉는다는 것이다.

이러한 황현의 처사적인 사고를 정면으로 비판한 사람이 문우 해학海學 이기(李沂, 1848~1909)였다. 그는 전북 김제 만경 출생으로 유형원, 정약용 등의 실학 학통을 계승하였다. 그런 이기와 황현의 만남은 어린 시절 구례의 왕석보를 스승으로 함께 모셨던 인연으로 망년지우忘年之友가 되었다.
 그로 하여 인연이 맺어진 두 사람은 황현이 구례 만수동에 서재를 장만하고 은둔할 즈음, 그는 구례 북쪽 천마산 골짜기에 터를 잡아 앉으면서 둘은 지척의 거리에서 자주 만났었다.
 그러나 동학 농민운동을 두고 황현과 이기는 서로가 그 생각과 대응 방식에서 극단적인 차이를 보였다. 황현은 동학 농민혁명의 역사적 봉기를 수습하기 위한 〈갑오평비책〉을 집필하였다. 여기에서 황현의 시각은 어디까지나 보수적 전통사상에 기초하고 있는 것으로, 그 수습책 전 10조목 1,728자에 달하는 문장으로 되어 있다. 그 서론은 다음과 같이 시작되고 있다.
 ―오늘날 호남의 형세는 사람이 급체한 후 막 토사를 한 상황과 같다. 비록 잠시 멈춘 것 같으나 뱃속이 오히려 뒤틀려서 반드시 한 번 창자 속을 씻어낸 후, 천천히 죽과 미음으로 조리해야 한다. 만약 갑자기 기름진 쌀밥과 고기를 먹는다면 죽음을 재촉할 따름이다.

 황현은 그 당시 일어난 동학농민 봉기의 중심이었던 호남의 형세를 다만 그 지방 관료들의 수탈에 농민이 들고 일어난 항거로 지엽적인 상황으로만 보았다. 그래서 근본적이고 강경한 대응으로 근본적인 치유를 할 것을 주장하고 있다.
 이 수습을 위해 황현은 동학 농민운동 관련자들에 대한 엄한 처벌과 수습안을 10조항으로 제시하였다.
 1조, 난의 원인을 찾아서 흥분을 가라앉히소서.
 2조, 지방관들이 성을 버린 죄를 왕법王法으로 밝히소서.
 3조, 절의를 숭상하고 권장하여 윤리와 강령을 부양하소서.
 4조, 공과 죄를 확실하게 정해서 선비의 마음을 고무하소서.
 5조, 이번 사건의 원인을 캐내서 싹을 끊으소서.

6조, 징계를 엄히 하여 민심을 안정시키소서.

7조, 세금과 부역을 감면해서 도탄에 빠진 백성을 살리소서.

8조, 서리의 폐단을 제거하여 해충 같은 도적을 멸하소서.

9조, 지방의 장정으로 병제를 새롭게 하소서.

10조, 향약을 반포하여 풍속을 후하게 하소서.

이렇게 황현은 '갑오평비책'의 서술에서 자신이 살아온 시대의 유교적 체제의 틀로만 해석하였고, 단순히 호남지역의 농민항거의 모순으로만 판단하였다. 그래서 그들을 약탈이나 일삼는 무리로서 비적匪賊으로 본 것이다.

물론 동학도들이 지방 탐관오리들 저택은 물론 관아를 털었고, 또 부자들의 창고를 털었기 때문이기도 하지만, 그 한 편으로 '열흘을 굶어 남의 집 담장 뛰어넘지 않는 자 없다'는 말이 있듯이 굶주린 백성들이 동학 의병을 사칭하고 그 짓을 자행하기도 했었던 것으로, 한양에서 내려온 신문 사설들이 모두 그랬다. 그래서 황현은 처음에는 동학군을 동비라고 매도했었다. 그러나 그것은 근본적인 해결책이 아닌 다만 백성들의 불만을 무마하고자 하는 해결제안에 국한된 것이었다.

그러나 이러한 황현의 생각과는 그 견해가 다른 이기였다.

어지러운 시국에 이기가 황현에게 말했다.

"자네가 집필하는 그 일도 귀하지만, 지금 방방곡곡에서 탐관오리들 착취에 분함을 참지 못하는 의병들이 스스로 일어나 목숨을 던지고 있네."

"그 부잣집 털어먹는 도둑떼들이 의병이라고요?"

"자네와 견해 차이가 있구먼……. 하지만 언젠가는 그 진실을 알게 될 걸세."

이기는 쇠약해진 듯한 목소리로 당장은 그 이해를 도울 수 없다는 듯이 그쯤에서 말을 끊었다.

그런 이기는 동학군의 김개남이 남원을 점령했을 때였다. 그는 앞서 전봉준을 만난 후 김개남을 설득하여 동학군을 이끌고 한양으로 진격할 것을 논의할 정도로 기개가 있는 선비였다.

그러나 이기가 그들 동학 진영으로 스스로 모습을 나타낸 시기는 너무나 상황이 좋지 않았다. 당시 조정의 실태도 그랬지만, 적당과 내통하고 있는 첩자들로 인하여 기밀이 사전누설이 되는 일이 종종 있어 왔기 때문이다. 의병진에서는 신경을 곤두세우고 있을 때였다. 그때 자발적으로 들어간 이기는 김개남으로부터 꼼짝없이 첩자로 오해를 받은 것이다.

사실 그러한 첩자들에 의해 의병대장 유인석은 을미의병운동 이후 수없이 많은 죽을 고비를 넘겨야 했다. 오만 냥의 현상금이 걸려 있었기 때문에 그가 안심하고 지낼 만한 곳은 이 땅에서 찾기가 쉽지 않았다. 관군도 관군이지만 탐관오리와 친일반역자들을 척결하다 보니 그들의 자손이 가만히 있을 리가 없었다.

지혜가 신출귀몰했던 유인석은 쫓기는 와중에도 많은 일화를 남겼다. 만주에 갔다가 돌아와서 얼마 후의 일이었다. 권숙權潚의 아들인 권도상權道相이 아비의 죽음을 복수하기 위해 자객 셋을 보내 유인석을 살해하려는 계획을 세웠다. 그들의 표적이 된 유인석은 을미사변 이후 탐관오리 짓도 모자라 친일파 노릇을 했던 단양군수 권숙을 처단한 적이 있었다. 권숙은 그 당시 내무장관을 지내며 대표적인 친일파였던 어윤중과 사돈이기도 했다.

그런데 막상 자객이 유인석의 춘천 집에 들이닥쳤을 때 유인석은 감쪽같이 사라지고 없었다. 그가 방금 앉았던 자리에는 아직 따뜻한 온기가 남아있었다. 불과 몇 분 전에 자리를 뜬 것이다.

그들은 눈앞에 벌어진 상황을 도저히 믿을 수가 없었다. 화가 난 권도상은 책상 위에 있던 벼루 집을 손으로 쳐서 단박에 박살을 냈다. 그 날은 유인석 모친의 담제禫祭를 지내는 날이라 반드시 있을 것이라 생각하고 날을 잡은 것이다.

　반면에 사람들은 유인석이 천기를 볼 줄 아는 사람이라서 자신의 운세를 알고 자리를 피한 거라고 생각했다. 유인석이 그처럼 아슬하게 위기를 넘긴 일은 그전에도 몇 번이나 있었기 때문이다.

　당시 두 얼굴을 하고 스며든 첩자들에 의해 그러한 화(禍)를 당한 대표적 인물이 중전이었다. 그 시해사건만 해도 그랬다. 을미년(1895년) 8월 20일에 일본 공사 미우라 고로(三浦梧樓)가 대궐에 침입하여 중전을 살해하였고 궁내부대신 이경직과 대대장 홍계훈은 적에 대항하다가 죽었다.

　오랫동안 정사에 물러나 관여하지 못했던 중전은 일본 공사 이노우에 가오루에게 뇌물을 바치고 과거처럼 정치에 간여하려고 했다. 그러자 박영효가 그것을 막기 위해 5월에 음모를 꾸몄었던 것이다.

　일본 공사 미우라 고로는 박영효가 중전을 해치려는 생각을 하고 있다는 말을 익히 들어 알고 있었다. 그 즈음 중전의 권세는 점차적으로 회복되면서 매일 밤 궁중에서 연극을 보면서 연회를 즐겼다.

　이때 일본인 첩자 고무라(小村室)는 간사한 꾀를 부려 여러 가지로 중전의 환심을 얻어내는 데 성공했다. 그러나 중전은 그녀의 음흉한 내심을 읽지 못하고 그녀를 몹시 사랑했다. 그래서 궁중에 연회가 있을 때마다 그녀를 불러들였었다.

　이에 미우라 고로 공사는 일본인들을 궁중 하인배들과 함께 연극을 보게 하면서 연극을 보러온 중전의 초상화를 비밀리에 수십 장을 그리게 하였다. 그는 중전의 초상화를 감추어 두었다가 거사 날짜에 중전을 살해하기로 마음먹은 것이다. 그러면서도 그는 국모를 살해했다는 죄를 뒤집어쓸 것을 우려하여 대원군과 함께 입궐할 것을 생각했다. 그래서 그는 거사 날 밤에 공덕리로 가서 대원군을 대동하고 대궐로 들어갔다. 이때 많은 일본인들이 따라 들어갔는데 각자 중전의 초상화를 가지고 있었다고 한다.

　첩자로 중전의 사랑을 받고 있던 일본 여자 고무라가 그들을 인도하여 곤령전에 도착했을 때는 궁중에 횃불이 밝아 땅강아지와 개미새끼들까지도 볼 수 있을 정도였다.

일본 공사 미우라 고로가 이경직을 만나 중전의 소재를 묻자 느낌이 불길한 그는 모르겠다고 한 마디로 대답하며 팔을 들어 일본인들을 막다가 좌우 팔이 모두 잘려 나가면서 죽고 말았다.

이때 당황한 중전은 벽에 걸린 옷 속에 피신했지만 일본인들이 끌어냈다. 고무라가 중전이 맞는지 확인하여 살펴보자 중전은 제발 좀 살려달라고 애걸했다. 하지만 매몰차게 고개를 돌려버린 고무라였고, 일본인들은 중전을 칼로 내리쳐서 살해하고 시신을 검은 색 긴 치마에 싸서 녹산 밑 숲 속에서 석유를 뿌리고 불을 질러 버렸다. 그리고 타다가 남은 몇 조각의 뼈는 불을 지른 그곳 땅에 묻어 버렸다.

한때 국모로서 영화를 누렸던 중전은 기지가 있고 영리하며 권모술수가 여간 능하지 않았다. 그 술수와 영리함이 오히려 화가 되어 정사에 간여한 지 20년 만에 고종을 소신 없는 임금으로 만들어 나라를 망치게 하였고, 그로 하여 마침내 만고에 없는 변을 당하고 말았던 것이다.

그날 밤 일본인들이 중전을 시해하기 위해 입궁할 때였다고 한다. 홍계훈은 그 느낌이 달라 그들을 향해 큰 소리로 "칙령이 있어서 군인을 부른 것인가?"라고 묻는 순간 총탄이 날아와 맞고 수 일 후에 죽고 말았다.

그는 졸병으로부터 시작해서 높은 지위에 올랐지만, 성격이 청렴결백하고 사대부에 대해서도 실례함이 없는 사람으로, 당시 그렇게 출세하여 버릇없이 행동하는 자들과는 사뭇 달랐다.

그런 홍계훈과는 달리, 같은 직책을 맡고 있었던 정병하는 19일 밤 대궐에서 숙직을 하고 있었다. 중전께서 자신을 살해할 것이라는 소문을 밖에서 듣고 와 미리 피하겠다는 생각을 정병하에게 밀고 말했는데 정병하는 그게 무슨 말이냐는 듯이 말하였다.

"일본군이 대궐에 들이닥친다고 하더라도 성심껏 성궁을 보호하겠습니다. 신에겐 방비책이 있으니 조금도 의심하고 근심할 것이 없습니다."

그런데 중전은 정병하를 자기의 충복으로 믿고 깊이 신뢰하였다가 그와 같이 화를 당하고 말았던 것이다.

그렇게 그 당시 분위기는 믿었던 사람에 의해서 화를 당하는 일이 궁중에서 뿐 아니라 의병들 진영에도 그런 자들이 속속 끼어들어 사전에 기밀이 누설되어 화를 당하는 일이 비일비재하였다.

동학 농민봉기가 일어나면서 조정에서는 누가 충신이고 간신인지 분별하기조차 어려웠다. 민영준은 고종에게 난민들이 봉기한다고 말하면 죄책을 받을까 두려워하여 신료들에게 외부의 일을 알리지 말도록 당부했으며, 비밀전보까지 보질 못하게 단속을 시켰다.

그래서 고종은 호남지방에서 일어나는 민란이 그처럼 치열하다는 것을 처음에는 모르고 있었다. 낮은 벼슬아치들 역시도 기밀을 얻지 못해 자세한 것을 알지 못했다.

어느 날 조동윤이 고종을 뵙게 되었을 때, 고종은 장안의 동태가 어떠한지를 물었다. 그러자 그는 상황 그대로를 아뢰었다.

"사방으로 피난을 하고 있습니다."

그런데 조금 후에 민영준이 들어오자 고종이 다시 물었다.

"장안의 동태가 어떠한가?"

이에 민영준이 태연하게 대답했다.

"예전과 같이 안정되어 있습니다."

서로가 엇갈리는 대답이었다. 이에 고종은 다시 민영준을 보고 책하듯이 말했다.

"조동윤은 사방으로 피난을 하고 있다는데 경은 어찌 안정되었다고 말하는가?"

그러자 민영준은 얼굴색 하나 변하지 않고 고종의 그 같은 물음에 태연하게 대답했다.

"조동윤은 작은 벼슬아치로서 도를 어지럽혀 왕의 총명을 가리려는 것입니다."

상대가 자기보다 벼슬이 낮은 자라고 해서 그렇게 왕 앞에서 아무렇지 않게 무시하고 나가는 민영준이었다. 이에 조동윤은 민영준을 마중 나가 인사하며 큰 소리로 말했다.

"전주가 이미 함락되었고, 서울 장안이 텅 비었는데 공은 백성들이 모두 안정되었다고 말을 하니 누가 사설을 주장하여 도리에 어긋나게 함이며, 누가 사실을 막고 덮는 것인지 모르겠소이다."

우직한 조동윤이 감히 그 진의를 따지자 민영준은 고종 앞이라서 더는 변명하지 못하고 두고 보자는 듯이 노한 눈빛으로 흘겨보다가 그대로 나가버렸다. 누가 누구를 믿을 수 없는 것은 그 일 뿐만이 아니었다.

중전이 시해 당하고 난 후였다. 고종은 과거에 상궁으로 총애했던 엄씨를 대궐로 불러들였다. 고종은 중전이 살아있을 때 질투가 심해 감히 그녀를 가까이 하지 못했었다.

그것이 10년 전 일로 고종이 엄상궁을 총애하자 중전이 이를 알고 크게 노해서 그녀를 죽이려고 했었다. 고종이 이를 알고 만류하여 엄상궁은 겨우 죽음을 면하고 축출당한 것으로 끝났었다.

그런데 고종은 중전이 시해당한 지 그것도 5일 만에 엄씨를 대궐로 불러들였다. 이에 장안 사람들은 어찌 되었거나 국모가 죽은 지가 몇 달도 되지 않아 엄씨를 불러들인다는 것은 왕의 생각이 짧고 깊은 마음이 없다며 모두 한스러워 했다. 더구나 입궁한 엄씨는 왕의 총애를 받고 정사에 간여하여 뇌물을 받고 일을 진행시킴이 중전 때와 동일하다고 장안 사람들은 입을 모아 한탄했다.

처음에 고종은 헌정에 묶이게 되는 것을 싫어했다. 그래서 이범진과 어윤중 등과 함께 러시아에 의탁하여 김홍집 등을 제거하려고 음모했었다. 러시아 사람들도 조선에 웅거하려고 기회를 엿보다가 일본에게 선수를 빼앗긴 것이 유감으로 생각되면서 그 기회를 엿보고 있던 차였다.

8월 이후 이범진 등이 러시아 공관에 숨어 후한 뇌물 공세를 하고 정국을 뒤엎는데 도와주면 나라 전체가 오늘 일본을 섬기는 것과 같이 하겠다고 했다. 이에 러시아 공사는 흔쾌히 허락하고 받아들여 인천으로부터 러시아 군대를 속속 입성시켰다.

이범진 등은, 은 4만 냥을 엄상궁에게 주어 매수하였고, 뇌물을 받은 엄상궁은 매일 밤 변란이 일어날 것이라고 일설하여 고종을 두렵게 하였다. 이에 고종이 반신반의하자 엄상궁은 울며 호소하여 변란의 기미가 오늘 저녁에 있으니 피난을 해야 한다는 말에 놀란 고종은 그 말을 믿고 움직였다. 이범진 등이 교자 두 개를 가지고 와 고종과 세자를 러시아 공사관으로 모셨다. 고종은 경무관에게 명하여 김홍집 등을 참수했다. 당시 김홍집은 직방에 있었는데 사람들이 도망치라고 권했지만 김홍집은 탄식하면서 말했다.

"죽자 하고 어찌 박영효를 본받아 역적이 되겠는가?"

그러나 김홍집은 마침내 정병하와 함께 체포되었다.

정병하 또한 죽는 것을 알고 분해하며 말했다.

"우리 대신들을 어찌 마음대로 죽이는가? 재판을 거쳐서 죽기를 바란다."

그러자 김홍집이 그를 돌아보며 다 부질 없다는 듯이 말했다.

"어찌 말이 많은가. 일이 여기에 이르렀는데 나는 진실로 마땅히 죽겠다."

이윽고 두 사람은 형장에서 참형을 당했다. 그들의 시체가 저잣거리에 던져지자 장안 사람들은 김홍집이 일본의 앞잡이로 삭발령을 주관하였다고 원망하며 기왓장과 자갈을 투척했다. 그리고 어떤 사람은 그래도 한이 풀리지 않는다는 듯이 그들의 살점을 찢어 베어서 씹어 뱉는 자도 있었다.

이범진 등이 아관파천을 하게 된 것은 충으로 행동한 것이 아니었으며,

또한 러시아를 후하게 하자는 것도 아니었고, 또 일본의 내정 간섭에서 벗어나자고 한 것도 아니었다. 다만 그들의 권력다툼에서 그와 같은 일을 꾸몄던 것이다.

하지만 어쨌거나 아관파천 이후 고종과 박정양의 친러 내각이 들어서면서 단발령을 철회하였다. 이는 친러파가 백성들의 여론을 등에 업고 친일파들을 제거하기 위한 고도의 정치적 술수이기도 하였던 것이다.

당시 장안 사람들은 김윤식과 어윤중을 청나라를 숭상하는 무리라고 했으며, 김홍집과 유길준을 왜당으로 일본을 숭상하는 무리라고 했다. 그리고 이범진과 이윤용을 아당으로 러시아를 숭상하는 무리라고 불렀는데 이들의 권력 다툼으로 조선 후기의 나라꼴은 혼돈 상태에서 말이 아니었고, 백성들은 갑오년과 을미년에 일본인이 나라를 잡더니 이제는 러시아인에게 나라를 빼앗기게 되었다고 통탄을 했다.

이범진과 이윤용이 러시아 공사를 끌어들이는 사건이 계기가 되어 임인년(1902년)에 러시아와 일본이 전쟁을 벌려 일본이 승리함으로써 일본인들이 조선을 잡고 흔드는 기세는 더욱 등등해졌다.

탐관오리들의 권력다툼에 고종은 소신 없는 무능한 임금으로 여러 차례 그와 같은 변고를 거듭 겪었고, 따라서 백성들은 조정을 믿지 못하고 무심히 내려다보는 죄 없는 하늘만 원망했다.

그렇게 변란을 거듭 겪어오는 동안 황현은 다행히도 세상을 보는 안목과 의식이 유교적인 틀에서 점차 바꾸어지고 있었다. 그러면서 변화하는 시대적 상황과 모순을 선비로서 역사 기록으로 남겨야 한다는 사명감마저 갖게 되었다.

그것이 자신의 운명처럼 그 제목을 '매천야록' 이라고 했다. 그 기록은 혼돈한 현실의 당면과제를 넘어서 소용돌이치는 세계의 흐름에 우리가 그리고 후세가 어떻게 대처해야 할 것인가를 촛불이 다 닳도록 기록했다.

12
조선은 대한제국으로

나라의 안위를 걱정하며 고심하던 황현은 날로 어지러워져 가는 시국에 혼자만이 사유思惟할 수 있는 사색思索의 시간을 갖고 싶었다. 간단하게 여행 채비를 하고 집을 나섰다. 그리고 여행길에서의 그 느낌을 시로 읊어 담았다.

선은사를 지나면서 / 過仙隱寺 · 1896

野風喧長廊	들바람이 긴 회랑에 부딪혀 소리를 내고
階雀啄殘雪	돌층계의 참새는 남은 눈을 쪼아대네.
日落僧更幽	해가 지자 절간은 더욱 그윽한데
磬聲淸未絶	맑은 목탁 소리만 그치지 않네.

역사 속에 인물과 사찰을 찾아 잠시 그렇게 유람을 다니며 머리를 식히고 집으로 돌아온 황현이었다. 하지만 여전히 한양에서 내려온 소식들은 어둡기만 했다.

그처럼 적막하고 쓸쓸한 황현의 시골 은둔생활에서 제자들 역시도 흡족하게 해 주지 못했다. 나라 분위기가 전반적으로 불안한 상태로 제자들 역시도 마음이 흩어져 세상의 자질구레한 일에 얽매여 책을 가까이 하지 못했고, 학문에 깊이 마음을 쏟지 못했다.

제자들의 그러한 모습이 스승된 입장에서는 고뇌였으며 아픔일 수밖에 없었다. 그 씁쓸한 마음을 구례 광의면 지천리에 살고 있는 수제자 권봉수(權鳳洙, 1872~1940)에게 글로 전했다.

─구안실 제자들은 모두 세상의 자질구레한 일에 얽힌 바 되어서 한 사람도 따르는 사람이 없고, 다만 부자父子만이 서로 대하여 종일토록 쓸쓸하니 자못 견디기가 어렵네. 해는 점점 저물어 가는데 삼여지락三餘之樂을 약속대로 실천할 수가 있겠는가?

황현을 따르며 공부하던 제자들이 처음 모여들었을 때의 분위기와는 달리 공부는 뒤로하고 세상 자질구레한 일에만 매달리는 것이 스승으로서 안타까운 것이다. 그 마음을 아끼는 제자 권봉수에게 전하면서 삼여지락, 즉 독서하기 좋은 세 가지 여가로는 겨울은 한 해의 여가이고, 밤은 하루의 여가이고, 비 오는 날은 한 때의 여가임을 강조하면서 아끼는 제자가 그 여가를 알뜰히 활용해 줄 것을 당부한 서신이었다. 오직 후진 양성만을 목표로 하고 어려운 가운데 서재를 장만하기도 했던 황현으로서는 그러한 분위기가 쓸쓸하고 고독할 수밖에 없었다. 그때 그 허전한 마음을 전할 수 있는 제자는 오직 권봉수였다. 그에게 매사를 의논하는 글을 보내곤 했다.

권봉수權鳳洙에게 보낸 글

일전日前에 선오善푬 편에 보낸 편지는 아마 받아 보았을 것이네. 날짜가 이미 오래 되었네. 삼가 중시하重侍下에 더욱 건강하기 바라며 우러러 송축하네. 호곡好谷의 일로 일을 말한 것은 그 힘을 다한 줄 알겠으나 봄

철이 이미 반이나 지났으니 때 늦은 감이 없지 않구려. 바라건대, 모름지기 이 뜻으로 할아버지께 말씀 드려 비록 늙으신 몸일지라도 기어이 그 장소에 빨리 나오시도록 특별히 배려함이 어떠한가?

일체一切의 심할 것이 없으나 그 지위와 처지만은 다른 박씨朴氏에 비하면 아마도 우열優劣이 없지 않겠는가? 다 생소하여 그 속을 자세하게 알지 못하기 때문이네. 그러나 빈부貧富와 귀천貴賤이 같지 않음을 말한 것이 아니라, 혹 뜻밖의 염려가 있을까 두려우니 마땅히 깊이 생각하여 하소. 할아버지께서 돌아오신 날을 기다려 한 번 오심이 어떠하겠는가? 나머지는 이만 줄이네.

그로부터 서신 답장을 받은 황현은 다시 답장의 서신을 보냈다.

권봉수에게 답한 글

편지를 받으니 즐겁네. 출세하려다 한 번 잘못하면 만사가 와열瓦裂되는 것이니, 이것은 예나 지금이나 사람을 잘 보고 못 보는 큰 기준이 아니겠는가. 외촌外村과 읍내邑內가 같지 않다고 들었는데, 이는 혹 그렇다 하더라도 사람은 예전 그대로의 사람이다. 여러분들은 능히 지키고 있는 그 옛 면모面貌를 벗기어 없애고 새로운 장부臟腑를 바꿔 차서 십분 정정당당한 인격이 된다고 자부할 수 있겠는가? 나의 의견으로는 비록 천금을 던져 널리 자격 있는 스승을 구할지라도 한문漢文 한 과목에 있어서는 운초雲樵 같은 사람을 쉽게 얻지 못할 것이거늘, 어찌하여 자기의 옥玉을 버리고 남의 연석燕石을 부러워하는가? 비록 유당酉堂으로 말하더라도 우리들 가운데 취하는 것은 좋지만 교육하는 것은 운초에 미치지 못할 것이다. 그러나 인격이 가장 훌륭해야 하기 때문에 나는 다만 방관할 뿐이다. 모인某人에 대해서는 결코 남의 일처럼 보고만 있기가 어렵네. 대저 후배들이 경솔하고 약아 스스로 일을 잘한다고 하지만 이따금 그르치는 일이 이와 같으니 한탄스럽네. 밖에서 들리는 말은 장차 어떻게 하겠는가?

황현은 많은 제자 중에서도 그렇게 마음과 마음이 통하는 권봉수에게 모든 일을 믿고 의논했었다. 그리고 일상생활에서 일어난 작은 일까지도 제자에게 글로써 전했다.

경소京韶 중시하에게 보낸 글

서로 만나지 못하던 것이 공교롭게도 단풍과 국화의 좋은 계절이 되고 보니, 더욱더 아득하여 생각이 다른 때에 비할 바가 아니네. 생각컨대, 중시하에 즐겁고 편안하시며, 여러분들이 다 무고하시길 간절히 비네.

바야흐로 추수가 한창인데 공부에 방해가 되지 않는가? 새벽에 나가 밭 갈고 저녁에 돌아와 글 읽는 것이 또한 매우 어려운 일이 아니나, 유감인 것은 요새 사람의 마음 쓰는 것이 옛사람에 미치지 못함일세. 비록 쟁기질하고 호미질하며 역거役車 곁에 있을지라도 항상 이와 같은 생각으로 후진後進을 이끌어가기를 수레바퀴나 새의 날개처럼 한 쪽을 버리지 못한 것같이 한다면 자연히 두 가지 다 진취할 수 있을 것이네. 그러므로 소년 시절의 날카롭고 민첩할 때에 이러한 이야기를 진부陳腐한 이야깃거리로 돌리지 말도록 하게나.

나는 지난 그믐날 순천順天 광양光陽으로 해서 여기저기를 돌아 선암仙巖 송광松廣 두 절에 들렀고, 적벽강赤壁江에 배를 띄우고 물염정勿染亭에 올라 서석대瑞石臺를 바라보고 순자강을 따라 돌아왔네. 그동안 20일의 시일을 허비하고 50여 편의 시를 읊었지만 뜻에 차지 아니하여 심히 부끄럽게 여기네. 그러나 세상의 어지러움이 계속되는 때에 한 개의 청량淸凉한 세계를 찾아 얻었으니, 또 족히 사람에게 자랑할 만하네. 다만, 집에 돌아와 보니 벼를 거두고 보리갈이를 모두 끝마쳤는데 글만 하고 있는 나는 세상 물정에 어두워 끝내 일을 처리하지 못했네.
　구안실苟安室의 제자들은 모두 세상의 자질구레한 일에 얽매인 바 되어서 한 사람도 따르는 사람이 없고, 다만 부자父子만이 서로 대하여 종일토록 쓸쓸하니 자못 견디기 어렵네. 해는 점점 저물어 가는데 삼여지락三餘之樂을 약속대로 실천할 수 있겠는가? 선오善吾가 자기 집에 간 지 10일이 지났다고 들었는데 아직 오지 않으니 무슨 연유인지 모르겠네. 일전에 시회詩會를 그 집 묘각墓閣에서 하였다는데 그대도 가서 참석하였는가? 요새 소식을 알려주게. 총총히 이만 줄이네.

을미년(1895) 9월 23일

　그 즈음이 그래도 황현으로서는 심리적으로는 어느 정도 안정되었던 시기였다. 1896년 그 한 해 동안에 구안실에서 쓴 시가 185편이었다.
　이때 황현의 나이 42세로 그 시를 모아 《구안실신고苟安室新稿》를 펴내기도 했다. 여기에 실린 시편들은 거의 모두가 서정적 분위기로 주류를 이루었다. 그렇게 황현은 시작詩作에만 몰두하면서 지냈다.
　그 때 중앙에서는 친일 개화파들에 의해 공사公私 문적文蹟의 음력을 서양제도를 따라 양력으로 표기하게 했고, 모두 이를 좇아서 행하게 했다. 그것은 실로 국가의 큰 개혁이었다.
　황현은 그같이 중대한 국가의 개혁을 '문필보국'의 정신으로 《매천야록》에 기재했다.

태양력 사용고사

　국가가 지난해 을미년(1895) 겨울 11월 17일부터 태양력太陽曆을 사용하여 정삭正朔을 고치고 연호年號를 세워 그 달 그 날을 건양원년建陽元年 1월 1일로 삼았습니다.
　공사公私의 문적文蹟을 모두 이에 좇아서 행하게 하니, 오늘 정월 초하루는 곧 2월 13일입니다. 무릇 신민臣民의 제사 축문의 년월일은 마땅히 오늘의 법제를 따라야 합니다. 그리고 일을 처음으로 시행하기 때문에 삼가 옛사람이 한漢나라의 납일臘日을 썼던 것처럼 잠시 구력舊曆으로 제사를 올리겠으나, 만약 구력이 장차 전부 폐지되어 년월일, 간지干支를 상고할 길이 없게 되면 그 때에는 할 수 없이 신력新曆을 쓸 것입니다.

　　이는 실로 국가의 큰 개혁이요, 신과 사람이 함께 은통隱痛할 바입니다. 그러므로 이유를 갖추어 삼가 고합니다.

병신년(1896) 황현

　그 해 중앙에서는 1896년 2월 11일 아관파천俄館播遷이 일어나 갑오경장 내각이 붕괴됨으로써 개화파에서 국왕을 황제皇帝로 격상시키려는 운동은 다시 중단되었다. 뿐만 아니라 열강에게 이권을 빼앗겼으며, 정권은 친러수구파에 의해 농단壟斷되었다.

　여전히 온 나라가 어수선한 가운데 그 해를 넘겼다. 그리고 1897년 2월 20일, 고종이 러시아공사관에 파천한 지 1년만에 경운궁으로 환궁하여 국정에 정상을 되찾게 되었다.

　고종이 환궁하게 되면서 개화파와 수구파들은 힘을 모았다. 그리고 칭제건원稱帝建元을 추천하였다. 그들은 이것이 조선의 자주독립을 강화하는 하나의 방법이라고 보았기 때문이다. 이에 고종과 조정은 칭제稱帝는 뒤로 미루고 우선 건원建元을 하기로 하여 1897년 8월 16일 건양建陽을 광무光武로 고쳐 '건양2년'을 '광무원년'으로 고쳤다. '건원'에 성공한 개화파와 수구파는 연합하여 '칭제운동'을 벌였다.

　1897년 9월 25일 독립협회 회원인 농상공부협판 권재형權在衡은 상소하기를, "황皇, 제帝, 왕王은 글자는 다르지만 한 나라가 자주독립하여 의지하지 않는다는 점에서는 같은 뜻을 가질 뿐 아니라 황제의 위에 오른다고 할지라도 만국공법상 조금도 어긋남이 없으므로 조정에서 협의하여 그 방책을 정해서 조속히 보호寶號를 올림으로써 임금을 높이는 여론에 부응하고 의부依附하는 의심依心을 깨뜨려야 할 것입니다"라고 칭제稱帝를 주장하는 글을 올렸다.

이에 고종과 조정에서는 1897년 9월 27일부터 '칭제'를 위한 본격적인 준비 작업을 시작하여 의식儀式 장소인 소공궁小公宮에 원구단瑗丘檀을 만들고 1897년 10월 12일 고종이 문무백관을 거느리고 나아가 황제즉위식을 거행하였다. 황제즉위식이 끝나고 정부는 조선의 국호를 '대한제국大韓帝國'으로 고쳐 내외에 선포하였다. 대한제국의 성립은 대한이 자주독립국가임을 내외에 거듭 천명한 것이며, 자주독립의 강화를 국내와 세계에 알린 중요한 역사적 사건이었다.

이렇게 대한제국을 성립시킬 수 있었던 것은 개화파인 독립협회와 집권파인 수구파 사이에 연합과 협조가 비교적 잘 이루어졌기 때문이다.

그러나 대한제국의 성립 후, 정치체제를 놓고 독립협회파와 집권파인 수구파 사이에 정치적 견해가 크게 대립되면서 갈등이 격화되었다. 독립협회는 열강의 침략으로 이미 많은 이권을 빼앗긴 상태에서 대한제국을 전제군주제로 발전시키는 것은 취약하기 때문에 입헌대의군주제로 개혁해야 한다는 주장이었다.

그 이유는 이권은 빼앗길 때처럼 열강이 황제를 위협하여 황제의 동의만 얻으면 나라의 귀중한 권리가 박탈되고 국권까지 쉽게 빼앗길 위험이 있기 때문이었다.

그래서 독립협회는 전제군주제를 폐지하는 대안으로 국민에게 참정권을 주고 의회를 설립하여 국정의 중요한 사항과 외국과의 모든 조약은 반드시 의회의 동의를 얻어 통과해야 효력을 발생하는 '입헌대의군주제'를 수립해야 한다고 주장한 것이다.

이에 집권한 수구파는 친러정책을 채택하여 러시아와 밀접한 관련을 가지면서 독립협회의 '입헌대의군주제'의 개혁안을 반대하며, 전제군주제를 그대로 유지해야 한다고 주장하였다. 의회를 개설하여 입헌대의군주제를 만드는 것은 불가피하게 민권民權을 신장시키고 황제의 지위를 약화시키기 때문이라는 것이었다.

그런데 고종은 전제군주제를 입헌대의군주제로 개혁하면 국권이 감소되고 민권이 증대된다는 수구파의 주장에 설득되어 친러수구파의 전제군주제 주장을 지지하고, 독립협회의 입헌대의군주제 주장에는 동의하지 않았다. 그로 하여 대한제국이 성립된 이듬해 1898년 연초부터 대한제국의 정치체제를 둘러싸고 개화파인 독립협회와 집권한 친러수구파 사이에 첨예한 정치적 논쟁과 대립이 다시 시작되었다.

독립협회는 국토의 일부를 외국에 조차해 주는 것은 침략을 당하는 시작이라 하여 이를 격렬하게 비판하는 토론회를 개최하였다. 그리고 이에 대해 반대 항의하는 공한을 정부에 보냈다.

그와 동시에 독립협회는 1898년 3월 10일 한양 종로에서 우리나라 역사상 처음으로 1만여 명의 군중을 모아 만민공동회萬民共同會라는 시민궐기대회를 개최하여 러시아의 '절영도조차' 요구 반대, 일본의 국내 석탄고기지 철수, 한러은행 철거, 러시아의 군사교관과 재정고문 철수, 대한제국 자주독립 강화 등을 결의하였다.

그런데 이때 문제가 발생했다. 독립협회가 직접 지도하지 않았음에도 불구하고 1898년 3월 12일 수만 명의 군중들이 종로에서 자발적으로 제2차 만민공동회를 개최하여 제1차 만민공동회와 동일한 결의를 채택하였던 것이며, 이에 놀란 대한제국 정부와 열강 사이에 복잡한 외교교섭과 각축이 벌어져 마침내 러시아의 절영도조차 요구가 철회되고 한러은행과 군사교관, 재정고문도 철수하였으며, 일본도 국내의 석탄고기지를 돌려보냈다.

러시아는 독립협회 만민공동회의 저항에 부닥치자 부산, 마산 일대에 얼지 않는 군사기지를 설치하려던 계획을 바꾸어 요동반도遼東半島에 설치하기로 정책전환을 바꾼 것이다.

　러시아와 일본은 한반도에서 그들의 세력이 후퇴되자, 1898년 4월 25일 '니시·로젠협정(西·Rosen協定)'을 체결하여 대한제국의 내정에 간섭하지 않고 고문까지도 대한제국으로부터 요청을 받더라도 파견하지 않기로 협약하였다.

　그 결과 1898년 4월부터 한반도를 둘러싼 국제 세력균형이 형성되어 대한제국의 자주 근대화 실천에 다시 한 번 좋은 기회가 도래到來하였다.

　독립협회는 이때부터 자유민권운동을 전개함과 동시에 의회설립의 필요성을 계몽하는 운동을 전개하다가 7월 3일 우리나라 역사상 처음으로 '의회설립'을 요구하는 상소를 올렸다.

　고종은 수구파 정부 각료들과 의논한 뒤 이를 거부하는 회답을 내렸다. 독립협회는 이에 굴하지 않고 7월 12일 다시 의회설립을 요구하는 상소를 올렸으나 고종과 수구파 정부의 반대로 받아들여지지 않았다.

　독립협회는 갑오경장 때 설치된 중추원을 우선 상원으로 개편하여 의회를 설립하려고 하였다. 이에 고종과 수구파 정부는 중추원에 자문원諮問院을 두어 행정부를 자문하면 언로가 열려 국정이 바르게 된다고 하여 의회설립을 반대했다.

　그 결과 논쟁과 대립의 초점은 중추원을 의회로 개편할 것인가, 자문원으로 그냥 둘 것인가, 라는 문제로 집중되었다. 독립협회는 중추원을 의회로 개편하려면 먼저 친러수구파 정부를 퇴진시키고 의회설립에 동의할 수 있는 개혁파 정부를 수립하는 것이 선결문제라고 판단하였다.

　1898년 10월 1일부터 궁궐을 에워싸고 철야 상소 시위를 전개하여 10월 12일 친러수구파 정부를 붕괴시키고 박정양朴定陽, 민영환閔泳煥을 중심으로 한 개혁파 정부를 수립하는 데 성공했다. 외국 공사관들은 이러한 정권교체와 개혁파 정부의 수립을 대한제국에 '하나의 평화적 혁명'이 실현되었다고 보고했다.

독립협회는 신정부와 즉각 의회설립을 추진하여 10월 15일 합의하고 10월 24일 의회설립안議會設立案을 정부에 제출했다. 개혁파 정부는 이를 받아들여 약간의 수정을 가한 뒤, 1898년 11월 2일 우리나라 역사상 최초의 의회설립법인 '중추원신관제'를 공포하였다.

전문 17조로 된 '중추원신관제'는 상원 설치를 내용으로 의원 50명 중 반수인 25명은 황제와 정부가 임명하고, 나머지 25명은 인민협회에서 투표로 선거하되 당분간 독립협회가 인민협회를 대행하기로 하였다.

중추원은 입법권, 조약條約 준비권, 행정부 정책에 대한 동의권, 감사권, 행정부 건의에 대한 자순권諮詢權, 건의권 등을 가지게 되어 근대 의회의 권한을 모두 부여 받았다. 대한제국의 개혁파 정부는, 1898년 11월 5일 민선의원 선거일로 정하여, 전제군주제로부터 입헌대의군주제로의 대개혁을 단행하려고 한 것이다.

그런데 의회가 설립되고 개혁파 정부가 입헌대의군주제를 수립하면 정권에서 영원히 배제될 것으로 판단한 친러수구파들의 방해를 받아야 했다. 친러수구파들은 모략전술을 써서 독립협회가 11월 5일 의회를 설립하려는 것이 아니고, 황제 고종을 폐위하고 박정양을 대통령, 윤치호를 부통령으로 한 공화제를 수립할 것이라는 전단을 독립협회의 이름으로 시내 각 요소마다 뿌렸다

그들이 부통령으로 추대하고 있는 윤치호(尹致昊, 1864~1945)는 17세 나던 1881년에 우리나라 최초의 일본 유학생으로 2년여 유학생활을 마치고 돌아왔다. 그는 일본에 유학하였을 때 영어를 배웠다. 그래서 초대 주한 미국공사의 통역이 되어 귀국했다.

윤치호는 일본 유학생활을 통해 우리나라도 일본의 메이지유신을 따라 배워야 한다는 생각을 품게 되었다. 그러나 믿고 따르던 김옥균이 일으킨 갑신정변 때문에 그의 꿈은 물거품이 되고 말았다.

당시 윤치호의 아버지 윤웅렬은 아들의 일본 유학을 권하고 최초의 근

대식 별기군을 만들 만큼 그는 앞서 깨어 있는 사람이었다. 그는 갑신정변의 실패를 미리 점쳤던 사람으로, "일이 반드시 실패할 터인데 도리어 스스로 깨닫지 못하고 있으니 어리석고 한스럽다"고 말했다.

이러한 부친의 만류로 윤치호는 정변에 가담하지는 않았지만 김옥균파로 낙인이 찍혀 있었다. 그래서 다시 유학길에 올라 1885년 1월 상하이의 미션스쿨인 중서학원(Anglo-Chinese College)에 들어갔다.

그리고 1887년 4월 그는 '영혼의 요구를 만족시켜 주지 못하는 유교를 버리고 기독교도가 되었고, 1888년부터 1893년까지 밴더빌트대학과 에모리대학을 다니며, 미국의 번영이 기독교라는 정신적 가치에 토대를 둔 민주주의제도에 있다'는 생각을 갖게 되었다. 이때 품은 이상을 실현하기 위해 귀국 후 독립협회 운동을 주도한 그는 한국 근대화 운동의 선구자였다.

하지만 그는 영국, 러시아 같은 제국의 지배를 문명화의 현실적인 방법으로 고려하거나 일본과의 인종적 연대가 백인종의 침략을 막는 길이라고 생각한 '비애국자'였으며 일제하에서는 독립무용론을 주장하거나 내선일체內鮮一體를 지지한 '소신 친일파'였다.

그러한 독립협회 친일파들의 허위 보고에 놀란 고종황제는 경무청과 친위대를 동원하여 11월 4일 밤부터 5일 새벽까지 독립협회 간부들을 기습적으로 체포하고 개혁파 정부를 붕괴시킨 다음, 조병식趙秉式을 중심으로 하는 수구파 정부를 수립하였다.

대한제국의 정치체제를 전제군주제로부터 입헌대의군주제로 개혁하려던 독립협회 등 개혁파의 운동은 성공 일보 직전에서 좌절당한 것이다. 정국은 태풍전야처럼 어둡기만 했다.

그런 어느날이었다. 구안실에 청천벽력과도 같은 비보가 날아들었다. 그 얼마 전부터 건강이 좋지 않다고 표정이 몹시 무겁고 어둡던 봉주 왕사각 선생이 타계하셨다는 소식이었다.

"이럴 수가?……"

한 동안 말을 잃고 멍해져 버린 황현이었다.

얼마 후 정신을 차리고 조문을 하고 돌아온 황현은 비통한 마음을 붓을 세워 시로 읊었다.

哭鳳洲王先生
- 왕봉주 선생의 죽음을 통곡하며

1수

名山積翠鳳城東	명산이 푸르게 쌓인 구례 동쪽에
王氏靑箱世有風	왕씨 가전이 대대로 이름이 있도다
兩漢儒宗多敎授	한 나라 큰 학자의 가르침이 많았고
三唐詩學半窮工	삼당시를 배움에 반이나 궁구했네
千秋入眼微醺後	긴 세월동안 성취했으니 조금 취하였고
活氣如雲破屋中	활기찬 구름처럼 파옥 속에 있었네
異日湖南耆舊傳	뒷날 호남 기구전에
吾鄕判不漏斯翁	내 고향에서는 이 늙은이를 빠트리지 않으리

2수

自我童年以丈呼	나는 어릴 때부터 어른이라 불렸고
通家師友世應無	두 집 사이 섬기고 살음이 세상에 없었네
煙霞一榻棲南岳	안개와 노을 속에 한 자리 남악에 깃들어
雨雪聯筇赴上都	눈비에도 지팡이 짚고 서울에 가곤 했지
萬事天寒淸灞淚	만 가지 일은 힘들어 청파에서 눈물 흘리며
千秋歲暮輞川圖	오랜 세월동안 세모에 망천도를 생각했네
六旬未出躬愁外	육순에 나가지 않아도 몸은 근심 밖의 일이요
細檢遺詩眼欲枯	자세히 남은 시를 점검하니 졸리기만 했네

3수
經年淺土長蓬蒿　　박토도 오래 되면 다북쑥이 우거지니
一日牛眠不費勞　　하룻날 장지에 애쓰고 힘들 것이 없네
認載詩名棺柩重　　시명이 날렸다는 것을 알아 관이 무겁고
稱封傲骨斧堂高　　남에게 굽히지 않았으니 무덤 더욱 높도다
何心冥府追才鬼　　무슨 맘으로 저승에선 재주 있는 귀신을 보내
私慟空山有我曹　　우리들 사사로이 북망산천에서 통곡하는가
極目江南春草綠　　한없는 강남 땅에 봄풀이 푸르름을 보며
招魂聊擬續離騷　　혼을 불러 애오라지 계속하여 이소와 비기네

황현은 고인이 시문의 재주가 뛰어났음을 추승하고 위의 만시輓詩와 더불어 〈제왕봉주선생문祭王鳳洲先生〉을 눈물로 써서 남겼다.

봉주 왕사각 선생이 그렇게 세상을 떠나고 난 뒷자리는 쓸쓸하고 허전할 수가 없었다. 그러나 언제까지 비통한 감정에만 빠져 있을 그런 시국 분위기가 아니었다. 조정은 어수선했고, 민중들은 그해 11월 5일부터 만 42일 간 철야시위를 하면서 만민공동회운동을 전개하여 보부상 단체인 수구파 행동대 황국협회皇國協會의 공격을 물리쳐, 독립협회를 복설시키고 의회설립을 요구하였다.

그러나 자주독립 세력을 꺾어 버려야 대한제국 침략에 유리하다고 판단한 주한일본 공사는 친위대를 동원하여 독립협회를 탄압할 것을 고종황제에게 권고하였다. 황제가 이를 추종함으로써 독립협회, 만민공동회의 대한제국 정치체제 개혁 운동은 1898년 12월 25일 완전히 좌절되고 말았다.

독립협회 지도자 430여 명이 일시에 체포되었으며, 독립협회, 만민공동회도 완전히 강제 해산을 당하게 되었다. 독립협회, 만민공동회 해산 후 고종황제와 정부는 관인官人만이 정치를 논할 수 있는 것이며, 인민이 정치를 논하는 것은 부당한 것이므로, 백성들의 정치적 집회와 언론과 결사를

엄금한다고 포고하였다.

또한 대한제국은, 전제군주국이므로 이를 고치려고 하는 모든 종류의 위원회 시도는 반역 행위로 처벌할 것임을 공포하였다. 이에 대한제국의 정치체제에 대한 논쟁과 대립은 수구파의 승리와 개혁파의 패배로 귀결되면서 대한제국은 전제군주 국가로의 길을 가게 되었다.

조선이 수난과 변란을 거듭 겪으면서 대한제국으로 탈바꿈되던 그해, 황현은 만수동 구안실에서 동학 농민운동의 실태와 배경을 나름대로의 시각으로 《동비기략》과 당시의 사회 전반적인 분위기를 기록한 《매천야록》을 쓰고 있었다. 휘몰아치는 격동의 시대에 조선은 1898년 그렇게 새롭게 대한제국으로 태어난 것이다.

그 해, 성균관 박사시博士試가 열렸다. 이때 구례군수 박항래가 황현에게 성균관 박사시에 추천하겠다고 나아갈 것을 권유해 왔었다. 하지만 어지러운 시국에 관직에 나갈 뜻이 전혀 없는 황현은 한 마디로 간략하게 거절했다.

"나는 탕건을 잊은 지가 오래입니다."

탕건은 말총으로 만든 당시의 관모였다. 그만큼 황현은 속세에 살면서도 혼탁한 세상 속에서 벼슬자리를 얻는다는 것을 바라지 않았으며, 또 그렇게 얽히는 것 자체를 싫어했다. 그래서 당시의 문장가요 대관이었던 신기선, 이도재 등이 교제하기를 원하였으나 거절하고 이에 응하지 않았다.

그러나 황현의 재주를 아까워하는 주위 글벗들뿐 아니라 한양에서 같이 사귀던 문우들은 속히 올라와 다시 글도 짓고 벼슬도 하면서 시국담을 논의하자고 계속 서신을 보내왔다. 하지만 황현은 초지일관 흔들리지 않고 서신으로 오히려 책망하여 말했다.

"그대들은 어찌하여 나를 귀신 같은 나라의 미친놈 족속들 틈에 들어가 같이 미치광이가 되게 하려는가?"

이처럼 단호하게 유교적인 군자상을 지키고자 했던 황현이었다. 그토록 복잡한 세속에 얽히는 것을 거부했던 황현은 서재인 구안실에 사립문을 만들고도 잠그지 않고 찾아오는 문우들과 담소를 나누고 자연 속에서 교감하는 시작詩作으로 지족知足하는 삶을 꾸려가고 있었다.

번잡하고 살벌한 세속적인 출세에 대한 모든 미련을 이미 내려놓은 지가 오래 된 황현이었다. 궁벽한 만수동 바위산 속에서 밤이면 글을 읽고 낮이면 솔바람을 벗 삼으며 지냈다.

그러던 어느 날이었다. 이게 웬 청천벽력과 같은 소리든가?

왕사찬이 찾아와 영재 이건창이 타계했다는 소식을 전해 주었다. 황현은 망연자실했다. 생전에 그는 황현의 지조 있고 꿋꿋한 자세에 그 그릇이 남다름에 '황현은 걸사傑士'라고 격찬해 주었을 정도로 아끼며 각별하게 지내오던 평생지기 문우였다.

그의 지긋한 눈웃음이 눈앞에 둥둥 떠다녔다. 황현은 줄줄이 흘러 내리는 눈물을 손등으로 닦아내며 구례에서 멀리 강화까지 6백리 길을 걸어서 문상을 했다. 그리고 그 비통한 마음을 시로 읊어 담았다.

영재 이건창이 죽었단 말을 듣고

寧齋學士忽云亡	영재 학사가 갑자기 죽었다니
熱淚無從落我裳	뜨거운 눈물이 내 옷에 떨어지네.
人物眇然誰得有	그처럼 깨끗한 인물 누가 다시 있을까.
日星高潔永相望	해와 별처럼 고결해 서로 바라보았지.
史家記卒名山古	역사가가 죽음을 기록했으니 이름난 산이 더욱 예스럽고,
遠客招魂江水長	먼 나그네가 혼백을 불러주니 강물 더욱 유장해라.
六年一別瘴烟鄕	육년 전 살기 힘든 시골서 한 번 헤어졌건만
尙記容顔似紅玉	홍옥 같던 그 얼굴 아직도 기억나네.

영재의 초상을 치르면서

서풍이 가뭄에 불어 모래까지 흐트렸는데
멀리서 온 나그네는 바다 끝에서 어정거리네.
늙은 눈물 풀밭에 마구 흘리면서
깊은 정으로 벗의 집까지 끝내 찾아왔다네.
이름난 이 죽은 뒤에는 자손이 잘 된다던데
그대 묻힌 산이 깊어 물과 나무까지 고와라.
남산이 석 자나 눈에 파묻혔을 적
추위를 참으며 둘이서 매화꽃 즐기던 생각이 나네.

　그처럼 서로가 각별하게 아끼며 다독이던 문우 이건창의 죽음에 황현은 이제는 한낱 추억 속에서만이 만나 볼 수 있는 그의 모습을 그리워하면서 쓴 시였다.
　황현이 이건창의 죽음에 조문을 하고 내려 왔을 때였다. 그런데 이게 또 웬 아픔의 소식이든가?
　외삼촌 노응현 씨의 부음訃音이 날아들었다. 황현은 조문을 하면서 살아 생전의 외삼촌 모습을 떠 올리며 애절한 감정을 시로 읊어 표출했다.

외삼촌 노응현 씨의 죽음에 붙여/ 盧戚應玄氏輓 · 1898

母族惟公有往來　　외갓집에선 오직 공만이 우리 집을 드나들었지
屢嘆子得我家才　　'네가 우리 집 재주를 타고 났다' 고
　　　　　　　　　여러 차례 탄식하셨지.
半世未能成宅相　　반세상 살면서도 이 조카는 아직
　　　　　　　　　그릇이 되지 못했거늘,

中途何遽赴泉臺	공께서는 어찌 그리도 급히 황천을 가셨는가.
大化升沈誰不死	누군들 죽지 않으리요만
	착하신 분이 가시다니 정말 슬퍼라.
善人凋謝正堪哀	인생은 부추 잎 위의 이슬처럼 덧없어라.
薤歌擬把餕慾贖	마른 밥 한 줌으로 이승에서의 허물용서 받았으니
小刼風塵首一回	잠시 머물렀던 이 풍진 세상
	고개 한 번 돌려 보고 가소서.

참담했던 그 해도 저물고 1899년이었다. 소신 없는 조정은 탐관오리들의 부정부패로 허우적거리다가 이제는 외세의 간섭에 시달리고 있었다. 그야말로 벼랑 끝으로 내몰리는 어지러운 정세에 가엾은 백성들만 생활의 궁핍함에 시달리고 있었다.

그 시대 상황을 붓을 들어 울분을 토하고 있던 황현은 마침내 용기를 내어 중앙정부에 상소문을 올리기로 했다. 상소는 신하가 임금에게 감히 올리는 글로 바른 정책을 요구하는 일침一針과 같은 역할로 전하고자 하는 내용이 분명해야 하며 논리적이어야 했다.

그것은 한방의사가 환자의 맥을 잘못 짚어 죽이고 살리는 경우처럼 마찬가지였다. 만약 허튼 소리를 하거나 내용이 무례하고 잘못 되어 있을 경우에는 귀양을 가기도 했고, 또 목숨을 잃기도 했다. 그럼에도 불구하고 신하가 임금에게 그와 같은 상소문을 올린다는 것은 죽기를 각오하지 않으면 도저히 할 수 없는 일이었다.

그러나 지나온 역사 속에서 충신들은 죽기를 각오하고 애국 애족하는 정의감으로 조정의 정책에 옳고 그름을 비판 지적하여 임금에게 상소문을 올리기로 마음을 굳혔다.

누구보다도 불의와 타협하지 못하고 정의를 사랑하였던 황현은, 나라의 선비 된 도리로서 최익현을 비롯한 여러 선비들의 상소문과 함께 본인이

나라를 위해 전하고 싶었던 글의 내용을 묶어 엮었다. 중앙정부에서 풀어야 할 9개 조목이었다.

이때 황현의 나이 45세로 1899년이었다. 상소문을 작성하는 그 서두에서 황현은 황제에 대한 예를 갖추어 몸이 가루가 되어도 갚을 길이 없는 그 은혜에 감읍感泣한다는 인사에 이어 갑오년 1894년 이후, 지난 5년 동안 백가지 법을 고쳐 중흥하는 터전을 만듦이 아름다운 부분도 있지만, 개화의 근본이 아닌 말단만을 추구하여 나라가 위중한 상태에 빠졌음이 걱정이 되어 상소를 올리게 된 것이라고 그 이유를 밝혔다.

그리고 당시 지식인의 눈으로써 보는 조정의 실태는 다음과 같다고 적어 올렸다.

－오호라! 지금 우리나라의 형세를 비유하자면 병이 깊어 죽음이 드리워진 사람과 같으니, 오장육부가 병들고 수족이 마비되어 입이 막히고 눈이 아찔하여 병상에 누워 있으나, 아직 목숨이 끊어지지 않아 헐떡이며 숨을 쉬지 못하는 것과 같습니다. 유부와 편작과 같은 중국 고대명의의 손이 아니면 결코 기사회생할 수 없는 것입니다.

상소문을 올리는 마음이 그와 같음을 서두에 얹고 황현은 9개조의 시무책을 제시했다.

1. 언로를 개방하여 명맥을 통하게 하소서.

언로言路란 사람에게 호흡과 같은 것이다. 의리를 아는 선비를 간관諫官으로 선발하여 여론을 국정에 반영할 것을 호소했다.

2. 법령의 신뢰를 회복하여 군중의 의지를 바로 잡으소서.

상하를 막론하고 사회질서를 위해 누구라도 법령을 지킬 것을 강조하였고, 아울러 현 법령의 모순과 부조리를 바로 잡아 백성들의 신뢰를 회복해야 함을 강조하였다.

3. 형장을 엄숙히 하여 기강을 진작시키소서.

돈이면 무거운 형도 면제 받는 난국을 제대로 다스려 나가려면 무엇보다도 사익私益에 눈이 어두운 관리들의 기강을 바로 잡아야만 사회 분위기를 쇄신해 나갈 수 있다고 제의했다.

4. 절약과 검소를 통해 재원을 넉넉하게 하소서.

대한제국의 왕도정치는 백성들의 생활은 안중에도 없었고, 오직 황실을 위한 재정 낭비로 관리들의 조세수탈이 극심했다. 그래서 황현은 상소를 통해 구휼이나 국방비 등 필요한 지출은 부득이하지만 불필요한 지출은 금하여 나라의 재정을 확보하는 것이 중요함을 지적하였다.

5. 민씨 일족을 몰아내서 백성의 공분을 풀어주소서.

외척 민씨 세력의 횡포로 억울함을 입은 백성들의 분노를 풀어주기 위해서는 그들을 척결해야 한다는 것을 역설하였다.

6. 과거를 엄격히 하여 재주 있고 현명한 사람을 등용하소서.

탐관오리들의 사익을 위한 부정부패로 지식인들이 당해야 했던 과시장의 아픔을 지적하고 있으면서, 갑오개혁 때 폐지된 과거제를 다시 부활하여 엄격히 실시하고, 과거시험 합격자로 하여금 국정에 참여하도록 하면 벼슬길이 맑아 부정이 없게 됨을 피력했다.

7. 직임기간을 오래하여 맡은 일에 책임을 지게 하소서.

당시는 돈의 무게에 따라 관직 또한 매매되면서 수시로 그 자리가 바뀌고 있어서 맡은 바 직분에 충실할 수가 없는 것은 당연했다. 그래서 그 직임기간을 오래하면 그 직책에 따르는 의무와 포부를 갖게 되고, 그러므로 그 결과에 따라서 책임을 물어야 함을 지적했다.

8. 군제를 바꾸어 변란의 싹을 자르소서.

임오군란 후 크게 문란한 군기를 엄중히 다스리고 세워 전란에 대비할 것을 강조했다.

9. 토지대장을 정리하여 국가예산을 넉넉히 하소서.

갑오개혁 이후 실시된 것이 토지조사사업이었다. 그러나 관리들이 무능한 탓도 있었지만 부정으로 그 실효를 거두지 못했다. 공정한 조사사업을 통해 토지대장에서 누락된 은결을 찾아내어 그것으로 나라의 재정을 튼튼히 해야 함을 역설하여 상소를 올렸다.

이렇듯 황현의 상소 내용은 혼란과 파탄에 대해 거듭 경고하고, 기존의 제도를 시정해서 보다 합리적으로 운영해 나가야 함을 적어 올린 것이다. 이 상소문을 통해서 황현은 당시 서로가 기득권을 챙기려는 보수적인 위정척사파와 급진적인 개화파의 중간 지점에서 나라가 근본을 세울 수 있도록 내수자강에 입각한 개혁을 주장한 것이다.

이렇게 중도에 입각한 황현의 개화관은 당시 유학자들의 경세론과는 달리 진일보했던 것으로, 토지개혁 방안 역시도 그의 삶 속에서 직접 보고 체험해 온 결과였다.

황현은 향리에서 직접 농사를 지으면서 근검 절약생활을 실천하고 제자들을 육성하며 독서와 저술에 게을리 하지 않은 삶을 살아왔기 때문이다. 그렇듯 대한제국의 정세는 봉건주의 암흑 속에서 세상의 커다란 변화를 읽지 못하고 무조건적인 대원군의 쇄국정책과 제국주의에 대비할 아무런 준비도 없는 개화파들의 대책 없는 문호 개방의 갈등 속에서 개화의 올바른 방향을 찾지 못한 채 그처럼 혼돈의 상태로 치닫고 있었다.

그것을 황현은 위급한 환자의 임종직전의 상황과 같음을 비유하고 있으면서 그 환자가 기사회생할 수 있는 처방의 방안은 민족의 정체성을 잃지 않는 근본에 입각한 '올바른 개화'에 있음을 피력하고, 우리의 각성을 촉구하는 동시에 처신행도處身行道의 길을 밝힌 것이다.

그러나 혼돈시대에 중앙에 나아갈 수도 없는 불행한 삶을 살아온 지식인으로서 충의에 입각하여 죽음을 무릅쓰고 작성한 황현의 이 '언사소'는 결국 고종황제에게 전달되지 못했다. 이것이 당시 언로가 막혔음을 보여주고 있는 그 한 예이다.

황현은 언로言路까지도 막힌 시국 상황에 더없이 가슴이 답답해져 왔다.

그 답답증이 외로움을 몰고 오면서 이제는 저세상 사람이 된 막역지우莫逆 之友 이건창이 새삼 그리워졌다.

1899년 3월이었다. 황현은 생각 끝에 울적한 마음도 달랠 겸해서 벗 윤태경, 윤윤백, 최형국과 함께 의기투합하여 한양에 입경하였다. 성균관 유생생활을 청산하고 낙향한 이후 십년만이었다.

한양은 지난날의 모습이 아니었다. 요란하게 달리는 전차하며, 전기가 들어와 밤이 대낮처럼 환했으며, 많은 제도가 서양식으로 바뀌어진 것이 놀랍고 낯설기만 했다.

그 옛날 문우들과의 추억을 회상하며 남산에 오른 황현은 서구문화로 낯설어진 한양의 모습을 내려다보면서 시심에 젖어 한 수 읊었다.

입경사/ 入京師 · 1899

十年重到漢陽城	십 년만에 다시 한양에 들어서니
惟有南山認舊青	오직 남산만이 예전처럼 푸르르네.
夾道琉璃洋燭上	좁은 길 유리창엔 전등불이 켜져 있고,
橫空鐵索電車鳴	하늘 가로지른 전선 따라 전차 소리 요란하네.
梯航萬里皆新禮	배를 타고 멀리서 온 이들은 신식예법 행하고
屋纛千秋始大名	임금님은 천추에 황제라는 이름을 처음으로 가지셨네.
却笑杞人痴滿腹	쓸데없는 생각으로 가득했던 이 몸이 우습구나.
彼天安有蘧然傾	저 하늘이 어찌 감히 무너지리오.

황현의 눈에 비치는 한양의 낯선 모습은 나라가 서서히 망해 가는 모습으로 안타깝기만 하다는 심정을 그대로 실어 '저 하늘이 어찌 감히 무너지리오'하고 그 시름을 담아두고 있었다.

조선은 대한제국으로

13
구례 광의면 월곡생활

그 당시 대한제국의 정책 중 가장 큰 문제점은 대외정책이었다. 대한제국의 집권 수구파는 국제열강의 세력균형이 형성된 조건 속에서 대외적으로 엄정 '중립'을 선언하였다.

그런데 조정에서는 독립을 수호할 수 있는 자력을 기르는 데 총력을 집중하지 않고 강대한 제정러시아에 의뢰하는 성향으로, 외교정책은 다분히 친러적 색채가 짙었다. 그 결과 대한제국은 제정러시아에게 여러 가지 이권을 강탈당했으며, 여기에 반발하는 일본을 무마하기 위해 그 편에도 이권을 넘겨주어야 했다.

원래 도둑은 파장에 설친다고 했다. 권력다툼으로 파벌 싸움만을 일삼아오던 나라는 1899년 3월, 동해 포경권을 러시아에 빼앗겼고, 이어 1900년 일본에게 경상도, 강원도, 함경도, 경기도의 어업권을 빼앗겼으며, 역시 같은 해 인삼위탁 판매권을 주었다.

손에 아무것도 잡히지 않은 황현이 하루하루를 어물쩡하게 보내고 있을 때였다. 수제자 권봉수가 찾아와 황현의 안색을 살피면서 말했다.

"세상도 어둡고 마음도 어두우니 어디로 여행이나 다녀오는 것이 어떨까요? 시간이 어떠신지……."

"좋은 생각이네. 어제나 오늘이나 언제나 변함없는 산천경개나 구경하기로 하세."

황현은 그렇지 않아도 가슴이 답답하던 차에 흔쾌히 약속하고 서둘러 행장을 챙기고 있을 때였다. 방문을 들어선 아내가 시선을 피하면서 가만하게 말했다.

"이럴 때 여행이라도 다녀오는 게 몸보신하는 약보다 나을 테니까 조심해서 댕겨 와요. 답답증이라도 가시게……."

아내가 시선을 피하는 게 이상해서 살펴보니 눈가가 울음으로 부어 있었다. 침착하고 감정 절제를 잘하던 평소 모습과는 달라서 이유를 물었다.

"집에 무슨 일이 있는 거요?"

"무슨 일이 있긴요? 다림질을 하다가 보니 식구들 옷이 너무 낡아 찢어져서 그만…… 이것도 사는 것인지……."

말끝을 흐리는 아내의 어투로 보아 의복이 너무 낡아 다림질을 할 수가 없었고, 그 가난이 서러워 눈물이 솟구쳤음을 미루어 짐작하게 했다.

황현은 가장으로서 소홀이 했던 자신의 미욱함에 죄스러워 고개를 들 수가 없었다. 생활을 전적으로 아내에게 맡겨 놓고 있었기 때문이다. 그 상황에서 무슨 말이든지 한 마디 해야 했다.

"참으로 미안하구려. 시국 핑계만 대고 살아왔으니 당신에게 할 말이 없는 나요. 하지만 어쩌겠소. 이것도 다 운명이고 인연인 것을……."

황현은 그 말 밖에 더 할 말이 없었다. 언제나 자신의 의견은 뒤로 하고 말없이 가정을 지켜준 아내를 바로 대할 염치가 없으면서, 그런 아내가 새삼스럽게 안쓰러웠다.

자신을 생각하면 지식인이랍시고 긴 소매 적삼만 걸치고 다녔을 뿐 아내를 위해 해 준 것이 아무것도 없었기 때문이다. 시선을 바로 대할 면목이 없는 황현은 고개를 돌리고 서둘러 집을 나오면서 말했다.

"당신 고마움을 내 어찌 모르겠소. 변명 같지만 현생에서 다 못 갚으면 내 다음생에는 꼭 갚아 주리다."

그 말을 뒤로 남기고 황현은 집을 나왔다. 황현은 그 광경을 옆에서 지켜보고 있었을 권봉수를 대하기가 민망스럽고 머쓱해서 한 마디 했다.

"선비랍시고 혼란과 파탄으로 어지러운 시국 평계만 대고 살아온 내 처신행도가 오늘 참으로 민망스럽구만……."

"무슨 말씀을 그렇게 하십니까. 저는 선생님 생활 속에서 학습을 통하지 않고는 익힐 수 없는 문자향이 물씬 풍겨나서 더욱 존경한답니다."

"허허허……. 옆에서 그렇게 생각해 주는 사람이라도 있으니 고맙구먼. 하긴, 세상의 통례를 벗어나서 어디에도 구속되기를 싫어하는 게 글을 하는 선비라. 그래서 내 삶은 다만 한 시대의 역사를 남긴다는 생각으로 내 평생 일대의 문헌이 될 '매천야록'을 쓰고 있는 것이라네. 그것은 단순한 내 신변 기록이 아니라. 심신을 바로 해서 오늘 조정의 시비를 나열하고, 일과 말에 대하여 공평하게 품평하고, 또 공사의 시말을 담고, 고금의 기정을 징험하게 하는 여러 가지 소중한 사실들을 전해 주자는 것인데, 생각해 보면 역사란 바로 한 사람 한 사람의 개인적인 삶이 얽히고설켜서 이루어지는 게 아닌가 싶거든. 그러니 오늘 우리가 지나간 역사를 반추해 보는 것도 보다 나은 미래를 준비하자는 것이고, 그래 거기에 내 남은 삶을 붓끝으로 투자하자는 것이 내 작은 욕심이라고나 할까. 아무튼 그렇다네."

그것은 현실에 당장 적응할 수 있는 공부가 아니라, 선비로서 영원히 소멸되지 않는 삶의 참의미를 찾고 싶다는 황현의 말이었다.

그 말에 귀를 기울이고 있던 권봉수가 말했다.

"그렇게 세상 욕심 없이 사는 선비를 군자라 하고, 세상을 발아래로 보는 고고한 청학에다가 비유하는 것 아니겠습니까."

"그러니 가솔이 고생을 할 수밖에 더 있겠나. 허허허……."

황현은 그렇게 이야기를 주고받으며 가슴을 털어놓을 수 있는 제자 권봉수가 옆에 있다는 것이 더 없이 다행스럽고 그렇게 고마울 수가 없었다. 더구나 어려운 시국에 그래도 경제적인 여유가 있는 봉수였고, 그 덕분에 편안한 여행을 할 수가 있었기 때문이다.

두 사람은 이곳저곳을 유람하고 전주로 들어와 그곳 풍물을 구경했다. 거기에서 황현의 눈길을 끄는 것은 지난 1894년 가을, 의병들이 왜놈들과 맞붙었던 우금치 전투 이후, 1899년에 이르러서도 아직 복구되지 않은 전라감영의 참담한 모습이었다.

황현은 을씨년스러운 그 정경을 시로 읊어 담았다.

전주에서/ 全州

戎務更興兵燹後　오랑캐에 불탄 뒤 전운은 다시 일어나니
國憂時入旅吟中　나그네 괴로이 읊조리며 나라를 근심하네.

―〈全州〉 중에서

황현은 수제자 권봉수가 옆에 있어 줌으로써 그렇게 편안하게 여행도 하면서 그 해도 그렇게 저물어가고, 황현의 나이 46세로 1900년이 되었다.

중앙에서 내려오는 소식들은 언제나 어두웠고, 지배층은 여전히 농민수탈을 일삼고 있었다. 분개한 황현은 붓을 들어 그들을 규탄하는 시를 썼다.

양전하는 것을 보고/ 見量田

秦强謾道開阡日　진나라가 개간으로 강해졌다는 건 헛된 소리이고
魯削還從稅畝時　노나라는 세묘 때문에 도리어 쇠해졌다네.

―〈見量田〉 중에서

봉건 관료들이 일제 침략자들과 결탁하여 나라의 토지를 측량한다는 이유로 빈농들의 땅을 약탈하고 있는 당시의 상황을 시詩 담아두고 있는 것이었다.

황현은 이러한 사회 비판시로 그 시대 분위기를 담아두기도 했지만, 때로는 더없이 지긋한 서정적 분위기의 매화를 소재로 읊기도 했다.

매화/ 梅

一笑比河淸	한 번 웃음은 물이 맑음과 비교되고
些恐紅塵浼	사소하게 세속에 더럽힐까 두렵다.
安得如梅人	언제 매화 같은 사람을 얻어
百年澹相對	백년을 두고 담박하게 상대할 것인가.

— 〈梅〉 중에서

황현의 자호自號가 매천梅泉이듯이 세속에 때 묻지 않은 고매한 인품으로 매화꽃처럼 감동을 주는 그런 사람을 만나고 싶다는 간절한 소망을 담아두고 있는 시였다.

1901년이었다. 대한제국은 일본에게 직산금광 채굴권을 빼앗겼을 뿐만 아니라, 프랑스에게는 평안북도 창성광산 채굴권을 허용하였다.

이렇게 대한제국은 국제세력 균형이 이루어진 시기에 자주독립 강화를 위하여 성립하였음에도 불구하고 집권한 친러수구파 정부는 국제세력 균형이 깨어질 때 독립을 지킬 자력自力과 대책을 제대로 수립하여 실행하지 못하였다.

이윽고 일본은 1902년 1월 영일동맹을 체결하는 데 성공하자 더욱 전쟁 준비에 박차를 가하며 러일전쟁을 일으킬 기회를 노리고 있었다.

이때 황현은 48세로 백운산 뒷자락 간전면 만수동에서 구례 광의면 수

월리 천은사 입구의 월곡 마을로 이사를 했다. 1902년이었다. 간전면에서 섬진강을 건너 월곡 마을까지는 불과 삼십여 리 떨어진 곳으로, 지리산을 뒤로하고 사방이 확 트인 평야지대였다.

황현이 살아온 만수동은 소나무 숲이 빽빽하게 우거지고 벼랑이 자못 깊은 산골이었다. 그곳 구안실에서 17년 동안의 생활을 청산하고, 월곡 마을의 이웃 마을인 지천리 마을에 이사를 하게 된 데에는 사실 여러 가지 이유가 있었다. 시국이 어수선했던 만큼 각자 생활에 쫓기는 제자들이고 보면, 생활이 적적하고 곤궁할 수밖에 없는 황현이었다.

그 생활에 변화를 가져오게 한 것이 바로 광의면 월곡 마을의 이웃 마을인 지천리에 살고 있는 수제자 권봉수였다. 그의 집안은 대대로 구례에서는 알아주는 부농이었기 때문에 어려운 시국에서도 그런대로 안정된 입지를 유지해 온 집안이었다.

그런 수제자 권봉수와는 스승과 제자를 떠나 또 다른 인연이 있었다. 황현의 처조카 오현희가 그 권씨 집안 둘째 아들 권귀두에게 시집을 갔기 때문에 권봉수와는 이런 저런 인연으로 얽혀 있는 관계였다.

당시 구례 고을 광의면 지천리에서는 권씨와 박씨, 양씨, 왕씨가 부농으로 벌족하였는데, 황현의 제자들인 왕재소, 왕수환, 권석우, 박창현 등이 살고 있었다.

그런 여러 가지 관계에서 마침내 그 쪽으로 삶의 터전을 바꾸기로 마음을 굳힌 황현이었다. 옛말에 '수양산 그늘이 광동 팔십리' 라는 말이 있듯이 어떻든 정신적으로 의지가 되어주고 있었기 때문이다.

사방이 훤히 트인 열린 공간은 어두운 밤에 보름달이 비춰는 듯한 안정감을 주었다. 오래간만에 느껴보는 편안함이었다.

그만큼 새로 옮겨 앉은 집 주위 분위기는 정신적으로 안정을 갖다 주면서 평온케 했다. 그곳에서 황현은 집 뒤로 지리산을 오르는 산비탈 언덕에 조그만 터를 장만하고 낮이면 거문고와 책은 묶어 놓고, 닭과 개를 기르면서 안빈낙도安貧樂道를 취하는 속에 뜻밖에도 반가운 사람을 만나게 되었다.

그는 황현이 6세 때, 광양에서 구례 지천리로 이사를 와서 이웃해 살면서 눈만 뜨면 서로를 찾고 어울려 놀던 정기섭鄭錡燮이었다. 그의 이름은 그 옛날 세상 몰랐던 어린 시절, 희미한 추억 속에 아슴프레 하게 남아 있었다.

"이게 누군가? 황현이라면……. 그러니까 자네가 우리 옆집에 살던 정말 그 황현이란 말인가?"

먼저 알아본 것은 정기섭이었다. 그는 황현보다 두 살이 위로 그때의 기억을 생생하게 갖고 있었다.

"정기섭이라면, 나하고 흙장난하고 놀던 그 기섭이란 말인가요?……."

"맞네, 기억하고 있구먼. 허허허……."

몇십 년만에 만난 두 사람의 반가운 해후였다. 뜻밖의 해후에 황현이 정기섭의 손을 덥석 잡으면서 말했다.

"참으로 꿈같습니다."

"살아있으니 이렇게 만나게 되는 날도 있네, 그랴."

"그래 그동안 어찌 지내셨습니까?"

"서당 훈장질을 하면서 지내고 있다네. 그런데 보아하니 자네도 여전히 그 문장 냄새를 그대로 풍기고 있구먼. 흙장난을 하면서도 문자 놀음을 하더니만, 허허허……."

"참으로 반갑습니다. 이렇게 장년고개에서 우리가 다시 만나게 되다니……."

"참으로 묘한 인연이구먼. 자네가 이제 이웃 동네로 이사를 왔다니 자주 만나겠네 그랴."

"그래야겠지요. 만나서 그때처럼 문자 놀음도 하면서 말입니다. 하하하……."

황현은 정기섭을 만나면서 어린시절 추억 속에서 자신을 만나보는 것처럼 오래간만에 해맑은 동심의 웃음을 웃어 보였다. 그렇게 몇십 년만에 두 사람의 해후는 그만큼 동심으로 돌아가게 하면서 틈이 나는 대로 자주 만날 것을 약속하고 헤어졌다.
  그러나 시국은 언제까지 그 마음 그대로 한가롭게 만들어 놓지 않았다. 어수선한 시국은 점점 더 어려워지면서 마음을 우울하게 했다.
  그러던 어느 날 황현은 마음도 어둡고 하여 제자 권봉수와 만나 함께 목포로 여행을 하기로 하고 집을 나섰다.
  이윽고 목포항에 도착했다. 그러나 황현은 바다를 바라보면서 다시금 씁쓸한 마음을 털어내지 못했다. 목포개항(1897년) 이후 왜놈들의 화물선이 그들이 싣고 온 사치품을 미곡과 바꿔 엄청난 이득을 취해 흘러 나가고 있었기 때문이다.
  어디를 가나 여전하게 밀려오는 그 망국의 안타까움을 황현은 시로 읊어 담았다.

학포를 출발하여 당산진에 이름/ 發鶴浦, 至糖山津

  海禁開時國已愚   개항하자 나라는 그 날부터 망했으니
  空聞關稅較錙銖   공연히 한두 푼 관세로 이익을 얻을 뿐,
  漆箱磁盌知安用   칠상과 자기 그릇 어디에다 쓰겠는가?
  擲盡東南萬斛珠   아까운 우리 쌀만 산더미로 빠져 나가네.

  −〈發鶴浦, 至糖山津〉 중에서

  개항하자 미곡의 유출로 관세로 얻는 이익은 적고, 오히려 조선의 곡가 穀價만 뛰어 경제가 어려워짐을 한탄하고 있는 시였다.
  여행을 하고 돌아온 황현에게 아내가 반갑게 안겨 준 것은 손자였다. 그

기쁨으로 그 해는 그래도 얼굴에 웃음을 담을 수가 있었다.

그 이듬해 1903년 4월이었다. 러시아의 용암포진령사건 이후, 러시아와 일본의 긴장은 급속히 격화되어 러일전쟁이 급박하게 벌어지게 되었다는 섬뜩한 소문이 한양으로부터 내려왔다.

시국이 어수선했다. 그때 손자의 생일잔치를 조촐하게 치룬 자리에서였다. 할아버지가 된 황현은 귀여운 손자를 안고, 제발 손자 때만큼은 살맛나는 세상이 되었으면…… 하고 바라는 시 한 수를 썼다.

손자를 안고 기뻐하며/ 抱孫志喜

不慕高官不厭貧	고관도 바라지 말고 가난도 싫어하지 말며
逍遙樂國葆天眞	즐거운 세상에 소요하면서 천진함을 보존하라.
丁寧付與書千卷	틀림없이 천 권의 책을 주리니
世世人稱識字人	대대로 사람들이 글 읽는 사람이라 일컫게 하라.

－〈抱孫志喜〉 중에서

황현은 손자에게 높은 벼슬도 바라지 않고, 오직 물려준 책으로 다만 지식인으로 일컫는 사람이 되길 바랄 뿐이라고, 그 할아버지의 가슴을 시로 써서 남겼다.

그 해는 세상 모르고 방싯거리는 손자의 재롱을 보면서 그래도 가끔은 얼굴에 웃음도 담곤 했다. 그러나 그 이듬해였다.

1904년 1월 22일 대한제국 정부는 국외중립國外中立을 선언하였다. 이는 전쟁에 휘말리지 않기 위한 적절한 조치였으나 너무 늦은 것이었다.

일본은 대한제국의 정당한 중립선언에도 불구하고 이를 존중하지 않고 무시했다. 드디어 2월 8일 인천항에 정박하고 있는 러시아군함 2척을 선제공격하여 격침시켰다. 이로써 일본 제국주의 침략은 본격화되면서, 일본군을 대대적으로 인천항에 상륙시키고 2월 10일 선전포고를 했다. 동시에 여순항의 러시아 군함을 기습 공격했다.

그 당시 조정 대신들과 일반인들은 러일전쟁에 대한 인식의 수준이 아주 낮았다. 그래서 조정과 민간에서는 모두 말하기를 '그래도 왜인은 사람 축에 들지만 아라사 사람은 짐승 같으니, 만약 아라사가 일본군을 이기고 남쪽까지 석권할 것 같으면 우리 인종은 모두 멸망할 것이다' 하고 모두들 일본이 승리하고 아라사가 패하기를 바라면서 각처에서 일본군의 군수물자 운반하기를 사양하지 않았다.

그러나 황현은 붓을 들고 그 시대 상황인 '매천야록'을 쓰면서, 어리석은 백성들은 일본이 처음부터 감추고 들어온 그 야심을 바로 보지 못한 때문이라고 안타까워했다. 결국은 '일본군이 장차 우리나라를 유구瑠球, 오키나와나 안남(安南, 베트남)의 경우와 같이 차지할 것'이라는 것이 황현의 예감이었다.

그런데 황현의 예감은 빗나가지 않고 정확했다. 이어 일본군은 한양을 점령하고 2월 23일, 대한제국을 무력으로 위협하여 한일의정서韓日議定書를 강제로 체결했다.

그것은 일본군이 한반도에서 군략軍略상 필요한 장소와 토지를 수용하는 권리를 가진다는 것이었다. 이로 하여 대한제국의 주권은 일본에 의해 침해되기 시작했다.

일본은 전선 배후에서 대한제국을 지배하기 위한 군사력으로 1904년 4월 3일, 일본군 2개 사단 병력을 대한제국 주차군駐箚軍으로 편성하여 상주시켰다. 일본은 러일전쟁에 직접 투입하지 않은 주차군의 군사력으로 대한제국 정부를 위협하고 모든 권리를 조직적으로 침탈한 것이다.

마침내 서해안 어업권을 강탈해 갔으며, 또한 전국 황무지 개간권을 요구해 왔다. 이와 같은 일본의 요구에 뜻있는 인사들이 보안회保安會를 조직하여 대대적인 반대운동을 전개함으로써 일단은 저지되었다.

일본은 거기에 이어 1904년 7월 20일, '군사경찰훈령'을 만들어 일본군이 치안을 담당한다고 우리 정부에 통고함으로써 치안권마저도 빼앗아 갔다.

그리고 한 편으로 친일파의 양성과 조직의 필요성을 절감하고, 같은 해 8월 '진보회'를 조직하게 하고, 또 '유신회'를 조직하도록 하였다가 9월 '일진회'로 통합하였다. 그 뒤 일진회는 일본의 지시를 받아 매국활동을 본격적으로 전개하기 시작했다.

이렇게 일본은 대한제국의 주권을 침탈할 체제가 어느 정도 만들어지자 같은 해 8월 22일, '한일외국인고문 초빙에 관한 협정서'를 강제로 체결하고, 10월 일본인 메카다를 대한제국의 재정고문으로 파견하여 이른바 '재정, 화폐정리'라는 구실로 재정권을 침탈하였다.

이에 황제 고종은 그 해 1904년 11월 이승만李承晩에게 밀지를 주어 미국 정부의 협조를 구하도록 파견하였다. 그러나 그 밀지는 야심에 찬 이승만의 입신출세의 길만 열어 주었을 뿐 무용지물이나 마찬가지가 되어 버렸다.

이승만의 출세지향적인 야심은 그의 성장 배경부터가 만들어 준 것이라고 할 수 있었다. 그의 가계는 한파로 알려진 양녕대군파에 속한 데다가 양녕대군의 다섯째 아들 이흔의 서계였기 때문에 유교적인 반상제도가 심했던 조선사회에서 사실상 오랫동안 벼슬길이 막혀 있었던 몰락한 양반이나 다름없었다. 그러한 가계 혈통을 이어 받은 부친 이경선은 서당훈장 김창혼의 외동딸과 결혼했다.

서계庶系는 벼슬길에 나설 수 없었던 관계로 이경선은 일찍부터 보학譜學과 풍수지리에 눈을 돌렸다. 그래서 거기에 남다른 깊은 조예를 가지고 전국의 명당을 찾아 돌아다니는 풍류아적인 선비의 생활로 가산은 넉넉하지 못했다.

이승만은 이름뿐인 양반의 아들로 1875년, 황해도 평산군 마산면에서 3

남 2녀 중 막내아들로 태어났다. 그러나 위로 두 형들은 이승만이 태어나기 전 홍역으로 죽었기 때문에 사실상 외아들이 되었다. 그러나 이승만의 아버지 이경선은 풍류를 즐기는 선비로 아들의 교육과 출세에 아무런 도움을 줄 수가 없었다. 하지만 서당 훈장의 딸이었던 어머니는 그런 아버지와는 달랐다. 아들에게 직접 천자문을 가르쳐 줄 정도로 당시 여성으로서는 훈장 아버지의 영향을 받아 학식이 있었다. 그래서 후에 이승만이 학자며 정치가로 성장하는 데 그 초석이 되었다고 할 수 있다.

그의 모친은 외아들만은 훌륭하게 키워내기 위해 이승만이 두 살이 되던 1877년, 남편을 설득하여 거처를 황해도에서 한양 남대문 밖 염동으로 옮겼다가 다시 낙동駱洞으로 집을 옮겼다. 그 후 다시 옮겨 앉게 된 곳이 양녕대군의 위패를 모신 지덕사至德祠 근처 도동桃洞 골짜기였다. 이곳에서 이승만은 유년기를 보냈다.

물론 생활은 모친의 삯바느질로 빈한한 생활이었지만, 외아들에 대한 모친의 극진한 정성과 사랑으로 행복한 유년기를 보낼 수 있었던 이승만이었다. 소년기에 이르러 여느 양반집 자제들과 마찬가지로 과거 등과를 목표로 서당공부를 시작했다.

서당시절 이승만은 사서오경을 익히고 서당에서 가르치는 종합경시 도강都講에서 언제나 장원을 차지했다. 13세부터 나이를 속여 해마다 과거에 응시했지만 거듭 낙방의 고배를 마셨다. 그만큼 소년 이승만의 특수한 성장과정의 환경이 그때부터 출세지향적인 강박관념을 형성해 준 것이라고 할 수 있다.

이와 같은 이승만의 성장 배경은 이후 그로 하여금 조선왕조에 대해 냉담한 입장을 취하면서 당시 개화기 물결을 타고 들어온 시민평등市民平等의 기독교 사상을 누구보다도 선호하고 빠르게 받아들였다.

이승만은 15세에 부모가 간택한 우수현 근처의 동갑내기 음죽陰竹 박씨 집 딸 박승선과 혼인을 하였고, 1894년 터진 청일전쟁을 계기로 서당공부를 중지했다. 갑오경장의 일환으로 과거제도가 폐지되었기 때문에 서양 신학문에 재빨리 눈을 돌린 것이다.

청일전쟁에서 일본이 청국을 제압 승리한 사실이 정치적으로 그만큼 중요한 세계적 지각변동임을 재빠르게 감지했기 때문에 1895년 2월, 청년 이승만은 신긍우申肯遇의 권유로 단발斷髮을 결행하고 정동에 있는 미국인 신학교인 배재학당에 입학했다. 미국인 감리교 선교사 '아펜젤러'가 1885년에 설립한 학교로 배재학당은 한국인, 서양인, 청국인이 두루 섞여 있는 국제적 분위기의 학교였다.

유교적인 세습을 배워 온 청년 이승만에게 있어서는 별천지 같은 분위기로 새로운 서양문명에 눈을 뜨게 해 준 것이다. 이 학교에는 서양 신학교를 졸업한 이상주의적 선교사들이 그 사명감을 가지고 한국에 건너와 성경뿐만 아니라 영어를 가르쳐 주고 있었기 때문에 배재대학이라고도 불려지기도 했다. 사실 이승만이 배재학당에 입학한 기본 동기는 영어를 배우기 위한 것이 주목적이었다.

당시 이 배재학당에는 한국인으로서는 최초로 미국 유학을 하고 돌아온 개혁정치가 서재필이 있었다. 그는 1주일에 한 번씩 강사로 드나들면서 세계역사와 지리, 그리고 민주주의와 국제정세 등에 대한 특강을 해 주었다.

여기에서 신학문에 크게 눈을 뜨게 된 이승만이었다. 입학 후 그는 곧 영어 학습에 두각을 나타냈다. 반년 만에 배재학당 초급 영어반의 조교사가 되었고, 그래서 주위 사람들로부터 천재라는 평을 받기도 했다.

이승만이 1898년 7월 배재학당을 졸업할 때는 600여 내외 귀빈 앞에서 '한국의 독립'이라는 주제로 영어연설을 능숙하게 해낼 정도였다. 그의 목적이 1차적으로 달성된 셈이었다. 그리고 여기에서 이승만이 눈을 뜬 것이 새로운 혁명적 사상이었다.

이렇게 선비 황현과 동시대를 살아온 이승만이었으나, 그러나 기독교 사명을 가지고 건너온 선교사들로부터 자유, 평등, 민권 등을 배웠고, 특히 서재필의 근대적 정치이념을 깨우치면서 미국식 민주주의 제도를 신봉하기에 이르렀다. 이승만은 서재필을 존경하고 따르면서 그의 훈도하에 협성회協成會라는 토론회를 조직함과 동시에 『협성회보』라는 잡지를 창간하고 주필로서 논설을 썼다. 그러다가 서재필의 영향을 입어 창립된 독립협회의 개혁운동에 참여했다.

거기서 만민공동회萬民共同會의 총대위원總代委員으로 맹활약을 하게 된 이승만은 극렬한 반정부 데모대를 조직, 선동하다가 투옥되어 경무청 감방에서 목에 무거운 형틀을 쓰고 사형선고를 기다리면서 모진 고문을 받았다.

투옥된 직접적인 계기는 1898년 11월 19일, 이승만이 중추원 의관議官에 임명되고 난 다음이었다. 고종황제를 퇴위시키고 그 대신 의화군義和君을 새 황제로 옹립하면서 일본에 망명 중이던 급진적 개혁정치가 박영효를 영입하여 새로운 혁신 내각을 조직, 정치개혁을 추진하려는 음모에 가담했었다. 그래서 고종황제의 노여움을 크게 샀었던 이승만이었다.

그러나 이승만은 다행히도 재판과정에서 혐의가 충분히 입증되지 않았다. 그래서 1899년 7월 11일 열린 평리원平理院 공판에서 단순한 탈옥미수 죄인으로 취급되어 종신형 선고를 받았다. 그가 경무청 구치소에 수감되어 있을 때 감방의 동지 두 사람과 함께 탈옥을 기도했다가 실패했었기 때문이다.

근 6년 반 동안의 감옥생활에서 진정한 기독교인이 될 수 있었던 이승만이었다. 미국인 선교사들이 감옥을 심방하여 믿음의 '소망'이란 무엇인가를 가르쳐 주었기 때문이다. 그로 하여 이승만은 누추한 감옥생활에서 마음에 평정을 찾을 수 있었고, 그 결과 그는 감옥생활을 하면서 개신교 역사상 처음으로 40여명의 양반 출신 관료, 지식인들을 기독교로 개종시키는 데 기여할 수 있었던 '신앙체험'을 『신학월보』 등 선교잡지에 기고하기도 했다.

황현과 동시대를 살아온 이승만이었지만, 그렇게 추구하고 지향하는 이상세계는 현저하게 달랐다. 그 후, 이승만은 선교사들이 차입해 준 523권의 책을 가지고 옥중 서적실을 개설하는 한편, 감옥서장 김영선의 허락을 받아 1902년 10월 옥중학교를 개설했다.

그는 이 옥중학교에서 동료 죄수들과 함께 글을 깨우치지 못한 어린이 13명과 옥리를 포함한 어른 40명에게 언문과 한문, 영어, 그리고 성경과 찬송을 가르쳐 주었다.

그러나 그의 종신형은 그 얼마 후, 고종황제의 특사로 감면되었다. 한성감옥에서 풀려난 이승만은 1904년 10월에 개설된 상동청년학원尙洞靑年學院 교장으로 잠시 재직했다.

이 무렵 대한제국은 러일전쟁에 휘말리고 있었다. 일본의 침략적 본성이 노골화되면서 나라의 운명은 풍전등화와 같았다. 이러한 시점에서 고종황제의 주변에 있던 개혁파 충신 민영환과 한규설은 영어를 잘하는 이승만을 감형시켜 미국으로 밀파시키자고 의견을 모아 고종에게 제안함으로써 종신형을 감형 받게 된 것이다.

그것은 머지않아 러일전쟁이 끝나고 강화회의가 열릴 때 미국 국무장관과 대통령이 1882년 체결된 조미朝美조약의 '거중조청조항'에 따라 한국의 독립을 도와줄 것을 요청하기 위해 영어를 잘하는 이승만을 밀사로 보내려고 한 것이었다.

그래서 고종황제께서는 이승만이 미국으로 떠나기에 앞서 시녀를 통해 이승만을 궁중으로 불러들여 밀명을 직접 하달하려고 했었다. 그러나 평소에 고종을 존경하지 않았던 것은 물론이고, 반정부 음모에 가담했었던 이승만이었다. 황제와의 알현을 사절하고 밀사의 날개를 달아준 고국을 뒤로 한 채 미국으로 떠났던 것이다.

1904년 11월 29일, 이승만은 처음으로 미국이라는 나라 하와이의 호놀룰루에 도착했다. 그곳에서 교포들의 따뜻한 영접을 받게 된 이승만은 하와이 감리교 선교부의 와드맨 감리사와 윤병구尹炳求 목사를 만났다. 그와는 배재학당에서 동문수학을 한 처지였다. 나랏일을 의논한 끝에 장차 미국에서 열리게 될 강화회의에 '해외에 있는 한국인들'의 의사를 대변하여 전달하기로 약속했다.

이승만은 하와이를 떠나 미국 본토 샌프란시스코를 거쳐 로스앤젤레스 및 시카코를 거쳐 미국의 수도 워싱턴 D.C에 도착하여 여장을 풀고, 자기 사행使行에 대한 협조를 부탁했다.

그리고 난 다음 민영환과 한규설이 지시한 대로 친한파親韓派 하원 의원 딘스모어를 접촉하고, 그를 통해 이승만은 1905년 2월 20일 미국 국무에서 국무장관 헤이(John Hay)와 30분간 면담을 할 수 있게 되었다. 헤이 장관은 이 자리에서 미국이 한국에 대한 조약상의 의무를 다하도록 최선을 다해 줄 것을 약속했다.

이것이 민영환과 한규설의 밀사로서 거둔 초보적인 이승만의 외교 성과였다. 그러나 그해 7월 1일 헤이 장관이 사망함으로써 이때 얻어낸 약속은 무위로 돌아갔다. 그렇게 5개월이 지났을 1905년 8월 4일 오후 3시, 이승만은 미국 대통령 데오도어 루즈벨트를 만날 수 있었다. 그러니까 이승만이 루즈벨트를 만나기 그 1개월 전 7월 초였다.

미국의 뉴햄프셔주 포츠머스 군항에서 루즈벨트는 자신의 중재하에 대일 강화회의가 열린다고 발표했었다. 그와 동시에 루즈벨트는 그의 심복인 육군 장관 태프트를 아시아로 파견, 일본지도자와 미·일 현안에 관해 사전협의를 하도록 했다. 그래서 일본 방문 길에 오른 태프트 장관 일행은 7월 12일에 호놀룰루에 기항했었다.

그 일행들이 도착하기에 앞서 한국 교포들은 '특별회의'를 소집하고 윤병구와 이승만을 강화회의에 파견할 대표로 선정하고 미국 대통령에게 제출할 청원서를 채택했다. 그래서 윤병구는 육군장관 태프트가 호놀룰루에 도착했을 때 감리사를 통해 태프트가 루즈벨트에게 이승만과 자기를 소개하는 소개장을 받아내는 데 성공했었던 것이다.

그런데 하와이 교포들이 특별회의에서 채택한 청원서에 이승만은 자신들은 고종황제의 사신이 아니라는 것을 분명히 했다. 그는 8,000명 하와이 교포들의 대표라고 자처하고, 자신들은 조국에 있는 1,000만 백성의 민의를 대변한다고 주장했다. 그리고 난 다음, 이어서 일본이 러일전쟁 중에 한국에서 자행한 각종 침략과 배신행위를 규탄하고, 미국 대통령이 포츠머스 회담을 계기로 한미조약韓美條約 정신에 입각하여 한국의 독립을 지켜주기 바란다고 호소하였다.

이와 같은 청원서를 가지고 하와이를 출발, 7월 31일에 도착한 윤병구 목사를 맞은 이승만은 함께 필라델피아에 거주하는 서재필을 찾아갔다. 그리고 청원서의 문장을 다듬어 만반의 준비를 끝낸 윤병구와 이승만은 호놀룰루에서 태프트 장관에게서 얻어낸 소개장을 가지고 루즈벨트 대통령을 찾아가 교포들이 만든 청원서를 제출했다. 그리고 "언제든지 기회 있는 대로 한미조약을 돌아보아 불쌍한 나라의 위태함을 건져 주기 바라노라"고 부탁했다.

이에 대해 루즈벨트는 사안이 워낙 중요하므로 사적인 개인 청원은 받아 줄 수가 없음을 말하고, 정식 외교채널을 통해 그 청원서를 제출하면 자기는 그것을 강화회의에 내놓겠다고 대답했다.

윤병구와 이승만은 어쩔 수 없이 면회장을 물러나와 그날 밤으로 기차를 타고 워싱턴의 한국 공사관을 찾아갔다. 그리고 공사관 김윤정을 붙들고 당장 필요한 조치를 취하고자 졸랐지만 김윤정은 그들의 요구에 응하지 않았다. 본국 정부의 훈령을 받지 않았기 때문에 그 요구를 들어줄 수 없다는 것이 김윤정의 대답이었다.

이승만은 달래기도 하고 으름장을 놓기도 해 보았지만 허사였다. 그때 한국 정부 공사관 김윤정의 생각은 더구나 국가가 존망지추存亡之秋의 위기에 놓여 있는 처지에서 그들이 고종황제의 '사신이 아니라'고 삽입시켜

넣은 문구는 그 자체가 반정부 행위임에 틀림이 없고, 그것이 강대국에게 바로 국가의 허점을 보여주는 일이 된다는 것을 깊이 생각한 때문이었다.

그래서 그 청원서는 미국 국무부에 정식으로 제출되지 못한 채, 결국 사문서가 되고 말았다. 이렇게 고종황제의 밀사로 미국에 보내졌던 이승만의 이 같은 반정부 처사로 포츠머스 강화회의에서 한국인의 목소리가 대변되지 못하고 말았던 것이다. 이렇게 이승만은 국가의 위기 앞에서 반정부적 외교를 펼쳤던 것으로, 이때의 혁명적 사행使行은 그렇기 때문에 무참하게도 좌절되고 말았다.

그런데도 이승만은 8월 9일 민영환 앞으로 편지를 보냈는데, 그의 변辯은 그가 사행에 실패한 원인을 월급이나 벼슬에만 매달린 김윤정의 협조 거부, 즉 배신에서 찾았고, 김윤정이 그러한 행동을 취한 것은 바로 일본측에 매수되어 있기 때문이라고 매도했다. 과연 이승만의 외교활동 실패의 근본원인이 그의 말대로 김윤정의 배신에 있었던 것일까?

이것이 이승만의 초보적인 미국에서의 처녀 외교였다. 그러니까 윤병구와 이승만에게 루즈벨트 앞으로 소개장을 써주었던 태프트 장관은 7월 27일에 동경에서 일본 수상 카쓰라를 만나 한국과 필리핀 등 동양문제를 논의한 끝에 소위 '태프트·카쓰라 밀약'을 맺었던 것이다.

루즈벨트가 이 밀약을 7월 31일에 추인하였었는데, 이 밀약에서 미국은 일본이 장차 미국의 식민지인 필리핀을 공격하지 않는다는 조건하에 일본이 군사력을 동원하여 한국에 대하여 종주권을 수립하는 것, 즉 보호국화를 이미 허용하였던 것으로, 이것이 제국주의 국가간의 막후흥정이었다.

이때의 악명 높은 '태프트·카쓰라 밀약'이 1924년 미국 존스홉킨스대학의 외교사가外交史家 텐네트에 폭로될 때까지 이승만은 자기가 루즈벨트에게 농락 당한 것은 전혀 알지 못했고, 그의 이 같은 순진한 정치외교는 그 후 해방이 되고 미군정에 업혀 그처럼 농락 당해 왔었음에도 그가 세상을 떠나기 전까지도 전혀 깨닫지 못한 것은 물론이다.

이렇게 개화기에 서양 선교사가 들어와 이 땅에 세운 배재학당은 청년 이승만을 신위적 권위를 풍기는 순진무구한 개혁가, 또는 혁명가를 만들어냈고, 그로 하여 이 땅에 서양 기독교가 뿌리 깊게 정착할 수 있도록 크게 기여해 준 1등 공신을 길러냈다고 할 수 있다

개화기에 미국에 유학했던 한국 지식인은 모두 합쳐 70만 명으로 그 중에 대표적으로 알려진 인물이 서재필, 유길준, 윤치호, 이승만, 김규식, 신흥우 등이다. 이승만은 이들보다 뒤늦게 유학하였지만 동시대의 다른 유학생들에 비해 더 유명한 대학을 다녀 더 많은 학력을 쌓았고, 또 최초로 국제정치학 분야에서 박사학위를 얻어낸 군계일학격인 셈이었다.

그러한 그의 용광로 같은 학구열은 이미 성장과정에서 출세 지향적으로 치달을 수밖에 없도록 살아온 그의 환경적 요인이 그렇게 만들었던 것인지도 모른다. 이승만이 감옥에서 풀려 나와 고종황제의 밀사로 조국을 떠날 때 그는 벌써 흉중에 밀사의 사명 이외에 미국에서 대학교육을 받기 위해 한국내의 저명한 선교사들로부터 미국 교계의 지도자들 앞으로 쓴 추천서 19통을 두둑이 받아 챙겨 가지고 떠났었다.

이렇게 이승만은 개화기에 들어온 기독교를 발판으로 미국 유학을 하면서 오직 고국에 돌아가 정치 지도자가 되겠다는 꿈을 키워 왔던 것이다.

그런 의미에서 고종황제는 반정부 행위로 7년 동안이나 감옥생활까지 했던 출세 지향적인 이승만을 밀사로 떠나보낸 그 자체부터가 그의 야심에 날개를 달아준 것이라고 할 수 있을 것이다.

14
대한제국의 황혼

황제가 달아준 날개를 달고 미국으로 떠난 이승만과는 달리 우국지사 이한응李漢應은 일본의 재외한국 공사관 철수에 항의하여 자결을 했다. 그 뒤로 일제의 침략에 자결로써 항의하는 재계인사와 선비들이 속출하기 시작하였다.

이때 이준李儁, 양한묵梁漢默 등은 헌정연구회憲政研究會를 조직하여 의회를 설립함으로써 황제의 전제적 결정권을 의회로 옮겨 일제의 침략에 대응하려고 하였다.

마침내 1905년 5월 강원도와 충청도 일대에서 원용팔元容八 등이 의병을 일으켜 무장투쟁으로써 일제의 침략에 대항하였다. 그러나 러일전쟁에서 승리한 일본은 1905년 9월 러일강화조약을 체결하고 영국과 미국의 승인을 얻어낸 뒤, 10월 15일 압도적으로 우세한 무력으로 일진회로 하여금 '한일보호조약' 체결을 촉구하는 성명을 발표하도록 지시하였다.

이때 해학海鶴 이기는 한국의 처지를 호소하려고 나인영(羅寅永, 1863~1916)과 함께 미국에 들어가려 했으나 일본 공사의 방해로 가지 못하였다.

그때 일본은 이토 히로부미(伊藤博文)를 11월 9일 특명전권대신으로 파견하여 고종황제에게 대한제국의 외교권을 빼앗고, 통감부統監府를 설치하였다. 그리고 11월 17일 밤, 구완희, 박용화 등이 일본군을 인도하여 경운궁 담장 둘레로 대포를 설치했다.

이때 이토 히로부미는 임권조, 하세가와 요시미치(長谷川好道) 등과 함께 곧바로 수옥헌 중명전으로 들어가 이토 히로부미 일본 통감의 지배를 받는다는 것을 골자로 하는 5개조의 새 조약을 꺼내 놓고 고종황제에게 도장 찍을 것을 강요했다. 하지만 고종황제는 끝내 날인하지 않았다. 그러자 구완희가 그들을 꾀어 말하기를, "이렇게 벽력같이 날인하라 하니 주상께서 놀래서 결정하지 못하시지 않는가?"라고 하였다. 그때 이지용 등이 입시하였는데 한규설이 그들을 향해 분개하여 말하기를, "나라가 가히 망할지언정 이 조약은 가히 허락할 수 없다"고 했다.

이에 이토 히로부미는 여러 가지 수단을 부려 회유하고 위협했지만, 고종황제는 단호하게 잘라 말하기를, "이것은 외부의 소관이니 가히 대신에게 물으라"고 했다.

그러자 박재순은 주사를 불러 외부 인장을 가져오게 하고, 도장이 도착하자 5대신이 날인하였다. 하지만 한규설은 여러 가지 방법으로 조약체결을 회피하였다.

이렇듯 일본군의 포위와 무력강제하無力強制下에서도 3대신이 끝까지 조약에 반대했으나, 날인한 자는 외부대신 박제순, 내부대신 이지용, 군부대신 이근택, 학부대신 이완용, 농부대신 권중현이 조약에 동의하였다. 이 조약에 동의한 5대신을 '을사오적'이라고 모두가 비난을 했지만, 정작 그 '을사오적'들은 일본을 등에 업고 너무나도 당당했다. 강제로 조약을 성립시키고 참정대신 한규설을 면직시켜 3년 유형을 내렸다.

내부대신 이지용은, "나는 오늘 최명길이 될 것이다. 국가의 대사를 우리들이 하지 않는다면 누가 하겠는가?"라고 병자호란 때 청과의 강화를 주장하였던 최명길에 비유하여 자신들의 매국행위를 합리화했다. 그러나 대한제국의 조약체결권자인 고종황제는 끝까지 '을사 5조약'의 체결에 반대하고 승인하지도 않았으며, 비준도 하지 않았다. 그럼에도 불구하고 일제는 성립되지 않은 조약을 군사무력에 의거하여 불법으로 강제 집행하였다.

'을사오적' 소식이 퍼지자 장안은 초상난 분위기였고, 방방곡곡에서 몇 백 명, 몇 천 명씩 무리를 지어 이미 나라가 망했으니 우리들은 어떻게 살아갈 것이냐고 울부짖었다. 또 술을 마시고 취하여 비통하게 땅을 치는 사람들의 얼굴이 마치 죄지은 사람의 얼굴들 같았으며, 동네에서는 밥 짓는 연기를 내지 않았다. 이러한 상황이 한 달이 넘게 계속되었다.

을사조약이 강제 체결된 1905년 11월 17일 직후, 고종황제는 피를 토하는 심정으로 조약의 부당성을 알리는 밀서를 작성하여 서방 강대국에 다음과 같이 전했다.

"이토 히로부미 특별공사, 하세가와 장군, 하야시 공사가 군대를 이끌고 짐의 궁궐에 들어왔고, 무력으로 짐을 위협해 그들 스스로 만든 조약에 서명할 것을 강요하였소. 이러한 범죄행위가 어찌 국제법상 받아들여질 수 있단 말이요."

하지만 고종의 그 밀서는 일제에 외교권을 박탈당한 힘 없는 나라 황제의 말은 힘을 얻지 못했고, 복잡한 국제 정세 또한 사태 해결을 힘들게 했다.

고종황제가 이 같은 절규를 담아 독일 정부에 보낼 수 있었던 것은 당시 베를린 주재 공사관이었던 민철훈에게 보낸 전보를 독일어 번역본으로 을사조약 강제 체결 일주일 뒤인 1905년 11월 24일 독일 외교부에 접수됐던 까닭이다.

전보에는 "독일의 도움은 국제법을 통해 일본인들에게 항의할 수 있는 본인과 우리 조국을 위한 유일한 마지막 희망"이라는 고종황제의 간절한 바람이 담겨져 있었다.

을사조약은 일본이 강압적으로 대한제국의 외교권을 빼앗고, 내정 장악을 위한 통감부 설치 등의 내용을 담은 조약으로, 이를 통해 대한제국은 사실상 일본의 식민지가 되었다.

이렇게 대한제국은 을사오적의 긴밀한 협조 속에 '을사늑약'이 체결되면서 외교권을 비롯한 국권의 일부를 강탈 당하게 되어 멸망의 길을 가게 되었다. 이에 민심은 오적들의 행위를 나라를 팔아먹은 도적으로, 그것도 역사를 통털어 가장 악독한 도적으로 취급하고, 최익현과 조병세 등 많은 유림들이 오적 처형의 상소문을 올렸으며, 많은 지사志士들은 오적 암살을 시도하기도 했다.

이 을사조약의 체결 소식은 나라 안팎으로 엄청난 충격과 울분을 안겨 주었다. 조약 체결 소식이 전해지자 뜻있는 우국지사憂國之士들이 을사 강제 조약의 체결에 항의하며 잇달아 자결하였고, 더 나아가 무장 의병 투쟁을 통해 일제의 반강압적 작태에 무력으로 응징하고 친일 인사들을 타도하기 위해 일어서는 등 그에 따른 반발이 여기저기서 일어났다.

고종황제도 국권 회복을 위해 온 힘을 다하였다. 미국 대통령을 비롯하여 러시아 황제 등 각국 국가 원수들에게 헐버트를 비롯한 친한親韓파 외국 인사들을 특사로 파견하여 을사조약의 무효를 선언하는 등 여러 가지로 외교적인 노력을 꾀하였다. 그러나 이미 제국주의 시대로 접어들었던 당시 국제사회가 일제의 조약 체결을 사실상 묵인함으로써, 이러한 우리의 노력은 물거품으로 돌아가고 말았다.

그러나 국내에서는 여전히 을사오적에 대한 백성들의 분노가 끊이지를 않았다. 그러자 이토 히로부미는 군대를 파견하여 비상사태에 대비하여 을사오적의 집을 보호하였다.

그때 황현은 한양으로부터 내려온 을사조약의 강제 체결 소식을 듣고 정신이 아득해지면서 아무것도 생각하고 싶지 않았다. 얼마만에 겨우 마음을 가라앉히고 나라를 잃은 몸으로는 너무나 기가 막혀 울음도 나오지 않는다는 비통한 심정을 붓을 들고 토로하였다.

변란이 일어났다는 이야기를 듣고/ 聞變

洌水吞聲百岳嚬	한강 물 흐느끼고 북악산이 신음하는데
紅塵依舊簇簪紳	세도가 양반들은 티끌 속에 묻혀 있네.
請看歷代奸臣傳	청컨대 역대 간신전을 훑어보소.
賣國元無死國人	나라를 팔아먹었지 나라 위해 죽은 놈 없다네.

-〈聞變〉3수

높은 벼슬자리에서 녹이나 타먹는 매국노들을 치솟는 분노로 단죄하는 울분의 시였다. 그렇게 매국노들에 의해서 체결된 을사조약을 황현은 '을사늑약', '을사겁약' 이라고 표현하여 《매천야록》에 기록했다.

그해 12월 일본은 친일분자인 미국인 스티븐스를 외교 고문으로 임명하여 대한제국의 대서양 외교를 차단하게 하고, 그 밖에 일본인들을 군사고문, 경무고문, 학부고문, 궁내부고문 등에 임명하여 대한제국의 국내 행정을 일본인들의 지배하에 두었다. 그로써 대한제국은 언제 태풍이 일어날지 모르는 풍전등화의 상황에 놓이게 되었다.

1905년 1월 10일, 일본은 한양과 경기도 일대의 치안경찰권을 일본 헌병대로 넘겼으며, 1월 31일에는 일본 제일은행으로 하여금 대한제국의 국고를 관장하게 하였다.

그리고 이어서 4월 1일 '일본과의 통신기관 위탁에 관한 협정서'를 강제 조인하여 국내의 통신권을 박탈하였다. 이에 허위許蔿 등은 6월 정우회政友會를 조직하여 배일통문을 전국에 돌리고 일본의 침략을 규탄하여 일어설 것을 호소하였으며, 전국 유생들은 일본을 규탄하는 상소를 빗발치듯 올렸다. 따라서 7, 8월부터 항일 의병운동이 다시 일어나기 시작했다.

그러나 일본은 9월 13일에 이르러서 '한일연해 및 내외와의 항행에 관한 약정서'를 강제 체결하여 무역상의 이익을 일본 상인들에게 독점하게 하였고, 10월 5일에는 대한제국의 관세 사무를 관장했다.

이렇게 일본은 무력으로 대한제국의 주권을 단계적으로 침탈하면서, 이른바 '보호국'으로 반식민지화半植民地化하는 작업을 추진하였다. 그리고 일본은 이어서 7월에 '카쓰라·태프트밀약'과 8월에 2차 '영일동맹'을 체결하여 일본은 미국과 영국의 전폭적인 지원하에 대한제국에서의 우월권을 국제적으로 인정받게 되었다.

또한 러일전쟁에서 승리하여 9월에 체결한 '포츠머스조약'으로 러시아의 한반도 진출을 좌절시켜, 국제적으로 조선에서의 독점권을 확보하였다. 그리고 그해 11월, 마침내 '을사조약'이 체결되고 말았다.

이 조약의 체결로 우리나라의 국권이 일차적으로 그들에게 넘어간 것이나 다름이 없게 되었다. 대한제국의 외교권을 박탈하고 이를 관장하기 위해 통감부를 설치한다는 내용이 골자였다.

이때 한성사범학교에서 교편을 잡고 있던 이기는 장지연, 윤효정 등과 대한자강회大韓自强會를 조직하고, 항일운동과 민중계몽에 앞장섰다. 이로 하여 전국에서 을사 의병이 일어났고, 이때 최익현도 임병찬과 더불어 순창에서 거병하였지만 병기도 부족하고 기율도 없어서 비록 무리를 이루었다고 하더라도 잘 훈련된 일본군에 맞서 싸우기에는 역부족으로 불가항력이었다.

그 해 9월 9일이었다. 안타깝게도 서로가 아끼며 존경해 오던 벗 창강 김택영은 일본의 침탈로 망국의 유민이 되어 부인 임씨와 그 아이들을 데리고 인천항을 출발하여 중국 상하이로 떠나 버렸다.

황현 역시도 김택영의 뒤를 따라 떠나려고 했다. 하지만 경제적인 여건이 도무지 따라주지 않아 몹시 우울해 있었다.

그래서 생각한 것이 중국 역대 인물 가운데 난세의 절의로 이름 높은 인물 열 사람의 초상을 그려 시를 지어 붙이고, 이를 병풍으로 만들어 둘러놓고 두문불출했다.

그러던 어느 날이었다.

"그야말로 난리가 따로 없네요. 이것 좀 보십시오."

"이번엔 또 무슨 변곤가?"

언제 들어왔는지 제자 봉수가 엷은 두루마리 한 장을 내밀면서 말했다. 한양에서 내려온 근자의 소식으로 「황성신문」 사설란에 실린 〈시일야방성대곡是日也放聲大哭〉이었다. 그 내용을 읽어나가던 황현은 다음 대목에서 더없는 비통함에 젖어들었다.

…… 이 조약은 비단 우리나라가 망하는 것만 아니라, 실로 동양 삼국의 분열의 조짐을 빚어낸다. 이등박문이 원래 처음 가졌던 주의가 과연 어디에 있는가?

그러나 우리 대왕께서는 뜻이 강경하시어 거절하시기를 그치지 않았으니, 즉 허황된 조약이 성립되지 않을 것은 이등박문도 잘 알았을 것이다. 슬프다 저 개돼지만도 못한 소위 우리나라 정부 대신이 영리를 도모하고 일본의 거짓 협박에 겁을 먹어 뒷걸음질치고 무서워하여 달게 나라를 팔아먹는 도적이 되어 삼천리 강토와 오백년 종사를 다른 사람의 손에 쥐어주고, 이천만 생명을 몰아서 다른 사람의 노예로 만들었다.

저 개돼지만도 못한 외부대신 박재순과 각 대신은 이름하여 참정대신이라는 정부의 우두머리 재상인데, 단지 부否자로 책임을 다하겠노라, 하고 명성을 구하는 자료로 삼았다. 이미 능히 청음 김상현이 국서를 찢고 통곡하는 것처럼 하지 못하고 편안하게 이 세상에 살았으니 무슨 면목으로 우리 강경한 황제 폐하를 다시 대하며, 무슨 면목으로 다시 우리 이천만 동포를 대하겠는가.

오호! 통탄스럽고 분하구나. 우리 이천만 동포는 살 것인가? 죽을 것인가? 단군과 기자조선 이래 사천년 국민정신이 하룻밤 사이에 갑자기 멸망하고 멈출 것인가. 원망스럽고 통탄스럽구나. 동포여, 동포여!

그 사설 〈시일야방성대곡〉은 그 황성신문 사장 장지연이가 쓴 것이었다. 황성신문은 당시 고종황제로부터 음으로 재정적 지원을 받고 있었다. 그러나 일본의 흉계를 통박하고 그 사실을 나라 안의 전 국민에게 알린 우국지사 장지연은 그 명논설로 인해 일본 관헌에 붙잡혀 들어갔고, 신문도 폐간되었다.

그런데 이어서 한양으로부터 또 가슴 아픈 소식이 내려왔다.

당시 평양 진위대 병사로 있던 김봉학은 서울에 왔다가 을사조약의 변고를 듣고 분노를 금치 못하여 말하여 이르기를, "내가 군인으로 육년이나 지냈으나 이렇다 할 전공도 세우지 못했으니, 내가 꼭 일적日賊 이토 히로부미를 죽이고야 말겠다" 하고 덕수궁 대한문 앞에 잠복했다가 발각되어 12월 2일 오후 5시에 자결했다는 것이었다.

황현은 그 소식에 그를 애도하는 〈김봉학자재사金奉鶴自裁事〉라는 시를 쓰기도 했다. 그야말로 적당히 왜인들에게 빌붙어 눈치만 보면서 그럭저럭 국록이나 먹는 놈들보다 졸병이지만 대장부다운 기개가 있다고 추앙하여 쓴 시였다.

그런가 하면 또 한 소식은 그 을사조약으로 외교권이 일본인에게 넘어가자 충정공 민영환은 자결을 결심하고 칼질을 3번이나 하여 운명하였다고 했다. 황현은 나라 위한 그의 지극한 충성심을 애도하는 시를 〈혈죽血竹〉이라 하여 시대적인 아픔을 상징성으로 남겼다.

황현이 충정공 민영환의 애도시를 쓴 그 다음해 4월이었다.

놀랍게도 대나무가 사당의 뒤쪽 추녀 아래 돋아났다. 충정공이 자결한 칼과 피 묻은 옷을 간직한 곳이었다. 모두 네 뿌리 아홉 줄기에 서른 세 잎이 돋아 의롭게 순국殉國한 그의 혼백처럼 느껴진 황현은 그 경외스러움을 〈혈죽〉이라는 제목의 시구로 읊어 남겼다.

그와 같은 우국지사들의 자결 소식은 여기저기서 잇달아 민영환, 홍만식, 조병세, 송병선 등 조정의 중신들과 학부주사 이상철, 평양 진위대의 군인 김봉학 등 하급 관료뿐 아니라, 무명無名의 백성들까지도 자결 순국했다는 소식이 날아와 통탄의 슬픔을 더욱 안겨 주었다.
　나라가 국권을 침탈 당한 을사조약으로 1906년 11월, 순창에서 의병을 일으킨 최익현은 붙잡혀 임병찬 등과 사령부에 수금된 지 두 달이 지나 벌을 정했다. 김기술 이하 9명은 태형으로 일백 번을 때려서 석방하고 고석진과 최제학은 4개월을 더 수감했다.
　그리고 최익현과 임병찬은 대마도 위수영에 유배를 보내기로 정해졌다. 이 소식을 들은 문인, 자제, 유생들이 통곡하며 실성했다. 그러자 최익현은 이미 올 것이 왔다는 듯이 태연하게 말했다.
　"제군들은 이같이 할 필요가 없다. 죽지 못한 것이 부끄럽다."
　그 말을 뒤로하고 최익현은 혼연히 수레에 올라타고 길을 떠났다. 그를 태운 마차가 지나가는 곳마다 길 양옆으로 너도 나도 나와 그가 탄 가마를 바라보며 목을 놓아 대성통곡했으며, 심지어는 백정과 무당, 그리고 거지까지도 길을 막고 절하며 "우리의 최충신을 살려 주십시오" 하고 하늘을 향해 울부짖었다.
　그때 최익현의 아들 영조와 임병찬의 아들 응철은 부산항까지 동행을 했다. 하지만 일본인들이 칼을 휘두르며 그들을 쫓자 영조와 응철은 뒤를 돌아보며 통곡하며 돌아왔다.
　대마도로 끌려간 의병장 최익현은 일본인들조차 존경을 했으며, 어렵게 대하고 이식 등을 의뢰했다. 하지만 최익현은 일본의 부당한 일방적인 처우에 항의하여 음식을 거부하던 끝에 마침내 11월 17일 아사餓死 순국했다. 그처럼 곡기穀氣를 거부하고 굶어서 목숨을 끊은 선생의 부음訃音 소식과 함께 21일 그의 영구가 부산에 도착하자 남녀노소가 뱃전을 잡고 통곡하는 곡성이 바다를 진동시켰다.

상인들은 호상소를 마련하고 상여를 꾸몄으며, 하루를 머물다가 출발하는 상여 뒤를 따라오며 우는 자가 수천 명에 이르렀다.

영구가 동래항에 도착할 때쯤이었다. 갑자기 백주에 처량하게 비가 내린 후, 물가에 쌍무지개가 떠서 모두들 하늘도 슬퍼함이라고 말했다.

그때 황현 역시도 우국지사 최익현의 시신이 돌아온다는 부음 소식을 듣고 부산까지 달려 내려갔고, 장례를 치룰 때에 애도의 조만시를 써서 올렸다.

면암 최익현 선생의 죽음을 통곡하며/ 哭勉菴先生 · 1 · 1906

英年抱贄蘗溪門	이항로李恒老께 공부하던 꽃다운 나이부터
救火人家位偶尊	불타는 백성 구하고자 상소로 이름 높았다네.
程氏三魂推趙鼎	정학程學의 삼혼으로 조정趙鼎을 떠받들었고
考亭一脉賴希元	주자학 한 줄기는 진덕수眞德秀에게 힘입었어라.
文章不出經綸業	선생의 문장이라고 경륜의 과업에 벗어나랴
名節原從道學源	절개는 어디서 왔나, 도학이 근원일세.
宰相儒林都結局	재상이고 선비고 모두 끝맺었으니
海東千載有公言	우리나라 일천 년에 선생의 말이 남으리라.

면암 최익현 선생의 죽음을 통곡하며/ 哭勉菴先生 · 2 · 1906

義鼓聲摧血雨斑	의로운 북소리 꺾어지고 온 몸엔 핏자국만 얼룩졌는데
孤臣判命笑談間	버림받은 이 신하는 죽고 사는 것 아랑곳 않네.
腐心萬里南冠繫	속이 썩는 귀양살이 만리 남쪽에 잡혀온 몸
屈指三霜赤鳥還	대신의 지체라 삼 년이면 풀린다고 손꼽았었지.
海外光陰來雁少	바다 건너라 한동안은 소식마저 뜸하더니

天涯消息落星寒	하늘가에 큰 별 떨어졌단 소식이 들려왔네.
招魂且莫登高望	넋 부른다고 높은 곳엘랑 오르지 마소
厭見靑蒼馬島山	대마도 그 푸른 산이 보기도 싫구려.

면암 최익현 선생의 죽음을 통곡하며 / 哭勉菴先生 · 3 · 1906

扶桑忽倒海茫茫	아득한 동녘 바다에 부상나무 갑자기 넘어져
雪窖虹騰萬丈長	감옥 위엔 무지개가 만 길이나 치솟았다오.
觀化正應期厲鬼	모진 귀신 되리라 기약하고 돌아갔으니
憖遺胡不作靈光	대궐 앞에 버티시어 지켜주지 않으리오.
銅駝委地罡風勁	거센 바람 앞에 동타는 땅에 넘어지고
華鶴沖天缺月凉	싸늘한 조각달에 두루미만 높이 떴다오.
故國有山虛影碧	고국산천에는 빈 그림자만 푸르르니
可憐埋骨向何方	가련타, 선생의 뼈를 어느 곳에 묻으리까.

면암 최익현 선생의 죽음을 통곡하며 / 哭勉菴先生 · 4 · 1906

風霜鍊髮白鬖鬖	된서리에 시달린 머리 허옇게 세었지만
劍樹刀山嗜若甘	칼날 같은 고문 따위야 달게 여기셨어라.
宗社關情遺表半	나라를 잊지 못해 몸 바쳐 상소하셨고
英雄齎恨過河三	영웅이 한에 맺혀 '촉상蜀相'을 세 번 외치셨어라.
天寒大鳥來新壟	차가워지니 큰 새는 새 무덤을 찾아 날고
月黯神蛟返故潭	달 어두워지자 신룡도 늪으로 돌아가도다.
欲借蘭成詞賦妙	유신庾信처럼 빼어난 글 솜씨 빌려다
千秋哀怨寫江南	천추에 맺힌 슬픔 강남부에 쏟으리다.

면암 최익현 선생의 죽음을 통곡하며 / 哭勉菴先生 · 5 · 1906

裹革沙場事已違	싸움터에서 시신 거두기 이미 글렀기에
殊邦呼得尙儒衣	이역에서 관복 받들고 넋을 부르오리다.
精靈不散風霆肅	신령이 흩어지지 않아 번개가 엄숙하고
顏貌如生日月輝	모습조차 생생하여 해 달처럼 빛나도다.
天定幸無柴市痛	하늘 알아 모진 형벌 면하셨지만
人憐死自冷山歸	만리 밖 대마도서 죽어오심 슬프도소이다.
過年七十來千歲	일흔을 사시고도 천년 사신 셈이오니
歷數如公命好稀	선생처럼 고귀한 운명 보기 드무오이다.

면암 최익현 선생의 죽음을 통곡하며 / 哭勉菴先生 · 6 · 1906

魚龍鳴咽鬼神愁	어룡조차 흐느끼고 귀신도 시름겨워
獵獵紅旌海上浮	너울너울 붉은 명정 바다 위에 떴어라.
巷哭相連三百郡	마을마다 통곡소리 삼백 고을 이어졌고
國華滿載一孤舟	활짝 핀 나라꽃이 외론 배에 실렸어라.
握拳豈待還丹力	두 주먹 불끈 쥔 게 살고파 그랬겠소
藏血翻驚化碧秋	옷에 밴 붉은 피까지 푸르게 변했어라.
酒盡西臺寒日暮	술 떨어진 서대西臺에 해는 쓸쓸히 지고
謝翱軍亦雪盈頭	사고의 머리에는 눈발만 그득해라.

　면암 최익현 선생이 대마도에서 절사하여 시신이 돌아온다는 소식을 듣고 먼 길을 달려간 황현이 〈곡면암선생〉 6수로 애도의 조문시로써 조상하였을 때, 시골스런 모습에 아무도 그가 면암 최익현 선생이 그토록 아끼시던 선비 황현임을 몰라봤다.

그러나 누구보다도 의롭고 강직한 황현의 처신행도는 한 번 인연을 맺은 관계는 천리 길도 멀다 않고 쫓아가는 남다른 의협심이 있었다. 그렇게 제국주의 침략 속에 나라가 온통 천둥치는 먹구름으로 울음바다를 이루게 된 것은 고종황제 주위에 부패한 관리의 소신 없는 정치와 일본제국주의의 침략 속에 주권을 팔아넘기는 매국노들이 있었기 때문이다.

그로 하여 정미년 1907에는 암암리에 군인들의 지원을 받은 의병들이 일어나 투쟁이 아닌 전쟁의 수준으로 관동의병장 이인영李麟榮의 한양 진공작전이 있었다. 이 전투에서 의병대장 고광순(高光洵, 1848~1907)을 비롯하여 의병 26명이 장렬한 최후를 마쳤다.

그 소식을 들은 황현은 단숨에 마지막 격전장이었던 구례 지리산 밑 피아골 연곡사로 달려가서 그의 무덤을 만들어 주고, 의병들의 죽음을 슬퍼하며 애도의 시를 읊었다.

연곡 싸움터에서 의병대장 고광순의 죽음을 기리며
燕谷戰場 弔高義將光洵 · 1907

千峰燕谷鬱蒼蒼	겹겹이 봉우리 싸인 연곡사 골짜기에
小劫虫沙也國殤	이름 없는 이들이 나라 위해 죽었어라.
戰馬散從禾隴臥	말들은 흩어져 논두렁에 누워 있고
神烏齊下樹陰翔	까마귀는 모여 내려와 나무 그늘에서 나래치네.
我曹文字終安用	우리네들이 지었다는 문자 따위야
名祖家聲不可當	끝내 어느 짝에 쓸 겐가.
獨向西風彈熱淚	가을바람 마주 서서 뜨거운 눈물 뿌리는데
新墳突兀菊花傍	새 무덤 오똑한 옆엔 들국화만 피었어라.

황현은 장렬한 그들의 죽음 앞에서 힘 없는 선비의 문자 따위 어느 짝에

쓰겠느냐고 자신의 문약文弱함을 절규하였다.

나라가 그처럼 망국으로 치닫고 있던 그해, 또 한 편으로 국채보상운동이 전국적으로 일어났다. 하지만 일제에 의해 모두 좌절되었다.

마침내 1907년(광무11년) 고종은 네덜란드 헤이그에서 개최된 만국평화회의에 이준, 이위종, 이상설 등 밀사들을 파견하여 다시 한 번 세계 각국에 을사조약의 부당성을 호소하기 위해 옥새를 찍은 문빙을 가지고 가게 했다.

이준을 옹위하고 떠난 이위종은 이범진의 아들로 그때 나이 21세였다. 7세 때부터 부친을 따라 구미 각국을 거치면서 서양 말을 습득했기에 그를 함께 따라 보냈다.

헤이그에 도착한 이준 일행은 을사조약은 잘못된 것이라고 자초지종을 피력했지만, 회의 참석자들은 한국인은 외교권이 없다며 들으려 하지도 않았다. 이에 의분 강개한 밀사 이준은 억울함을 이겨내지 못하고 스스로 자기 배를 찔러 뜨거운 피를 움켜쥐고 그들의 좌석에다가 뿌리며 말하기를, "이같이 해도 족히 믿지 못하겠느냐?!"라고 하였다.

피가 흘러서 바닥을 적시고 이윽고 이준이 바닥에 쓰러지자 회의 참석자들은 크게 놀라 서로를 돌아보면서, "천하의 용맹 있는 대장부다"라는 말과 함께 모두 일본의 소행이 나쁘다고 말하였다.

그때까지 유럽인들은 반신반의하다가 이 충격적인 사건으로 모든 것이 폭로되자, 일본은 변명도 하지 못하다가 도리어 이상설, 이위종을 해치려고 했지만 미국 사신들이 데리고 나갔다.

이준은 그렇게 애국충정의 열사烈士로 이국땅에서 장렬한 최후를 마쳤다. 그 참담한 비보를 들은 고국의 온 국민들은 땅을 치며 통곡했고, 드디어 1907년 2월, 나라의 주권을 잃어버린 백성들의 통탄의 울음은 일본에 나라를 팔아넘긴 매국노들을 향해 「대한매일신보」 사설란에 불화살을 실어 퍼뜨렸다.

원수 놈의 일진회一進會야!

잘 보아라, 국세國稅를 보건대 분개를 금할 수 없노라.

4천여 년의 생맥生脈은 일조日朝에 패망하였으니 무슨 면목面目으로 단군, 기자를 대하리오.

백두산 밑 강물은 예와 변함없어도 삼천리 금수강산은 간데없고 한설寒雪만 쌓였도다.

북간도 서간도로 이주하는 동포의 발소리가 요란하고 단군의 자손들은 돈 없어 눈물 흘리니 이 꼴을 차마 볼 수 있는가.

남편은 본가로 가고 처妻는 친정으로 가니 생이별이 가엾구나. 가엾구나, 단군의 자손들아 한국 종자들아. 뿔뿔이 헤어져 걸식하고 도처에는 구타되니 오호라! 이렇게 만든 자는 누구냐.

바로 일진회가 아니냐. 이제 합방문제를 냈으니 머지않아 만물세萬物世를 낼 것이다.

이놈들아! 골육상쟁도 정도가 있느니라. 내가 살면 너도 살고, 내가 죽으면 너도 죽을 것인데 너희들은 무슨 권리를 얻고 무슨 짓을 했기에 이 따위 일을 하는가, 이 주먹 받아라.

원수怨讐 놈의 일진회一進會야, 너희도 똑같은 운명이다.

그 불화살을 일설一說한 논객은 다른 사람이 아닌 장지연이었다. 그는 〈시일야방대성곡〉으로 일본 관헌에 붙잡혀 3개월간 투옥되었다가 풀려나와 윤효정 등과 '대한자강회大韓自强會'를 조직하고 구국운동을 벌이다가 강제로 해산을 당하자 '대한협회'로 개편을 하고 「대한매일신보」에 논설을 맡고 있었다.

그 신문사는 영국인 배설이 설립하여 이름을 「매일신보」라 하고, 박은식을 초빙하여 주필로 삼았다. 박은식은 원래부터 경술경서를 연구하는 학문 좋아했던 사람이다.

그때 영국은 일본과 동맹을 맺고 있었다. 하지만 일본의 횡포가 날로 심해지면서 영국까지도 넘본다는 말이 있어 자국 정부에 인가를 얻어 신문을 발간했었다. 그렇기 때문에 시세時世를 논평하고 공박하는 데 전혀 거리낌이 없었던 것으로, 송병준, 조중용, 신기선을 일본을 위하는 3대 충노忠奴로 지목하였다.

일본인들은 이처럼 가차없이 날카로운 그 신문의 논평을 막기 위해 박은식을 미리 구속하여 사령부에 수금했다. 이에 영국인 배설은 크게 노하여 그들을 보고 말했다.

"천하에 개명한 나라라고 칭하면서 신문을 통제 금하는가? 너희들이 박은식을 구금했으니 나를 구금한 것이나 마찬가지다. 너희들이 이처럼 나를 곤궁에 빠트린다면 나는 마땅히 신문사를 철수하겠다. 그렇지만 나는 우리나라 정부에서 인가를 받았고, 자본금 삼십 만냥으로 이 신문사를 세웠으며 기한이 삼십년이다. 삼십년이란 세월에서 내 신문사를 철거하려면 삼십 만냥씩 삼십년간의 이자를 배상하라!"

이와 같은 엄청난 요구에 일본인은 공손히 사과하며 박은식을 석방했다. 하지만 일본의 소행을 괘씸하게 생각한 배설은 그것으로 물러나지 않았다. 그들의 농단에 맞서 응징의 보상을 요구하여 말했다.

"신문사는 매일 이천 냥을 수금하는데 이틀 동안 정간된 사천 냥은 누가 보상하느냐?"

이에 일본인들은 울며 겨자 먹는다는 식으로 4천 냥의 손해배상을 지불했다. 배상금을 받은 배설은 돌아와 그 돈을 박은식에게 주며 말했다.

"이 돈은 당신이 일본의 압경에 놀란 마음 진정시키기 위해 드리는 위로금이요, 자! 술값이니 받으시오."

그런 일이 있고부터 영국인 배설에게 위축된 일본 공사였다. 각 신문에서는 의병을 비적匪賊으로 몰아 폭도로 칭했지만, 오직 매일신보만이 반항하여 일제에 항거하고 나선 의병義兵이라고 칭하고, 일본의 악독함을 들춰

내면서 일거수일투족을 폭로했다. 그러자 구독자가 늘어나면서 판매수가 무려 7~8천장이나 되었다.

그 신문에 민족정신이 투철하고 기개가 있는 논객 장지연이 불화살을 쏘아 올린 것이다. 그 한 목숨은 이미 나라를 위해 바치겠다는 비장한 각오를 하고 나선 것이다.

그렇듯 나라를 위해 목숨을 내놓고 일어서는 우국지사들이 있는가 하면, 그야말로 나라의 안위는 아랑곳없이 일신의 영달만을 도모하는 매국노들이 함께 공생공존共生共存하는 시대 상황에서 마침내 고종황제는 일제와 친일 역신들에 의해 강제 퇴위를 당하는 비운을 맞았다.

고종황제의 헤이그 밀사 파견은 바로 이 을사조약의 불법적 체결에 대한 고종황제의 마지막 항거였던 셈이다. 그 결과 7월 20일, 이토 히로부미와 이완용은, 해아(海牙, 헤이그)에 특사를 파견한 것을 구실로 삼아 군대를 동원하여 궁궐을 포위한 상태에서 고종황제에게 황제의 자리를 태자에게 물려줄 것을 강요했지만, 고종황제는 선위禪位를 윤허하지 않았다.

이에 이완용은 칼을 뽑아들고 "폐하는 오늘날을 어떤 세상으로 알고 계십니까?"하고 큰 소리로 위협하듯이 했다.

이처럼 무례한 그들의 태도에 고종황제를 모시고 있던 무관과 아전들이 모두 분노하여 차고 있던 칼집에 손이 갔지만 막상 행동으로 옮기지를 못했다. 대세의 상황이 이미 기울어져진 것을 느낀 고종황제께서 참담한 표정으로 그들의 위협에 선위를 하겠다고 승낙했기 때문이다.

그야말로 일제의 세력을 등에 업은 이완용의 협박에 무력한 고종황제는 강제로 퇴위 당하고 마침내 순종황제가 즉위하였다. 만고에 없는 이 변고의 양위식은 그나마 두 황제가 참석하지 않고 내관이 이를 대신하는 권정례權停例가 치러졌다. 이미 대한제국의 국권을 침탈한 일본은 이제 대한제국의 황제까지도 그렇게 마음대로 갈아치운 것이다.

순종황제의 즉위를 계기로 나흘 뒤인 정미년 7월 24일 소위 7조약이라는 한일신협약韓日新協約이 체결되었다. 그 7조약의 내용은 다음과 같았다.

1. 대한제국 정부는 모든 시정개선과 관계되는 것은 모두 통감부의 지도를 받는다.
2. 대한제국 법령제도는 반드시 통감부의 승인을 거친다.
3. 대한제국 사법사무는 보통행정과 각각 구분한다.
4. 대한제국 관리는 가히 통감의 뜻과 같이 임명한다.
5. 가히 통감이 추천하는 일본인은 한국 관리로 임명한다.
6. 통감의 동의가 없을 것 같으면 가히 외국인을 고빙하지 못한다.
7. 갑진년(1904, 광무8년) 8월 22일 조인한 한일협약 제 1항에 대한제국 정부는 일본이 천거한 1명을 재정고문으로 삼아 모든 재정사항과 관련되는 것은 일체 그의 의견에 쫓는다는 일을 이제부터 폐지한다.

이 약권 끝에 내각 총리대신 이완용으로 통감후작 이토 히로부미가 조인한다고만 서명하였고, 대한제국과 일본의 글자는 날인 제기하지 않았다.

이 후 이토 히로부미가 체약하려고 할 때 구내각과 의논하려고 하였지만 박세준과 이지용 등이 사양하면서 말했다.

"우리들은 을사 5조약을 맺은 이후부터 위로는 황제를 우러러 뵐 수가 없었고, 아래로는 국민들을 대할 수가 없어 제대로 허리를 펴 얼굴을 쳐들 수도 없는 형편이요, 또 오늘에 이르러 이 안을 담당하는 것은 어려운 일이요."

그들의 거부에 오직 이완용만이 스스로 승인하여 마침내 성약이 이루어졌다. 이후 이토 히로부미는 일본인이 우리나라에 군기를 파는 것을 금지시켰고, 7적 등은 군정이 격변할 것을 염려해 일본인을 시켜 계엄지역을 배가하고 각 부대장을 불러 부대를 이끌고 훈련원에 모이게 했다. 그리고 맨손으로 무예를 연습시킨다며 무기를 지니지 말도록 지시를 내렸다.
　그런 다음 그들은 병대들이 군영을 떠나는 것을 엿보다가 틈을 노려 총포를 모두 거두어갔다. 이렇게 그들의 음흉한 계획이 있는 것을 알지 못한 군병들은 훈련원에서 무예를 마쳤을 때였다. 그들은 은사금이 있다며 조에 따라 반포했다. 하사 80원, 병졸 50원, 그 밑이 25원이었다. 이에 여러 군병들이 분노가 치밀어 지전을 찢어버리고 통곡하며 군영에 돌아왔다.
　하지만 제자리에 있어야 할 무기가 모두 없어진 뒤였다. 비로소 그들에게 속았음을 알게 된 군병들은 국망함에 통탄을 하며 사방으로 흩어지고 말았으며, 시위대 대대장 박승환(朴昇煥, 1869~1907)은 차고 있던 칼로 배를 갈라 자결하였다. 대대장의 자결 소식에 격분한 그의 부하들은 일본군과 맞서 싸우다가 98명이 전사했다.
　그러나 망극함은 거기에서 끝나지 않았다. 이토 히로부미는 8월 1일, 군대를 강제로 해산시키고, 재판권과 경찰권을 강탈해 갔다. 그리고 각 도에 전문을 보내 경관을 시켜서 지난번과 똑같이 속여서 진위대를 해산시키라고 했다. 재정부족과 군제 쇄신을 한다는 것을 그 이유로 내걸었다. 그것은 대한제국의 마지막 보루까지도 해체되는 작업이었다. 하지만 다행스럽게도 안동과 원주의 진위대는 기미를 알아채고 총을 메고 흩어져 의병에 합류하였다.
　이와 같은 일본의 만행에 백성들은 장차 변란이 조석지간에 있을 것이라고 불안에 떨었으며, 오강민五江民들은 용산 인쇄국을 습격하여 파손했고, 중화민中華民은 전차를 때려 부수었다. 그리고 안성학교의 모든 생도들은 떼를 지어 한양으로 입성하여 각대병各隊兵은 일진회원을 만나면 머리를 베어 땅에 던지며 말하기를, "나라를 망친 놈은 이도적놈이라!"라고 하였다.
　그 형세가 사방에서 난을 일으킬 것같다는 소문에 이토 히로부미는 7적과 밀의密意하였고, 송병준은 산병지책散兵之策에 앞장섰으며, 먼저 각 항

대한제국의 황혼 ● 293

구에서 군기의 화매和賣를 금지시키게 했다.

　이렇게 나라의 주권이 침탈된 것은 나라의 안위야 어떻게 되든 일신의 영달만을 위해 날뛰는 황제 주위의 부패한 관리의 소신 없는 정치와 일본 제국주의의 침략 속에 주권을 팔아넘기는 매국노들이 있었기 때문이다. 그로 하여 대한제국은 허울 좋은 이름뿐 사실상 일본의 식민지가 되어갔다.

15
후진 양성을 위한 호양학교 건립

눈만 뜨면 일본 제국주의의 만행에 분노하는 의병들의 소식이 날아들었다. 탐관오리들에 의해 굴욕을 당한 백성들은 그 원한을 풀 길이 없어 비탄에 빠져 울부짖었고, 선비들은 그런 사태를 보면서 시국을 탄식했다.

"나라가 어찌 되려고 이 모양인지 모르겠습니다요. 온통 바람 잘 날이 없으니……."

제자 권봉수가 황현을 찾아와서 힘 없이 하는 말이었다.

"요즈음 조정에서는 그 어느 때보다 강한 개혁의 바람이 불고 있기 때문이 아니겠는가. 기대를 하는 사람이든 우려를 나타내는 사람이든 개혁이 진행되는 상황을 주의 깊게 지켜본다는 점에서는 크게 다르지 않지만, 그래봤자 마찬가지 아니겠느냐는 패배주의에 젖은 이들도 있거든, 포기하기에는 너무 이르지 않느냐고 그들만을 나무랄 수도 없는 노릇이지. 그동안 이전투구와 이합집산으로 점철된 우리 정치의 책임이 적지 않으니까 말일세. 흠……."

"조정은 어지럽고 개화파들은 새로운 시대를 열어야 한다고 저렇게 설쳐대니 큰일 아닙니까요."

"그렇게 된 소이야 여러 가지가 있겠지만 우선은 대의보다 개인의 이익을 앞세운 까닭이 더 크다고 보네. 그러기에 이러한 나라의 위기 앞에 기꺼이 목숨을 내어놓은 의병들 정신이 더욱 값지다고나 할까. 누군들 제 목숨이 아까운 걸 모르겠는가. 삶을 원하고 죽음을 피하고 싶은 것이 인간의 정리이고 절대적인 욕구인데 의병에게는 삶보다도 절실한 의가 있기 때문에 생명을 던져 의를 구함이 인간의 길이라고 믿는 것 아니겠는가. 의병이란 문자 그대로 나라와 겨레를 위한 정의의 군대로 국가가 위급할 때 곧 의로써 일어나 조정의 명령에 의한 징발을 기다리지 않고 종군하여 성내어 적대하는 자들로 오직 국민으로서 마땅히 해야 할 도리를 다할 뿐이라는 신념으로 궐기하고 스스로 마련한 무기와 식량으로 싸움터에 나가 외적을 무찌르는 것을 의병이라고 하는 것이니까."

그날도 황현은 동네 청년 몇 명과 권봉수와 마주하고 앉아 곳곳에서 일어나는 의병들의 이야기로 화제가 모아지고 있었다.

의병운동은 을미정변 이후 친일정부가 개화라는 이름 아래 내놓은 단발령을 직접적인 원인으로 해서 전개된 운동이었다. 동학 농민혁명을 무력으로 진압하고 청일전쟁을 승리로 이끈 일본은 대한제국의 독단적 지배권을 장악하게 되었다.

갑오 농민혁명 실패 후, 각지에서 분산적으로 투쟁하던 농민군이 명성황후 시해사건을 계기로 양심적인 유생 의병장들을 지도층으로 하여 무장투쟁을 시작한 것이었다.

그러나 일시적으로 뭉쳐진 오합지졸이었기 때문에 개인적 용맹성과 충의감은 강하다 할지라도 명령계통과 조직에 한계가 있고, 또 장비와 화력이 정규군에 비해 비교가 되지 않았다. 그럼에도 그들이 실전에서 막강한 왜적을 무찌르고 여러 차례 성공을 거둘 수 있었던 것은 전투에 임하는 자세, 즉 죽음을 두려워하지 않고 내 나라, 내 민족, 내 가족을 구하겠다는 애국 애족 애민의 희생정신이 바로 의병정신이었기 때문이다. 그들의 의병

행동은 생존을 위한 자구행위로 정당방위였다.

대한제국의 의병운동은 일본의 조선 침략 강화라는 객관적인 정세에서, 정신적 측면으로는 종래의 위정척사사상의 대외적인 척양척왜를 강조하여 전개되었고, 투쟁 방법에 있어서는 거의擧義, 거수去守, 자정自靖 등의 소극적인 저항보다는 무력항쟁이라는 적극적인 방법으로 일어난 것이다.

위정척사론은 당시 지식층이던 전국 유생을 주축으로 굴복적 개항을 반대하고 서구의 무력침략을 거부하는 사상이다. 권력 암투장이 된 정부의 집권자 신흥 사대부들은 선비들의 참뜻을 이해하지 못하고 오히려 침략세력에 협조하면서 이른바 개화라는 명분으로 사욕을 채우기에 급급했다.

개항과 더불어 밀어닥친 일제의 교활한 정치적 경제적 사회적 침략은 날이 갈수록 심해져 개항 5, 6년 만에 농촌경제를 파탄으로 몰고 갔다. 그리하여 전통에 바탕을 둔 위정척사사상은 일반 선비들은 물론, 농민들에게 깊은 공감을 주었다.

의병들의 분노와 성토는 개인의 사심에서가 아니라 민족 또는 국가라는 특수한 사회공동체의 공념에서 비롯된 것이다. 우리 민족의 정신이 타인들에 의해 짓밟히고 조작된 데에 따른 자위적 울분과 대의심大義心 때문이었다.

그러한 울분과 대의심으로 곳곳에서 일어난 의병들이 일본군과 각축전을 벌려 부상을 입고 쓰러진 사람이 수십만 명에 이르렀다. 그런 한 편으로는 국채보상운동이 전국적으로 일어났다. 하지만 일제에 의해 모두 좌절되었다. 그때 강원도 두메산골에서는 의병이 날로 치열하여 지방 수령들이 도망가고 벼슬자리가 비어 있던 곳이 모두 19개 군이나 되었다.

강원도에 의병이 일어나자 해산된 군병들이 사방에서 모여 단합한 것이다. 이에 일본군 백여 명이 군기 28바리를 싣고 강원도로 향했다. 의병들의 교전 회수는 절정에 이르렀다. 하지만 이후 점차 줄어들었다. 일제의 남한 대토벌 작전이 있었기 때문이다.

그러나 9월 전라남북도에서 대대적인 의병 봉기가 일어났다.

이석용李錫用이 임실에서 기병하고, 기삼연奇三衍은 함평에서, 문태수文泰洙는 무주에서 기병하여 일시에 바람을 일으켜 움직였다. 그러나 의병들에게는 자금과 장비가 없었고 규율이 서지 않아서 감히 일본군과 부딪쳐 혈전을 벌일 엄두도 내지 못했다. 그래서 오직 지형적인 형세를 이용하여 교란작전을 펴서 습격하기로 전략을 세웠다.

의병 중에 김태원은 전술기략이 뛰어난 사람으로 영광과 장성 등지에서 전과를 많이 올렸다. 지형과 지세를 이용하여 적을 죽인 수효가 엄청나게 많았다. 그런 한 편 문태수는 공격과 방어에 뛰어났으며, 호령湖嶺간을 왕래하며 민심을 많이 얻었던 사람으로 민간인들은 서로 숨겨주었다.

또한 이석용은 그 왕래하는 것이 바람같이 빨라서 일본군이 현상금을 내걸고 잡으려 하였으나 붙들지 못했고, 일본군의 토벌에도 굴하지 않은 의병들이 전국 방방곡곡에서 일어남으로써, 그 해 10월 일진회원들이 일본인과 통모해서 자위단自衛團을 만들고 의병을 방어하였다.

그러한 전투에서 1907년 7월부터 다음 해 5월에 이르기까지 일진회원 사망자가 9,200명에 이르렀다.

그 당시 유인석柳麟錫은 제천군에서 의병을 일으켰었다. 관서인들은 평소 유인석을 존중했으며, 그를 따라 배운 사람들이 천여 명이나 되었다. 그때 순천 사람으로 김여석金呂錫은 집이 부자였다. 평소 유인석을 존경했던 그는 숙식을 제공하고 자금을 대주었던 것으로, 유인석이 그 기치를 세우고 그가 한 번 부르면 의병으로 투입하는 자가 많았다.

그처럼 전국 방방곡곡에서 전투가 불붙어 번지기 시작하면서 일본군의 토벌에도 굴하지 않는 의병들이 그처럼 처절하게 죽어가고 있었다. 하지만 황현은 체력과 건강이 따라주지 않아 그 기치에 합류하지는 못했으나 그들과 함께하고 있는 통탄의 마음을 《매천야록》에 실어 담아 두는 것을 게을리 하지 않았다.

다사다난했던 그 해도 저물어 가는 섣달 그믐날 밤이었다. 황현은 어지러웠던 한 해를 돌아보면서 시詩 한 수를 지어 읊었다.

섣달 그믐/ 除夜 · 1907

艱難又到歲除天	온갖 어려움 겪으면서 또 다시 섣달 그믐까지 살아왔는데
此夜今年異往年	올해 이날 밤이사 지난 해와는 달라라.
幾墟猿虫僵雪裏	몇 곳에선 원숭이와 벌레들이 눈 속에 엎드러지고
千郊豺虎起人前	벌판마다 시랑이와 범들이 사람 앞에서 일어났다네.
向空怒罵終無補	하늘 위에 성내고 꾸짖어도 끝내 보탬이 없고
斫地狂歌只自燐	땅을 치며 미친 듯 노래 불러도 오직 스스로 가여울 뿐이네.
設想不堪鷄唱後	새벽 닭 울음 뒤는 생각할 수도 없으니
王春消息轉茫然	이 나라 새해 정월이사 아득키만 하여라.

이윽고 그해 섣달 그믐밤을 지낸 1908년, 정월 초하루 새해 아침이었다. 시국이 어수선했던 만큼 마을 동네마다 그 옛날 웃음꽃이 피던 그런 명절 분위기가 아니었다.

쓸쓸한 명절 한낮이 지날 무렵이었다. 수제자 권봉수가 새해 인사를 드리러 왔다면서 얼굴을 내밀었다. 그러나 말이 명절 인사일 뿐, 웃음기 없는 표정들이 어둡기는 너나없이 마찬가지였다.

간단한 술상을 마주하고 앉았을 때였다. 권봉수가 시무룩하게 입을 열었다.

"한양에서 내려온 소식 못 들으셨습니까?"

"그야 의병들이 방방곡곡에서 일어나 선혈로 물들이고 있다는 이야기겠지, 안 그런가?"

"그게 아니고 그리스도교 청년회관이 낙성되었답니다. 회관을 상량하는 자리에 황태자께서 다녀가셨는데, 친히 상량한 연월을 쓰시고 돈 일만 냥을 내어주고 가셨답니다요."

"내 이미 그렇게 될 줄 알았네. 조상 족보 잃어버린 나라니까 인류 사랑이라는 그리스도 십자가 위에 선택받은 민족이라고 자랑하는 유대인들 뿌리 역사 족보를 슬쩍 얹고 들어와 설파하자는 거 아니겠는가. 일본인들이 쌍수를 들고 박수를 쳤겠구만. 그렇게 민족정신을 말살해 버려야 지네들한테 빌붙어 종살이하는 데에 이유가 없을 테니까."

"일본인 목하전종태랑目賀田種太郎이 이만 냥을 내놓고 갔답니다. 그리고 또 미국 정부가 10만 불을 기부하였는데 그 회당 건물이 장안에서 제일 높아 공사관청 건물도 그만한 것이 없다고 하드군요."

"그 참! 표류하고 있는 우리 민족정신을 찾아 세우는데 걸림돌이 되겠구먼. 그건 위로부터 하늘 무서운 줄 모르고 조상을 무시한 과보를 받는 게야. 유대인들이 조상신을 무시한 죄과로 이방 족속 밑에서 종살이를 시켰다는 것이 그들 뿌리 역사 구약에 담아두고 있는 기록이거든. 우리도 그렇게 되는 날이 바로 목전에 달했네 그려."

황현은 일본이나 미국이 그렇게 흔연스럽게 이 땅에 청년회관을 짓고 상량식을 하는데 거금까지 내놓았다는 데는 다 그만한 목적이 있다고 생각했다. 인간 정신을 움직이게 하는 것이 바로 그 신앙이라는 사상에서 비롯되어지는 것이기 때문이다.

황현이 하는 그 말에 권봉수는 사뭇 걱정이라는 듯이 무릎으로 다가앉으며 말했다.

"그렇다면 큰 일 아닙니까? 제 정신을 차리게 무슨 수를 내야지요."

"진리란 땅강아지나 개미에게도 있는 것인데 약하고 의지할 데 없는 사람들일수록 환상에 대한 믿음을 쉽게 가지게 된다네. 하지만 그것은 현명한 일이 아니거든. 그래서 약소국가들이 강대국을 신뢰하는 것은 재앙을 초래하고 자처하는 것인데……. 약자의 입장에서야 강대국들에게 협력하기로 그 선택을 할 수가 있지, 그러나 그렇게 한다 하더라도 환상은 가지지 말아야 하는 건데, 지금 시국 돌아가는 것을 보아하니 광대극 놀음은 별 문제 없이 진행되겠구먼. 쩝쩝……."

"저도 그 소식을 듣고 어쩐지 기분이 찝찝했습니다요. 위기에 처해 있는 이 나라에 그들이 주머니 털어 보여주는 선심이라? 과연 그 속셈이 무엇일까 하고 말입니다."

"그 속셈을 파악해 보는 것은 그다지 어렵지 않은 것이네. 그들이 실제로 과거에 어떻게 행동해 왔고, 또 지금 어떠한 행동을 하고 있는가를 생각해 보면 알 수 있는 것이니까."

"어쩐지 그 느낌이 썩 좋지 않았습니다요."

"고기를 잡으려면 낚시 밥이나 그물이 필요하듯이 그런 것 아니겠나. 그러니 늦은감은 없지 않지만 지금이라도 국민정신 계몽운동이 급선무라고 보네. 저들이 기독교 청년회관을 짓는 데 그렇게 거금을 내놓고 노리는 것이 뭐겠나? 그건 불우이웃돕기가 아니라, 바로 우리 배달민족정신 말살을 노리는 게야. 그리스도 예수가 설파한 사랑은 유대민족에 국한된 것이 아니라 전 인류가 하나님의 자녀라는 우주적인 사랑이라고 했네. 그 정신을 제대로 알면 그렇게 이웃을 정복하고 침탈을 자행하겠는가? 속셈은 그 예수 이름을 팔아 자국의 이익을 취하고 보자는 속셈이지. 흠!……."

"그러니 지금 나라의 형세가 바람 앞에 등불이잖습니까. 그렇다면 가만히 앉아 구경만 할 게 아니라, 적은 힘이라도 합쳐 국민정신을 살리는 교육이 일어나야 되는 거 아닙니까? 이러고 있을 것이 아니라 선생님께서 그 기치를 들고 일어서십시오. 그러면 뜻을 모은 지방 유지들이 그 일에 힘을 실어주지 않겠습니까? 알리는 일은 제가 맡겠습니다."

그 일을 스스로 맡겠다고 자처하고 나서는 권봉수는 의협심도 강했고, 또 선비로서 애국愛國 애족愛族하는 일이 무엇인가를 적어도 아는 황현의 수제자였다.

그런 권봉수는 그 한 해 전, 군직원으로 들어가 구례군수 김상익金商翊과 함께 군내에 있는 유생들의 재물을 모집하여 구례향교를 대대적으로 수리하고 다듬어 계단을 쌓고, 새로 연못을 만드는 데 앞장을 섰을 정도로 애향심 또한 남 다르게 강했다.

원래 향교는 공자 성현께서 남기신 인仁, 의義, 예禮, 지智, 신信, 오상五常의 덕德을 추모 배사拜謝하고, 수제치평修齊治平의 도道를 교화敎化하며 경학을 교수敎授하여 인재를 양성하는 곳이다.

향교는 조선시대 지방관청에서 운영하던 공립 교육기관으로 군 단위는 50명이 정원이었고, 16세 이상 양반 자제들을 공부시켰다. 그곳에 입학한 유생들의 지방관청 특혜로는 재학기간 동안은 군역軍役이 면제되었고, 소과小科에 합격하면 성균관에 입학하였다.

그러기 때문에 그 당시 유생들이라면 누구나 향교에 대한 관심과 애정을 가질 수밖에 없었고, 모두가 그처럼 어려운 시국이었지만 향교 보수를 하는 일에 앞장서기도 했던 것이다.

그러나 조선시대 유생들이 배워온 학문만으로는 안타깝게도 급변해 가는 현실에 떠밀리면서 거기에 대처할 수가 없다는 것이 황현이 내다보는 시국변화였다. 개화파들이 좇는 이상의 현실적 방안은 문명화된 미국의 번영이었다. 거기에는 기독교라는 정신적 가치에 토대를 둔 민주주의 실천에 따르는 생활양식을 받아들여야 한다는 것이었다.

이러한 시점에서 황현은 우리는 우리 백성들에게 성리학과 실존주의 근본을 현실에 맞게 따르는 정신개조와 유교儒敎의 본질부터 다시 찾아 우리 사회에 회복시켜야 한다고 생각했다.

황현은 제자 봉수와 태현, 석우, 수환, 재소를 쳐다보면서 말했다.

"조정은 말할 것도 없고, 기강이 무너져 가고 있는 이 나라가 유생들의 올곧은 선비정신을 바로 세울 수만 있다면 얼마나 좋겠는가. 하지만 그것은 안타깝게도 오늘 우리가 가져 보는 한낱 희망 사항일 뿐일세. 이미 밀려

들어오고 있는 서구 강대국 문명을 이상향으로 좇는 개화파들을 이제 와서 무슨 힘으로 대처한단 말인가?"

"아닙니다. 선생님! 우리 적은 힘이라도 뭉쳐 보겠습니다. 그러기 위해서는 그동안 우리가 배워온 학문을 토대로 신학문을 수용하는 학교를 이 고장에 세워 보는 것이 어떻겠습니까? 세계는 한 권의 책이라는 말도 있지 않습니까. 변화하는 시대 흐름에 따르는 학문을 배우는 것도 우리에게 유익한 공부가 되리라고 봅니다. 선생님 생각은 어떠신지?……."

황현은 뜻밖에 봉수를 비롯한 제자들의 그 같은 용단 있는 제안에 잠시 말을 잃고 쳐다보다가 가만하게 물었다.

"……. 거기에 감당할 자신들이 있는가? 어쨌거나 사립학교를 세우게 되면 매월 나가는 선생들 월급도 만만치 않을 것이고, 그것을 감당할 수 있을지가 문제로세."

"시작이 반이라는 말도 있지 않습니까. 아무튼 당장 내일부터라도 그 뜻을 모으고 시작해 보는 겁니다. 현명한 계획은 후회하는 법이 없다고 하질 않습니까. 그것은 자신에게는 물론, 다른 사람에게도 희망을 주는 것이라고 말입니다."

스스로 그 일에 제안을 해 오는 권봉수와 함께 그 자리를 함께하고 있는 지역 선비들의 표정은 사뭇 진지했다.

"민력 양성을 위해 선생님께서 주축이 되시어 학교를 세우시는 겁니다. 작은 힘이 모아지면 큰 힘을 발휘하지 않겠습니까. 그럼 또 찾아뵙겠습니다."

권봉수와 함께 모인 지역 선비들이 그렇게 의견을 모으고 나간 뒤였다. 황현은 며칠을 두고 그 일에 대해서 곰곰이 생각해 보았다. 그러다가 결심을 하기에 이르렀다.

"그래, 뜻을 모으고 사재를 털어서라도 추진해 보자. 지금 어떤 지점에 놓여 있다는 것은 문제가 아니다. 현명한 계획은 어떤 사물에 대하여 얼마나 열렬히 추진할 수 있는가에 그 뿌리를 둔다고 했으니……."
 생각이 거기에 모아진 황현은 아내를 불러 그 일에 마음을 굳힌 자신의 소신所信을 밝혔다.
 "내 생각이 그러하니 어렵더라도 당신도 그렇게 알고 그 일을 도와주었으면 하오."
 "당신이 하고자 하는 일이 나라를 위하는 일이고, 또 작게는 우리 고장을 위하는 일일진대 어찌 감히 아녀자가 거기에 이유를 단데요? 여필종부라 했으니 당신이 하고자 하는 일을 믿고 따를 수밖에요."
 "말이라도 그렇게 해 주니 고맙소. 하긴 나라가 살아야 백성이 사는 것이고 그러기 위해서는 무엇보다도 국민정신을 향상시키는 교육이 문제 아니겠소. 그러니 고생이 되더라도 믿고 거기에 힘을 실어 주고 따라 주시오."
 아내에게 그 소신을 밝히고 다짐을 얻고 난 황현은 갑자기 마음이 바빠져 왔다. 그런 얼마 후였다.
 황현보다도 한 살이 아래인 현곡玄谷 박태현이 얼굴에 활짝 웃음을 담고 찾아와 황현의 손을 덥석 잡으면서 말했다.
 "선생님! 힘내십시오, 다행히 지역 어른들을 찾아뵙고 새해 인사 자리에서 은근하게 그 계획을 내비쳤더니 모두 잘한 생각이라고 하시드군요. 어떻든 시작하면 물질적이거나 정신적으로라도 호응은 받을 것 같습니다요."
 "허허……. 듣던 중 반가운 소식이구먼. 자네들이 그 일에 일등공신이 되겠네, 그려."
 "저희야 선생님을 도와 보필하는 것으로 만족합니다. 그러니 이제 선생님께서 먼저 하실 일은 모연소募捐疏를 작성하시어 돌리는 일입니다."
 "그러고 보니 당장에 내 일감이 눈앞에 놓이는구만. 핫핫하……."
 오래간만에 크게 웃어보는 황현이었다. 박태현이 돌아가고 황현은 이윽고 전단을 돌리기 위해 붓을 들었다.

붓대를 쥔 손끝이 전에 없이 힘이 솟았다. 학교명을 지리산 정기를 받은 '선비의 붓대로 빛을 밝힌다' 는 뜻에서 호양壺陽으로 하기로 하고, 〈호양학교모연소壺陽學校募捐疏〉 안내문을 썼다

삼가 아룁니다.
한 배를 타고 바다를 건너매 피안彼岸을 바라보고 탄식하는 것과 삼태기로 흙을 쌓아 산을 이루매 장백將佰을 불러 협조를 구하는 것은 부득이한 처지에서 하는 것이지 이 어찌 즐거워서 하는 일이겠습니까?
생각건대 호양학교 건립建立의 노고는 진실로 백척百尺의 간두竿頭에서 한 걸음 앞으로 나아가는 것과 같습니다. 외부로부터의 방해를 물리치매 이미 팔난삼재八難三災의 고역을 겪었고, 경영經營에 힘을 다 바쳤으며 천창백공天瘡百孔의 상처를 보완할 길이 없습니다.
결국은 가루 없이 떡을 만드는 격이니, 아무리 뛰어난 재주가 있다 해도 쓸 수가 없습니다. 어떻게 하면 우물 같은 샘을 얻어 여러 사람의 갈증을 풀어줄 수 있을까요?
드디어 수삼 개월 책을 읽고 배움의 보금자리가 어느덧 7, 8할이나 무너지는 걱정을 하게 되었습니다. 옥을 쪼으다 이루지 못한 듯 어린이들을 가르칠 방도가 없으니 안타깝기만 하고, 월급을 장차 못주게 되니 스승 노릇할 자가 누가 있겠습니까?
사방에서 보는 눈이 부끄러워 이럴까 저럴까 하는 탄식뿐 아니라, 한 고을의 일어나려는 기세가 물고기가 썩어 문드러지는 꼴이 될까 두렵습니다.
그러나, 오늘날 우리의 신학문에 대한 발원發源은 단적으로 모든 국민을 위한 소망이었습니다. 공을 세워 좋은 보답을 받으려는 것은 진실로 우리 모두의 간절한 정이요, 넘어지는 것을 붙들어 주고 위험한 것을 구

해 주는 것은 오직 여러분의 책임이 아니겠습니까?

선왕先王의 배양한 은택에 젖었으니 나라를 자기 집처럼 걱정하는 훌륭한 백성이 많을 것이며, 명산의 맑고 맑은 곳에 자리를 잡았으니 재물을 나누어 주고 정의를 지키는 착한 인사가 몇 사람이나 되겠습니까?

아아! 장차 훌륭한 후손을 남기고자 한다면 오늘날 우리들을 낯이 두껍다고 허물하지 마십시오.

재앙의 그물이 하늘에 가득 쳐져 있으므로 종묘사직은 이미 깨어진 것이 원통하고, 칼날이 목에 다다랐으매 모든 보옥寶玉을 누가 거두게 될까 염려스럽습니다. 상류층 인사들이 하려고 하면 할 수 있는 일인데 어찌 애써 수전노守錢奴가 되려 하며, 제일가는 사업의 쓸 곳에 쓴다면 어찌 크나 큰 보답이 없다고 하겠습니까?

일찍이 듣건대, 동한東漢 때의 명사名士들도 주준배廚俊輩에게 힘입은 바 있고, 또한 서양의 호걸들을 보더라도 그 누가 학교를 거치지 않은 사람이 있겠습니까?

황현(54세) 지음

황현은 이미 전주에 있는 고현중의 요청으로 〈양영학교기〉를 쓴 바도 있었다. 그러나 오늘에 이르러 자신이 사립私立 학교를 세우려는 계획을 갖게 되면서 감회는 남 다르게 깊을 수밖에 없었다.

시작이 반이라고 하든가. 황현이 학교를 설립한다는 소문이 지역에 퍼지면서 맨 먼저 달려온 사람은 역시 어린시절 함께 소꿉놀이를 하던 서당 훈장 정기섭이었다.

누구보다도 반가워하면서 말했다.

"축하하네. 하늘은 스스로 돕는 자를 돕는다고 하더니……. 그 옛날 흙장난을 하면서도 자네는 문자놀음을 하더니 기어이 그 꿈을 이루어냈네 그려. 허허허……."

"그 꿈은 크고 작은 그 차이일 뿐 마찬가지가 아닙니까. 훌륭한 이 고을 서당 훈장님이 되셨으니……."

"그렇구만. 이제 우리 함께 힘을 모아 이 고장에 모래성이 아닌 금자탑을 세워 보세나. 전단지 작성이 다 됐으면 이리 주시게."

그 일에 용기와 힘을 실어준 정기섭이었고, 또 박태현과 권봉수를 비롯하여, 박윤현, 운초 왕수환, 염산 왕재소, 석농 권석우, 우천 박해룡 등이 작성된 그 전단지를 지역에 돌리고 그 일에 힘을 모았다.

이윽고 지방유지들로부터 후원금이 들어오기 시작했다. 거기에다가 황현 역시 사재를 털어 마침내 구례군 광의면 지천리에 터를 잡아 1908년 '호양학교'를 건립하기까지는 여러 달이 걸렸다.

그처럼 심혈을 기울여 추진해 오던 학교가 세워지고, 그 상량식上樑式을 축하해 주기 위해 지방 유지들이 참석한 자리에서였다.

황현은 호양학교를 설립하게 된 데에 대한 취지와 함께 여러분들이 그 일에 음陰으로 양陽으로 도움을 주셨기 때문에 이룰 수 있었음을 감사하면서 말했다.

"이 자리에 참석해 주신 여러 분들은 저와 뜻을 같이 해 주신 동지들이십니다. 우리 동지들이여! 오늘이 어느 때며 이 일이 어떤 일입니까? 오백 년 종사와 예악이 모두 흙 속에 묻혀 버리고 삼천리 강토와 인민이 어육魚肉이 되었으니, 이런 때를 당하여 혈족이 다른 오랑캐로 자처하고 짐승처럼 그저 배만 채우고 앉아 있어야 옳단 말입니까? 장차 위로는 국가를 돕고 아래로는 가정을 보존하며 기어이 우리 임금의 큰 욕을 씻고 우리 국모의 깊은 원수를 갚으며 우리 동쪽 나라의 제도를 회복하는 것이 신자臣子의 도리를 다하는 것이라고 생각합니다. 여러분들도 아시다시피 지금 나라는 흔들리고 있으며, 구심점마저 잃고, 민주와 과학이라는 서양 개념을 막무가내로 받아들여야 한다는 판단에서 우리 조상들이 물려준 풍습과 역사까지도 무용지물이 되어가고 있습니다. 이런 때에 우리의 것은 우리가 지켜야 한다는 것입니다. 오늘 우리가 민족적 양심에 호소하기 위해서는 무엇보다도 세계의 흐름을 바로 보아야 하고, 그러기 위해서는 새로운 지식과 학문을 널리 배워 포용함으로써 우리의 것을 지킬 수 있다는 생각에서 감히 호양학교를 설립하게 되었습니다. 오늘 우리나라가 강대국에게 짓밟히면서 마침내 국권까지 침탈당하고 있는 이유가 무엇이겠습니까? 위로부터 구태의연舊態依然한 정치로 우리 모두가 우물 안의 개구리처럼 날로 발전되어 나가는 세계를 빗장을 걸고 앉아 넓게 보지 못하기 때문이 아니겠습니까? 그것이 구태의연한 사대부 양반님네들의 지식의 한계였습니다. 그래서 글이란, 원래 양반들이나 주물럭거리는 물건인지라 배우고 쓰기에 어렵건 말건 어진 백성들이야 뭘 따지고 든단 말인가? 밥 먹고 살기도 고단해 죽겠는데! 그러면서 내쳐 둔 것이 무릇 삼천년이었습니다. 특히 여인네들이 글을 아는 것은 정말 시건방지고 도를 넘는 행동일 뿐이라고 했습니다. 계집이 글 배워 봐야 시집가서 일은 안하고, 그 집 귀신될 생각에 몸과 마음을 바치는 게 아니라, 친정에 편지질이나 할 것이니 그건 당초에 여자의 삶에 도움이 되는 물건이 못 된다는 것이 아닙니까. 그래서 까막눈으로 남이 사는 대로 살면 된다는 것이었는데, 사실 글 모른다고 밥을 못 짓는 것도 아니고, 남 낳는 애를 못 낳는 것도 아니고 보면, 배우기에 골치만 아픈 그까짓 글을 알아서 무엇 하랴. 바깥일 하는 남정네나 배우면 그것으로 충분하다고 생각한 것이 글이란 존재였지요. 그러나 지금 시세를 바로 보는 선비들은 어문일치語文一致의 백화운동白話運動을 해야 한다는 지론을 분분하게 펴고 있습니다. 그것은 까다롭고 툭하면 옛날 책에 나오는 글을 인용해 무식한 사람은 절대로 읽을 수 없는 문언文言문에서 평상시에 입에서 나오는 말을 그대로 써서 자기의 생각을 표현하자는 운동이지요. 그 언문은 일찍이 우리 세종대왕께서 모든 백성들이 하나로 읽기 쉽고 쓰기에 쉬운 글자를 만들도록 한 바로 그 훈민정음이라는 것입니다. 그래서 많은 생각 끝에 어려움을 무릅쓰고 이 일을 시작했고, 그러는 데는 많은 분들이 이 학교를 세우는 데 힘을 기울여 주셨습니다. 그 까닭은 사회정치제도가 일본은 자본주의 사회인데 반해 우리나라는 멸망해 가는 봉건주의 국가로 세계를 넓게 그리고 멀리 내다보지를 못한 때문이 아니겠습니까? 오늘 우리는 밀려들어 오는 외세를 탓할 것이 아니라, 그들이 어떻게 선진 문명국가를 이루고 나왔는가를 생각해 보아야 할 것입니다. 까막눈으로 앉아서 조정의 무능과 부패상에 대한 질타만 할 것이 아니라, 남자 여자를 불문하고 크게 눈을 떠야 합니다. 늘쩡거리고 앉아 있을 시간이 없습니다. 지금처럼 나라가 변화의 소용돌이 속에 있을 때 구심점이 되는 사상이 뚜렷이 있다면 전통질서의 재확립을 통해 민족단결과 내실을 굳힐 수가 있지 않겠습니까. 무엇보다도 그 일이 급선무라고 봅니다. 이 일을 위해 여러분의 많은 협조를 바랍니다. 우리가 오늘 이 큰 뜻을 행동으로 옮기기에 앞서 단 한 번이라도 이것이 내 개인의 이익을 추구하는 것인지 나라의 운명과 미래를 생각하는 것인지 짚어본다면 훗날 우리 후손들이 지금의 결단을 기억하고 본받을 수 있지 않을까 하는 안타까운 마음으로 그동안 협조해 주신 여러분과 함께 다시 한 번 생각해 보고자 합니다. 많은 협조와 조언을 부탁 드립니다."

그 자리에 참석한 사람들의 숙연해지는 표정들이 공감대를 같이한다는 눈빛들이었다. 그 뒤풀이로 막걸리를 한 순배 마시고 난 황현이 좌석을 둘러보며 말했다.

"여기에 참석해 주신 여러분들과 함께 오늘 우리가 이 뜻을 펴는 것은 우리 후손들의 안녕과 미래를 약속 받기 위한 것입니다. 세계는 날로 발전해 나가고 있습니다. 신학문의 필요성은 바로 여기에 있습니다. 그러나 자칫하면 개인주의가 팽배된 외래 문명에 미래를 열어가야 할, 이 땅의 우리 젊은이들이 거기에 만연되어 정신의 가치관이 황폐해질 수도 있다는 우려가 없는 것은 아닙니다. 그래서 저는 먼저 우리 조상들이 생활 속에서 소중히 여겨왔던 예의란 무엇인가부터 일깨워야 한다는 생각입니다. 예란, 사람이면 마땅히 지켜야 할 원칙이라고 공자께서 말씀하셨습니다. 예의가 모든 일의 근본이됨이 틀림없고, 그래서 세상을 살아가는 일에 있어 예의가 꽃의 향기와도 비유되는 것은 그 때문입니다. 어른과 어린아이와 분별도 예의가 있기 때문이고, 친척끼리 화목할 수 있는 것도 예의가 있기 때문이며, 예의가 없으면 모든 조직의 지위도 어떠한 공로도 있을 수가 없습니다. 예의 바른 생활이란 선으로 통하는 지름길이기 때문에 누구나 할 수 있는 것이지만, 또 아무나 할 수 없는 것이지요. 하지만 과거 우리 조상들은 이 예의를 생활 속에서 무엇보다도 소중히 여겨 왔기 때문에 이웃 민족 국가들로부터 동방예의지국이라는 칭송을 받아왔습니다. 그런데 오늘 이 나라가 어떻게 되었습니까? 위로부터 임금과 신하간에 이 소중한 예의를 잃어버렸기 때문에 마침내 나라가 이 지경으로 무너져 가고 있습니다. 그래서 저나 여러분들이 먼저 우선적으로 해야 할 일이 신학문도 중요하지만 잃어버린 우리 조상들의 정신문화부터 살리는 데 노력하자는 것이고, 또 그 뜻에 동참해 주신 여러분들에게 감사드립니다.”

박수가 쏟아져 나왔다. 황현은 오래간만에 저절로 신바람이 났다. 함께 일을 도모할 좋은 벗들과 제자들이 뜻을 같이해 준 자리였으므로 더 없이 다행스럽다는 생각에 그럴 수밖에 없었다.

자축연을 마치고 집으로 돌아온 황현은 지금은 저세상 사람이 된 영재 이건창이 갑자기 더욱 그리워졌다. 이때 그가 살아 있었다면 그 일을 도모하는 데 서로가 힘을 합쳐 도왔을 것이기 때문이다.

황현은 학생들을 가르침에 있어서 먼저 부모에 대한 효孝부터 가르쳐야 한다는 생각이었다. 근본을 소중히 여기지 않는 사람은 나아가 큰 일을 할 수도 없고, 또 신뢰를 얻을 수 없기 때문이었다.

그래서 어느 날 황현은 제자들을 모아놓고 말했다.

"시장 약방에는 아이들 살찌우는 약은 많이 있네. 하지만 부모를 건강케 하는 보약은 바로 자식들의 효도라는 것이네. 아이도 병들고 어버이도 병들었을 때, 아이의 병 고치는 것은 어버이의 병 고치는 것에 비할 바가 못 되는 것이고, 넓적다리 살을 배어 드린다 해도 이것은 원래 어버이가 주신 살이라, 그러니 내가 오늘 여러분에게 권하고 싶은 것은 어버이의 목숨을 극진히 보호해야 한다는 것이네. 어버이를 봉양하는 일에는 단 두 분뿐인데도 형제가 서로 미루고, 기르는 아이는 비록 열 명이라도 모두 혼자 책임을 기꺼이 지고, 또 아이에게는 배부르고 따뜻한 것에 대해서 물어보면서도 어버이의 배고프고 추운 것은 마음에 두지 않는 것이 바로 불효라. 권하노니 어버이 섬기기에 모름지기 힘을 다 해야 하는 것은 애당초 입는 것과 먹는 것 모두를 자식들에게 빼앗겼기 때문이네. 어버이는 자식을 지극히 사랑하지만, 자식들은 그 은혜를 생각지 않고, 어버이를 대하는 일에는 어둡고 인색하면서 자식을 대하는 일에는 밝으니 그 누가 어버이의 자식 기르던 마음을 알겠는가. 그 아이들의 어버이가 바로 여러분 자신들이라는 것을 언제나 생각하시게. 이것이 공자님께서 말씀하신 예禮로 군자가 용맹하기만 하고 이와 같은 예가 없으면 세상을 어지럽힌다고 말씀하시었다네."

　황현은 호양학교를 세우고 제자들에게 먼저 사람으로서 기본 도리를 알게 하는 부모에 대한 효孝부터 가르치는 데서 시작했다.

16
표류하는 공자님의 숨결을 찾아서

황현이 호양학교를 세우고 본격적으로 후학들을 가르치는 생활은 그렇게 시작되었다.

그러한 황현 자신의 생활은 삶의 바깥을 서성거리다가 삶의 안쪽으로 깊숙이 들어서는 것만 같은 느낌이었다.

그 즈음이었다. 중국 상하이로 망명을 떠났던 김택영이 귀국했다는 소식에 황현은 잠시 한양을 다녀올 생각에 길 떠날 채비를 하여 줄 것을 아내에게 부탁하고 권봉수와 권석우, 박태현, 왕재소, 왕수환 등 몇몇 제자들을 불러 모았다.

"부르셨습니까?"

"들어와 앉으시게. 내가 오늘 자네들을 부른 것은 잠시 한양을 다녀 올 일이 있어서라네. 우리 함께 밖에 나가 바람이나 쏘이면서 이야기하기로 하세."

황현은 제자들을 데리고 밖으로 나왔다. 입춘에 들어서고 있었지만, 소매 끝에 스치는 바람은 속살마저 싸늘하게 했다.

구례읍 봉성산을 돌아 저만치 향교가 눈에 들어왔을 때였다. 황현이 뒤

따라 오는 제자들을 얼핏 돌아보면서 말했다.

"내가 오늘 자네들과 함께 이곳에 온 것은 분명히 해 두고 싶은 이야기가 있어서라네. 그러니까 이태조가 등극을 하고 중국으로부터 새롭게 받아들인 것이 자네들도 알겠지만 국교가 되다시피 한 공자님 삼강오륜三綱五倫 덕목의 가르침이었네. 그런데 문제는 그러한 공자님의 가르침을 제대로 바로 알고 실행했더라면 오늘날 나라가 이 지경으로 어지러웠겠나? 흠 흠……"

황현은 잠시 사이를 두고 다시 말을 이었다.

"공자님의 가르침은 사람은 먼저 자기 자신을 인간의 도리로써 통솔할 줄 알아야 한다는 것이었네. 자기 한 몸을 통솔하지 못하고 어떻게 남을 통솔하겠는가? 그런데 오늘 이처럼 나라가 혼미한 속에 어지럽게 된 것은 위로부터 조정의 집권자들이 각자에게 주어진 그 도리를 벗어나 자신의 이익만을 도모하여 탐닉하고 노여움을 비롯한 그 밖의 격렬하고 폭발적인 감정 따위는 모두 자기를 통솔하지 못한 데서 빚어진 결과가 아니겠는가. 모든 사악한 것들은 그 틈새를 놓치지 않으니까 좌충우돌일 수밖에 없는 것이지. 흠……. 그러니까 공자님의 가르침이 오늘에 이르기까지 향교를 통하여 전달되어왔으니 선비의 힘이 나라를 바로 세우는데 힘이 되어야 하는 것인데……"

황현은 가슴이 뭉클하여 말끝을 맺지 못했다.

그러자 권봉수가 그 마음이 알아진다는 듯이 말했다.

"우리라도 어떻게 대책을 세워야 하질 않겠습니까? 적은 힘이 모아지면 큰 힘을 발휘하는 것이라고 하시지 않았습니까."

"그야 옳은 말이네. 하지만 물질문명을 앞세우고 들어오는 서구 문명에 대처할 능력이 없으니 걱정이라는 거 아닌가. 하지만 공자께서는 삶을 배우기 위해서는 일생을 필요로 한다고 했으니, 우리가 사악한 것에 동요되지 않기 위해서는 항상 긴장하며 배움에 정진해야 되지 않겠나? 그럴 수만 있다면 마치 바람 앞에 우뚝 선 큰 산처럼 그렇게 당당할 수가 있다는 것이 거든. 인간으로서 행해야 할 도리를 가르치신 공자님의 생애가 바로 우리에게 주는 그 교훈 같은 것이네."

사실 그랬다. 유학儒學의 조종祖宗인 공자는 기원전 552년에 태어나 479년에 세상을 떠난 위대한 학자이며 사상가였다. 주周나라 때의 대학자이며 교육자이기도 한 공자는 이름을 구丘라고 했고, 자는 중니仲尼이며 유교儒敎의 조종祖宗을 이루었다.

노나라의 창평향에서 출생하여 얼마동안 재상宰相을 지내기도 했던 공자는 시경詩經, 서경書經, 춘추春秋 등을 정리했고, 3천의 제자들에게 시詩, 서書, 예禮, 악樂을 강론했다.

그의 제자로서는 안여, 자로, 자공, 자하, 자유, 중참 등이 유명하며, 주로 인간의 도덕정신을 가르쳤다. 맹자孟子와 순자荀子가 대립하면서 그의 사상을 더욱 발전시켰다.

그러나 인륜도덕人倫道德을 가르쳐 나온 공자의 유교사상은 태초의 건곤乾坤 천지부모 '얼'이라는 영혼적인 우주정신을 가르쳐 온 대법계가 아니기 때문에 노자와 장자의 사상이나 마찬가지로 대종교는 될 수 없었다. 그러나 만물의 도道과 덕德을 가르쳐 자연의 일부인 사람이 행해야 할 도리가 무엇인가를 가르쳐 준 큰 스승이었다.

그래서 흔히 공자하면 군자행君子行이라는 머리글부터가 '군자미연君子未然 불처혐의간不處嫌擬間'부터 떠올리게 하는 것으로, 군자는 미연에 예방함이 있고, 의심을 받을 만한 곳에는 절대로 있어서는 안 된다고 하신 것이다.

또한 공자의 가르침 가운데 널리 알려진 말씀이 '수신제가修身齊家 치국평천하治國平天下'이다. 즉 몸과 마음을 닦아 정돈하고 내 가정을 잘 다스릴 줄 아는 사람만이 집 밖을 나가서 천하를 다스릴 수 있다고 하는 이 가르침이 사서삼경四書三經의 기록들이다.

공자께서는 아무리 총명하더라도 배우지 않으면 만물의 이치를 깨닫지 못하고 인생을 밝힐 수가 없다고 제자들에게 말씀하시고, '정신일도 하사불성精神一到何事不成'이라고 했다.

그 말씀은 마음과 정신을 한 곳에 모으면 어떠한 어려운 일이라도 이루어 낼 수 있다는 가르침으로 뜻을 바로 하여 날마다 쉬지 않고 정진하는 자만이 그 목표에 도달하게 된다는 뜻이다.

공자께서는 생활 속에서 군자행君子行을 실천해 보이셨던 분으로 그 한 일화는, 어느 날 제자들을 데리고 다니다가 길을 잃고 산간의 오두막집에서 쉬게 되었을 때였다고 한다.

오두막집의 주인은 콧물을 들이마시면서 흙 냄비에 좁쌀죽을 끓여 이가 빠진 그릇에 담아 공자와 그 일행을 대접했다. 더러운 주인의 손과 그릇을 본 제자들은 감히 먹을 엄두도 내지 못하고 앉아 있는데 식성이 까다롭기로 이름난 공자께서는 그 음식을 주저없이 먹기 시작했다. 그리고 음식을 앞에 놓고 민기적거리고 앉아 있는 제자들을 보고 하셨다는 말씀인 즉,

"너희들이 이가 빠진 그릇에다 또 콧물마저 떨어지는 것을 보고 혐오감을 갖고 있겠지만 노인의 성의의 친절을 받아들이지 못하니 이 어찌 딱한 노릇이 아니겠는가. 참으로 슬픈 노릇이구나. 대접을 고맙게 받아들일 줄 알아야 베풀 줄도 알게 되는 것이니라."

이것이 공자께서 제자들에게 가르치신 예절에 관한 한 토막의 이야기며, 그리고 성인의 용기에 대해서 어떤 일을 통해서 보여준 일화의 한 토막이 있다. 공자가 광廣 땅에서 머물고 있을 때였다고 한다. 송나라 사람들이 무기를 들고 여러 겹으로 그의 거처를 에워쌌다.

그러나 공자는 거문고 타기와 노래 부르기를 멈추지 않았다. 이에 공자의 제자인 자로가 들어가 스승을 보고 물었다.

"선생님은 이 상황에 무엇을 보고 즐거워하십니까?"

그러자 공자는 아무렇지도 않은 듯이 자로를 보고 말했다.

"이리 오너라. 내 너에게 일러 주리라. 내 궁한 것을 꺼린 지 오래 되었으나 그것을 면하지 못한 것은 천명天命이었고, 통하기를 구한 지 오래였으나 그것을 얻지 못한 것은 그 때가 있기 때문이니라. 요순의 때에는 궁한 사람이 없었으니 그것은 사람이 모두 지혜가 있던 때문이 아니며, 걸주의 때에는 천하에 통한 사람이 없었다. 그러나 그것은 사람이 모두 지혜가 없던 때문이 아니었으니, 그것은 모두 그때의 형세가 그러했던 것이니라. 대개 물길을 다닐 때에 교룡蛟龍을 피하지 않는 것은 사냥꾼의 용기며, 그리고 흰 칼이 눈앞에 번쩍여도 죽음 보기를 삶과 같이 여기는 것은 열사의 용기다. 그러나 궁한 것도 천명이 있는 줄을 알고 통하는 것도 다 때가 있는 줄을 알아서 큰 어려움을 당해도 두려워하지 않는 것은 성인의 용기다. 자리로 돌아가거라. 내 천명은 정해져 있느니라."

가난함도 부富함도, 각 사람이 태어날 때부터 하늘로부터 정해진 것이 그 사람의 운명이라는 말에 이어, 그렇듯 성인의 용기에 대해서 말하고 있는 공자였다.

그 앞에 군사를 거느리고 있던 무사武士는 그 말을 듣고 공자 앞에 나와 정중하게 사과하며 말했다.

"양호陽虎인 줄 알고 에워쌌더니 이제 보니 아니었습니다. 사과 드리며 물러가겠습니다."

그들이 말하는 양호는 노魯의 권신으로 광 땅에서 난폭한 짓을 많이 했기 때문에 그 지방 사람들이 미워했다. 그런데 마침 공자의 얼굴이 양호를 닮아있는 데다가, 양호의 마부였던 안극이 어쩌다 공자의 마부가 되었기 때문에 그들이 공자를 양호로 보고 포위했던 것이지만, 그러나 그렇게 다급해진 상황에서도 공자께서 제자들에게 보여준 모습은 그처럼 여유자적했다는 이야기다.

이러한 공자의 고매한 인품에 어느 날 임금이 마주하기를 청하고 물었다.

"어떤 재능을 온전하다고 보십니까?"

이에 공자께서 대답했다.

"죽음과 삶, 가난함과 부유함, 현명함과 어리석음, 비방과 칭찬, 굶주림과 목마름, 추위와 더위들은 모두가 사물의 변화요, 천명의 움직임이라서 밤낮으로 눈앞에서 번갈아 일어나도 아무 지혜로도 그 유래를 헤아릴 수 없습니다. 재능이 온전한 사람은 그런 것들이 마음의 평화를 어지럽히지 못하게 하되, 마음을 흔들어 놓지도 못하게 합니다. 평화롭고 유쾌한 기운이 언제나 떠돌아서 마음의 기쁨을 잃지 않으며, 밤낮으로 쉼 없이 만물과 더불어 봄기운 같은 화기 속에서 놀게 됩니다. 그런 사람은 어떤 사물과 접촉하여도 시절에 따라 마음의 보화를 산출하는 것이니, 이를 일러 재능이 온전하다고 하는 것입니다."

그러자 임금이 다시 물었다.

"어떤 것을 덕이 드러나지 않는다고 합니까?"

"천하에 가장 평평한 것은 완전히 정지해 있는 물의 상태입니다. 그러기에 그것이 모든 것의 표준이 될 수 없습니다. 안으로 본성을 잘 보존하면 밖의 경계에 의해서 요동하지 않게 됩니다. 덕이란, 조화를 완성하는 수양입니다. 덕을 밖으로 드러내지 않으면 사물이 그로부터 떠날 수가 없는 것입니다."

뒷날 임금은 공자의 제자에게 이 일을 이야기했다.

"지금까지 나는 임금의 자리에 있으면서 백성을 다스리는 법을 지키고, 그들이 굶주려 죽지나 않을까 걱정해 주는 것으로 스스로 정말 잘 했다고 생각했었다. 이제 공자에게서 지인知人의 이야기를 듣고 나니 나는 아무런 실다운 덕도 없다는 것을 알았고, 내 경솔히 행동함으로써 나라를 망칠까 두렵다. 나와 공자는 임금과 신하로서의 사이가 아니라 덕으로 맺은 유일한 벗일 따름이다."

이렇게 공자 성현은 임금조차도 그 인품을 칭송했던 것으로, 인의예지仁

義禮智를 가르치신 인류의 스승이었다.
 공자께서 생활 속에서 의義에 대해서 가르치셨다는 그 일화가 있다. 어느 날, 섭공이라는 사람이 공자께 아주 자랑스럽게 말했다.
 "우리 마을에 곧기로 소문이 난 궁이라는 사람이 있습니다. 그 사람의 아버지가 양을 훔쳤는데 아들인 그 사람이 증인이 되어 고소를 했습니다."
 이에 공자께서 하셨다는 말씀인 즉,
 "우리 마을의 곧은 사람은 다르다. 아버지는 아들을 위하여 그 죄를 숨기고, 아들은 아버지를 위하여 그 죄를 숨겨 주었다. 곧음이란 바로 그 속에 있는 것이다."
 무조건 정직하다고 의로운 사람이라고 말할 수 없음을 이렇게 가르치신 것이다. 그리고 또 공자께서는 제자들에게 오도일이관지五道一以寬之를 말씀했다. 곧 도道는 하나로 관통된다는 뜻이었다.
 이것은 우주 근본체로부터 도와 만물이 나오고, 나온 뒤에도 그 한 본체를 벼리로 하여 작용하다가 끝에는 다시 그 한 근본체로 돌아가는 것이라고 했다.
 이것이 천도天道의 섭리로서 우주 만물이 하나에서 시작하여 만 가지가 쏟아져 나왔다가 끝에는 하나가 된다는 만사 만물의 이치가 하나로 일관된다는 뜻이다.
 공자께서 이 '오도일이관지'란 말씀을 남기고 밖으로 나가시자 뒤에 남아있던 문인門人들이 증자에게 그 뜻을 물었다. 하지만 증자 역시 스승이 말씀하신 깊은 뜻을 헤아리지 못했다고 한다.
 공자는 이렇게 우주의 섭리를 보다 진실하게 이해시켜 주고자 노력해 온 천지의 사상가였다. 공자께서 말씀하신 물유본말物有本末 사유종시事有終始는 고등종교 스승들이 가르치신 우주 섭리의 이치와 조금도 다름이 없다. 모든 사물은 본本과 말末이 있고, 일에는 끝과 시작이 있다는 것이기 때문이다.

그 가르침의 사유종시事有終始에서의 일은 우주 근본체의 종자됨, 그 업업業의 일로 곧 천업天業이라는 천도天道로 바로 우주 기氣 운행을 말함이다. 그 천도가 도道의 시발점을 본으로 하고, 도의 끝을 말末로 하여 그 '말' 이 또 시발점의 본本이 된다는 것은 기독교 신약성서에 기록된 '시작과 끝' 이며, '알파와 오메가' 라는 하나님, 그 창조 원리와 같은 섭리를 설명해 주는 용어이다.

결국 우주 '종자됨' 의 본체의 도는, 그 결실을 목적하고 그 목적을 향해 쉼 없이 변화하는 무궁한 조화로 그 묘술을 부리고 있다는 것을 공자께서는 시종지도始終之道라고 하신 것으로, 도가 전개될 때 그 목적을 위해 온갖 변화를 보이지만, 그 변화에도 끝이 있어서 마침내 종료를 하게 된다는 것이다.

이러한 우주 섭리의 변화가 공자 주역에서 나타내고 있는 오행에 의한 육합으로, 사방과 상하의 만물이 이러한 천도의 섭리, 곧 우주는 기氣운행으로 생멸변화를 거듭하게 된다는 뜻인데, 결국 천도를 목적하는 그 소득을 얻기 위함이라는 이것을 체성복귀體性復歸라고 했다.

공자께서 말한 이 체성이 태초 '우주씨' 의 본성이며, 자성이기 때문에 본체가 그 체성을 많이 거둬들임으로 우주가 성숙해진다는 것이며, 그러한 섭리에 의해서 천부天父는 그 농사의 도를 천업으로, 오늘도 그 기운행을 하고 계신다는 것이 공자의 가르침이다.

이렇게 도道는 근본 시발점에서 펼쳐져 그 기운행으로 소득체를 얻어 다시 근본 시발점으로 귀향한다는 이것을 또 만법귀일萬法歸一이라고 했다. 그리고 이러한 섭리가 피조물인 인간 종자가 창조주와 만나게 된다는 이 마지막 장場이 공자께서 말씀한 동귀일체同歸一體이다.

이처럼 우주 기氣운행을 담아둔 공자 주역의 계사전에는 변화의 도를 아는 자는 신이 섭리하는 바를 바로 알게 된다고 했고, 그러므로 우리 인간은 일신종자의 정기에 의해서 화생된 분신分身이라는 사실을 깨달아야 한다는 것이 그 요지要旨이다.

즉, 천도의 이치를 깨닫는 자는 그 믿음이 세상이라는 어둠 속에서 내 본연의 자성을 키워 나가게 된다는 것이며, 깨닫지 못함으로 그 자성을 성숙시키지 못하면 조물주의 '종자씨'가 될 수 없기 때문에 그때까지 성숙되지 못한 쭉정이는 쓸어버린다고 한 것이 그 예언이다.

이것이 도가道家에서 천지가 뒤집힌다고 말하는 '개벽' 수이며, 2, 7화火 불기운을 받고 출현한 성자 예수로 세워진 기독교의 말세론으로 그 '불심판'의 예언과 동일한 뜻을 내포하고 있다는 사실이다.

그래서 공자께서는 하늘이 명命으로 준 자성을 길러 나가기 위해서는 바름의 군자의 도를 행하라고 하셨고, 이것을 수행하여 닦는 것을 수신修身으로, 교教라고 했다.

이러한 공자의 가르침 격물치지格物致知 천지天地 사상은 지금으로부터 2천 5백 년 전에 공자 성현의 유교儒教 학문으로 개척하고 창시되었던 것이다.

이 기록이 옛 유학儒學의 선비들이 배우지 않으면 안 되었던 격물치지格物致知 성의정심誠意正心, 수신제가치국평천하修身齊家治國平天下의 팔조목이란 글이었다.

공자 성현께서 2,500년 전에 이 땅에 출현하여 가르치신 격물格物이라는 것은 본질을 알고, 이를 지식의 바탕으로 하였을 때만이 마음이 성의聖意로 가득차지면서 수신제가를 할 수 있으며, 가정뿐 아니라 이웃을 소홀히 하지 않고, 나아가 사회를 위해서도 유익한 일을 할 수 있다고 한 것이다.

이러한 공자님의 가르침이야말로 편협적인 서양사상을 앞서가는 동양의 우주 사상으로, 이처럼 오묘한 철리哲理를 바탕으로 하는 동양에서는 그렇기 때문에 하늘이 돈다는 천동설天動說 같은 허황된 가설이 서양처럼 만들어져 나오지 않았던 이유가 바로 여기에 있었다.

그러나 어느 시대나 앞서가는 선구자나 성현들은 고독할 수밖에 없었던 것으로, 공자의 삶 역시도 그랬다. 어느 날 '자어'가 공자를 송나라의 재상과 만날 수 있도록 주선을 해 주었다. 공자가 물러 나온 뒤에 자어가 들어가서 재상에게 물었다.

"공자를 만나보니 어떻습니까?"

재상이 대답했다.

"공자를 만나뵌 뒤 그대를 보니 그대는 마치 벼룩이나 이처럼 잘게 보이오. 내 이제 공자가 임금님을 만나뵐 수 있도록 주선을 하겠소."

그러자 자어는 공자가 임금에게 존중을 받게 될 것이 은근히 두려웠다. 그것이 바로 자신을 모르는 인간 본질의 성품이다.

자어가 재상에게 말했다.

"임금께서 공자를 뵙고 나시면 임금께서도 역시 재상을 벼룩이나 이처럼 보게 될 것입니다."

그 말을 곰곰이 생각해 본 재상은 그 말이 그럴 듯했다. 그래서 재상은 공자가 임금을 뵙도록 주선하는 일을 거기서 그만 두었다는 이야기로, 이것이 하늘의 이치를 모르는 이 세상 속인들의 모습이다.

공자가 하늘처럼 그 기상이 높고 크게 보이는 것은 '거친 것을 먹고 물을 마시고 팔베개를 하고 살아도 즐거움은 그 가운데 있다. 의로움이 없이 돈 많고 벼슬이 높은 것은 나에게는 뜬 구름 같다'고 하신 그 마음이 천지의 이치를 알기 때문이었으며, 그러므로 그 기상이 청정하여 높이 보일 수 있었던 것을 그들은 모르고 있었던 것이다.

공자 성현의 가르침이 바로 그것이었다. 인의예지仁義禮智, 이것은 밖에서부터 오는 것이 아니라 본래부터 타고 난, 즉 조물주로부터 물려받은 자성분自性分이기 때문에 구하면 얻게 되고, 깨닫지 못하고 버려두면 잃게 되는 것이라고 했다.

공자는 그의 말년에 우주 기氣 운행의 역학인 주역周易에 취하여 그 책을 얼마나 열심히 읽었던지 책을 맨 가죽 끈이 세 번이나 끊어져 나가 위편삼

절위편삼절韋編三絶이라는 고사가 전해지기도 했다.

그렇듯 주역의 책이 위편삼절이 되도록 심취한 공자께서는 그러나 그처럼 탐독했던 그 책의 뜻을 알아내지 못한 채 책을 덮었다고 한다. 이러한 스승의 학구 탐독의 모습을 유심히 지켜보았던 제자가 안자顔子와 그 손자인 자사子思였다.

그들에 의해서 그 궁리는 공자의 사후에도 계속 이어졌던 것으로, 두 사람 가운데 누군가에 의해서 훗날 기적처럼 예기禮記 속에 기록으로 남겨지게 되었던 것이며, 그 동양철학 천지인天地人 사상에 의해 우주의 진실을 해득할 수 있는 실마리가 된 것이다.

그로 하여 전해져 내려온 기록이 바로 유학의 선비들이 배우지 않으면 안 되었던 팔조목의 글로써 격물치지格物致知, 성의정심誠意正心, 수신제가치국평천하修身齊家治國平天下가 있으며, 이외에도 동양의 사물관인 물리사상에 막대한 기록을 남기기도 했다.

그렇다면 공자께서 그처럼 심취하여 마침내 우주의 본질을 밝혀볼 수 있게 했던 주역周易은 과연 언제 누구로 하여 비롯되어졌는가 하는 문제이다. 우리는 주역하게 되면 중국에서부터 비롯되어진 것으로 잘못 인식되어 있다.

하지만 주역周易, 그것은 놀랍게도 우리의 국조이신 단군왕검께서 재위 67년 천문학자인 감성관 황보덕으로 하여 조선 역서易書의 시원인 달력을 만들게 한 데서부터 비롯되어졌던 것이다.

이 역易은 우리 배달한민족 조상들의 '한얼' 사상인 삼신일체三神一體, 곧 우주의 모든 원리가 함축되어 기록된 천부경天符經 속의 진리를 토대로 삼은 것이었다.

천부경은 배달민족의 시조始祖인 환웅천제께서 우주의 모든 원리가 들어 있는 천부인天符印 원방각을 토대로 하늘 천신天神 월광사관신지로 하여 글자를 만들어 전해지게 한 것인데, 이것이 바로 천부경, 삼일신고, 참

전계경으로 우주와 만물이 생겨난 모든 원리를 담아두고 있는 신필神筆로 진경인 것이었다.

그 진경을 바탕으로 감성관 황보덕은 삼백육십오일, 다섯 시간 사십팔 분 오십초를 일년으로 하는 역易을 만들어 내놓게 되었다. 이 주역으로 우주가 생멸 변화하는 원리를 밝혀 볼 수 있을 뿐만 아니라, 각 사람 개인의 태어난 생년월시를 이 주역으로 풀어 보게 되면 그 사람의 성정性情과 운명까지도 알아 볼 수 있는 우주 암호의 해득서인 것이라고 할 수 있다.

이렇게 우리 배달한민족 조상들로부터 만들어졌던 주역을 공자께서 그처럼 깊이 연구하여 마침내 천지의 비밀을 밝혀내는 동양철학서가 만들어졌던 것인데, 후세 사람들은 주역이 마치 중국 사람들이 만들어 낸 학문인 것처럼 착각하고 있다. 그러나 공자님의 한 생의 삶, 그 기록의 발자취를 더듬어 보면 그 진의를 보다 진실하게, 그리고 분명히 밝혀 볼 수 있게 한다는 사실이다.

공자는 우리의 개국조開國祖이신 단군왕검께서 감성관 황보덕으로 하여금 만들게 했던 역학서인 주역책에 취하여 그 책을 맨 가죽 끈이 세 번이나 끊어져 나갔다는 위편삼절韋編三絶이라는 고사가 그 진실을 보다 분명하게 입증해 주고 있기 때문이다.

그처럼 공자는 성현이 된 입지에서도 세상 만물의 이치를 배워서 스스로를 갈고 닦아 다스리기 위해 종신토록 쉼 없이 정진을 계속했었음을 그 삶의 행적을 통해 보여주고 있으며, 또한 군자의 처신행도處身行道, 그 진정한 참 모습이 어떤 것인가를 실제적으로 제자들에게 그 모델이 되어 보여주신 분이기도 했다.

그처럼 지극하신 공자님 가르침의 말씀을 속된 인간들은 한갓 세속적인 삶의 방편으로 사익을 위한 도구로 삼아 추락시킨 것이 조선조朝鮮朝 500년으로, 신분의 귀하고 천한 '반상제도'를 만들어 냈었던 것이다.

그것은 집권자들이 공자 성현의 가르침 유교를 국교國敎로 삼았으면서도 눈앞에 보이는 현상세계에 그 마음을 빼앗기며 사익을 위한 그들의 도구로 삼았음을 여실히 증명해 주고 있는 것이라고 할 수 있다.

그로 하여 백성들은 그처럼 어지러운 난세에 아득하게 아우성치며 살아가고 있었다. 그것이 대한제국 조정과 백성들의 모습으로 그 실태였다.

공자께서는 마음을 거짓되지 않는 한 곳으로 정진하여 모으는 일이 모든 완성의 첫 걸음이라고 하셨거늘, 그 가르침의 말씀 앞에서 저절로 고개가 숙여지고 있는 황현이었다.

그러나 이제는 안타깝게도 공자님의 허울 좋은 이름으로만 남아 있을 뿐, 그 가르침의 역할을 제대로 해내지 못하고 있는 향교를 향해 걷는 황현의 걸음은 무겁기만 했다.

이윽고 황현과 함께 한 일행이 향교 입구에 당도했다. 산세에 적합한 위치에 세워져 있는 구례향교는, 당시의 유림들뿐 아니라 지방민들의 자랑이었다. 그 위용과 웅장함이 호남에서 보기 드물게 볼 수 있는 문화재적 보물로서의 가치가 있어 이 고장 사람들이 가히 자랑거리로 삼을 만도 했다.

오늘도 그 긴 역사를 말해 주는 듯 지난날의 위용을 떨치고 있는 유림향교 대문 안으로 들어섰다. 뒤뜰보다 낮은 앞마당 터에는 유생들이 학문을 닦고 연구하던 웅장한 강학 공간으로 외삼문, 명륜당, 동 서재로 구성되어 있고, 그 건물과 뒷마당에서 고개 들어 올려다보는 언덕 위에는 유교의 조종祖宗이신 공자님을 비롯해서 이 땅에 태어나 모든 사람들에게 귀감으로 어질게 살다 가신 이들을 받들어 모시는 전학후묘前學後廟 존현尊賢 공간은 내삼문과 대성전으로 구성되어 있으며, 또한 외삼문 연못(蓮池)과 홍살문, 하마비下馬碑 등을 고루 갖추어 예스런 멋을 그대로 지니고 있어서 이곳을 찾아 발걸음을 하는 사람들에게 지난날 유림들의 생활과 그 숨결을 느끼게 하는 곳이다.

그러나 황현이 그날 그처럼 향교를 찾아든 이유는 단 한 가지, 서양 근대문명을 합리화 하려는 개화파들에 의해 그처럼 무색하게도 침묵 당하고 있는 유림 선비들의 정신을 제자들과 함께 바로 찾아 되새겨 보자는 데 있었다.

그래서 먼저 공자님의 위패位牌가 모셔진 존현 공간 대성전 안으로 들어간 황현은 그 위패 앞에서 제자들과 함께 재배를 올렸다. 그리고 난 다음 자리를 잡고 앉아 제자들을 둘러보면서 말했다.

"모두들 지금 기분이 어떤가?"

그 물음에 모두가 침묵한 채로 다음 말을 기다리는 눈빛들이었다. 그 얼굴 표정들을 살피면서 황현이 다시 말했다.

"이 세상에서 저기 위패로 모셔진 어른들처럼 어진 사람들이 있었다는 것이 얼마나 반가운 일인가. 그 분들을 생각하고 그 행함을 본받고 따르면 누구라도 자신의 삶의 방향을 새삼 바로 잡을 수가 있지 않겠는가. 그것이 바로 계율이며 수행이며, 또 모든 성인들이 한결같이 말씀한 법이니까 말일세. 그런데 유감스럽게도 그 정신을 배우게 하던 이 유림 향교가 오늘에 이르러 그 활기를 잃고 있듯이 자네들 표정 역시도 그렇구만. 흠흠……."

그리고 다시 덧붙여서 말했다.

"내가 오늘 자네들을 데리고 이곳에 온 것은, 공자님께서 우리들에게 가르쳐 배우게 한 유가儒家의 학문을 이 자리에 와서 엄정하게 분석해 보자는 것이네. 다시 말하지만 서구 문명을 선호하는 개화파들이 공자님의 가르침 유교는 인간 실체인 영혼 요구의 만족을 채워 줄 수 없는 구시대 낡은 사상이라고 치부해 버리지 않는가 말이여. 하지만 그 성인들의 가르침을 정리 분석해 보면, 하나 같이 그 귀결은 때가 이르면 지상에 신의 나라를 실현하게 된다는 것이었네. 그것이 만고불변萬古不變의 천도天道라는 진리로, 이 땅 지구에 지상낙원을 펼치는 그것이 바로 창조주 최후의 목적이며 희망이라는 것이고 보면, 종내는 만법萬法이 그 하나로 귀일歸一하게 되고, 체성복귀體性復歸하게 된다는 공자님의 이 가르침과 무엇이 다름이 있던가 말일세. 그런데도 그 사람들은 그토록 깊은 말씀의 뜻을 이해하지 못하고 우리들 마음 속에 평화로운 신의 나라를 세우는 것이 아니라, 땅 위에 종의 나라를 세우기 위해 저렇게 날뛰고 있으니 참으로 답답하고 한심한 일 아니겠는가 말이여, 흠……. 하긴 공자의 가르침이신 유교를 이 나라에 국교로 세운 위정자들 역시도 실상은 그 모양으로 양반계급에 무조건 엎드려 복종하는 노예로 종을 만든 것이 이조에 들어와 만들어낸 반상제도였으니, 나라가 이 모양 이 꼴이라 오늘 우리가 다시 생각해 보자는 것일세."

"생각해 보니 그렇습니다요. 동서가 하나같이 성인들 그 진실한 말씀의 가르침 속에 그 알맹이가 되는 선善을 잃어버린 상태이니, 왕과 신하가 다투고, 나라와 나라가 참혹한 전쟁으로 그처럼 많은 생명들을 떼죽음으로 내몰고 있는 것 아니겠습니까. 그들이 성인들의 말씀을 하나라도 제대로 바로 알고 그것을 확실한 믿음으로 삼았다면 그런 일이 일어날 수가 없는 것이지요."

권봉수가 씁쓸한 표정으로 그 말에 응수를 해 왔다.

"그 생각이 나와 같구먼. 그래서 불가의 조종이신 붓다께서 하신 말씀이 해와 달은 네 가지 인연을 만날 때 그 빛을 발휘하지 못하게 된다고 했다네. 그러니까 구름이 끼거나, 먼지가 짙거나, 연기가 자욱하거나, 아수라阿修羅가 삼켜 버렸을 때라고 했단 말씀이야. 그와 같이 사람에게도 네 가지 번뇌가 마음을 덮으면 깨닫지 못하게 된다고 하셨거든. 즉 탐욕이 강할 때, 분노하는 마음으로 가득 찰 때, 또 사견을 좇는 어리석음을 가질 때, 그리고 자기의 이익에만 매달릴 때라고 말이여. 그래 사람이 자기 마음을 가다듬기란 쉽지 않은 일이어서 붓다께서 하신 말씀이 이 세상이 바로 고통의 바다라고 하셨다는 거 아니겠나. 그러니까 그 마음에서 세상을 향해 일어나는 온갖 탐욕의 생각이 출렁이는 파도로 유혹하며 괴롭힌다는 말씀이지. 하지만 참으로 자신이 아니라면 누가 그 마음을 가다듬어 주겠는가. 그래서 성서에도 예수께서 하신 말씀이 자신의 마음을 다스려 이긴 자가 바로 세상을 이긴 자라고 하신 것이고 보면, 자기를 알고 자신의 마음을 다스리는 자만이 자기의 주인이 될 수 있다는 말씀이지. 이렇게 동서를 달리하고 이 땅에 출현했던 성인들의 가르침이 거짓 없는 진리로 무엇 하나 다름이 없다는 것을 알았지 뭔가. 도덕상 그릇된 것을 통칭해서 허물이 되는 죄라고 했고, 지혜란 구해야 할 것과 피해야 할 것에 대한 지식으로 예수께서도 하신 말씀이 하늘의 이치를 아는 것이 지식의 근본이라고 하셨고, 또 붓다께서도 말씀하시기를 때때로 법을 들으면 다섯 가지의 공덕이 있게 되는데, 즉 알지 못했던 것을 알 수 있게 되고, 법을 들어서 그것을 읽고 외울 수 있고, 또 생각이 삿되게 흐르지 않는 그 믿음이 생기면, 진리의 깊은 뜻을 알게 됨으로 법을 듣도록 노력해야 한다는 것이었네. 바른 삶이란 바로 그 깨달음 속에 있다고 말이여."

깨달음이란, 그렇게 생활 속에 있다고 한 것이 성현들이었고, 그것을 또 그동안 만난 스님들로부터 들어 황현은 더욱 확실하게 인식하였다.

바로 그것이었다. 깨달음이란, 종교적 차원의 신앙에서부터 사랑과 우정, 자기 자신과 타인, 그리고 양심과 비양심, 현재와 미래, 선과 악 등의 갖가지 연상 작용을 불러 일으킬 수 있는 요소들이 무수히 잠재되어 있다는 것이다.

그렇듯 각자가 신앙하는 믿음의 종교란, 바로 그러한 믿음의 시작으로, 종교가 무한과 절대의 초인간적인 신불을 숭배하고 신앙하여, 이것으로 선악을 경계하고 행복을 얻고자 하는 것도 바로 그 믿음을 바탕으로 한다는 사실이다.

그렇기 때문에 그 믿음과 계율을 하늘 섭리의 이치를 터득한 지혜로운 마음으로 실천해 나간다면, 어떤 사람이라도 스스로의 성정을 자제하고 조절하여 악의 구렁텅이를 벗어날 수 있다는 것이 바로 우리가 말하는 성인들, 붓다나 예수뿐 아니라 공자 역시도 마찬가지였다.

그 가르침 모두가 인간은 먼저 도덕물이 되어야 한다는 것으로, 그 마음이 내키는 대로 한다면 그것은 이미 악마에게 자신을 바치고 있는 것과 다름이 없다는 것이다. 그렇기 때문에 세상의 쾌락을 좇는 자는 반드시 그 대가로 고통과 괴로움이 따르게 된다는 이것이 불가佛家에서 말하는 인과응보因果應報이며, 기독교 스승 예수께서 '너희가 심은 그대로 그 열매를 거두게 되리라'는 것과 같은 맥락의 말씀인 것이었다.

황현은 그와 같은 유儒, 불佛, 선仙, 기독교의 스승들, 그 가르침의 말씀들을 다시 머리에 떠 올려보면서 말했다.

"오늘에 이르러 공자님 가르침의 말씀이 이처럼 빛을 잃고 있지만, 실상은 고등종교 스승들의 가르침과 그 맥이 다르지 않음을 불경 성경을 읽으면서 깨달았지 뭔가. 그러니까 한 비구가 어느 날 붓다께 여쭈어 묻기를, 중생이 수명을 연장하는 데 무슨 방법이 없겠습니까? 했을 때, 붓다께서 하신 말씀인 즉, 나이 많은 어른들을 존경하고 받들며, 덕이 높고 현명한 이를 받들고 따라가 가르침을 받으면, 그 사람은 수명이 늘어날 뿐 아니라, 얼굴도 아름다워지며, 정신적으로나 육체적으로 모두 건강해진다고 한 것이고 보면, 부모에 대한 효孝를 가르치고, 어른에 대해 공손과 겸양으로 그 예禮를 가르쳐 온 공자님 말씀과 다름이 없다는 것이 그동안 내가 성인들의 말씀을 따라가 보면서 얻은 결론이었다네. 그래서 그 성현들이 이 세상에 태어난 까닭은 바로 궁하고 외롭고, 또 병들어 고통을 당한 사람, 그리고 고독한 노인을 도와 공양하면 그 공덕이 차츰 쌓여 반드시 하늘의 복과 도를 얻게 된다는 것이며, 따라서 어떤 재앙이나 변괴도 일어날 수 없으며 남들이 시비를 걸어 소란을 피울 수도 없다는 것이었네. 자네들 석안유심釋眼儒心이란 뜻이 무엇인지 아는가?"

아무도 대답이 없이 다음 말을 가다리는 진지한 눈빛 표정들이었다.

"석가의 눈과 공자의 마음이란 뜻이네. 자비스럽고 인애仁愛가 깊은 일을 지칭할 때 흔히 쓰는 말이지. 이 얼마나 아름다운 말인가. 붓다의 자비로운 눈매와 공자의 인애仁愛로운 마음을 가슴 속에 새겨보는 이것이 참으로 더 없이 신선한 삶으로 하늘이 내려준 복이라고 했네. 누가 그 깨끗함과 아름다움, 그리고 그 따뜻함을 시비할 수 있을 것이며, 누가 그것을 훔쳐갈 수 있겠는가. 성인들의 그러한 말씀은 우리를 위로하고 격려해 주고 있네. 그와 같은 깨달음의 생활이란, 본시 사람들 속에 함께 있는 것으로 티끌 많은 거리에 있으면서 그 먼지에 물들지 않는 것이 진정한 깨달음이라. 연꽃은 진흙 속에 있으면서도 그 아름다움이 변치 않는 것처럼, 세속世俗에 있으면서도 속되지 않게 스스로를 닦아 바로 서 보이는 심신心身이 바로 조물주께서 그처럼 오랫동안 바라고 고대하시는 무궁한 천지화天地花라는 것이고, 그 꽃을 피워내기 위해서 성현들이 그처럼 하늘 섭리의 도道라는 진리의 말씀을 듣고 오고 가셨다는 것을 나 역시도 뒤늦게 이처럼 깨닫게 되었다네."

"오늘 새삼 놀라운 말씀을 듣게 해 주시는군요. 큰 공부가 되겠습니다."

왕재소가 큰 눈을 초롱거리면서 말했다.

"공부가 되었다니 함께 온 보람이 있네 그려. 내가 그동안 얻은 공부는 그 분들의 가르침을 믿음의 신앙으로 그 이성을 바탕으로 하지 않으면 스스로가 모래알처럼 아주 작은 세상의 유혹에도 스스로가 허물어지기 쉽다는 것이네. 이성이란 사물의 이치를 헤아려 깨닫는 성품이기 때문이라는 것이지. 그래, 선행善行을 닦을 줄 모르고, 보시를 칭찬할 줄 모른다면 그 사람은 결코 행복의 길에 동참할 수 없다는 것이 성인들의 한결 같은 가르침의 말씀이었단 말이야. 그러니까 천지가 개벽을 해도 오직 변하지 않는 그 하나는 진리뿐이라고 한 것이어서, 오늘 내가 짐짓 그 이야기를 자네들과 나누고 싶어서 공자님의 숨결과 우리나라 십팔현이 가득찬 이 향교를 찾아온 것이라네. 오늘에 이르러 이처럼 위로부터 아래에 이르기까지 너희가 도덕물이 되어야 한다는 공자님의 말씀이 무색해지는 것이 안타까워서 말일세."

황현은 나름대로 그렇게 생각하는 바가 있어서 제자들을 데리고 향교를 찾아와 성인들의 바른 지혜와 그 가르침의 도道가 무엇인가를 부분적으로 나누어 말해 주고 있었다.

그것은 그처럼 어수선한 시국의 틈을 노려 선善을 바탕에 깔고 밀려 들어오는 외래 사상 천주학설을 연구 분석해 보다가 성인들에 의해 세워진 종교의 본질을 마침내 깨달을 수 있었고, 또 그 어떤 목적에 의해서 인위적인 해석으로 근본 자체가 왜곡되어 있다는 사실을 느낄 수 있었기 때문이다.

그 논리에 대처하고 흔들리지 않기 위해서는 과연 지구에 출현했던 성현들의 진리란 과연 무엇이며, 또 어떻게 다른 것인가를 알아야 한다고 생각한 황현은 그처럼 자신이 느끼고 얻은 결론을 제자들에게 말해 주고 있었다.

그러나 뜻밖에 스승으로부터 전혀 생각지도 않았던 여러 종교 이야기를 듣게 된 제자들 중에는 종교를 집대성한 황현의 논리적인 강론이 전혀 의외라는 듯이 뜨막한 눈빛 표정도 있었다. 그들이 지금까지 배우고 치중해 온 학문은 오직 공자풍의 유학儒學이었기 때문이다.

물론 종교적인 진리란, 한 번 듣고 그 전체가 이해된다는 것은 어려운 일인 것만은 사실이다. 그래서 예수께서도 무리를 향해 '귀 있는 자들은 들으라' 하시지 않았던가.

그것은 분명히 하늘 천도天道라는 지혜智慧의 말을 알아들을 수 있는 즉, 속사람 영혼의 자성自性이 성숙되어 있는 사람이 따로 있다는 말이기도 하다. 그런 귀를 일러 '복福' 된 귀라고 했으며, 그처럼 자성이 성숙된 귀가 따로 있기 때문에 예수는 그 가르침에 있어서 '너희'와 '저희'를 가르고, 비유법을 썼으며, 또 붓다 역시도 방편법을 썼다는 것이고 보면, 성인의 그 지혜를 하루아침에 듣고 이해하기란 그만큼 어려운 것인지도 모른다는 것이 황현의 생각이었다.

그래서 다시 정리하여 말했다.

"자네들 행시주육行尸走肉이라는 말이 무엇을 뜻하는지 아는가? 바로 살아있는 송장이요, 걸어다니는 고깃덩어리란 뜻이네. 정신이란 물체를 초월한 실체를 뜻하는 것이어서 성경에도 예수 성현이 그 시대 이스라엘 백성들을 향해 '너희는 살아있으나 실상은 죽은 자들이다!' 하고 가차 없이 말씀하셨다는 거 아닌가. 그러니까 인간은 영혼과 육체의 결합체로 그 생명의 실상은 육체가 아닌 영혼인데 그 영혼존재의 가치를 깨닫지 못하고 육신만을 위해 세상을 좇아 쾌락을 탐닉하며 살아가는 사람은 죽은 송장이나 마찬가지여서 썩은 악취를 풍기게 마련이라는 것이지. 그러니까 성현들의 가르침, 그 도道라는 진리를 바로 깨달을 수만 있다면, 그것은 참으로 인생에 통달한 사람으로 그것을 불가에서는 성불이라고 하고, 기독교 스승 예수는 그가 하나님의 아들인 것같이 아들의 반열에 오르게 됨으로 형제라고 부르기를 부끄러워하지 않겠다고 했는데, 그 뜻이 뭐겠나? 바로 도를 통한 신인이라는 말씀이거든. 그러한 사람을 일러 유가儒家에서는 도통군자라고 한 것이라네. 그래서 인간이 신을 원할 때면 신을 만나볼 수 있지만, 그러나 인간이 본능적인 육신의 쾌락과 탐욕만을 좇고 원할 때는 무질서한 동물이 될 수밖에 없다는 것이지. 이렇게 선과 악은 동전의 앞면과 뒷면의 차이에 불과하다는 것이야. 삶과 죽음이 그렇듯이, 허허허……."

성현들이 말씀한 도道란 과연 무엇인가? 그 이해를 돕는 설명에 듣고 있던 표정들이 차츰 밝아지는 속에서 박태현이 불쑥 말했다.

"듣고 보니 성인들의 가르침은 한결 같은 맥락이었군요. 만물의 이치를 깨우쳐 아는 도덕물로서 도통군자道通君子가 되라는 것이었으니까 말입니다."

"그렇다네. 그래서 공자님께서 하신 말씀인 즉, 훌륭한 도통군자는 그냥 만들어지는 것이 아니라 각고의 아픔이 뒤따른다고 해서 공자님께서는 하늘이 큰 사람을 만들기 위해서는 뼈를 깎는 고통을 주는 것이라고 하셨다는 거여. 깨지고 닳아지면서 새로운 모습으로 만들어진다는 것이지. 그러니까 그와 같은 완성품으로 만들어내는 것은 오로지 각자 자신에게 달려 있다는 거 아닌가."

"그와 같은 공자님의 말씀을 배워온 조선의 선비들이 어찌 나라를 이 모양으로 만들어 나왔답니까. 조금만 자기를 굽히면 비껴 갈 수도 있는 일을 오늘 이렇게 복잡하게 만들고 있으니 참으로 한심합니다요."

조용하게 앉아 주고받는 이야기를 신중하게 듣고 있던 왕재소가 심드렁하게 하는 말이었다.

"그러니 안타깝다는 거 아닌가. 그래 공자께서도 하신 말씀인 즉, 사람이 그 법칙을 지키지 않음에 따라서 차츰 알 수 없게 된다고 하셨다는 거 아닌가. 그래서 법을 만드는 사람이 오히려 법을 어기는 데 능통하다는 말도 있는 게여. 법은 만인에게 동등한 것인데 말이여. 속담에 갈치가 갈치 꼬리를 문다는 말이 있듯이 권세 있는 사람이 서로 겨루고 영웅호걸이 서로 으르렁거리는 것도 냉정한 눈으로 바라보면 마치 개미가 비린내 나는 것에 모여드는 것과 같고, 파리가 다투어 피를 빠는 것과 같아서 시비가 벌떼처럼 일어나고, 또 친족끼리 서로 다투는 것을 빗대어 쇠가 쇠를 먹고 살이 살을 먹는다고 한 것이라네. 싸움이란 비슷한 또래 사이에서 벌어지는 것이니까……. 오늘 나라형세가 위로부터 공자님의 삼강오륜을 바로 알았다면 그런 작태의 모습들을 만들어 내겠는가? 그러니 우리라도 그처럼 시끄러운 개구리 울음소리를 내지 말고 아름다운 꾀꼬리 울음소리를 내는 도덕군자가 되어보자는 것일세."

"말씀 듣고 보니 그렇군요. 대자연의 큰 눈으로 본다면 꾀꼬리 울음소리나, 개구리 울음소리나 각기 생명의 노래니까요."

역시 재치가 있는 봉수다운 말이었다.

"그래서 지혜로운 옛 선인들은 명예나 지위가 극도로 귀하게 오르는 것을 꺼려 하셨다는 게여. 물성즉쇠物性則衰라, 무슨 사물이든 극히 융성하게 되면 반드시 쇠퇴하기 마련이라. 돈도 명예도 권력도 가득차면 이윽고 기울어진다고 해서 십년세도十年勢道가 없고, 열흘 붉은 꽃이 없으니 물성즉 쇠의 섭리는 어김없이 찾아오는 것이니 겸손하라고 한 것이었다네. 그래서 붓다께서 하신 말씀이 만족함을 모르는 사람은 부유하더라도 가난하고, 만족함을 아는 사람은 가난하더라도 부유하다고 했고, 또 예수 성현 역시도 심령이 가난한 자는 천국이 저희 것이요, 하시고 천국이 여기 있다, 저기 있다, 하지 말라. 천국은 너희 마음에 있느니라, 하셨다는 거 아닌가. 허허허……."

그리고 다시 덧붙여 말했다.

"그런데도 사람들은 이익이라는 그 거품과도 같은 것을 실상으로 알고 자기의 입장에서 선택하고 가늠질하며 죽이고 살리고 하는 시시비비가 많기 마련이라. 그런 작태가 우리가 사는 세상이라. 공자께서는 인간이 어떻게 사는가를 배우기 위해서는 전 생애를 필요로 한다고 하셨으니 오늘 우리가 그 뜻을 되새겨 보자는 것일세. 세상이라는 허위 가운데 오직 변하지 않는 것은 그 하나, 진리가 존재한다는 것이니까."

"그러고 보면, 공자님이나 붓다나 예수도 그 허위 속에서 영원히 존재하는 참 실상의 영혼생명을 깨달으라는 것이었군요."

왕재소가 스스로에게 다짐하듯이 하는 말이었다.

"그렇다네. 그 가르침이 바로 선善이고, 도道라는 것이니까. 그래서 사마천司馬遷도 말하지 않았던가. 하늘은 높으면서도 낮은 것을 듣는다고 말이여. 그러니까 하늘은 인간들이 저지른 모든 죄에 대해서 티끌 하나 남김없이 꿰뚫어보고 있다고 했네. 그 모든 죄에 분노하기도 하는 것이 과보라는 것으로 그 응징의 벌을 받게 되는 것이라고 했단 말씀이거든."

그러자 박태현이 새삼 걱정이 된다는 듯이 말했다.

"그렇다면 오늘 이 나라가 이처럼 어지럽고 시끄러운 것도 위로부터 그 악덕을 행한 죄과라는 것 아니겠습니까요."

"성인들 말씀에 비춰보게 되면 그 결과라고 보아야 하지 않겠나. 그 까닭은 인간은 속일 수가 있지만, 하늘은 결코 속이고 돈으로도 매수할 수가 없기 때문이 아니겠는가. 그처럼 진실하라고 말하면서 그 속에서 자기 자신을 제외시키고 있다는 것을 스스로도 눈치 채지 못하고 있으니까 말일세. 오히려 진실한가, 아닌가를 감시하는 자리에서 자기만은 우뚝 서 있는 것처럼 착각하며 살아가고 있으니 말일세. 콩 심은 데 콩이 나고, 팥 심은 데 팥이 난다는 것이 만고불변의 진리가 아니던가 말이여."

"당연한 것입지요. 기름이 물 위에 동동 뜨듯이 진실이야말로 거짓 위에 확실하게 떠오르기 때문에 저처럼 큰 눈을 뜨고 내려다보는 하늘은 속일 수가 없다는 것이지요. 안 그렇습니까."

봉수가 그 말에 응수를 해 왔다.

"그렇네. 하늘은 참으로 가이없이 넓어 성긴 듯이 보이지만, 그 무엇도 새어나갈 수가 없다는 사실을 모르고 저렇게 엄청난 착각들을 하며 살아가고 있으니 안타까운 일이로세. 진실의 밧줄을 타고 건너가는 사람과, 걸려 넘어지는 사람을 하늘은 하나도 놓치지 않고 보고 있다는 사실을 모르고 말이여. 그래서 세상을 살아가는 길에는 분수라는 것이 있으니 공자께서 겸손하라고 한 것이거든. 모든 일에 지나치지 않고 알맞게 행동하는 것이 분수를 지키는 일이라고 해서 항룡유회亢龍有悔란 말도 있는 것이거든. 지나치게 높이 올라간 용은 반드시 뉘우치게 된다는 것으로, 자기 분수에 넘치게 존귀함을 구하게 되면 실패한다는 뜻이지. 그러니까 분수라는 것은 사람은 태어날 때부터 자기 몫의 그릇이 이미 정해져 있다는 것을 비유한 것이라네."

그 말에 박태현이 정색을 하고 물어왔다.

"그렇다면 각 사람이 타고난 운수가 정해져 있다는 말 아닙니까."

"인생을 살아가면서 꼭 타고난 운수가 있다는 식의 한계를 그어둔다기보다도 제 몸에 알맞은 본분의 분수를 지키라는 말인데, 즉 스스로의 한계점을 설정해 두라는 말이 아니라, 모든 일에 있어서 지나치지 않고 알맞게 행동해서 후회하는 일이 없도록 지나친 욕심을 갖지 말라는 뜻이라네. 공자님이 책임 있는 지위에 있었던 것은 그 몇 해가 되지 않았네. 그 지식과 지혜로 본다면 마땅히 제후가 되고도 남으실 분인데도 말이여. 그리고 대부분의 생애를 야인으로 지내셨는데 왜 그랬겠는가? 그게 바로 자신의 한계를 넘어서지 말라는 것을 자신의 삶을 통해서 우리에게 보여주신 그 교훈 같은 것이었다고 보네. 그런데 그 공자님의 말씀을 국교로 세운 이태조는 어떤 모습을 우리에게 보여주었는가? 왕명을 거역하고 스스로가 그 자리에 올라앉고 만들어 낸 것이 신분의 높고 낮음이라는 반상제도를 이조에 들어와 만들어내지 않았던가 말이여. 그것이 하늘의 도를 거슬리게 한 불법이 아니고 뭐겠나."

"말씀 듣고 보니 정말 그렇습니다요."

그제서야 박태현이 고개를 주억거리며 거기에 이해가 간다는 표정이었다.

황현이 다시 말을 이었다.

"그 겸손을 미덕으로 가르치신 공자님의 생활이 과연 어떠했는지 그 한 토막의 일화가 있다네. 공자님의 집에는 그 덕德을 추앙하여 많은 손님이 수시로 드나들었는데 그럼에도 불구하고 자신을 주위에 드러내지 않은 그 겸손함이 어느 정도였던지 마을 사람들조차도 그 어른을 잘 모르고 있었다는 게여. 그래 어느 날 멀리서 공자님을 찾아보러 온 재상이 그 동네에 들어와 공자님 댁이 어디냐고 묻자 그 동네 사람이 했다는 말인 즉, '아, 그 구아저씨 댁 말입니까?' 이렇게 말했을 정도로 이미 권위와 덕목을 두루 갖춘 공자님이셨지만, 스스로를 그렇게 그 동네 사람조차 모를 정도로 목에 힘을 주어 드러내지 않으셨다는 거 아닌가. 물론 등화불명燈火不明이라는 말이 그래서 있는 것이고, 또 선지자는 제 고향에서는 존경을 받지 못한다는 말도 그래서 있는 것이겠지만, 그렇게 낮은 자들 앞에서는 더욱 자신을 낮추고 자기를 나타내지 않으셨던 것이 공자님의 겸손함이라는 게여.

그와 같은 미덕의 겸손을 가르치신 공자님의 가르침을 본을 받았다면 오늘 우리나라가 이 지경으로 서로 저 잘났다고 시끄럽겠는가? 그것이 무지로 유죄가 된다는 것이고 보면 앞일이 불 보듯 뻔하네 그려. 하긴 그런 맥락에서 유대 땅에 출현했던 예수도 그 백성들이 듣고도 얼마나 깨닫지를 못했던지, '내가 너희를 위해서 수고한 것이 헛될까 염려하노라' 하셨다는 것이고 보면 그만큼 인간 중생들의 교만과 무지가 안타깝다는 거 아니겠는가 말이여."

그리고 황현은 잠시 사이를 두었다가 다시 입을 열었다.

"결국 이 땅에 출현했던 성인들의 말씀은 이렇듯 근본의 이치를 가르치고자 하신 것이 궁극적인 목적이라는 것을 장자莊子께서는 이렇게 말씀하셨다네. 나보다 먼저 태어나서, 그 도道 듣기를 진실로 나보다 먼저라면, 내 너를 스승으로 좇을 것이다. 나보다 뒤에 태어나서 그 도를 듣기를 나보다 앞이라면 내 이를 스승으로 좇을 것이다. 나는 도를 스승으로 하는 것이다. 어찌 그 아이가 나보다 선후先後에 난 것을 가릴 것이 있겠는가? 이런 까닭으로 귀함도 없고, 천함도 없고, 나이 든 것도, 나이 어린 것도 없으니, 도가 있는 곳이 스승이 있는 곳이다. 도라는 것은 이렇게 존중을 받는다는 것이었네. 나보다 늦게 태어났더라도 나보다 먼저 도를 알았다면 내 그를 스승으로 좇겠다는 것이 장자의 넉넉함에 드러나고 있는 것이네. 이렇게 도라는 것은 우리들 일상생활과 동떨어진 것이 아니라, 사람들의 속에 어우러져 있다는 말씀이 아니겠는가. 내가 오늘 왜 이 여러 말을 자네들에게 하는지 아시겠는가?"

"……"

"훌륭한 사상은 훌륭한 인격에 담긴다고 했네. 작은 그릇에는 작은 음식밖에 담기지 않듯이, 인격이 작고서는 큰 사상이 담길 도리가 없지 않은가 말이여. 작으나 크나 사상은 그 사람의 인격을 토대로 세워진 건축과 같은 것이라고 했거든, 그래서 정도전鄭道傳의 삼봉집三峰集을 읽어보면 이런 대목이 나오네. 암석이 여기 있다손치더라도 만약 돌을 다스리는 석공石工이 없으면 어떻게 비갈碑碣을 세우고, 어떻게 섬돌과 주춧돌을 만들겠으며, 나무가 저기에 있다손 치더라도 만약 목공이 없다면 어떻게 택사宅舍를 짓고, 어떻게 선박이나 수레를 제작하겠는가, 라고 말일세. 마찬가지로 성인들의 가르침이 그런 것이라는 것이지. 그런 공자님의 가르침을 본받고 배우기 위해서 이 고장에 세워진 유림 향교가 아니던가. 그래 그 분의 가르침을 학문으로 배우고 읽혀온 이 터전이 오늘에 이르러서 밀려오는 서양 학문과 문물에 떠밀리고 있지만, 올바른 공자님의 학문을 다시 일으켜 세우는 것은 나와 자네들 몫이기 때문에 그 가르침의 도道를 오늘 우리가 새롭게 바로 알자는 것이네. 그 이상의 재산이 어디 또 있겠는가. 그것은 마모되지 않으며, 유실되지도 않고 날이 갈수록 빛을 더해 가는 무궁한 재산이기 때문에 배움을 게을리 한다거나, 또 좀 안다고 해서 우쭐거리지도 말아야 한다는 것이네. 개천에 나도 다 제할 탓이라는 속담도 있지 않은가. 같은 개천에서도 저마다 다른 것으로 태어난다는 말이네. 아무리 미천한 집에서 태어났어도 제 자신만 잘나면 얼마든지 훌륭한 인격자가 될 수 있다는 것을 공자님의 삶을 통해서 보여주었고, 또 볼품없는 가문에 말구유간에서 태어나 학교문전도 가본 일이 없었다는 예수 출생과 생애가 보여준 것이 바로 자신을 닦고 세워 그 몸에서 훌륭한 평화와 사랑의 냄새를 풍겨낸 완성품이라고 해서 기독교 스승이 되었다는 거 아닌가. 마찬가지로 공자님의 가르침을 받아온 나와 자네들 몸에서 시와 음악의 냄새가 나게 하고, 학문의 냄새가 나게 하고, 그 모든 것을 이룬 성인의 냄새로 굳어지게 하자는 것이네. 사람이 그 재능을 갖고 태어났어도 그것을 발휘하지 못하면 그 사람의 인생은 실패한 것이고, 그 재능을 절반 밖에 발휘하지 못하면 부분적인 실패가 된다는 것을 명심들 해두시게. 자네들이 진실로 보람된 삶을 원한다면 어두운 밤과 같은 인생의 한복판으로 몸과 마음을 내던지라는 말일세. 알아듣겠는가?"

"오늘 이렇게 일깨워 주신 말씀, 참으로 우리 정신을 건강하게 만들어 준 호흡의 산소처럼 소중하게 간직하겠습니다요."

이야기를 듣고 있던 제자들 모두가 고개를 주억거리며 이해가 간다는 표정들이 한 목소리로 스승에 대한 존경함을 표했다.

"고맙네. 자네들이라면 능히 그렇게 해줄 것으로 나는 믿네. 웬만한 실의와 고통쯤은 각오하고 견디면서 말일세. 그래서 고통을 배운 자는 굴종을 잊고 죽음을 깨달은 온갖 예속과 구속에서 자신을 해방시킬 수 있다고 했으니, 오늘 이 어지러운 난세가 주는 고통을 우리가 오히려 감사하며 주어진 삶에 충실하자는 것이 오늘 내 부탁일세. 알겠는가?"

그 말을 끝으로 황현은 제자들과 함께 밖으로 나왔을 때는 어느새 해는 서산에 기울고 있었고, 오늘도 천년千年의 무게로 서 있는 뜰 앞 우람한 은행나무는 아무리 시대가 바뀌어도 새로운 자리를 엿보는 일도 없이 자연의 섭리 그대로를 예나 다름없이 들려주고 있는 것만 같았다.

17 문필보국의 삶을 마친 매천 황현의 순국

그 며칠 후였다.

황현은 아내가 챙겨준 여행 봇짐을 짊어지고 집을 나섰다.

이윽고 한양에 입성한 황현은 귀국했다는 창강 김택영을 만나려고 곧장 여러 곳을 수소문했다. 하지만 어찌된 일인지 아쉽게도 끝내 만나지를 못했다. 그런 때문에서인지 지난날 문우들과 함께 거닐던 그 거리를 서성이는 황현은 살아생전에 그처럼 용기와 위로를 주던 영재 이건창이 새삼 더욱 그리워졌다.

그 숨결이 묻힌 묘소라도 찾아보고 싶어진 황현은 잠시 강화도를 다녀와야겠다고 마음을 굳히고, 지난날 이건창, 김택영, 강위 스승 등 문우들과 함께 정담을 나누던 추억을 생각하면서 남산으로 발걸음을 향했다.

지난날 문우들과 함께 추위를 참으며 이야기를 주고받던 오솔길에는 그때의 추억 속에 지긋한 눈빛 얼굴들이 그 한 걸음마다 둥둥 떠다녔다. 그 길 숲을 오늘에 이르러 홀로 걷는 황현의 가슴은 만감이 교차했다. 그토록 허전한 가슴을 안고 산 정상에 오른 황현의 눈에는 남산만이 옛 모습 그대로였고, 나머지는 예전의 한양이 아니었다. 서양문물이 들어와 신식문물로 바뀐 한양의 낯선 풍물은 어쩐지 나라가 서서히 망해 가는 그 징조로만 느껴지면서 걱정스러웠다.

황현은 그동안 《매천야록》과 《동비기략》 그리고 《오하기문》이라는 당대의 역사책을 써나가고 있었기 때문에 나라가 일제의 침략에 의해서 멸망해 가고 있음을 누구보다도 잘 알고 있었다.

남산에 올라가 지난날 문우들과의 추억을 회상하고 내려온 황현은 그길로 강화도로 향했다. 소식도 없이 불쑥 찾아간 황현의 방문이었다. 영재 이건창의 아우 이건승이 깜짝 반가워했다.

"어쩐 일이십니까? 먼 길을 이렇게 갑자기……."

"한양에 볼 일이 있어서 잠시 올라 왔던 길에 들렀네. 쉬고 있는 자네 형님 몟장 이불이라도 한 번 만져보고 싶어서 말일세. 허허허……."

"참으로 두 분의 우정이 대단들 하십니다요. 형님은 돌아가신 순간에도 매천! 매천! 하시지를 않나……."

그 말을 듣고 있는 황현의 가슴은 뭉클했다. 어느새 싸르르 젖어오는 가슴이 눈가에 이슬을 맺히게 했다. 세월이 흐를수록 더욱 살아 오르는 그와의 추억이었다.

이건승의 안내를 받으며 이건창의 묘소를 찾아 올라가던 황현은 숲 사이로 반백의 노을을 바라보면서 가만하게 말했다.

"우정이란 가슴 깊숙한 곳에서부터 키워두지 않으면 결코 우정이랄 수가 없네. 세찬 물결에도 씻겨 가지 않고, 엄청난 비바람에도 버티어 낼 수 있는 우정이란 참으로 가슴 깊숙한 곳이 아니고는 그 아름다운 꽃을 피울 수가 없는 것이 아니겠는가 싶거든."

"참으로 대단하십니다. 이승과 저승으로 갈라진 사이인데도 오늘 이렇게 다시 찾아오시다니."

"내 가슴 속에는 아직도 살아있는 친구라네. 그래서 밤이면 가끔씩 지난날처럼 마주보고 웃기도 하고 또 못 다한 많은 이야기도 나누곤 하지."

사실 이건창은 황현의 가슴 속에 언제나 살아있는 그리움의 존재였다. 이건창의 무덤 앞에 당도했을 때였다. 황현은 불룩하고 봉싯한 이건창의 무덤을 두 손으로 어루만지고 다독이면서 마치 살아있는 사람과 대화를 나누듯이 다정하게 말했다.

"삶에는 휴식할 곳이 없는데, 자네는 세상만사를 다 잊고 이렇게 휴식을 취하고 있으니 참으로 오늘은 자네가 부럽구먼."

그 말을 하고 황현은 이건창의 무덤 앞에서 그 마음을 시구詩句로 읊었다.

영재 묘를 지나며 / 過寧齋墓

無庸悲獨臥	무덤 속에 혼자 누웠다 하여 슬퍼하지 말라.
在日已離群	머지않아 나 역시 그대를 따르리라.

―〈過寧齋墓〉 중에서

황현은 이때 벌써 친구의 죽음을 휴식처럼 동경했고, 그래서 머지않아 자신도 친구를 따라 그 휴식을 취하고 싶다는 심정을 시詩로 읊어 나타내고 있었다.

그렇게 이건창의 무덤 앞에서 영혼과의 대화를 나눈 황현이 그 무덤을 돌아보고 또 돌아보며 비탈길을 내려올 때였다. 그 아우 이건승이 가만하게 물어왔다.

"죽음을 휴식이라고 하셨는데 그건 불교 철학을 바탕에 두고 하신 말씀입니까?"

"자네가 그것을 어찌 알았는가?"

"불교는 윤회사상이지 않습니까요."

"그걸 알았구만. 석가 성현 말씀이 세상을 빗대어 고통의 바다라고 하셨다네. 그 말씀은 인간 삶에는 휴식할 곳이 없다는 말씀이 아니겠는가. 그러니 죽음은 사람에게 있어서 가장 훌륭한 휴식처이고 새로운 삶의 완전한 시작인 것 아니겠나. 다만 죽음을 쓰는 데 그 의가 다를 뿐이네. 살아도 죽은 목숨이 있고, 죽어도 영원히 그 이름이 살아있는 사람으로 말일세. 그래 공자께서도 하신 말씀이 거친 것을 먹고 물을 마시고 팔베개를 하고 살아도 즐거움은 또한 그 가운데 있고, 의로움이 없이 돈 많고 벼슬 높은 것은 나에게는 뜬 구름과도 같다고 하셨다네."

"뜻 밖에 큰 공부를 하게 해 주시는군요."

"나는 그렇게 생각하네. 부자들의 재산 목록은 죽음 앞에서 뜬 구름 같은 다만 재산 목록일 뿐이고, 벼슬 또한 마찬가지라고 생각하네. 의롭지 못한 벼슬 쓰고 앉아 있어 봤자 그날로부터 나를 괴롭히는 화근 아니겠나."

"아, 그래서 벼슬길도 마다하시고 칩거생활을 하고 계시는군요."

이건승은 이제야 그 심정이 이해가 된다는 듯이 고개를 끄덕이면서 말했다. 황현은 그 이해를 돕기 위해 덧붙였다.

"앞으로 나가는 것에 문득 물러섬을 생각하면 울타리에 걸리는 재앙을 면하고, 손 붙일 때 문득 손 놓음을 도모하면 호랑이를 타는 위태로움을 면한다고 배워왔기 때문이라네. 지금 이처럼 어지러운 시국에 벼슬길 욕심내고 나가봤자 몸 밖에 더 버리겠나. 그것도 다 시국을 잘못 만난 선비의 운명 아니겠나. 자네 형님도 그렇고……."

"역시 두 분은 서로 상통하는 정신이 남다르셨군요."

"사실 내가 고을의 유지들과 뜻을 모아 학교를 세우고 보니 자네 형님 생각이 더욱 간절하지 뭔가. 그래서 여기까지 오게 된 것이지만……."

"옛말에 가난한 삶에 쪼들린 사람의 말은 아무런 힘이 없다고 했는데 역시 붓대의 힘이 참으로 크고 위대하다는 걸 다시 알았습니다. 모두가 어려운 시국에 고을 유지들의 마음을 그처럼 모으고 사재를 털어서까지 학교를 세우셨다니 말입니다.

"선비가 한때의 가난과 외로움을 당하더라도 어찌 스스로를 버릴 수 있겠는가. 남을 이롭게 하는 일이 곧 나를 이롭게 한다는 것인데 우리 국민정신 교육 운동이야말로 내 자신을 위해서도 가장 보람 있는 일이라고 보네. 물론 무슨 일이든지 처음에는 곤란한 경우가 있는 것이고, 그 처음 고비를 두려워하지 않는다면 일은 생각보다 수월하게 이루어진다는 것이고, 그것이 또 내 믿음이네. 사람들은 그 첫 고비를 두려워하기 때문에 자신이 해낼 수 있는 일을 어렵다는 핑계로 하지 않거든. 더러는 무모한 용기라고 하면서 말일세. 하지만 나는 생각이 온전하면 지혜가 생긴다고 믿고 이 일을 시작한 걸세."

"깊으신 학문과 용기가 오늘 참으로 존경스러워 머리가 저절로 숙여집니다요."

"세상의 학문을 왜 하는가? 삶의 바른 지혜를 얻기 위함이라고 했네. 공자님께서 말씀하시기를 예의 실용적 가치는 조화에 있다고 하셨으니 오늘 저렇게 서구 선진문화가 밀려들어오는 형세를 문 닫아 걸고 앉아 배타만 할 것이 아니라, 취할 것은 취하고 우리의 정서에 맞지 않는 것은 버리고 취할 것은 조화를 이루어야 된다고 생각하네. 그러기 위해서는 공자 왈, 맹자 왈만 하고 앉아 있을 수만은 없지 않겠는가. 그런 내 생각이 용기를 내어 본 걸세."

"지하에 계신 저의 형님도 모르긴 해도 그 뜻을 기뻐하시리라 믿습니다. 언제나 뜻을 같이 하신 분이셨으니까요."

"그렇고 말고. 내게는 언제나 가슴 속에 그 영혼과 대화를 나누고 있는 살아있는 친구니까."

황현은 자신이 학교를 설립한 데에 대한 생각과, 그 형 이건창과의 우정을 그 아우 이건승에게 그렇게 피력하고 헤어졌다. 그리고 다시 시골로 내려오는 길에 황현은 지금은 고인이 되신 할아버지와 아버지를 생각하며 그 묘소가 있는 광양으로 향했다.

황현이 한양을 오르내리며 글을 하는 선비로 살아갈 수 있었던 가장 중요한 기반은 바로 할아버지가 물상거래로 일구어 놓으신 든든한 재력이 뒷받침해 주었기 때문이다.

그래서 황현은 조부가 돌아가신 후, 그 문권을 정리하면서 〈왕고수적발〉을 써서 남기기도 했었다.

"우리 집은 할아버지 이전에는 세세로 가난하였다. 할아버지가 분발하여 다니면서 저축하여 살림을 모아 십년만에 재물이 많이 모이게 되었다. 이 책은 그때의 돈을 받던 장부의 하나다. 자손들은 아직도 그 덕을 보고 있다……. 근년에 집안은 영락하여 천권의 책을 안게 하고, 선조의 필기를 자취 뒤에 풀고 농할 수 있는 것은 적어도 또한 할아버지의 은덕恩德인 것이다."

이처럼 황현은 할아버지가 남기신 유산 덕택에 자신이 글을 하는 선비로 천여 권의 장서를 쌓아두고, 한양을 오르내리면서 강호의 인물들과 교류하며 지낼 수 있었던 것도 모두 할아버지가 모아 놓으셨던 재력 덕택이었음을, 그 흠모함의 정을 불승영모不勝永慕함으로 표현하고 있었다.

그러나 안타깝게도 그처럼 손자의 장래를 염려해 주시던 할아버지는 손자 황현이 훌륭하게 자라는 것을 보지 못하고 1856년에 돌아가셨다. 그 뒤 할아버지의 유지를 받들어 아버지 황시묵이 그처럼 아들에 대한 출세를 위해 자신의 생활 전폭을 아들을 위해 쏟아 부으시다가 돌아가신 후, 아버지가 남기신 몇 편의 문집을 엮고 그 발문을 다음과 같이 썼다

"온화한 얼굴 모습과 훤출한 키가 정의에 분개하고, 믿음으로 확 트이는 여유로움 속에 어렴풋하게 그리워지는 모습을 날로 잊어짐을 막지 못하겠다……. 가만히 생각하면 아버지는 문의 저술에는 옹졸하였으니 전할 만한 것도 없다. 집안일에 초췌하도록 다하고 힘을 외로운 아들에게 다했으니 옛날 애국하던 충신이 어린 임금을 돕는 것처럼 하였다."

황현은 문우 이건창의 묘소가 있는 강화도를 찾아가 다시 참배하고 내

려오는 길에 그토록 온화한 아버지의 모습과 할아버지의 숨결이 다시 새롭게 그리워진 것이었다.
할아버지의 묘와 아버지의 묘는 살아생전에 활동하시던 광양 석사리 문덕봉 계산 아래 있었다.
이윽고 제물을 준비하여 두 분 묘소에 참배를 하고 걸음을 돌리는 황현의 등 뒤로 언제까지 할아버지의 손 흔듦이, 그리고 아버지의 온화한 웃음이 생전의 모습으로 살아있는 것만 같았다.
황현이 묘소를 참배하고 집으로 돌아왔을 때는 그동안 학교 실무는 수제자 권봉수와 박태현, 권석우 뿐 아니라, 지금은 고인이 된 왕사각의 형제들인 왕수환, 왕재소 등이 열심히 맡아보고 있었다.
"제가 없는 그동안 수고들 많으셨습니다."
황현은 왕수환, 왕재소 두 분 형제를 향해 정중하게 인사를 하고, 역시 제자들을 향해 그 인사를 같이 했다.
"고맙네. 이렇게 자네들이 옆에서 힘이 되어 주고 있으니 더 바랄 것이 없구먼."
"저희야 선생님께서 이루어 놓으신 뒤 끝에 앉아 이렇게 있는 것만으로도 큰 공부가 되고 있습니다요."
"이렇게 장하고 고마운 자네들이 내 옆에 있으니 순풍에 돛을 단 기분일세. 백지장도 맞들면 가볍다더니……."
사실 그처럼 동지나 다름이 없는 문우文友와 제자들이 주위에 있었기 때문에 학교를 세우는 데 그 힘을 얻고, 또 학교를 운영해 나갈 수가 있었다. 그들이 고을의 유지들에게서 그 재력을 모으는 데 앞장서 주고 있었기 때문이다.
그렇게 주위의 힘을 모아 그런대로 큰 어려움 없이 학교가 운영되어 나가고 있던 그해 음력 9월이었다. 한양으로부터 내려온 신문 기사를 읽고 있던 황현의 눈이 크게 놀라 반짝했다.

"허어! 이런 일이……."

황현은 그때 마침 그 자리에 함께 있던 권봉수와 박태현, 권석우를 둘러보면서 말했다.

"자네들한테 전해 줄 기막히게 반가운 소식이 있네."

"???……."

모두들 뜨막한 눈빛 표정으로 다음 말을 기다렸다.

황현은 한양으로부터 내려온「황성신문」을 들어 보이면서 말했다.

"이것 보시게. 안중근 의사가 만주 하르빈에서 그 원수 같은 이등박문을 살해했다는구먼."

"그, 그게 정말입니까. 선생님?"

모두의 표정들이 믿기지 않는다는 듯이 무릎으로 다가앉으며 신문 기사를 확인하려 했다.

"자! 보시게. 얼마나 통쾌한가? 백번 죽여도 시원찮을 놈이었지."

황현이 유일하게 구독해 보는 신문이「황성신문」이었다. 그 신문은 1898년, 남궁억이 창간하고, 박은식, 장지연 등이 주필을 맡고 있었기 때문에 항일 애국사상을 고취시키는 데 많은 역할을 해 왔었다. 그러나 지방에서 신문을 구독한다는 것은 경제적으로 상당히 부담이 되었기 때문에 황현은 학교 설립 이전에는 다른 사람의 신문을 무려 10년 넘게 빌려보면서《매천야록》과 자신이 보고 느낀 그대로《오하기문》,《동비기략》을 기록했었다. 그런데 이제 학교를 설립한 황현의 입지에서 직접 신문을 구독하게 되면서 그만큼 한양으로부터 내려오는 정보에 빨라진 것이었다.

그 날도 한양으로부터 내려온 신문 기사를 손에 들고 읽고 있던 황현은 당연히 눈이 크게 떠질 수밖에 없었다. 그처럼 충격적인 기사였기 때문이다.

그러니까 안중근安重根이 만주 하얼삔에서 이토 히로부미를 저격한 것은 그해 음력 9월 13일이었다. 안중근은 그때 31세였다. 해주 태생으로 신천으로 이사하여 4년 전에 평양 진남포로 이사했다.

  그는 당시 시국이 어수선했던 만큼 일정한 주거지가 없이 떠돌아다니면서 오직 이토 히로부미를 죽여서 국치國恥를 씻으려고 암암리에 스스로 계획을 세운 것이 이미 수년이 되었다고 했다.

  그런 그는 그 해 동지들을 모아 놓고 맹세하며 말하기를, "금년에 기필코 이 도적놈을 내가 죽이지 못한다면 마땅히 나는 자살할 것을 맹세한다"고 했었다고 한다.

  그런데 이토 히로부미가 여름과 가을 사이에 만주를 순회한다는 소식을 들은 것이다. 안중근은 이때를 맞추어 하얼삔에 이르렀을 때에 시가詩歌를 지어 우덕순과 동행하며 창화唱和하였는데 내용은 이렇다.

  ─장부가 처세함이여, 그 뜻은 큰 것이로다. 때가 영웅을 만들고 영웅은 때를 만드니 천하를 웅시雄視함이로다. 어느 날 성업成業할 것인가? 동풍은 점차 차가워지는도다. 반드시 목적을 이룰 것이니 엿보고 엿보는도다. 어찌 이 목숨을 부지하려 할 것이며 어찌 여기에 이르기를 헤아리겠는가! 시세時勢가 고연固然하니 동포들이여, 속히 대업을 성취하고 만세, 만세 외치며 대한독립을 부릅시다.

  시가를 지어 부른 안중근은 이어 러시아 관원과 상견하기로 약속했다. 그리고 마침내 안중근은 이토 히로부미가 차에서 내릴 때 러시아 병사들 속에 섞여 있다가 권총을 꺼내 연발했다. 세 발을 쏘았는데 그 세 발이 모두 명중하여 이토 히로부미가 차에서 떨어져 그를 호위하던 병사들이 들어서 병원으로 옮겼으나 30분 만에 죽었다.

  그 소식은 전파를 타고 세계 각국에 퍼져 나갔고, 이에 모두 놀라 하는 말인즉, "조선에는 아직도 사람이 있구나!"였다고 한다. 안중근은 동모자 10여 명과 함께 포박되었는데 웃으면서 말하기를, "우리의 일은 이미 성공하였으나 죽는 것을 누가 알아주리오." 그의 이 같은 말은 국민들 정신까지도 그들의 침략정책에 그만큼 무관심되어 있었음을 한탄해 하는 말이었다.

하지만 그래도 의식이 남아있는 선비들은 감히 드러내어 통쾌하다고 밖으로는 칭송하지 못했으나, 모두 어깨를 치켰으며 각자 깊숙한 방에서 술을 마시며 서로 경하하였다고 한다.

이때 이완용, 윤덕영, 조민희, 유길준은 양궁兩宮의 명으로 거짓 속여서 바로 대련에 나아가 조위를 표했으며, 그들에게 국권을 잃어버린 순종황제 역시도 통감부에 가서 친히 조위를 표하고 이토 히로부미에게 시호를 주어 문충공文忠公이라 하였고, 제전비祭奠費 3만 냥을 내주었으며 그의 유족에게 10만 냥을 주었다.

이에 이학재李學宰 등은 이토 히로부미의 송덕비頌德碑를 세울 것을 건의했고, 민영우閔泳雨는 동상을 세우자고 하며 미치광이같이 분주하게 서둘러대는 것을 본 일본인이 영을 내려 그만두라고 했다는 것이다.

제자들과 함께 한양으로부터 내려온 신문기사를 읽고, 그 내용을 재차 확인한 황현은 그것이 안타깝다는 듯이 말했다.

"이미 위로부터 조국과 나라를 잃어버린 형국이 이렇게 한심한 지경에 이르렀으니 안중근의 충의가 애석할 뿐이로세. 하지만 그것은 역사가 분명히 그 진실을 밝혀 그분의 애국충정이 후세에 길이 귀감으로 남을 것이라고 보네."

그리고 제자들을 둘러보며 다시 덧붙여 말했다.

"이것 보시게. 태황제 고종께서 이등박문이 죽었다는 소식을 듣고 크게 기뻐하며 웃었는데 일본 경시가 그 말의 근원을 조사에 나서 나인을 신문하고 보니 어이없게도 태황제의 시종 이용한이 일본인에게 아첨하기 위해 고해 바쳤던 것이라니, 오늘 우리가 누굴 믿고 나라 일을 도모하겠는가? 이미 나라가 기울어짐이 이와 같으니 강대국에 빌붙어 잘 살아보자는 생각뿐인 자들이 조정에 앉아 그 모양들인데 참으로 오늘 우리가 통탄할 일은 이 나라 국권을 침탈하는 데 일등 공신 이등박문의 공적비를 세우자고 아부하는 자들이 제 본정신이 있다면 그렇게 말하겠는가? 순종임금은 민병식을 차출하고 태황 고종은 박제빈을 차출하여 김윤식을 원내대표로 해서 모두 일본에 건너가 이등박문의 장사를 국장으로 치루게 했다는구먼. 지금 나라 분위기가 대충 이런 형세일세. 쩝쩝……."

신문 기사를 읽고 안중근이 이토 히로부미를 저격했다는 반가운 소식과 함께 황현이 제자들에게 들려주는 안중근과 연계된 그동안의 사건 이야기는 그랬다.

신녕 사람 황응두黃應斗는 지방위원으로 이토 히로부미의 피살사건에 사죄의 거동을 하지 않는 것은 옳지 않다고 앞장서서 말하였으며, 윤대섭尹大燮, 김태환金台煥, 양정환梁貞煥 등이 그것을 화답하여 각 군을 위협하고 얽어 군에서 위원을 파송하여 일본에 보내는데 위원 등의 파견에 따른 여비를 거두어서 지방이 크게 동요하고 있었다.

신녕군수 이종국李鍾國이 이토 히로부미의 추도회를 열고 박상기, 황응두 등과 함께 큰 소리로 말하기를, "지난 번에 민영환, 최익현 누한陋漢들이 죽으매 국내 전체가 친척이 죽은 것같이 애모哀慕했으며, 이제 은인 이등공이 죽으매 한 사람도 슬퍼하는 이가 없다." 우리나라 망함이 임박하였음을 한탄하고 이어서 황응두 등을 재촉해서 사죄단謝罪團을 만들어 일본에 건너가게 하였다는 것이다.

당시 안중근 열사烈士가 이토 히로부미를 저격한 충격적인 상황은 그랬다. 조정에서는 사죄단을 만들어 보내는 그 한 편으로 민영익은 상하이에 있으면서 4만원을 내어 프랑스와 러시아 변호사를 고용하여 안중근의 옥안獄案을 방조傍助하였다.

이때 안중근의 아우 정근과 공근은 여순에서 한양변호사회로 글을 보내서 우리나라 변호사 한 사람을 보내어 후원해 줄 것을 바랐으나 사람들은 서로 돌아보며 감히 출발하지 못했다고 한다.

그러나 평양 변호사 안병찬安秉瓚은 개연蓋然히 스스로 지원해서 10일에 길을 떠나 여순으로 떠나기 위해 채비를 하고 있는 중에 안중근의 모친이 변호사를 방문하러 평양에 도착했는데, 그때 그 모친의 말과 안색이 참으로 의연毅然하여 열장부烈丈夫와 같아 사람들은 그 어머니의 그 아들이라고 말할 정도로 의연한 모습이었다고 했다.

그 사건으로 안중근과 연루되어 구속된 사람은 모두 9명으로 홍원 사람 조도선, 한양 사람 우연준, 명천 사람 김여생, 풍기 사람 유강로, 한양에 사는 정대휴, 김성옥, 경북에 김구담, 하얼삔에 가 있는 김형재와 함남에 정공경으로 나이가 모두 30여 세였고, 오직 김성옥이 49세였으며, 유강로가 18세였다.

일본인이 관동도독부關東都督府에 들어가 여순구에서 재판장을 개정하고 안중근 사건을 공판했다. 이에 안중근은 사형이 언도됐고, 우덕순은 징역 3년, 조노광, 유종하는 징역 1년 6개월을 언도했다.

안중근의 사형 집행일은 그 달 26일로 정해졌다. 안중근은 그 보고를 듣고도 언사言事와 안색과 침식을 하는 것이 보통 때와 조금도 다름이 없었다고 한다. 이미 조국을 위해 그 한 목숨을 내놓고 시작한 일이었기 때문이었을 것이다.

사형언도를 받은 안중근은 그의 유시遺詩 두 구절에 말하기를, "장부는 비록 죽는다고 하지만 마음은 철같이 강하니 의사義士가 위험에 임하매 기상은 구름 같다"고 하였다.

마침내 26일 안중근은 여순감옥 형장에서 처형되었고, 그 소식을 들은 국내인, 외국인들 모두가 장하다고 하며 그를 불쌍하게 생각하기보다는 대장부大丈夫로서의 용기를 우러러 부러워했다.

처음 안중근은 이토 히로부미에게 15죄목을 말했었는데 다음과 같다.

1. 명성황후 민비를 살해했다는 것이었고, 2. 광무9년 11월에 강제로 을사보호조약을 체결했으며, 3. 융희원년 7월에 강제로 7조약을 체결했고, 4.

태황제를 폐했고, 5. 군대를 해산시켰으며, 6. 양민을 학살했고, 7. 이권을 약탈했고, 8. 한국 교과서를 금지시켰고, 9. 신문구독을 금지시켰으며, 10. 은행권을 발행했고, 11. 동양평화를 교란시켰으며, 12. 일본천하를 기만했고, 13. 교과서를 금지시켜 폐기시켰으며, 14. 효명천황孝明天皇을 시해했고, 15. 대궐을 침범했다는 것 등이었다.

의사義士 안중근이 처형당하고 부인은 남편의 유언에 따라 하얼삔에다가 장사지내려고 했다. 그러나 이를 일본인들이 허락하지 않았고, 여순감옥 내 장지에다 장사지내게 했다. 안중근은 사형에 임하기 전에 국권이 회복되기 전에는 고국산천에다 묻지 말고 하얼삔에 묻어 자신이 남기고 간 슬픔을 풀도록 해 달라고 부탁하였다고 한다.

이렇게 안중근이 사형을 당한 후 고국에서는 안중근의 화상을 사서 10여 일간에 천금을 벌었으며 일본인은 그것을 금지시키기에 급급했다. 그 사건 당시 안중근의 아우 안정근安定根은 나이 28세로 서울 양정의숙養正義塾에서 수학하고 있었고, 그 밑에 안태근安泰根은 나이 24세로 진남포 보통학교 부훈도副訓導로 있었으나 안중근 의사 사건을 듣고 모두 스스로 면직하고 퇴학했다.

그 한편 국내에서는 민영규閔泳奎 등이 임시국민대연설회를 열었다. 이때에 간사한 무리들이 향응하여 합방의 논의가 크게 일어났다. 민영규 등은 벼슬아치와 일반 서민들을 모아 놓고 맹렬히 통박하고 논박 항의했다. 모인 사람들은 4천여 명으로 일진회를 통렬히 꾸짖었으며, 국민들에게 끼어들지 말 것을 맹세하게 했다.

일진회가 정부에 합방론을 내놓고 상주해 줄 것을 원했으나 이완용이 물리쳤다. 이완용이 합방론을 스스로 주장하려 하였으나 일진회에게 선수를 빼앗겼던 것이다. 그래서 민영규 등을 충동시켜 연설회를 열게 하고 일진회의 헌의獻議를 물리친 것이었다.

이렇게 오직 한일합방론만을 계획하는 이완용을 애국하는 신민들은 매국노로 볼 수밖에 없었고, 그래서 적의의 대상일 수밖에 없었다. 음력 10월 22일 이재명李在明이 진작부터 이완용을 죽일 것을 엿보다가 그날 칼로 찔렀으나 죽이지를 못했다고 그 안타까움을 토했다.

이재명은 평양인으로 나이 이제 21세였다. 6년 전에 미국에 유학하고 귀국 후에 항상 국치國恥를 생각하였으나 분함을 풀 길 없다가 이에 이르러 합방론이 일어나자 이재명은 탄식하며 말하기를, "이용구는 불가불 죽여야 하나 이미 저지른 화의 근본을 생각하면 이완용이 저지른 것이다." 말하고 드디어 당초 계획을 변경하였다가 이에 이르러 이완용이 벨기에 황제가 죽어서 종현교당에서 열리는 추도회에 나가게 된다는 것을 알았고, 이때다 싶은 이재명은 관 밖에서 동태를 엿보고 있다가 이완용이 인력거를 타고 나오자 칼을 휘두르며 바로 인력거꾼 박원문朴元文을 잡아 먼저 쓰러뜨리고 껑충 뛰어올라 피하려는 이완용을 연거푸 허리와 등의 세 곳을 찔렀다는 것이다.

그러나 그때 순사들이 이재명을 뒤에서 찔러 인력거에서 떨어뜨리고 이완용을 부축하여 돌아갔다. 이완용은 머리를 깎고 양복을 입고 있었기 때문에 붙잡기가 불편했고, 또 융전絨氈으로 두껍게 입어서 바로 급소를 찌르지 못했던 것이라고 했다.

그 칼에 찔린 이완용은 양의를 불러 치료를 했는데, 양의의 말이 칼이 폐부를 범했으나 다행스럽게도 가히 살았다고 했으며, 현장에서 붙잡힌 이재명은 결박되어 연행되면서 탄식하여 말하기를, "내 오늘 이완용을 죽이지 못하였으니 마땅히 이용구를 죽이겠다"고 했던 것인데, 계획이 실패로 돌아간 이재명은 순사에게 붙잡히자 옥관에게 단도를 집어 던지며 말하기를 "이 칼은 이용구를 죽이려던 물건이다. 그런데 이제 할 수 없게 되었으니 어찌할 것인가?"

이 사건으로 장안은 크게 술렁거렸으며, 친일파인 조중용, 박제순 등은 평소보다 경계를 배로 삼엄하게 하였다. 이때 일본 유학생 원주신元周臣이 바다에 투신하여 자살했다. 그는 환국길에 올라 하관下關에 이르렀는데 갑자기 성난 파도 속에 뛰어들어 자살했다. 그의 행장을 점검했을 때 유서가 나왔다. 그 유서에 말하기를 "송병준을 죽이려고 하였으나 그러한 형편을 얻지 못하고 한갓 맨손으로 돌아가니 여러 사람을 대할 면목이 없다"고 운운하였다.

이렇게 그 즈음 나라 안은 일신의 영달만을 위해서 날뛰는 매국노들이 있는가 하면, 나라가 망국으로 치닫는 것을 보지 못해 기꺼이 목숨을 내던진 젊은 유학생들도 속출했다.

그 당시 미국인들은 만주의 중립론을 들고 나왔으며 일본을 억눌러 철도를 청국에게 돌려주라고 하였고, 영국과 독일은 채무를 자담하겠으니 청국으로 하여금 일본에게 갚으라고 하였다. 일본이 청일전쟁과 노일전쟁에서 승리한 이래 국력이 급격히 강대해져서 동서양의 여러 나라들은 그것을 미워하였다.

또한 일본이 만주를 점령할 경우 패권의 형세가 편중하여 크게 러시아의 꺼리는 바가 되어 드디어 미국인을 사주하여 국외의 언권을 주장하게 했다. 이에 각 신문에 분분함이 달이 지나도록 그치지 않았다. 그렇게 급격히 강대해진 일본이었다.

그 당시 한양에 사는 대한제국 사람의 수효는 16만 1천 6백 5십 6명이었는데, 일본인의 수효는 2만 6천 3백 16명이라는 통계가 나왔다. 한양의 민호民戶는 본래 4만호이었지만, 집주인이 집문서를 가지고 있는 자는 2천호에 지나지 않았으며, 그 나머지는 모두 외국인에게 전집典執되어 있을 정도였고 보면, 백성들의 살림살이는 궁핍하기가 이루 말할 수 없는 상황이었다.

이러한 나라 안의 사정은 샌프란시스코 우리 교포가 「신한일보」를 발행하였는데 제108호부터 비로소 영문을 삽입하여 구미 각국에 전포하여 대한제국의 상황을 소상히 알 수 있도록 전파하였다.

이때 일본인이 중앙복음전도관中央福音傳道館을 만들었다. 그리고 일본인은 안중근, 이재명 등이 모두 예수교에서 나왔다는 말을 만들고, 이어 그들을 미워하지만 능히 금하지 못하였다고 하고, 사람들에게 입교하라고 권유하면서 국가의 흥망은 생각지 말고 자기 집의 죽고 삶은 꾀하지 말며, 오직 한 마음으로 하늘을 믿으면 복음福音이 스스로 이른다고 하였다.

그것은 우리 국민의 충의의 기백을 없애 버려 허적虛寂의 영역으로 떨어뜨리려는 것이었다. 하지만 우민들은 자못 매혹 당하였다. 이때 일본이 교를 설치한 것으로는, 중앙복음전도관 이외에 신궁경의회神宮敬義會, 정토종淨土宗, 신리교神籬敎, 천조교天照敎가 있었다.

이렇듯 일본은 우리 민족의 근본정신을 없애기 위해서는 빌면 무조건 복을 받게 된다는 저급한 미신적 종교를 세워 거기에 입도하라고 권하는 데도 주력을 다했다. 일본에 저항하고 일어선 동학도들의 사상이 본래 우리 배달민족의 근본정신을 바탕으로 하여 일어선 애국애족의 민중봉기였기 때문이다.

이렇게 우리나라는 야심에 찬 일본이 제 땅을 떠나서 하는 전쟁이나 전화는 고스란히 그 길목이 된 대한제국이 덮어썼다. 물론 그로 하여 경인선이 1899년에 개통이 되었고, 경부선이 1905년, 경의선이 1906년에 개통되었으며, 대전 목포간의 호남선이 1914년에 이리 여수간의 전라선이 같은 해에 개통되었다.

일본이 이 철로 개설을 할 때 가장 말썽을 많이 일으킨 곳이 호남으로 전라도 유생 선비들이었다. 일본이 제 땅을 떠나서 전쟁을 해야 했던 만큼 우선적으로 노린 것이 군량미였다. 그들이 호남지방의 미곡을 탈취 수매해 가는 길목에 철로를 개설하는 데 동원되어야 했던 지방민들이었다.

거기에 반기를 들고 일어선 것이 선비 유생들로 의병과 합세하여 잦은 격전이 벌어지곤 했었다. 그들의 골칫거리가 된 전라도 선비들이었다.

그때 그처럼 말썽을 부린 유생을 상대로 만들어진 욕설이 바로 '빠가야로! 전라도 개똥새'였다. 이 욕설인 즉, 전라도 개똥생원들이 말썽을 부린다는 말이 혀가 짧은 그들에 의해 개똥생원은 그야말로 형편없는 '개똥밭의 새'가 되어 버린 것이었다.

이처럼 그들의 눈에 거슬린 전라도 선비들은 '개똥새'로 폄하되면서, 황현이 망국을 통탄하며 비탄에 빠져 탄식을 하고 있을 때였다.

이게 무슨 만고에 없는 변고의 소식이든가?

1910년(경술년) 8월 29일(음력 7월 25일) 대한제국을 일본에 병합하고, 대한제국 국호를 개정하여 조선이라고 하였으며, 통감부를 조선총독부라고 하고, 대신大臣 이하 모든 관리들은 처음에는 소속처에 나와서 잔무를 정리토록 한다는 것이었다.

칙유에서 말하기를, [황제 약왈若曰],

―짐이 부덕해서 간대艱大한 업을 맡고 황제위에 오른 이후, 오늘에 이르기까지 유신정령維新政令에 관하여 급속히 충분한 시험을 도모코자 하여 힘들이지 아니한 것은 아니었으나, 허약한 것이 쌓이고 고질이 되어 폐단이 펼쳐진 것이 극도에 이르게 되어 오늘에 처하는 동안, 만회할 시책과 조치가 희망이 없게 되어 한밤중까지 근심하며 생각해 보았으나 좋은 계책은 아득하기만 하고 이것을 맡고 있으면 지리支離함이 더욱 심하니 그 종국에 가서는 밑으로부터 수습함을 얻지 못하게 되었으니 오히려 다른 사람에게 대임大任을 맡겨서 안전한 방법을 아뢰어 공효功效를 혁신하는 것만 못하다.

그러므로 짐은 이에 구연懼然히 마음 속으로 반성하고 확연廓然히 스스로 결단하여 이에 한국통치권을 종전부터 친히 믿고 의앙依仰하던 이웃나라 대일본 황제폐하께 양여하고, 밖으로는 동양의 평화를 공고히 하고 안으로는 조선 전지역의 생민을 보존케 하니 오직 대소신민은 국제시의國際時宜를 깊이 통찰하고 번거로운 소란을 피우지 말며 각자 그 업에 열중하여 일본제국의 문명한 새로운 정치에 복종하여 함께 행복을 받도록 하자. 짐의 오늘의 거사는 우리 인민을 저버리려는 것이 아니요, 오로지 인민을 구해 살게 하려는 뜻에서 나온 것이니 너희 신민들은 짐의 이러한 뜻을 이해하기 바란다.

그 조詔에서 말하기를,
―짐은 동양평화를 위하여, 한일 양국의 친밀한 관계로서 피아가 서로 합하여 한 집안으로 만들어 상호 만대의 행복을 도모할 것을 생각하고 이에 한국 통치를 들어 짐이 극진히 신뢰하는 일본제국 황제폐하께 양여하기를 결정하게 되었으니, 이에 필요한 조장條章을 규정하여 장래 우리 황실의 영구 안녕과 생민의 복리보장을 위하여 총리대신 이완용에게 명하여 전권위원을 맡기고 대일본제국통감 사내정의寺內正毅와 회동하고 상의하여 협정케 하는 것이니 제신들 또한 몸소 짐의 뜻이 확실한 바 봉행奉行하도록 하라.

전권위원 이완용과 사내정의 통감과 협정한 모든 조문은 다음과 같았다.
1. 한국 황제폐하는 완전히 또한 영구히 한국 전부全部의 소관 일체의 통치권을 일본제국 황제폐하에게 양여한다.
2. 한국 황제폐하는 전조에 게재한 양여를 수락하며 또한 한국은 일본과 합병함을 승낙한다. 이전의 을사조약은 무효로 돌리고 외교자주권을 환수하고 의미귀어를 참가할 것은 '순종실기' 보호조약중 칙명에서 나온다.
3. 일본국 황제폐하는 한국 황제폐하, 태황제폐하, 황태자전하와 그 후后와 비妃 및 후예로 하여금 각각 그 지위에 응하여 그들의 상당한 존칭과 위엄 및 명예를 향유하며 또한 이를 보지하며 이를 유지하는 데 필요한 자금을 공급해 준다.

4. 일본국 황제폐하는 훈공이 있는 한국인에 대해서 특별히 적당한 표창자를 인정하여 영예로운 작위를 주고 또한 은금銀金을 지급한다.
5. 일본국 정부는 한국인의 전기한 병합결과 담당에 대하여 전한 한국의 시정을 준수하여 해당지역의 법규를 시행하는 자는 그들의 신체 및 재산을 위하여 십분 보호해 주며 또한 그들의 복리증진을 도모한다.
6. 일본국 정부는 한국인이 성의 충실하여 신제도를 존중하여 상당한 자격을 구비한 자는 허가범위의 사정에 따라 한국의 제국관리로 등용한다.
7. 본 조약은 한국 황제폐하 및 일본제국 황제폐하의 재가를 거치며, 이것은 공포일로부터 시행한다. 이 협정을 증거하기 위하여 본 조약에 기명記名 조인한다.

이날 체결된 '한일병합조약'은 일주일 동안 비밀에 붙였다가 소위 칙유와 함께 반포한 것은 1910년(융희4년) 양력 8월 29일이었다.

황현은 그때 향리에서 찾아온 유지들과 바둑을 두고 있다가 한양으로부터 내려온 신문 기사 속의 이 조약의 1조를 보고, 더 이상 할 말을 잃어버린 것이다.

이제는 황제의 조칙도 더 이상 내려오지 않을 것이라고 생각한 황현이었다. 넋을 놓고 비탄에 젖어 있다가 얼마 만에 겨우 정신을 차리고 말했다.

"국망함이 오늘에 이르고 말았으니 무슨 낯으로 하늘을 보며, 무슨 낯으로 우리 열조들을 대한단 말인가. 어서 일어나 물러들 가시게."

나라가 국권을 잃어버렸다는 것은 이미 '나'라는 존재 가치가 없다고 생각한 매천 황현은 그 말을 하고 긴 한숨만 내쉬고 앉아 있다가 어둠이 깔리자 허청허청 서재로 들어갔다.

그리고 생을 마감해야겠다는 비장悲壯한 다짐으로 붓을 들어 유자제서

遺子弟書 4수 1편의 절명시絶命詩를 절절한 가슴 속 울음으로 토해 놓았다. 그리고 마침내 다량의 아편을 모아 입에 털어 넣고 말았다.

참으로 격동의 시대에 태어나 벼슬길도 접고 오직 후진양성과 문필보국의 정신으로 일관해 오던 조선 말기의 선비, 매천 황현은 한양으로부터 내려온 비통한 경술국치庚戌國恥의 소식에, 9월 10일(음력 8월 7일) 자결함으로써 애국 충절의 극한을 이루고 말았던 것이다.

조선 말기 삼대 문장가로 손꼽히던 선비 매천 황현은 오직 문필보국의 정신으로 일관해 오던 애국지사였다. 그러한 그의 삶과 꿈은 그러나 그날, 한일합방韓日合邦이라는 국망國亡의 소식과 함께 56세의 나이로 통한痛恨의 절명시絶命詩 4수를 남겨놓고 막을 내리고 말았던 것이다.

절명시/ 絶命詩

亂籬滾到白頭年　　난리를 겪다가 흰 머리가 되었구나
幾合捐生却未然　　몇 번이나 생을 버리려다 이루지 못했도다.
今日眞成無可奈　　오늘 참으로 어찌 할 수 없게 되니
輝輝風燭照蒼天　　가물거리는 촛불만 창천에 비치도다.

妖氛唵翳帝星移　　요사스러운 기운에 가리어 임금별 자리 옮기니
九闕沈沈晝漏遲　　구중궁궐은 침침하여 햇살도 더디 드는도다.
詔勅從今無復有　　조칙은 이제 다시 있을 수 없으니
琳琅一紙漏千絲　　구슬 같은 눈물이 종이 올을 모두 적시도다.

鳥獸哀鳴海岳嚬　　새와 짐승도 갯가에서 슬피 우는데
槿花世界已沈淪　　무궁화 나라는 이미 사라졌는가.
秋鐙掩卷懷千古　　가을 등불 아래 책 덮고 옛일 회상하니

| 難作人間識字人 | 인간의 안다는 것이 얼마나 어려운 일이냐. |

曾無支廈半橡功	내 일찍이 나라를 지탱하는 데 조그만 공도 없었으니
只是成仁不是忠	오직 인을 이룸이요, 충은 아니로다.
止竟僅能追尹穀	겨우 윤곡을 따를 수 있음에 그칠 뿐
當時愧不躡陳東	때를 당하여 진동을 따르지 못함을 부끄러워 하노라.

 나라가 망함에 이르러 슬픔을 주체하지 못하고, 더 이상 목숨을 지탱해야 할 이유가 없음을 그처럼 애절하게 읊은 것이었으며, 지식인으로서 난세를 방관할 수 없이 살아온 선비의 고뇌, 그리고 어쩔 수 없이 국망國亡을 현실로 받아들이는 지극한 아픔을 토로한 것이다.
 매천 황현의 절명시 4수에서, 나라가 망함에 스스로 불을 질러 타죽은 윤곡을 따를 뿐, 적극적으로 진동의 행적에 미치지 못했음을 부끄러워하며, 피눈물을 흘리면서 목숨을 끊는다는 애절함을 시詩로 표출한 것이다.
 조선 말기, 참으로 어지러운 제도의 부패에 실망한 선비 황현은, 그 난세亂世의 불의와 타협하지 않고 올곧게 살고자 벼슬길도 접었다. 그리고 오직 책만을 벗을 삼아 자연 속에 묻혀 지내온 조선 말기의 선비였다.
 황현은 1855년 12월 11일(음) 전라남도 광양시 봉강면 석사리에서 출생했다. 그 마을은 백운산 문덕봉文德峰이 병풍처럼 두르고 있는 지세地勢로, 그 지기를 흠뻑 받고 태어난 황현이었다. 그래서 그처럼 올곧은 선비로 살아갈 운명運命임을 그때 벌써 예시 받고 태어났던 것인지도 모른다.
 황현이 어린시절부터 공부에 전념할 수 있었던 배경은 부모의 교육열이었다. 집안에 전해져 내려오는 '삼현가사연표三賢家史年表'에 의하면, 아버지 황시묵은 황현의 나이 5세가 되던 해에 아들을 훌륭한 선비로 키워내기 위해 선비로서 마땅히 예禮를 구求하는 구례求禮 지리산의 정기를 받고 자라게 하기 위해 구례군 광의면 대전리 상촌마을로 이사를 했다.

옛 사람들은 '인걸人傑은 지령地靈이다.' 즉, 사람은 자기가 사는 땅의 기운을 받는다는 것을 중시했기 때문이다.

그만큼 지령地靈을 중시했던 부친 황시묵은 황현이 6세 때, 다시 그 지세地勢가 큰 인물의 선비를 키워낸다는 구례군 토지면 죽안(현 금내리 원내마을) 조부고 씨댁, 그 아랫채를 빌어 이사를 하기도 했다.

이것이 훌륭한 선비를 만들어 내기 위한 부친 황시묵의 교육열로 집안에 전해져 내려오는 '황부삼천' 또는 '매천기삼천梅泉氣三遷'이다. 이렇듯 아들의 교육에 그 심혈을 기울여온 부친父親의 정성과 은혜恩惠로 조선 말기의 삼대 문장가로 손꼽히게 된 황현이었다.

하지만 불행하게도 국운이 저물어가던 시기에 태어난 황현이었다. 그처럼 부정부패가 만연된 어지러운 시류에 휩쓸리지 않으려는 그는 오직 올곧은 선비 정신으로 일관해 왔다.

극도로 부패된 제도의 시국에 불의와 타협하지 않기 위해 출세의 길을 접고 구례로 낙향하고 말았던 황현은, 오직 후진양성에만 심혈을 기울이면서 필생의 작업으로 당시의 국제 정세와 우리 역사의식을 바로 찾아 고취시키려는 《매천야록》을 기록함으로써 문필보국文筆保國하려고 심혈을 기울였던 것이다.

그처럼 애국충절의 지극한 선비정신은 어지러운 시국을 날카로운 붓대로 낱낱이 비판하고 지적하면서 그 아픈 가슴을 시詩로 담아 표출하기도 했다.

그대, 어찌 가슴 속에 불만만 쌓았는가

세속의 시류를 따르지 않으려 하니
비분강개에 쌓인 노래를 부를 수밖에 없네.
독서를 즐겨 했지만 홍문관에는 이르지 못했고

유람을 좋아했지만 발해를 건너지 못했네.
다만 옛 사람이여, 옛 사람이여 크게 외치니
그대에게 묻노니, 어찌 평생 가슴 속에 불만만 쌓았는가.

어지러운 시국을 비판하면서 그처럼 절절하게 아픈 가슴을 담아둔 시구 詩句 속에서 '그대에게 묻노니, 어찌 평생 가슴 속에 불만만 쌓았는가' 라는 구절은 그토록 비판적 선비정신으로 살아온 회한의 가슴이 잘 담겨 있는 것이기도 했다.

황현은 한양으로부터 내려온 경술국치의 비보를 듣고 56세의 나이로 절명시를 남기고 생을 마감하기까지, 그토록 암울한 격랑의 한 시대를 살아오면서 그처럼 꿋꿋한 선비의 정신으로 그 시대를 비판하여 남긴《매천야록》은 후세인들에게 우리 민족의 역사의식을 살리는 데 지대한 공헌을 해 줄 것이라고 믿어 의심치 않는다.

그처럼 심혈을 쏟아 남긴 기록의《매천야록》은 황현의 순국 이후, 중국 상하이 '한묵림서국韓墨林書局'에서 망명중이던 평생지기 문우文友였던 창강滄江 김택영金澤永에 의해 1911년《매천집》이 발간되었고, 이어서 1913년에는 후손이 보낸 원고를 역시 김택영에 의해 중국 상하이에서《매천속집梅泉續集》이 처음으로 발간되기에 이르렀다.

애국충절의 선비 매천 황현이 남긴 글 속에는 우리의 가슴 속에 애국애족이 무엇인가를 뜨겁게 불을 지펴 주고 있는 것으로, 그러한 그의 선비정신은 앞으로도 스스로와 더불어 있는 조국의 소중함을 모든 이들에게 일깨워 주며 꺼지지 않는 심지의 불꽃으로 영원히 살아있게 될 것이라고 믿는다. 진실한 글은 세월이 흘러도 긴 생명력을 갖고 있기 때문이다.

발문跋文

숭례문崇禮問의 소실燒失과 준비된 구례求禮

한영필
명암철학원 원장

이태조가 등극登極(1392년)하여 국호를 조선이라 정하고 왕도를 찾았으나 그렇게 쉽지 않았다. 무학대사는 계룡산을 주산主山으로 하여 도읍지를 정하고자 하였으나 수맥水脈과 지기地氣가 약하다고 주장하는 정도전鄭道傳의 반대로 한양漢陽으로 정하였다. 한양에 왕도王都를 정할 때 하륜은 모악산신촌을 주산으로 주장하였고, 무학은 인왕산을 진산鎭山으로 하고 북악과 남산을 좌청룡左靑龍 우백호右白虎로 삼아야 한다고 주장하였다.

그러나 정도전은 대왕大王은 남南으로 향하는 법이지 동東으로 향하는 법이 아니다, 하여 지금의 북악산을 진산으로 하여 왕도王都를 정하였고, 논쟁은 계속되어 무학은 화산火山인 관악이 앞을 막고 있어 왕궁을 지으면 관악산의 화기가 앞을 막아 내우외환內憂外患과 천재지변天災地變이 많다고 주장할 때 정도전은 관악의 화기火氣는 한강漢江이 막아줌으로써 궁궐을 남방으로 짓게 하고 경복궁 앞에 화기를 막아주는 해태 석상을 세웠다.

역학易學으로 볼 때 동東은 목木이요, 목은 인仁이라 동대문東大門을 흥인지문興仁之門이라 하고, 남南은 화火요 화는 예禮로 남대문南大門을 숭례문崇禮門이라 하였다.

  그리고 서西는 금金이요 금은 의義를 상징하므로 서대문西大門을 돈의문敦義門이라 하고, 북北은 수水요, 수는 지智를 상징하나 북쪽은 북악산으로 출입이 없어 숙정문肅靖門이라 하였다.

  낙향한 관료나 선비들은 임금이 계신 한양에 입성할 때는 반드시 과천果川에서부터 의관을 정제하고 숭례문을 통하여 성안으로 들어왔다.

  공자는 안회가 인仁을 물었을 때 극기복례克己復禮라 하였다. 인仁의 마음은 예禮를 실천으로 나타내는 것이기 때문에 자기의 이기심利己心을 억제하고 남에게 베푸는 것이 예禮라는 뜻이다.

  태조는 고을마다 향교鄕校를 짓게 하고 성균관成均館에서 유생儒生이나 선비들에게 인仁의義예禮지智의 명덕明德으로 인격을 이루도록 하였다.

  그래서 유생儒生이나 선비들은 가사家事 불구不拘하고 글공부하느라 가난했고, 비록 도포는 찢어지고 의관衣冠은 남루하지만 하늘에 일점의 부끄러움도 없이 인성人性을 본심本心으로 하여 극기복례克己復禮하였다.

  옛날 시골 학생들이 서울로 수학여행을 오면 제일 먼저 가는 곳이 국보 제1호 숭례문이다. 왜냐하면 숭례문은 600여 년의 조선왕조 사직社稷의 역사가 살아 있고, 우리 한민족이 천심天心을 지켜온 양심의 표상表象이 되기 때문이다.

  그러나 어느 날 숭례문이 화염火焰을 토하면서 활화산活火山처럼 산화되고 숭례문 현판이 땅바닥에 내동댕이쳐지는 순간 우리의 양심마저 불타고 없었다. 남대문에 불이 난 것은 우리는 이제 숭례문 현판을 볼 자격이 없는 무례無禮민족으로 타락되어 숭례문 현판을 하늘에서 거두어 간 것이다.

  관광객 유치를 빙자하여 낮에는 수문장守門將이 장승처럼 정문 앞에 서서 어릿광대 노릇을 하고, 밤에는 술 취한 노숙자들의 객사客舍가 되어 국보 제1호 문화재의 가치가 실추되었으니 과거 일본이 창경궁에 동물원을 만들어 임금의 위상을 격하格下시킨 것과 무엇이 다르겠는가?

소실된 숭례문을 복원하여 상심傷心된 국민의 마음을 위로할 수는 있어도 인仁을 예禮로 실천하지 못한 잃어버린 인간의 양심良心은 회복하기가 어렵다. 예禮자는 귀신기鬼神示 변에 풍년풍豐자이다. 해마다 풍년을 기원하기 위하여 가을에 추수한 오곡백과로 천제天際를 올리고 조상신祖上神에게 제물祭物을 올리는 것이 예禮요, 이처럼 인간이 행하여야 할 아홉 가지 윤리규범이 구례九禮이다.

중국의 삼황三皇 오제五齊는 태호복희 염제신농 황제헌원이요, 오제五帝는 소호금천 요, 순, 우, 탕을 말한다.

《환단고기桓檀古記》태백일사에 복희는 환웅천황으로부터 5번째 태우의 환웅이 계셨으니 12아들 중 장자가 다의발 환웅이요, 막내가 복희다. 염제炎帝 신농神農씨는 소전少典의 아들이고, 소전은 소호와 함께 고씨의 방계이며 소전은 한웅에서 갈라진 8대 안부련 환웅의 말기에 강수에게 병사를 감독하였으며 따라간 신농은 약초를 혀로 맛보고 농사짓는 법을 연구하여 가르쳤다.

황제 헌원軒轅 역시 우리와 같은 동이족東夷族이다. 태백일사 사료에 의하면 소전의 별고別故에 공손公孫이라는 자가 있었는데 짐승을 잘 기르지 못하여 헌구軒丘를 유배시켰던 것으로, 헌원의 무리가 모두 그의 후손이라 하였다. 중국의 사기史記에 요는 황제 헌원 5세손이며 맹자 중국의 문화는 요순堯舜시대부터 시작하였다고 하였다. 본래 순임금의 부친은 고수요, 고수는 단군성조 시대의 중신重臣인 고시高矢의 친형이다.

또한 맹자孟子 사기史記 평림評林에 순舜은 동이인東夷人이라 하였으며, 더욱 놀라운 것은 도교道敎의 시조인 노자老子 역시도 동이인東夷人이란 사실이다. 번한세가番韓世家에 이르기를 노자 아버지의 성姓은 한韓씨요, 이름은 건乾이라 하였고, 그의 조상은 단군성조시대 삼한三韓 중 하나인 변한의 혈족인 풍인족風人族에 속하는 이인異人이다.

이처럼 상고사上古史의 사료에 의하면 삼황오제는 우리의 혈통과 같은 동이족이 분명하다. 예기禮記에 공자는 은殷나라 사람이며 공자가 태어난 곡부曲阜는 황하유역으로 은족殷族이 살던 곳으로 중국 민족사民族史에도 상은속이계商殷屬夷系라 하였다.

그래서 공자는 항상 동방예의지국東方禮義之國인 구이九夷에 가서 살고 싶다고 하였다는 것으로, 구례九禮는 구례求禮와 일맥상통한다.

조정에서 정한 국조國朝 오례五禮와 백성들이 행하던 예절禮節은 그 사례가 있다. 국조오례國朝五禮를 대사大祀 중사中祀 소사小祀 등 나라에서 지내는 길례吉禮 국상國喪이나 국장國葬을 지내는 흉례凶禮, 군대를 출정出征하거나 반사班師할 때 행하는 군례軍禮, 국빈國賓을 영접하거나 보낼 때 행하는 빈례賓禮, 세자 책봉이나 국혼國婚 사연賜宴과 임금이 거동할 때 드리는 가례嘉禮가 있다. 사례四禮는 남자 나이 20살이 되면 머리를 올려 성인成人을 인정하는 관례冠禮 혼인婚姻할 때 의식儀式을 행하는 혼례婚禮, 상중喪中에 문상問喪이나 상주喪主가 지켜야 할 상례喪禮, 조상祖上이나 부모 제사祭祀를 모시는 제례祭禮를 말한다.

우리나라는 과거 유교儒敎의 영향을 받아 조정은 물론 사대부士大夫 집안의 사례四禮는 주자가례朱子家禮에 의존하였다. 주자가례는 명나라 때 구준九濬이 관, 혼, 상, 제의 사례四禮를 수집하여 정리한 책이며 주자학朱子學과 더불어 고려 말에 전래하여 조선시대는 가정과 일반 생활에까지 강요强要로 보편화 되었다.

송대宋代에 이르러 주자가례의 허례허식虛禮虛飾이 우리의 정서에 맞지 않아 모순된 제도를 보완하여 사례편람四禮便覽, 가례원류家禮源流, 가례고증家禮考證, 가례집고家禮集考, 사례찬설四禮纂說 등 새로운 가례가 출간하였다. 성리학의 대가인 이이李珥 김장생金長生 송시열宋詩烈 김창협金昌協으로 학맥學脈을 이은 예학禮學의 영향을 받아 이재李縡가 주자가례의 모순을 보완하여 관혼상제冠婚喪祭의 사례四禮를 현실에 맞도록 사례편람四禮便覽을 편술하였다.

그 후 1867년(고종4년)에 흥선대원군이 주자가례를 근본으로 이이李珥 김장생의 예학禮學과 조두순 김병학이 발문하여 사례찬설四禮贊說을 활자본 8권 4책을 출간하였다.

  귀중한 참고문헌 중 하나인 사례훈몽四禮訓蒙은 이항복이 예기禮記에서 사례四禮를 요약한 것을 가려 사회풍조에 맞지 않는 사례의 허구성을 바로잡기 위하여 김지남金止南이 간행하였다.

  이처럼 예禮를 숭상해 온 우리 조상들이었던 것으로, 비록 오늘 숭례문이 소실消失되었지만, 인仁을 예禮로 구求하기 위하여 오랫 동안 예비豫備한 곳이 있으니 지리산智異山 도맥道脈의 기氣를 받았다고 하여 구례求禮이다. 백제 때는 구차례현仇次禮縣이라 했고, 통일신라 경덕왕 때에 구례현求禮縣이라 하였다.

  구례求禮는 예禮를 구求하는 고장이란 뜻이다. 1895년(고종32년) 읍邑으로 승격되어 남원부에 관할권을 두었다가 1961년에 행정구역 개편에 따라 구례면이 군으로 승격되었다.

  구례의 북쪽은 남원시에 접하고 남쪽으로는 광양시와 순천시이며, 동으로 경상남도 하동군이며, 서쪽은 곡성에 접하여 있다. 동쪽에 지리산의 지봉인 노고단과 황장산이 솟아있고, 북쪽으로 대두산, 서쪽에는 천마산이 곡성군과 경계를 이루며 남쪽으로 백운산이 있어 사방으로 병풍처럼 명산名山의 기氣들이 모인 곳이다.

  옛부터 지리산은 삼신산三神山의 하나로 영산靈山의 서기瑞氣가 모여 있고, 지리산의 주봉인 노고단 서쪽에 불국세계를 이룬 화엄사華嚴寺와 천은사, 그리고 연곡사 전경이 웅장하게 세워져 있다.

  전북 임실군과 진안 장수의 경계인 팔공산에서 발원한 섬진강은 남원을 휘돌아 구례와 하동으로 흐르는 섬진강 주변은 상춘가절賞春佳節이 되면 마을마다 산수유 축제가 절정을 이루고 설중雪中 매화梅花의 향기가 섬진강 주변을 진동시킨다.

고려 말 우왕 때 1385년경 광양만을 비롯하여 섬진강 유역에 왜구들이 노략질로 어민들을 괴롭힐 때 진상면 주변에 살던 수만 마리의 두꺼비 떼가 진을 치고 이상한 괴음으로 울부짖어 왜구들이 놀라 도망을 치게 하였다 하여 두꺼비섬蟾자 나루진津자를 붙여서 섬진강蟾津江이라 하였다고 한다. 이처럼 섬진강은 두꺼비의 호국護國 충례忠禮를 상징하고 우국충정憂國衷情으로 절명시絶命詩를 쓰신 매천梅泉 황현黃玹 선생의 충혼忠魂이 살아있는 고장이다.

매천 황현 선생은 1885년(고종22년) 생원진사시에 장원하였으나 난세亂世를 한탄하고 낙향하여 은거하던 중 1910년 경술庚戌 합방으로 일제에 국권을 빼앗긴 국치國恥를 통탄하여 음독陰毒 순국殉國하였다.

우국지사憂國之士 매천 황현 선생은 서구문명에 우리의 전통문화가 퇴폐될 것을 염려하여 인의예지仁義禮智를 후학들에게 교육하기 위하여 한학자漢學者 왕석보王錫輔로 하여금 지리산 주령主嶺인 호양맥의 이름을 따서 호양학교를 설립하였으며, 직접 재정을 지원하면서 유림과 재력가들로부터 운영 기금을 모금하기도 하였다.

시경詩經에 인이무례호불사人而無禮胡不死라 함은, '사람으로서 예禮 없이 사는 것은 살아도 죽은 것과 다를 바 없다'는 뜻이다. 예禮는 사양지심辭讓之心으로 양심을 지키는 도덕적인 불문율不文律이며 보편타당한 사회의 규범이다.

숭례문이 전소全燒하고 현판이 땅에 떨어진 것은 우리의 양심을 지키는 예禮를 상실했다는 것이며, 그러므로 구례는 숭례문이 못 다한 예禮를 구求하여 민족의 양심을 지켜나가는 귀감龜鑑의 지역이 될 것이다.

그것은 특히 천기天氣를 아는 도인道人들 역시도 그렇게 기대하며, 고개를 구례求禮로 향하고 그 몸짓을 바쁘게 하고 있기 때문에 기대해도 좋을 것이다.

▶ 매천 황현 선생 기념사업회 임원 명단

(2010년 8월 1일 현재)

회장 정동인

구분	성명	주 소	직업	전화번호	비고
회장	정동인	전남 구례군 토지면 구산리299-1	전)전남도교육감	010-8601-2991	
부회장	정종채	전남 구례군 구례읍 봉동리 294-12	전)공무원과장	011-9108-3303	
	이규종	전남 구례군 토지면 오미리 176	현)교장	011-679-2092	
	최성호	전남 구례군 광의면 구만리 235	현)우리밀대표	011-615-3606	
	김성현	전남 구례군 구례읍 백련리 명지아파트 105동1202호	전)교육 공무원	010-7133-7071	
	김달수	전남 구례군 구례읍 봉남리 99-5번지 101호	전)축협전남도지회장	011-268-1019	
	김성수	전남 구례군 구례읍 봉동리 368	현)중앙 정미소대표	011-627-2161	
	홍준경	서울 노원구 중계4동 염광아파트 104동 2502호	현)시인	011-257-2369	
감사	최희범	여수시 여서동 현대건설 아파트 112-303	현)교장	011-9601-6216	
	김종윤	광주 남구 진월동 중흥아파트 103-1102	현)서예가	011-628-5233	
이사	정원균	전남 구례군 구례읍 봉서리 1597	현)농업인	061-782-3598	
	최광윤	전남 구례군 구례읍 봉서리 1218-2	전)교장	010-5622-3184	
	김동내	전남 구례군 토지면 금내리 1131-19	현)농업인	061-781-8151	
	이병호	전남 구례군 구례읍 봉북리 67-1	전)도의원	011-608-2815	
	류근원	전남 구례군 구례읍 봉동리 194-21	현)공업사대표	061-782-3636	
	진동렬	광주시 북구 각화동 금호타운 1동 806호	전)교육장	010-3636-1833	
	문이종	광주 서구 광산구 신가동 부영6차 1204-803	전)교육장	017-601-1619	
	서태원	전남 보성군 보성읍 주봉리 225	현)보성군교육장	011-692-6596	
	강병수	전남 구례군 구례읍 백련리 명지아파트 101-507	현)구례군교육장	061-782-0751	
	홍원표	서울 성북구 안암1동 1가 361 삼성래미안 101-1201	현)한의원원장	010-2075-1535	

매천 황현 선생 기념사업회 임원 명단

구분	성명	주 소	직업	전화번호	비고
이사	김지수	고양시 일산동구 장항동 786 양지마을 건영빌라104-301	현)치과의사(원장)	017-363-1090	
	박형문	서울 금천구 독산동 1011-20녹십초 알로에 BD3층	현)녹십초대표	011-227-7836	
	김 혁	성남시 분당구 이매동 아름마을 두산아파트421-1201	현)대천병원 원장	010-2616-5980	
	김상희	인천시 남구 관교동 15 신세계 웨딩타운 3층	현)웨딩타운 대표	011-314-4500	
	김정수	전주시 덕진구 호성동 진흥더블파트 103-505	현)의과대학교수	016-9605-5785	
	임성신	전남 구례군 구례읍 봉동리 제일인쇄 기획	현)기획사대표	011-623-3636	
	정상영	전남 구례군 구례읍 봉동리 405-1	전)공무원	011-608-2767	
	공옥희	순천시 풍덕동 오션팰리스 1동 203호	현)교수	011-626-8789	
	정옥희	충남 천안시 서북구 불당동 대원카다빌 603-1104	현)교장	010-2469-6030	
	이용상	전남 무안군 삼향면 남악리 1457전라남도교육청 과학산업교육과	현)사무관	010-2647-0036	
	한상걸	광주 서구 화정동 한양아파트 301-907	전)교육공무원	018-621-4358	
	박창문	서울 동대문구제기동 893-5호 경동오뚜기	현)경동오뚜기대표	011-470-1740	
	서해석	서울 마포구 서교동 394-25한강트래벨 101-311	현)사업가	011-788-5555	
	김홍수	인천시 부평구 일신동 309-1 관사 1호	현)군인(대령)	010-4600-0954	
	서영준	서울시 강남구 대치동 500 개포 2차 우성 아파트 12동 1505	현)변호사	011-264-9873	
	김윤호	서울 강남구 대치 3동 974 대치현대아파트 102-1301	현)기업체이사		
	장석우	전남 구례군 구례읍 봉남리 목련빌라 401	전)언론인	011-643-1497	
	이충호	전남 구례군 구례읍 원방리 357	현)한전회사원	019-624-6364	
	박은식	전남 구례군 광의면 연파리	현)경찰공무원	010-9998-5333	
당연직 이사	우두성	전남 구례군 구례읍 봉남리 334	현)구례문화원장	011-622-6336	
	황익주	광주 광산구 운남동 주공아파트 101동 305	전)언론인	017-605-7524	문중대표
	황승연	순천시 풍덕동 금호아파트 2-108	현)교육공무원	011-1771-4879	문중대표
	한승연	구례군 구례읍 봉동리 288-2	문인 (작가)	061)783-2997	

저자 한승연의 作述 약력

장편소설
- 데뷔작 《바깥바람》(1986년 3월 5일, 도서출판 남영사)
- 이데올로기 해부작 《그리고 숲을 떠났다》(1987년 5월 1일, 도서출판 한멋)
- 여인의 성심리와 사회부조리 고발작 《갈망》(1988년 8월 15일, 도서출판 장원)
- 한반도 역사의 주변열강 역학관계 분석작 《개천 그리고 개국》(1988년 9월 5일, 도서출판 문학시대사)
- 신과 인간의 고리 그 실체 분석작 《묵시의 불》(1989년 1월 10일, 도서출판 장원)
- 소설문학 영역의 확대작 《심상의 불길》(1990년 11월 30일, 도서출판 답게)
- 여인의 자리 찾기 작 《남자를 잃어버린 여자》(1993년 7월 3일, 도서출판 장원)
- 사람과 도인의 관계 분석작 《운명의 카르마》(2002년 4월 7일, 도서출판 마당문화)
- 한민족 가무의 파노라마 《꽃이 지기 전에》(2003년 6월 30일, 도서출판 한누리미디어)
- 광복 후의 역사와 반역사의 올바른 분석작 《역사의 수레바퀴》(2004년 5월 30일, 도서출판 한누리미디어)
- 한류열풍의 주역들 조명작 《빛으로 날고 싶었다!》(2007년 1월 30일, 도서출판 모델)
- 근대사를 조명한 남북관계 분석작 《아! 무적》(2007년 4월 25일, 도서출판 한누리미디어)
- 질곡에 처한 운명 속에 살아온 여인의 조명작 《어머니의 초상화 1, 2권》(2009년 6월 20일, 도서출판 한누리미디어)
- 민족혼을 일깨우는 역사소설 《매천야록上》(2009년 12월 31일, 도서출판 한누리미디어)

사상서
- 인류시원과 동서 문명의 분석작 《성서로 본 창조의 비밀과 외계문명》(2002년 2월 25일, 도서출판 대원사)
- 인간의 운명이란 무엇인가 분석작 《운명의 카르마》(2002년 2월 4일, 도서출판 마당문화)
- 세계 칠대 성현의 뿌리 조명작 《성서로 본 칠성님의 비밀》(2002년 10월 3일, 도서출판 한누리미디어)

- 우주의 기원과 동서양의 종교 분석작 《우주통일시대》(2008년 5월 26일, 도서출판 한누리미디어)
- 배달민족의 뿌리 역사 조명작 《평화의 북소리》(2009년 1월 20일, 도서출판 한누리미디어)

시집
- 《소라의 성》(1986년 3월 15, 도서출판 남영사)
- 《내가 바람이고 싶어 했을 때》(1987년 6월 30일, 도서출판 문학시대사)
- 《황혼연가》(1997년 4월 10일, 도서출판 답게)
- 《내가 사랑하는 이유》(1996년 6월 5일, 도서출판 답게)
- 《묵시의 신곡》(1999년 8월 10일, 도서출판 한누리미디어)
- 《사랑하며 산다는 것은》(2002년 2월 10일, 도서출판 답게)
- 《등신불 수화》(2006년 12월 11일, 도서출판 한누리미디어)

수필집
- 《이중에서 가장 위대한 것 사랑》(1986년 12월 10일, 가톨릭 다이제스트)
- 《별이 된 가슴아》(1993년 9월 15일, 도서출판 세훈)
- 《슬픔이 안겨준 찬란한 약속》(2001년 9월 3일, 도서출판 마당문화)
- 《섬진강 파랑새 꿈》(2007년 8월 25일, 도서출판 한누리미디어)

수상경력
- 1995년 제3회 『허난설헌』문학상 《심상의 불길》 소설부문 대상
- 1996년 제3회 『열린문학상』 《내가 사랑하는 이유》 본상 수상
- 2000년 『세계계관시인』 문학상 《묵시의 신곡》 평화대상 수상으로 시문학 박사학위 수위
- 2007년 제11회 한국문학예술상 《역사의 수레바퀴》 본상 수상
- 2008년 고조선 역사재단 제5회 단군문학상 수상

참여단체
- 한국소설가협회 회원
- 한국문인협회 회원
- 국제펜클럽 한국본부 회원
- 한국윤리철학회 연구위원

소설 매천야록(下)

지은이 / 한승연
발행인 / 김재엽
발행처 / **한누리미디어**
디자인 / 지선숙

121-840, 서울시 마포구 서교동 395-13 서원빌딩 2층
전화 / (02)379-4514, 379-4519
Fax / (02)379-4516
E-mail/hannury2003@hanmail.net

신고번호 / 제300-2006-61호
등록일 / 1993. 11. 4

재판발행일 / 2010년 9월 1일

ⓒ 2010 한승연 Printed in KOREA

값 12,000원

※잘못된 책은 바꿔드립니다.

ISBN 978-89-7969-371-3 03810